中国文学研究

教育部人文社会科学重点研究基地
复旦大学中国古代文学研究中心 主办

第二十九辑

复旦大学出版社

目　录

“马工程”《中国文学理论批评史》笔谈

“马工程”《中国文学理论批评史》的守正出新

黄　霖

“马工程”《中国文学理论批评史》(以下简称“《文论史》”)在十二位编写组成员的共同努力下,今年出版了。这里想谈谈我所体会的这本书是怎样努力守正出新的问题。

当这个项目立项时,我首先考虑的是,为什么要编这样一本书?也就是为什么我们要教中国文论史?学生要学中国文论史?这是一个“教”与“学”的根本性的问题。目的不明,方向就不清。古代搞中国文论最有成就的刘勰在《文心雕龙·序志》中谈过他研究文论史的目的是:

> 详观近代之论文者多矣:至如魏文述典,陈思序书,应玚文论,陆机《文赋》,仲治《流别》,弘范《翰林》,各照隅隙,鲜观衢路:或臧否当时之才,或铨品前修之文,或泛举雅俗之旨,或撮题篇章之意。魏典密而不周,陈书辩而无当,应论华而疏略,陆赋巧而碎乱,《流别》精而少功,《翰林》浅而寡要。又君山、公干之徒,吉甫、士龙之辈,泛议文意,往往间出,并未能振叶以寻根,观澜而索源。不述先哲之诰,无益后生之虑。

刘勰在不满足前人的研究成果时,实际上提出了他的目的是要“振叶以寻根,观澜而索源”,总结传统,以有益于“后生”。这比起后来的一些人提到编写文论史的目的来,显然能观“衢道”而不偏于“隅隙”。① 实际上,我当年走上学习、研究中国文学批评史道路时的初心,就有一个“文论民族化”的情结。1963 年,那时是“中国文学批评史”这一门学科自独立以来学界真正自觉地关注文学理论民族化的时候,一时成为一门非常热门的学科。复旦大学又是研究中国文论史的重镇,当时拥有郭绍虞、朱东润、陈子展、刘大杰、赵景深先生等一些大家,这就使我决定报考了“中国文学批评史”方向的研究生,师从朱东润先生学习。历史在曲曲折折中走过了半个世纪,到目下,中国文论的体系,其构架、思维方法、话语表述的主色调无疑还是西方化的,要改变这种局面,根本是关系到整体国力、扭转自甲午战争以来民族自卑的心理,以及文化软实力的诸多方面,并不是一朝一夕

① 如纪昀编《四库全书》的“诗文评”时说为了“考证旧闻,触发新意”,郭绍虞编《中国文学批评史》时说“想从文学批评史以印证文学史,以解决文学史上的许多问题”。

轻而易举的事情，但我们应该努力去承传与发扬中国优秀的文论传统，通过“振叶以寻根，观澜而索源”，去“述先哲之诰”，以“益后生之虑”。因此，我们教学中国文论史的根本目的，就是要为重建富有民族特色，又立足当今现实，并适应全球文化潮流的中国文论体系而作一点努力。

从这个根本目标出发，那如何使学生能更好地把握中国文论的基本精神与优秀传统呢？现在高校的中国文论史课程，一般只有一学期，每周二节课。时间这么短，我们一方面要尊重当前的教学秩序；另一方面要能使学生了解与把握中国文论的一些最基本的东西。从这一实际出发，决心突破百年以来“文论史”的编写模式，不以人物与作品立章节，讲许多重复或枝节的内容，而是以范畴与命题立了 5 章 19 节(每章概述不算)61 目，让学生直截了当地了解中国文论中的这些最基本的话语、范畴、命题。这一突破，当然会带来一些新的矛盾。有人担心，这样是否会搞成一本范畴论而不成为“史”了。为了解决论与史的矛盾，我们在几个层次上加强了史的描述：一是全书还是以朝代先后为序分五个阶段加以论述，在《绪论》中作了总的梳理；二是每一阶段作为一章，专立一节《概述》，分段再将史的背景细化，加强历史文化背景的铺垫，如分别讲先秦的礼乐文化，汉代的独尊儒术，魏晋时期对言意关系问题的探讨与论辩，唐代三教合一的政治、哲学、宗教的氛围，明清时代陆王心学、市民阶层的壮大等，增强了历史感；三是在论述每一个范畴或论题时，注意上下勾连，理清来龙去脉。这样处理后，全书的面貌还是能清晰地给人以“史”而不是“论”的感觉了。也有人担心，这样以论题为纲，不以作家作品为主线，学了半年后，是否会使学生对一些重要的文论家与文论作品没有一个完整的印象，甚至连《文心雕龙》也不知是一部什么样的书了？为此，我们用插页的形式，对一些重要作家作品作了专门的介绍，并且还各自附上一图，做得图文并茂，无意中又创造了一种新的形式，增强了阅读的兴趣。通过诸如此类的补弊而救正，保证了这部文论史的编写模式的出新能够顺利进行。

当然，要使文论史能出新，不仅仅在形式上，更重要的是在内容上。从编写文论史的根本目的出发，在内容上要下“出新”的工夫，恐怕就在于如何把握与说清中国文论的核心精神与主要特点，而不是去用中国的文论词语去填塞西方理论的框架。

我认为，中国文论的核心精神是“原人”，即中国文论的基点是立足于“人”。当然，在历史上没有人直接以“原人”来论文，打出的旗号都是“原道”。但假如对各种牌子的“原道”一作具体分析，其实质还都是原人。这是由于建筑在中国古代宗法社会基础上的观念与文化，特别是儒、道两家所坚守之“道”与“天人合一”等观念交织在一起，自然的会都指向“原人”。儒家是将伦理关系视为政治制度的基础，讲究“人伦”是社会意识的核心。孔门所强调的复“礼”与归“仁”，实际上都是为了协调人与人之间的关系而已。“礼”即是伦理道德的具体规范，“仁”就是协调人际关系的思想基础，都是为了处理好各色人等之间的关系。《老子》曰：“人法地，地法天，天法道，道法自然。”《庄子·知北游》曰：“汝身非汝有也。……孰有之哉？曰：是天地之委形也。”都不是将人作为独立于天地之外的存在，而是作为自然之物。老庄所宣扬的“无为”“寡欲”“坐忘”“心斋”等，都是希望能消除物累，从而达到一种“天地与我并生，而万物与吾为一”的“天人合一”的境界。归根到底，都是追求人与自然的和谐。儒、道两家的“道”，不论是着眼在人与人的关系，还是强调了人与自然的关系，实际上都是围绕着人为中心转，所以，他们的原道，归根到底都会指向原人。

那么中国文论“原人”精神的主要内涵是什么呢？我觉得可以用“文自人”“文似人”“文写人”“文为人”几个方面来加以概括，也就是作文、论文都是以人为中心。

关于“文自人”，我们看中国古代文论中最权威的《文心雕龙》的第一篇《原道》说：

> 仰观吐曜，俯察含章，高卑定位，故两仪既生矣。惟人参之，性灵所钟，是谓三才。为五行之秀，实天地之心。心生而言立，言立而文明，自然之道也。

所谓“天地之心”，语出《礼记·礼运》：“故人者，天地之心也，五行之端也。”《礼记正义》释“天地之心”有这样几层意思：一是“三才”中“人居其中央”；二是“天地有人，如人腹内有心，动静应人也”；三是“人乃生之最灵，其心，五藏之最圣者也。”这也就是说，人是天地的核心、灵魂。《文心雕龙·原道》之后，又有《征圣》《宗经》两篇，进一步申述“道沿圣以垂文，圣因文以明道”的道理，突出了作为“人”之精英的“圣”在“道”与“文”之间所起的关键的、核心的作用。圣人周公、孔子的作品作为“经”，即是验证文自人、人原道的典范。实际上，先人就是强调了文是人心的表露，人是创作的原点。其他如《书·舜典》曰：“诗言志。”《诗大序》曰：“在心为志，发言为诗，情动于中，而发形于言。”扬雄《法言·问神》曰：“言，心声也；书，心画也。”张戒《岁寒堂诗话》曰：“诗原乎心者也”，“诗文字画，大抵从胸臆中出”。刘熙载《游艺约言》曰：“文，心学也。”诸如此类，都是表述了文学即原于人，是人心的创造。

“文似人”，即将文学看成人一样，是一个充盈生气、活力弥漫，乃至血肉完整的生命实体。因而在中国古代的文论中，出现了许多渗透着生命精神或生命形式的理论范畴，如气、情、志、神、意、骨、髓、力、体，以及形神、风骨、筋脉、肌理，乃至主脑、眉目、诗眼等，至于直接用人体作比喻来批评文学问题的更是触处可见，如云“文有神，有魂，有魄，有窍，有脉，有筋，有节，有腠理，有骨，有髓”（王铎《文丹》）等。这种批评观念与批评模式的形成，是与《周易》以来重视“天地之大德曰生”的生命精神与“近取诸身，远取诸物”的思维方式大有关系。六朝时期，受到医学、相术及品评人物风气等多方面的影响，又与中国传统的直觉体悟式批评思维相切合，“以文拟人”就蔚然成风。现代较早发现中国文论的这一特点的是陶明濬，他在1927年的《诗说杂记》中说：“盖以诗章与人身体相为比拟，……近取诸身，远取诸物，而诗道成焉。”后钱锺书或许受此启发，写了专文名《中国固有的文学批评的一个特点》(1937)，讲的就是中国文论的一个特点是“把文章看成我们自己同类的活人”。

“文写人”，这是容易理解的。古人在论抒情、叙事、说理时，都离不开论人。离开了人，也就没有情，没有事，没有理。

“文为人”，古代的文论，毕竟以儒家的为正统，他们都是正面强调文章是为人所用的。从孔子提出“诗可以兴，可以观，可以群，可以怨”（《论语·阳货第十七》），到后来在文论中广泛地讨论人与现实、文与道、德与言、文与质等关系，以及提倡“怨刺讽谕”“发愤著书”“不平则鸣”及“温柔敦厚”“中和之美”等时，占主导地位的都是以追求符合人伦、实用功利为最终鹄的，且特别强调文学的“教化”功能。当然，也有人关注到文章的“不用之用”，要写得“有趣”“娱目”，对人能起到“怡性悦情”的作用。这就往往接近道、释两家追求自然、平和、清静等境界了。这实际上也是另一种为人所用。

对于中国古代文论以人为原点的看法，有人或许不同意，说这是东西方都是一样的，文学都是离不开人的。这看来很有道理，因为文学与人的关系是天下同理的。可惜的是，正在这一点客观存在的原理，中国自古以来是认识而强调的，西方的注意力恰恰就不集中在这里，即使在人道主义高扬的年代里，其对于文学与人的关系的认识也是不全面的，其根源之一，就是他们的思想基础就是天人两分的。日本权威的中国文学史专家吉川幸次郎在几十年前写的《中国文学史》中就发现了这一点，说：

> 认为人是世界的中心存在，是中国人的世界观；人的行为中，最为重要的是语言文化；而语言文化是宇宙秩序的最好代表，这是中华民族的信念。

最近，据《文汇报》2016 年 3 月 22 日报导，作为世界儒学文化研究联合会副会长、刚退休不久的夏威夷大学教授安乐哲（Roger T.Ames）也这样说：

> 儒学的原点是人，它从人这一概念的关系构成开始，将家庭角色和社会关系作为完善道德的进入点。这与亚伯拉罕宗教截然不同。

报导文章还概括地说：“安乐哲说这是中西方对于‘人’的概念的不同解读所导致的文化差异。……以此为切入点，安乐哲找到了他的中西比较哲学的突破口。”其实，这何尝也不是中西文论比较的突破口。

在思维方法方面，中国文论也有其特点，这就是重在直觉体悟。在中国古代“具象思维”的影响下，注重凭直觉去体验、品味与描绘作品的整体风神，而不致力于将物象分解，作抽象思辨与逻辑推演，从而去剥取概念。在具体表述时，习惯于用取象比类的手法，将相似的形象、相近的情景等，通过比喻、联想而使之能够理喻。它的观物态度，是在“天人合一”观念的主导下，将天、地、人看作一个有机的整体，批评者尽量贴近、融入批评对象之中，去切身体悟作品的精神与价值，而不是主客两分，人与自然相对峙，批评者站在作品的对面，以个人的思想、观点或理论去解剖作为客体的对象。《论语·八佾》载孔子与子夏讨论《诗经·卫风·硕人》中的诗句：“子夏问曰：‘“巧笑倩兮，美目盼兮，素以为绚兮”，何谓也？’子曰：‘绘事后素。’曰：‘礼后乎？’子曰：‘起予者商也！始可与言《诗》已矣。’”在这里《诗经》中的原句本是赞美庄姜的漂亮，而孔子从中体悟出“绘事”的一个普遍道理：美丽的画是从白纸上描绘出来的。子夏再从此中悟出人应先以仁义为本，然后再加上礼乐修养，以达完美。孔子因此而称赞子夏可以与他讨论《诗》了。这里没有知性的思辨，没有逻辑的演绎，就在对笔下美女的直觉中，体悟出人生的哲理。道家则更加排斥理性的辨析和周密的推理，强调最深刻、最本质的东西是不可辩说与言传的，即老子所谓"道可道，非常道；名可名，非常名"；"有物混成，先天地生。寂兮寥兮，独立而不改，周行而不殆，可以为天下母。吾不知其名，字之曰'道'，强为之名曰'大'。"庄子更倡导以体悟的方式去获得心灵的安宁与自由，认为要认识世界和万物的本质，与直觉体悟相比，理性的思辨逻辑与明晰的语言概念总显得苍白无力："意之所随者，不可以言传也"；"可以言论者，物之粗也；可以意致者，物之精也。"后来释家，特别是唐宋以后，宗派林立，但都强调体悟，以超越日常逻辑与思辨推理。他们对文论的直接影响更大，以致如"意境说""妙悟说""现量说""神韵说"等，都与直觉体悟式的思维方式有着密不可分的关系。

在表现形态方面，中国文论的特点是即目散评。所谓即目，即写于阅读直觉的当下；所谓散评，即显得并不完整与条贯。这实际上是直觉体悟的必然结果与外在表现。在中国古代曾有过一些经年累月写成的较有条理、略成体统的文论之作，如《文赋》《文心雕龙》《诗品》《沧浪诗话》《诗薮》《原诗》等，但这样的作品实在不多，大量的是在直觉思维的主导下，将即目或即时体悟所得，信手挥洒而成，因而多为散体的点评。先秦时代，夹杂在经、史、子书中的碎言短语，本也不是严正的论文之作。两汉之后的序跋、书信，夹叙夹议，也只是或多或少地镶嵌了一些文论的意见。魏晋南北朝是中国文学理论批评史上一个辉煌的时代，出现了几部相对有论证、成体系的作品，但在势不可挡的直觉思维的潮流裹挟之下，像《文心雕龙》这样的作品还是几成绝响。当时即使冒出了诸如《典论·论文》《文章流别论》这样以"论"为名的作品，但实际上并未成为像样的逻辑周密的论文，以后也罕见以"论"名篇的文论之作。唐宋之后，诗格、诗话（包括词话、曲话、文话等）、评点，乃至以诗论诗及词、文、曲、稗等兴起，各体的文论之作百花齐放，但大都是由评论者即目所悟，直抒己见，随手作评，点到为止，往往给人以一种零散而杂乱的错觉。这就难怪陈钟凡在最早的《中国文学批评史》中这样说："中国古代的'论文之书'率零星破碎，概无统系可寻。"

今天，我们如何看待这种直觉体悟的内在思维与即目散评的外在表现相结合的批评形式呢？我的认识是：

第一，多数著作是形散而神完，外杂而内整，有一个核心的见解或理论包容在里面，或重格调，或标性灵，或倡神韵，一丝不乱。一部《第五才子书水浒传》，金圣叹就小说中的人物、叙事、写景，乃至一句一字的点评，看似信手拈来，随意点到，却都围绕着他的"性格论""因缘说""动心说""结构论""文法论"等，井井有条。这是中国古代文论的一个明显的特征。

第二，这种形式恰恰特别适合于对文学的批评。文学不是切实的自然科学，也不是抽象的哲学玄理，它的基本属性是以感性具体的艺术形象来表达作者的审美观照。作者的情与思都融化在具体的形象之中，读者要欣赏与理解作品的美，及其情与理，都只有从具体的艺术形象入手，才能有所把握。直觉体悟的思维方式，正是批评者从即目的具体的感性形象入手，经过切身体悟，从而使评者与作品乃至作者的心灵相沟通与融合，这就为评者领悟作品的整体风貌与内在精神创造了最基本的条件。

第三，中国式的批评本身带有具象性的特点，有时就直接用一些形象的比喻作为批评，如敖陶孙《臞翁诗评》曰："魏武帝如幽燕老将，气韵沉雄。曹子建如三河少年，风流自赏。鲍明远如饥鹰独出，奇矫无前。"（魏庆之《诗人玉屑》）本身就富有文学意味。不少批评文字写得情、事、理相统一，有相当高的文学价值。

中国古代文论的这种内在思维与表现形式，比起西方重逻辑、重思辨，看来存在着一些弱点：如不深究事物共相与殊相的区别，去把握事物的本质，发展概念的理论；推理与分析的逻辑不严密；一些用具象标明的概念、范畴等内涵不明确；论述缺乏系统性、条贯性等。

但假如从另一个角度看，由直觉体悟思维而形成的即目散评式的文学理论批评，大都是评论者凭着切身的感受、真实的体味，用自己的心贴近著作者的心去作出来的批评，而不是戴着某种理论的眼镜，将文本作为没有生命的标本放在手术台上，去作冷漠的解剖。因此，中国式的理论批评是一种鲜活的而不是僵硬的、冷漠的文学理论批评，能给人以一种"不隔""不玄"的感觉，容易被读者接受。所以在其所谓短处，也正可见其所长。

总结以上的一些想法与做法，就不难看出这部文论史是怎样努力去做到"守正"与"创新"。

所谓"守正"，就是守马克思主义之正。作为辩证唯物主义的根本要求是从实际出发。我们编这部教材，既注意从当前教学的实际出发，又重视从中国文论的实际出发。

从当前教学的实际出发，即能让学生在有限的学习时间内切实地了解与把握中国文论的一些最基本的精神与范畴，感受到中国的文论是有体系而不是杂乱无章的，为以后进一步研究中国文论打好基础。

从中国文论的实际出发，主要表现在从中国文论的精神、话语、范畴出发，从中国的历史文化的实际出发，从中国文论的原始文本出发，既注意处理好古与今的关系，又注意处理好中与西的关系。就古与今的关系来看，既看到它们之间有隔阂，有矛盾，又看到它们之间毕竟是血脉相连，基因相通，我们希望能在继承传统优秀精神与总结当下鲜活的创作经验相结合地基础上去建构好当代的科学的文论。就中与西的关系来看，中国的文论与西方的文论源自两个不同的文化体系，各有特点，各有短长。中国近代文论变革时，西方的理论曾经被大力引进，起到了重要的推动作用，但同时我们注意了中国的文论自身也在不断地改良与革新，西方的文论被引进而成活的，都经过了消化与改造。我们不妄自菲薄，过分地夸大西方文论的作用，去抹杀自身变革的基础与无视中国文论的优点。同时也不固步自封，盲目排外，而是充分地注意到了取人之长，补己之短的重要性。

我们的"创新"，主要表现在以下三个方面：

第一，革新了中国文论史的编写模式。近一个世纪以来，尽管或用《中国文学批评史》《中国文学理论史》《中国文学理论批评史》等不同名目，出版了不下数十种中国文论史著作，但其基本的编史模式，都是在借鉴、运用近代欧洲的文学批评史的编史路数，对中国的文论史料进行选择与梳理后，将历代的批评家与论著以时为序一一评介。本书的编写，打破了以往的编写模式，第一次以中国文学理论批评核心范畴为纲目，以点带面，系统展示中国文学理论批评的演变历史。

第二，突出了中国文论的核心精神与基本特点。全书将唯物史观与唯物辩证法贯彻始终，依据原始而可靠的文献，进入历史文化的语境，阐明演变过程中每个历史时期的社会形态、经济状况、政治更替、思想文化潮流和文学实践，从而论述了形形色色的文学理论批评赖以产生与发展的社会根源、物质和文化基础，并进一步揭示了中国古代文论最基本的特点是：以人为本的“原人”精神、直觉体悟的思维方法和即目散评的表现形式。

第三，助推了中国文论话语体系的建设。20 世纪 60 年代以来，虽有一些著作尝试在马克思主义指导下进行编写，在中国化的道路上有所探索，但一时难以跳出旧的框架，在中国文论话语体系建设方面裹足难前。有的中国文论的研究者甚至根本不承认中国文论自成体系，曲解中国文论的原义与精神，将中国所有的范畴、概念、命题与思想等都作为国外某种文论体系的语料或点缀，消解了中国文论的元气。本书的编写，在打破以往的编写模式和突出中国文论核心精神的基础上，系统展示中国文学理论批评史的主要内容、重要范畴与基本术语，旨在梳理与彰显中国文论的话语体系，为当前重建具有中国特色、又立足当今现实，并适应全球文化潮流的文论体系铺路。

以上是我们的目标，也作了一定的努力，其成败得失，恭请各位方家批评指正。

［作者简介］ 黄霖，复旦大学资深特聘教授，中国语言文学研究所所长。

“中国文论”焕发青春

王汝梅

《中国文学理论批评史》，由十二位专家组成编写组，集体合作编撰，黄霖主编，李春青、李建中副主编，高等教育出版社 2016 年 3 月出版。是“中国文论”学科最新的研究成果。我们祝贺这一重点教材的出版。这一著作的出版，必将推动“中国文论”的深入研究与促进“中国文论”课程的改革。

“中国文论”作为一门独立学科，从 20 世纪二三十年代创建至今已近百年。1914—1919 年，黄侃在北京大学开讲《文心雕龙》，讲稿汇集出版，即《文心雕龙札记》。同一时期，刘师培也在北京大学讲授《文心雕龙》。1927 年，陈中凡的《中国文学批评史》出版。1931 年，朱东润在武汉大学开设《中国文学批评史》课，讲稿以《中国文学批评史大纲》的书名正式出版。1934 年，郭绍虞的《中国文学批评史》上册出版(下册于 1947 年出版)。继郭著之后是罗根泽的《中国文学批评史》，1934 年出版部分，到 1943 年分四册出版。这一时期出版的中国文学批评史著作，还有方孝岳的《中国文学批评》、朱维之的《中国文艺思潮史略》(1939)、傅庚生的《中国文学批评通论》(1946)。后来的批评史著作，在草创时期建立的框架基础上拓展研究范围，扩大篇幅，逐步深化。

20 世纪 80 年代，“中国文论”研究形成热潮，老中青结合形成一支雄厚的专业队伍，满怀热情地发掘新材料，开拓新领域，加强了小说戏曲理论的研究，整体推进，重点深入，取得了丰硕成果。有几个重要文化事件：(1) 成立了中国古代文学理论学会，郭绍虞任会长，周扬任名誉会长。学会编刊《中国古代文学理论研究》丛刊。(2) 郭绍虞、王文生主编的《中国古代文论选》四卷出版，同期出版了一卷本。(3) 郭绍虞主编《中国古典文艺理论专著选辑》，人民文学出版社分批陆续出版。(4) 教育部委托华东师大举办中国文学批评史师训班，郭绍虞为导师，徐中玉任班主任。从全国高校选拔了三十名学员。请王元化、吴组缃、程千帆、钱谷融等专家讲课。这批学员返回学校，开设中国文学批评课程，成为中国文论教学骨干。《宋代文学思想史》作者张毅、主编《中华古文论释林》的李壮鹰、《明清小说理论史》作者周伟民等都是师训班成员。笔者的《金瓶梅》研究坚持三十五年，起步在师训班的选题张竹坡金瓶梅评点研究。大家戏称师训班为“中国文论”的第一期黄埔军校。古代文论学会第二十届年会上，有学者建议举办第二期“中国文论”研讨班。而且这一学科的研究，有一个明确战略目标：为建设具有中国民族特色的马克思主义文艺理论体系而努力。到 1995 年，王运熙、顾易生主编七卷本《中国文学批评通史》出版，以“集大成”的研究成果，将“中国文论”学科推向了一个新高度。

徐中玉主编《中国古代文艺理论资料丛刊》大型的资料汇编，自 1993 年起，由中国社科出版社出版，也是一部带有总结集成性的研究成果。

重点教材《中国文学理论批评史》，就是在以上所述历史背景下，继承了老一辈研究成果，广泛吸取了近三十多年的新成果基础上编撰的。全书共分五章，概括论述中国文论史奠基、成熟、深化、总结、新变的历史发展的全过程。每章概述中都有一节专门论述此一时期文论的特点与演变。该书在结构体系上打破了理论家与理论著作交错论述的体例，而是以重要的理论范畴观点为纲。如果把每章的概述，去掉后结集，则成一部中国古代文学理论概论。

联系课程改革，从教学实践的层面，有些问题尚需进一步研讨。

第一，回归原典，引导学生（或读者）与文论家对话交流，吸引学生走近古代文论经典文本，品尝古代文论的原汁原味，这是首要的效果。在教学实践中感受到《中国文学批评史》与《古代文论选讲》之间不协调。朱东润的《中国批评史大纲》、黄海章的《中国文学批评简史》都不设概论、概述，直接讲授各历史时期的文论家或文论名著。把哲学史、文学史的一些内容写入概论，有助于加深文论的背景。但是如果写得很概括、笼统，反而可能冲淡对文论的品尝与理解。在教材中如何处置概述、简介属于常识性内容，值得商讨。以文论家、文论名著为纲，容易掌握与记忆，也容易让古人古语活起来，走入当今的文化生活。重点教材把文论家简介插在各章节中间，不细看以为是正文，读到此处才知道是一个插页，使读者感受到不够顺畅。

第二，重点教材绪论将学习古代文论的方法要正确处理古与今关系，正确认识中外关系，注意以中化西，洋为中用。同行学者都认识到中外古今融会贯通的意义。由于个人知识结构的局限，真正做到是极其艰难的。在教材与教学中体现也不容易。重点教材第 309 页讲“真幻”这对范畴工时说：“虽然也可以包容在现代文论所说的生活真实与艺术虚构之内，但也略带着一点现代所说的现实主义与浪漫主义的意味。”这里注意在理论范畴上的古今贯通。是否还可以从古代小说论总体与现代小说论贯通，从而给当代作家学习明清小说艺术经验提供借鉴。

王元化先生的《文心雕龙创作论》是运用中外比较的一个典型学术个案。他主张中外古今贯通，认为“以古释古”只完成了研究工作的一半。

第三，“中国文论”是富有生命力的。有学者认为中国哲学是情本体，中国的诗学是一种生命论诗学。在教学中，我们要立足古代文文论，把握传统与当代、历史与现实的关系，通过教学把古代文论引入当代语境。盘活文献、用活经典、激活古代文论，把古代文论从书斋里解放出来，向青年普及，向大众普及。

刘知幾《史通・惑经》中，从史传文学描写人物角度，提出“爱而知其丑，憎而知其善，善恶必书，斯为实录”，启示小说作家借鉴史传文学的实录精神，以塑造小说人物的复杂性格，克服美则无一不美、恶则无往不恶的单一化倾向。吴组缃先生应邀去山西大学讲学，山西大学学报请吴先生题词，即题赠了刘知幾的名言：“爱而知其丑，憎而知其善”。使刘知幾的写人物理论进入了现代生活。

聂震宁在漓江出版社工作时，组织出版了王蒙评点《红楼梦》、李国文评点《三国演义》、刘心武评点《金瓶梅》，在这一古典名著评点系列总序中提出再倡中国传统评点方法。小说评点这种方法，仍有现代价值，仍有其生命力。

重点教材《中国文学理论批评史》的出版，必将促进"中国文论"焕发青春。学习与阅读这部教材，不但可以了解"中国文论"的丰富多彩，博大精深，伟大辉煌，还可以提高文学修养，陶冶情操。

［作者简介］ 王汝梅，吉林大学文学院教授。

《中国文学理论批评史》的理论特色和方法论价值

李建中

就批评史学科的教材建设而言，如果说 20 世纪三四十年代是学科奠基期的“辉煌”，那么从八九十年代至 21 世纪初则是学科发展期的“繁荣”。参与教材建设的，有德高望重的学者，如王运熙、顾易生、黄霖、蒋凡、敏泽、张少康、蔡锺翔、郁沅等，也有学生辈的李青春、袁济喜、李建中等。众多的批评史教材，其基本模式是“原始表末”，即在历史的框架内，依时序诠解历朝历代的文论家及其著述，阐释历朝历代的文论思想及核心观念。可见在“原始表末”模式之内，包含了“选人定篇”和“知人论世”。而“原始表末”的代表作应首推王运熙、顾易生主编的七卷本《中国文学批评通史》（上海古籍出版社）。这套书兼具教材和专著性质，从 1989 年开始问世，到 1996 年全部出齐。是书全面清理各历史阶段文学批评发展过程，科学评价历朝历代经典理论家及批评经典，努力发掘新的材料，整体展示中国文学理论批评的丰富多彩和灿烂成就。

“原始表末”框架内的批评史教材，各有不同的理论特色。以这部教育部重点教材《中国文学理论批评史》主编及撰者曾经出版过的批评史教材为例：黄霖《中国文学批评通史·近代卷》（上海古籍出版社，1996 年），以文体为纲，将传统的诗、文、词论等列于前，将变化显著的小说、戏剧等理论批评置于后，并广泛地联系社会、思想、文化变革的实际，将历史轨迹的探索同理论上的概括和细致的剖析结合起来，深刻地揭示出中国近代文论由古代向现代转型的新变价值；李建中《中国古代文论》（华中师范大学出版社，2002 年），紧扣中国文学批评与儒道释文化的关系，在传统文化的思想背景和精神源流中，阐释古代文学批评的演进脉络和理论精粹，力图在民族文化和民族精神的层面楬櫫中国古代文论的当代意义；袁济喜《新编中国文学批评发展史》（中国人民大学出版社，2006 年），注重批评史与思想史、哲学史以及美学等相邻人文学科的联系，着力彰显批评史中深挚博厚的人文精神，实现国学蕴涵与现实人生的深度贯通，以及文献与思辨的有机结合；李春青《中国文学批评史》（高等教育出版社，2014 年），在资料整理和问题意识的双重层面求真，追问古代文论话语的建构过程及其实际的社会功能与意识形态功能，而这一求真路向表现于方法论则是对话的言说立场、跨学科的互文性视野以及语境化的操作方法。在某种意义上说，这几部批评史教材的建设，为后来《中国文学理论批评史》的构想及编撰准备了理论资源、方法论原则及学术团队。

《中国文学理论批评史》主编黄霖在《绪论》中指出："中国古代文论的一些术语、概念、范畴和命题等，用极其精练、生动、准确的语词总结文学的本质特征和基本规律"，这些文论关键词（即术语、概念、范畴和命题等），"体现出某种程度的普遍性，因而在新的时代是可以沿用的。"[①]这就揭示出中国文论关键词的历史意蕴与当代价值。毋庸讳言，中国文学批评史的经典文本之中，像《文心雕龙》这样有着自觉理论意识和整严范畴体系的巨制并不多见。陈中凡《中国文学批评史》称，除了《文心》和《诗品》这两部"论文之专著"外，其他的"论文之书，如历代诗话，词话，及诸家曲话，率零星破碎，概无统系可寻"。[②] 百年之后重检此论，不难看出其偏颇之处。黄霖《绪论》在引述陈中凡观点后指出："但实际上，多数著作是形散而神完，外杂而内整，有一个核心的见解或理论包容在里面，或重格调，或标性灵，或倡神韵，一丝不乱。"[③] 以《第五才子书水浒传》为例，金圣叹就小说中的人物、叙事、写景，乃至一字一句地点评，看似信手拈来，随意点到，却是围绕其小说理论关键词"性格""文法""亲动心""因文生事""因缘生法"展开，如草蛇灰线，拽之通体俱动。

《中国文学理论批评史》以文论关键词结撰全书，除《绪论》外，全书分五章依次阐释各个历史时期的文论术语、概念、范畴和命题，每章之内，节和小节的标题全部用文论关键词命名。大体上说，节的标题是这个时期的核心关键词，小节的标题则是重点关键词。比如魏晋南北朝一章，以核心关键词"文气""文心""缘情""通变"分节。"文气"一节下面，以重点关键词"体气""体性""风骨""养气"分列小节；而"文心"一节，又以"感物""神思""直寻""镕裁"分列小节，等等。

作为节之目的"核心关键词"与作为小节之目的"重点关键词"，还只是"彝伦"的第二序列和第三序列；中国文论之"彝伦"的第一序列，是黄霖《绪论》在讨论中国文论之理论特征时所深度阐释的三个"元关键词"：人，文，体。"元关键词—核心关键词—重点关键词"三大序列，构成中国文学理论批评的"彝伦攸叙"。

元者，原始也，原本也，美善之长也。中国文论的元关键词，标识着中国文论的起源、本原和美善之元。《绪论》指出，中国文论的核心精神以"人"为原点，将"人"视为"文"的本原，认为"人"是论文的出发点和中心点。《文心雕龙·原道》篇对"文学"的释名彰义是"心生而言立，言立而文明，自然之道也"，这里的"心"即谓"人（天地之心）"。文自人，文似人，文为人，这是《中国文学理论批评史》对"人"这一元关键词的意义以及"人"与"文"之关系的经典表述。"自人"之"文"，心声心画，言志缘情，沿圣以垂，明道为用；"似人"之"文"，近取诸身，以文拟人，有神有魂，有骨有髓；"为人"之"文"，兴观群怨，温柔敦厚，文以载道，文以怡情。"人"为文原，"文"为本体，"体"为文本。"体"作为元关键词，既指文学之大体又指文学之体用，既指创作之体要又指批评之体悟，既指作品之体类又指作家之体貌。中国文学的理论和批评，落到文学活动和作家作品的实处，是对"体"的研究。

《中国文学理论批评史》第二序列的关键词（核心关键词），用"节"的标题列举出来，

---

①③ 《中国文学理论批评史》，北京：高等教育出版社，2016年，第16、14页。

② 陈中凡《中国文学批评史》，南京：江苏文艺出版社，2008年，第8页。

先秦两汉时期有“诗言志”“道法自然”“风教”和“知人论世”，魏晋南北朝时期有“文气”“文心”“诗缘情”和“通变”，唐宋时期有“风雅比兴”“兴象”“诗法”和“妙悟”，元明清时期有“格调”“神韵”“义法”“辨体”“叙事”“意趣神色”等，近代则有“文学界革命”“纯文学”“杂文学”“境界”“悲剧”等。第三系列关键词(即重点关键词)，在“节”(即核心关键词)之下用“小节”的标题列出。比如第一章第一节《诗言志》之下，就有“修辞立诚”“文质彬彬”“温柔敦厚”和“赋比兴”等小节(即重点关键词)。第三系列的关键词数量很多，此不赘述。同“节”中的若干重点关键词，是从不同的层面来诠释此节的那个核心关键词；而同“章”中几个核心关键词，则整体地建构出那个历史时期的理论体系、特征、要义及地位。

刘勰《文心雕龙·序志》篇为其文学理论批评自订四项原则：“原始以表末，释名以章义，选文以定篇，敷理以举统。”《中国文学理论批评史》在方法论层面上对刘勰四项原则作了会通适变。

当年刘勰撰著《文心雕龙》，概述“本课题研究现状”时，认为“近代之论文者”的通病是“并未能振叶以寻根，观澜而索源。不述先哲之诰，无益后生之虑”，故刘勰四项原则的第一条就是“原始以表末”。《中国文学理论批评史》的“原始以表末”，分别在三个不同的层面展开：一是在中国文论关键词的整个谱系之中确定“元关键词”，二是在阐释某一时代的文论关键词之前追溯其历史文化渊源，三是在阐释某一个关键词时追溯其语义根柢。第一点上节已经谈到，这里着重讨论二三两点。《中国文学理论批评史》每一章的第一节均为对本时期历史文化背景的概述，全书五章的概述依次为：先秦两汉《儒、道文化背景下的文论创生》、魏晋南北朝《玄学思潮与文论新变》、唐宋《三教融合与文论多元》、元明清《文化总结时期的文论繁荣》和近代《西学东渐与文论转型》。各章“概述”对历史文化渊源的“原始表末”为接下来的关键词诠释提供了背景和前提。《中国文学理论批评史》在阐释文论关键词时，要追溯字义根柢并演绎文论关键词的语义流变。比如第一章诠解“诗言志”这一命题，充分利用传世文书(如《说文解字》)和出土文物(如上博楚简《孔子诗论》)，讲清“诗”和“志”的原始意蕴，理清“诗言志”的三重内涵：一是“诗”与“志”或“识”通，是指“记忆”或“记录”；二是“赋诗”意义上的“诗以言志”，即对诗歌在特定时期独特功能的认定；三是后人通常所理解的对诗歌创作普遍原理的概括。

二是释名以章(彰)义。所谓“关键词”是对英语 key words 的汉译，汉语“关键”的本义是内关门户、外键鼎耳，以键闭关锁喻指器物之宝贵，而英语 key 则意指用钥匙开启。键闭与开启，既构成“关键词”的语义张力，又铸就“关键词阐释”的方法论密匙，文论关键词的“释名以彰义”正在键闭与开启之间。《中国文学理论批评史》对文论关键词的阐释，既有逻辑层面的键闭式释名，亦有历史层面的开启式彰义。比如“文”这一元关键词，首先是《绪论》部分在“人—文”关系的逻辑层面作键闭式释名：“文，心学也。”然后在各个相关章节作开启式彰义：如第二章有对“文学”“文章”与“文笔”的辨析，第三章有“文以明道”与“作文害道”的对举，第五章有“纯文学”与“杂文学”的中西古今之比较。键闭与开启是一对矛盾，合起来使用是折中式辨析，即《文心雕龙·序志》篇所言“擘肌分理，惟务折中”。比如关于“文学”一语的释名章义，学界流行的观点是将汉语的“杂文学”与西文的“纯文学”作二元式对立，而《中国文学理论批评史》第五章则在对语义材料“擘肌分理”

的基础上作出“折中”式辨析。《论语・先进》的“文学：子游、子夏”是“杂文学”，四部分类中的“经史子集”是“杂文学”；但是，中国文学的演变过程是在逐步走着与今日世界所称文学者相合的道路，也就是说，不待西方浪漫主义运动后提倡“纯文学”，在中国固有的文学长河中，已经汩汩不断地流淌着“纯文学”的思想。事实上，一部中国文学史，留下了大量的“纯文学”作品，人们在解读这些作品或对“文”“文章”“文学”，乃至“诗”“赋”“词”“曲”“古文”“小说”等特性作解说时，往往都注意到了它们的审美特性。他如第一章“无知音”与“有知音”，第二章“会通”与“适变”，第三章“明道”与“害道”，第四章“格调”与“性灵”、“写形”与“传神”等，均充满着折中和辩证的色彩。文论关键词在今天的使用，也讲究辩证：既有“沿用”与“改造”的辩证，也有“通变”与“借镜”的辩证，而其“借镜”之中又有“顺借”与“逆借”的辩证，亦即纪昀所说“考证旧闻，触发新意”。

三是选文以定篇。前面谈到，早期中国文学批评史教材的“选人定篇”和“知人论世”模式，主要是以文论专书或专篇为纲目，一本一本或者一篇一篇地讲。后来被普遍采用的“原始表末”模式，也是在时空框架内讲述各时期的文论经典。而《中国文学理论批评史》以文论关键词为纲目，在讲述一个一个术语、概念、范畴和命题时如何“选文以定篇”？这是必须面对和解决的一大难题。中国文论关键词是从大量文献中总结、归纳、概括、提炼或抽象出来，这些文献既包括严格意义上的文学理论批评专书或专篇，也包括各体文学作品，还包括传世的经史子集和出土的简帛碑铭。更为复杂的是，某一个文论关键词，并不仅仅出自某一篇文献；而先后（或同时）出现于不同文献的同一个关键词，因其文本不同而释义有别。遇到这种情况，《中国文学理论批评史》首先是选定最具代表性的篇章，充分利用此篇章中的语义材料和思想资源，然后分“原始”和“表末”两个方向，论及相关的篇籍。比如第二章讨论“文气”，首先是选定曹丕《典论・论文》作重点解读，然后在《管子》《孟子》和《荀子》中“原始”，在《文心雕龙・养气》篇和韩愈《答李翊书》中“表末”。历朝历代的文论关键词生于并活在特定的文本之中，故文论关键词诠释的必由之路是返回文本现场：讲“诗言志”要回到《尚书》《左传》，讲“发愤著书”要回到《史记》《报任安书》，讲“讽谕”要回到《与元九书》，讲“童心”要回到《焚书》《续焚书》，讲“悲剧”要回到《人间词话》《红楼梦》。黄霖在《绪论》中强调，只有回到历史文化语境，才不会轻率地用现代或西方的一套去硬套中国古代的文论范畴，将“风骨”解释为“风格”，将《文心雕龙・情采》篇的“要约”解释为“典型化”，也不会简单地用“现实主义与反现实主义”“进步与反动”的公式来总结整个中国古代文论的演变“规律”。足见文论关键词阐释的“选文定篇”之事，绝不可以轻心掉之。

四是敷理以举统。就文论关键词的阐释而言，“敷理”与“举统”是两个不同的方向：敷者铺也，敷理谓铺叙、展开、排列、拓进等；举者取也，举统谓撮取、提炼、抽象、归纳等。“敷理以举统”具有双重意义：首先，文论关键词的产生，说到底是历代文论家“敷理举统”的结果；其次，我们今天在课堂上传授中国古代文论，阐释中国文论关键词，一个重要的路径或方法就是“敷理举统”。《中国文学理论批评史》在“敷理举统”之时，“敷理”与“举统”这两个阐释方向或先或后，依阐释对象而定。比如讲“知音”是先举后敷，讲“妙悟”则是先敷后举。知音其难哉！这是先撮举“知音”之要义；“知”者三弊、“音”者四谬、“（知与音)之间"者四偏,此乃后敷叙"(知音)难"之种种义项。"妙悟"则相反。参诗之路头、参禅之层级以及诗禅之相通,这是"先敷";由"熟参"而"妙悟",此乃"后举"。或先或后,要在层次分明,路径通畅,步步深入,逐渐佳境,至矣,尽矣,蔑以加矣!

[**作者简介**] 李建中,武汉大学文学院教授,博士生导师。

骋无穷之路，饮不竭之源

——《中国文学理论批评史》的编写创新

袁济喜

在近年来的中国文学理论批评史的研究专著与教材编写中，雷同化是一个令人头疼的问题。原因是这类著作出得较多，而写法基本上是从史的线索去着眼的。真正做到史论结合、大胆出新的，并不多见。而今年出版的由黄霖先生主编、集中了国内多名学者与专家参与的《中国文学理论批评史》(高等教育出版社，2016 年出版)，可以说是一部锐意出新、求真探索的教材。

一

此书最大的亮点是勇于推陈出新，问题意识突显，在翔实的文献基础之上，善于对于三千年的中国文学理论批评史进行研判与提炼，以专题为纲，以史的线索为辅，不同于传统的写法。

这本书是列入"马克思主义理论研究和建设工程重点教材"中的一本。2011 年立项后，集中了许多国内知名学者，由黄霖先生担纲，拟定教材编写的基本思路。当时面临的主要问题是，国内外同类的教材与著作很多，如何将马克思主义理论与中国文学理论批评史的编写相结合，将马克思主义真正融入中国文学理论批评史教材编写的各个方面，有着许多复杂的问题。新中国成立之后，复旦大学与其他大学的著名学者，如郭绍虞先生编写的《中国文学理论批评史》，曾经在新中国成立前编写的著作基础之上，作出推进。进入新时期以来，1987 年，中国人民大学蔡钟翔教授等人编写的《中国文学理论史》，在前人的基础之上，充分吸取了思想解放以来的人文学术的成果，在许多方面作出了新的贡献。近年来，随着中国传统文化的复兴，人们对于中国古代文论的兴趣日益增加，高等院校里，中国文学理论批评的课程也广泛得到重视，学术研究领域中，中国文学批评在与西方输入的文艺学与外国文学理论的交融中，也日渐彰显出强大的生命力，其丰厚的人文蕴涵与价值越来越吸引着年轻的学子与广大的读者，因此，这类教材与书籍呈现出水涨船高的态势。参加这个课题组的专家，如黄霖、李建中、李春青、袁济喜等教授，都出版过中国文学理论批评的教材与研究专著，在学界产生了广泛的影响，因此，我们在编写中，面临的最大问题，并不是文献与观点的供给与提炼上面，而是突出表现在写法的创新方面。如果没有新的写法，仅仅是依照以前的老路子去编写，很容易变成将以前的中国文学理论批评史教材重新整合一下，了无新意，陈陈相因，这实质上是一种不负责任的行为，也是与马克思主义的理论创新精神背道而驰的。

在撰写提纲时，编写组成员经过反复讨论与斟酌，在黄霖先生主持下，确定了另辟蹊径、求真探索的方针，决定将传统的史的线索与论的概括有机结合起来，采用以专题为纲领的框架。具体做法就是将中国文学批评史分成五章，尽量强化总体性的结构，比如第一章为先秦两汉文学理论批评 ，分为第一节“概述”、第二节“诗言志”、第三节“道法自然”、第四节“风教与原道”、第五节“知人论世与诗无达诂”。第二章魏晋南北朝文学理论批评，以及其他章节也是这样分派。以专题与范畴、命题来总结与概括一个时代文学理论批评的形态，而不是以传统的人物、著作、学说作为经纬来写，这样的体例确实有些不同以往的写法，甚至让人觉得有些怪怪的。在评审时，一些专家也提出过质疑。但是我们经过反复讨论与研究专家的意见，认为，在中国文学理论批评史研究到当前的形态下，我们采用的这种以论为经，以史为纬的体例，有着现实的基础。这几年，经过中国古代文论的研究与教学，人们对于从孔孟、老庄到六朝《文心雕龙》《诗品》，再到明清与近代的文论经典，有着普及的基础，大学生对于传统文化经典回归也得到了印证，因此，作为一本新出的教材，将重点与兴趣转到理论的分析与介绍，比起泛泛的批评史的介绍，更富有启发性。当然，最费力气的是对于每个朝代的专题概括，以及与前后的关联，这是最为周折的。例如，文气的专题与范畴从先秦孔孟到老庄就已萌芽了，中经两汉，再到魏晋南北朝的曹丕、刘勰，影响到唐宋韩愈、苏轼等大文豪，大体上的线索是很明晰的。我们最后选择了最有代表性的承前启后的曹丕的“文以气为主”，再旁及唐宋及以后的文气论，而将韩愈的古文理论用文道范畴来概括，既统筹兼顾，又避免了重复。这样的章节安排经过多次讨论才确定。尽管有的地方不尽合理，但是基本上顾及了中国文学理论批评史的重大问题与历史发展线索的有机融合，也得到了人们的认同。

当然，如何使大学生们对于中国文学理论批评史的基本史实有所掌握，在此基础之上，加强对于中国古代文论的专题与范畴的认识，这也是我们需要认真面对的基本问题。为此，我们这本书增加了相关的重要文论家及论著简介（从老子、孔子到梁启超、王国维，按生卒年代排序，共有四十二位），同时配以插图，在书的最后还有阅读文献，详细收集与排列了关于中国古代文论的重要典籍与今人的研究论著，列入了编写组成员的相关论著，以便读者在阅读本书时举一反三，延伸开去，基本上可以弥补本教材之中的知识性内容，当然，也需要教师在讲授时调动学生的学习积极性，通过课下的阅读与互动来学好这门课，改变以往完全依靠老师课堂讲授来完成这门课的方法。这样做，有利于培养学生创新性思维。

二

马克思主义研究问题的基本方法，便是历史的逻辑与理论的逻辑相一致。中国文学理论批评史的历史发展与理论的丰富是一致的，同时，在处于重大转型的时期，其内部的活力获得激活，这便是中国古代文论生生不息、承前启后的内在机制。对于中国文学理论批评史的这种机制的揭示，是科学阐述中国文学理论批评史演变与发展规律的重要内容。本书在这方面取得很大的成就。主要分两个方面：

第一,充分汲取了现有的学术研究成果。对于中国文学理论批评的研究对象作了重新构建。中国文学理论批评这门学科与学术,严格说来,是在传统诗文评的形态之上,汲取了近代西学东渐之后的产物,是中西合璧的产物,并不只是传统诗文评的衍生之物。因此,我们对于中国文学理论批评研究对象与范围的界定与认识,是处于不断推进的过程之中。老一辈的古代文论学者,对于中国文学理论批评的对象界定,往往是从文学观念上去认识的,具体范围大多是诗文评与戏曲理论,对于小说理论涉及不多,而批评的方式研究更是较为单一。而本书的编写是在21世纪的今天,首先在文学理论批评对象与范围的确定上要有创新性。因此,本书的重要贡献,便是对于中国文学理论批评史的对象作了这样的规定,提出:从书写形式上将中国古代的文学理论批评的研究对象归结为以下几类:

> (一) 注重阐述理论,建构体系的专著,如刘勰的《文心雕龙》、李渔的《闲情偶记·词曲部》、叶燮的《原诗》等。
>
> (二) 随笔摘记式的文论专著,大量的诗话、词话、文话、曲话、小说话等即属此类,如欧阳修的《六一诗话》、陈廷焯的《白雨斋词话》、陈骙的《文则》、凌濛初的《谭曲杂劄》、黄人的《小说小话》等。
>
> (三) 文学选本。选家采录诸本之作,或取或舍,自有主见,后人从中可窥见其意旨,如萧统的《昭明文选》、殷璠的《河岳英灵集》等即是。
>
> (四) 文学评点本。评点是富有民族特色的一种批评样式,其源甚早,自南宋吕祖谦的《古文关键》等几种古文评点本问世之后,越来越受到文人学子的关心,至明清的小说戏曲评点尤盛,以金圣叹的《第五才子书水浒传》《第六才子书西厢记》的评点最负盛名。
>
> (五) 散见于论者别集或本人其他论著中的有关专论、序跋、书信、日记、札记,乃至诗词作品等,如杜甫的《戏为六绝句》是以诗论诗,元结的《箧中集序》是一书序言,白居易的《与元九书》是书信、宋濂的《文原》是专论,一些日记、笔记中也可时见论文之言。
>
> (六) 各类典籍与各种非本人之作中的论文资料。特别是先秦两汉的经史之作、百家之言,所论之"文"的概念比较宽泛,但对后世影响极大。后人的别集或各类论著中,也或存有他人的论文见解,如黄庭坚的论诗之语,多存于范温所著的《潜溪诗眼》,"四灵派"的论诗主旨,主要由叶适在文集中加以揭櫫。
>
> 中国古代文学理论批评的资料如此丰富,然真正将它们作为研究对象,形成一门学科,则有一个漫长的过程。

这样,便将历史的逻辑与理论的逻辑做到了高度的统一。结合本书内容,人们不难考见编写者的匠心独具。体会到编写者是在充分吸纳现有研究成果的基础之上,站在更高的维度来从事编写工作的。"文心者,言为文之用心也",尽管这样的"为文之用心",可能一时还未能完全为人们所理解,但随着时间的推移,相信这本教材的含金量会得到释放与认同的。

在本书中，编写者罗书华教授依据多年从事中国古代叙事学与小说批评研究的功力，对于明清小说评点的状况与理论价值，作了翔实的论述，有不少精彩之处。黄霖先生的绪论中对于明清时期的文学批评这样评介道："在这一时期最具新的特色的是，由于戏曲、小说的繁荣，叙事文学的理论批评异军突起，产生了金圣叹、李渔等杰出的小说、戏曲批评家。与此相应的是，文学评点这一批评样形式在明清时代也风行起来，除金圣叹评点的《水浒传》《西厢记》之外，署名李贽评点的《水浒传》《西厢记》，毛纶、毛宗岗父子评点的《三国演义》，张竹坡评点的《金瓶梅》，脂砚斋评点的《红楼梦》，等等，都为丰富与完善叙事文学理论作出贡献。"在四库馆臣不曾关注的小说与戏曲批评领域中，本书作翔实的论述，提出了许多值得重视的观点，这也是本书的重要特点。

第二，这本教材的另一个重要的方面，便是在近现代文学批评领域的重要收获。近现代中国文学理论批评的叙述与研究，不仅对于中国古代文学理论批评的延伸是至关重要的，而且也验证了中国古代文学理论批评的生命力。中国文学理论批评的价值，不仅在于它是历史生存的，而且也可以为现代所用，具有承先启后之功能。本书绪论提出："近代是中国文论发展的新变期。从鸦片战争到'五四'新文化运动，一般称之为近代。这是一个在中西文化互相碰撞与磨合的过程中，中国社会从古代走向现代的变革、转型期。特别是在中日甲午战争以后，变法图强的呼声日益高涨。为了配合社会的变革，梁启超等倡导'文学界革命'，不但在创作上涌现出一批'新学之诗'、'新文体'散文、'新小说'与'改良戏曲'，而且在理论批评上积极地引进西方的文学观念中的'真精神'，对文学的功用与性质、创作的原则与方法，以及文体的结构、文学的语言等提出了一系列新的看法，推动了文学变革。但这种变革不是完全西化，中国的文学传统还是以各种形式被承传着，西方的文学观念是经过了选择、消化后融进了中国传统之中。在走'斟酌于古今，镕铸于中外'（姚华《曲海一勺》）道路上成绩最为突出的是王国维，他所作的《人间词话》《红楼梦评论》《宋元戏曲史》等在不同文体的理论批评方面都体现了这一精神。"本书采用了整整四节对于近代文学理论批评加以叙说：第一节：概述：西学东渐与文论转型；第二节：文学界革命；第三节：纯文学与杂文学；第四节：斟酌西今与熔铸西今。本书第五章近代文学理论批评的《第三节 纯文学与杂文学》中提出：

> 清末民初中国文论转型的重要标志之一，即是文学观的急剧转变，"纯文学"观被明确地提出，并迅速成为一时的主流话语，"杂文学"观则逐渐被挤向边缘。与此相关，学界又强调"言文合一"与"小说为文学之最上乘"，从根本上改变了传统的文学语言观与文体观。这些新观念的提出与风行，是为了适应当时新民强国时势的需要，在外来的一些"新词语"的直接刺激下产生的，但它们都是与中国传统的文论相衔接的。

对于以往文论界不重视的黄人的文学观念，也作了相应的介绍。通过书中的介绍，我们得知，1911 年，黄人在其所编的《普通百科新大辞典》中对"文学"作了如下的释义："【文学】（文，Literature）我国文学之名，始于孔门设科，然意平列，盖以六艺为文，笃行为学。后世虽有文学之科目，然性质与今略殊。汉魏以下，始以工辞赋者为文学家，见于史则称文苑，始与今日世界所称文学者相合。叙艺文者，并容小说、传奇（如《水浒》《琵琶》）。兹列欧美各国文学界说于后，以供参考。以广义言，则能以言语表出思想感情者，皆为文学。然注重在动读者之感情，必当使寻常皆可会解，是名纯文学。而欲动人感情，其文词不可不美。故文学虽与人之知意上皆有关系，而大端在美，所以美文学亦为美术之一。”本书编写者对于这一重要的文学观念的产生，作出这样的评价：

> 黄人的这一解释，简明扼要，点明了“纯文学”的一些基本问题。他清楚地概括了“纯文学”的基本特性是：一能动情；二为通俗；三是文词美。这种“纯文学”与一般的“以言语表出思想感情”的“广义”的文学不同，更与孔子时代“以六艺为文，笃行为学”的“文学”有别。他在概述“纯文学”时，不是简单地稗贩西方的观点，而是始终站在中国传统的背景上，指出中西之间的同与不同。可见，清末民初在中国土地上形成的“纯文学”观并不与传统的文学观完全对立。它不是简单的西方文化输入的产物，而是对于文学认识的深化，是中西交融的结果。

这样的评价，既顾及传统的文学观念，也高度肯定了黄人这一观点对于文学观念的更新价值。提出清末民初文学观念更新的表征是中西交融，这对于我们今天如何在中国文学理论批评史上的生生不息，是很有启发意义的，也是对于学生在学习本课程时，在观念与方法上的提挈。

以往的中国文学理论批评史对于近代这一块的介绍往往是粗线条的勾勒，但本书在这方面浓墨重彩，是基于这样的考虑：中国文学理论批评是在历史的发展与演变中形成了自己的特点的，同时，它的价值与生命力也是在历史发展的关键时刻经历考验，彰显出强大的生命力的，如果没有近现代西方文化的冲击与考验，那么它的价值也无法获得验证，它的生命力也就终止了，今天我们也没必要再去学习它，最多将作为一门死文化与古典学来研究，而不可能像今天那样，将它作为一门通古今之变，承前启后，继往开来的学问来对待。本书立场鲜明地提出：“学习与研究中国文学理论批评史的意义更在于承传民族传统，丰富与发展中国的文论，服务于当代的文学评论与文化建设。目下中国文论的体系构架、思维方法、话语表述的主色调无疑是西方化的，要改变这种局面，将关系到整体国力、特别是文化软实力的诸多方面，并不是一朝一夕轻而易举的事情，但努力去承传中国优秀的文论传统，并从中‘触发新意’，重建富有民族特色、又立足当今现实，并适应全球文化潮流的中国文论体系，显然是十分必要与迫切的。在这里，要通过传统文论去‘触发新意’有着或沿用，或改造，或借镜等不同渠道。”这一宗旨并不是回到过去的急功近利的老路上去，而是站在21世纪的高度，研究与利用中国丰富的文学理论批评资源，“骋无穷之路，饮不竭之源”（《文心雕龙·通变》），创建出富有特色的中国文学理论批评话语体系。总之，本书在这方面的文献资料的钩沉与理论思维的创新，都是难能可贵的。

［作者简介］ 袁济喜，中国人民大学国学院教授，博士生导师。

中国文论研究的传承与开拓

主持人的话 周兴陆

这里选登的复旦大学第四届中国文论国际学术研讨会的几篇文章。其中戴景贤先生的文章属于宏观的观念研究，在宋代儒学背景中比较唐宋“古文”观念的差异。王瑷玲先生的文章在多元观点构成的“批评语境”中考察明清戏曲评点。陈维昭先生近年致力于古代程墨评点本的研究，他发掘出仲振履的《秀才秘籥》，加以阐论。这些文章是这次会议的新收获，将研究推向深入，读后多有启发。

民国旧体文学批评文献整理与理论研究，是我们新开掘的一个学术方向，近年来逐渐成为热点。这里选录邓国光先生、李德强先生进行专书、专题研究的两篇论文。本次会议的主题是“传承与开拓”。过去近百年中国文学批评史学科的成绩和问题需要去总结，复旦大学几代学人的学术风格、学术统绪需要传承；同时，批评史研究需要不断开拓前进，我们这几年发掘一批文学评点文献，推出《古代文学名著汇评丛书》；将文学批评史拓展至文学学术史，推出《中国分体文学学史》；秉承朱东润先生《中国文学批评史大纲》“详近略远”的精神，将文学批评史延伸至民国，整理民国话体文学批评文献并加以理论研究，都是努力在开拓创新，以激发这门传统学科的现代生命力。

论宋代古文运动之崛起及其特有之文化史意涵

戴景贤

[摘　要]　论宋代古文运动者，皆谓宋初“文”与“道”之观念，胥承接自唐之韩愈退之，此就历史之脉络言，固有其是。唯宋代古文运动之崛兴，乃伴随宋初儒学之复兴运动而起，而宋代儒学之倡导，并非单纯来自退之之影响；以是宋代“古文”发展之样貌与主轴，亦有其并不尽同于唐代之处。本文之主旨，乃试图就退之提倡“古文”之核心观念，一一比较唐、宋间之差异，并继而论述“古文”于宋代发展，所产生之文化效应。

[关键词]　韩愈　古文　唐宋文学　宋代智识阶层文化

论宋代古文运动者，皆谓宋初“文”与“道”之观念，胥承接自唐之韩昌黎(愈，字退之，768—824)；①此就历史之脉络言，诚有其是。唯宋代古文运动之崛兴，乃伴随宋初儒学之复兴运动而起，而宋代儒学之倡导，则并非单纯来自昌黎之影响；以是，宋代古文发展之样貌与主轴，亦有其并不尽同于唐代之处。

相较而言，韩昌黎之提倡所谓“古文”，除其句读异于骈俪之外，其核心之观念有五：

一、道为文本，好古之文，乃好古之道。②

二、所谓为文之学，必本六艺；所谓文章，可以经世。③

---

① 如郭绍虞之论“宋初之文与道的运动”，即云：“宋初之文与道的运动，可以视作韩愈之再生。一切论调主张与态度无一不是韩愈精神之复现。这所谓韩愈精神之复现，最明显的，即是‘统’的观念。”(见郭绍虞著《中国文学批评史》上卷第六篇第一章，收入《民国丛书》第一编第 60 册，上海：上海书店出版社，1989 年，据商务印书馆 1948 年版景印，第 303 页)

② 昌黎文云：“愈之所志于古者，不惟其辞之好，好其道焉尔。”(韩愈《答李秀才书》，见韩愈撰，朱熹考异，王伯大音释《朱文公校韩昌黎先生集》卷之十六，《书》，收入《四部丛刊》第 53 册，据明嘉靖本影印，第 12a 页，总第 135 页)

③ 关于中唐文章之变，好尚古学，其风出于大历、贞元，自《旧唐书》韩愈本传已言之。(见〔后晋〕刘昫〔字耀远，887—947〕等撰《旧唐书》第 13 册，卷一百六十，北京：中华书局，1975 年，第 4195 页)。王铚(字性之，号汝阴老民，？—1144)《韩会传》(收入〔清〕陈鸿墀〔原名治鸿，字万宁，1758—?〕纂《全唐文纪事》〔中〕卷三十九，上海：上海古籍出版社，1959 年，第 505 页)则以昌黎之养于其兄会，学于会，为其关键。后人于此多有所论，钱师宾四(穆，1895—1990)辨之尤细，详所撰《杂论唐代古文运动》(见钱穆《中国学术思想史论丛》〔四〕，收入钱穆撰，钱宾四先生全集编辑委员会主编《钱宾四先生全集》第 19 册，台北：联经出版事业公司，1994 年，第 21—90 页)

三、文所以明道，言出于令德；无志、行，则言、文俱无可观。①

四、文有体、格，辞有风、骨，达者为上。②

五、文之用无穷，而贵能自树立。③

此五点，宋之欲救文弊而兴古道者，皆主之，而亦有不同。差异处，在昌黎乃因文见道，非真有得于道而后论文；④而宋自儒学风气既开后之大家，则是“求道”在于“识文”之先，因“理”而见所谓文章之道。以下分项叙之：

第一项，关于“道为文本，好古之文，乃好古之道”。

昌黎云：

> 愈之为古文，岂独取其句读不类于今者邪？思古人而不得见，学古道而欲兼通其辞。通其辞者，本志乎古道者也。⑤

此昌黎生当彼所自觉“无事之时”⑥，而思学古之道之所自述。倘依其所作《原道》《原性》

① 李太白（白，701—762）文云：“怀经济之才，抗巢、由之节，文可以变风俗，学可以究天人。”（见李白《为宋中丞自荐表》，收入瞿蜕园、朱金城校注《李白集校注》第4册，卷二十六，《表书》，上海：上海古籍出版社，1980年，第1520页）说中以“才”“节”“文”“学”四者并举，义兼儒、道，就立论之所本言，与杜少陵（甫，字子美，712—770）之甘居为儒，差别实际有限；昌黎之有见于“志、行”与“言、文”之一致，若宽松看待，亦当时达者之通言。特太白器性豪俊，不肯拘拘于循礼，故自言其狂，而有嘲“鲁儒”之句（见李白《嘲鲁儒》，收入瞿蜕园、朱金城校注《李白集校注》第4册，卷二十五，《古近体诗》，第1452页）。

② 昌黎谓“国朝盛文章，子昂（姓陈，字伯玉，661—702）始高蹈”（韩愈《荐士》，见韩愈撰，朱熹考异，王伯大音释《朱文公校韩昌黎先生集》卷之二，《古诗》，第14b页，总第33页），即是以振起文章之“气格”为言；而其关键，则在“风”“骨”二字。刘彦和云：“诗总六义，风冠其首，斯乃化感之本源，志气之符契也。是以怊怅述情，必始乎风；沈吟铺辞，莫先于骨。故辞之待骨，如体之树骸；情之含风，犹形之包气。结言端直，则文骨成焉；意气骏爽，则文风清焉。若丰藻克赡，风骨不飞，则振采失鲜，负声无力。是以缀虑裁篇，务盈守气，刚健既实，辉光乃新。其为文用，譬征鸟之使翼也。故练于骨者，析辞必精；深乎风者，述情必显。捶字坚而难移，结响凝而不滞，此风骨之力也。若瘠义肥辞，繁杂失统，则无骨之征也。思不环周，索莫乏气，则无风之验也。昔潘勖（字符茂，？—215）锡魏，思摹经典，群才韬笔，乃其骨髓峻也。相如（姓司马，字长卿，约前169—前118）赋仙，气号凌云，蔚为辞宗，乃其风力遒也。能鉴斯要，可以定文，兹术或违，无务繁采”（见刘勰撰，詹锳〔字振文，1916—1998〕义证《文心雕龙义证》中册，《风骨第二十八》，上海：上海古籍出版社，1999年三刷，第1047—1057页），即是其说。陈伯玉之于此一义发源而有所实践，李、杜、元（稹，字微之，779—831）、白（居易，字乐天，晚号香山居士、醉吟先生，772—846）皆继之而起，实乃唐诗之所以成其为唐之关键；诗风之形塑问题，尚在其次。特历来之说，未将伯玉“复古”之说，直接连结于彦和之论。

③ 昌黎云：“夫百物朝夕所见者，人皆不注视也，及睹其异者，则共观而言之。夫文岂异于是乎？汉朝人莫不能为文，独司马相如、太史公（司马迁，字子长，前145/135—？）、刘向（字子政，前77—前6）、扬雄（字子云，前58—18）为之最。然则用功深者，其收名也远。若皆与世沉浮，不自树立，虽不为当时所怪，亦必无后世之传也。足下家中百物，皆赖而用也，然其所珍爱者，必非常物。夫君子之于文，岂异于是乎？今后进之为文，能深探而力取之，以古圣贤人为法者，虽未必皆是，要若有司马相如、太史公、刘向、扬雄之徒出，必自于此，不自于循常之徒也。若圣人之道，不用文则已，用则必尚其能者，能者非他，能自树立，不因循者是也。有文字来，谁不为文？然其存于今者，必其能者也。顾常以此为说耳。”（韩愈：《答刘正夫书》，见韩愈撰，朱熹考异，王伯大音释：《朱文公校韩昌黎先生集》卷之十八，《书》，第4页，总第143页）

④ 宋儒论文章，虽多推原退之，然自理学既兴之后，则以其论道为不足。朱子亲校文公之集，字斟句酌，彼之重视于《韩集》可知，然论其学，则谓：“看它《文集》中说，多是闲过日月，初不见他做工夫处，想只是才高，偶然见得如此。及至说到精微处，又却差了。”（见〔宋〕黎靖德辑《朱子语类》卷一百三十七，收入〔宋〕朱熹撰，朱杰人等主编《朱子全书》〔修订本〕第18册，郑明等校点，庄辉明审读，第4257—4258页）由此知，宋学大兴后，诸家所论于古人之道，乃至“道”与“文”之关系，并非皆依循昌黎。

⑤ 韩愈《题欧阳生哀辞后》，见韩愈撰，朱熹考异，王伯大音释《朱文公校韩昌黎先生集》卷之二十二，《哀辞》，分第3b页，总第167页。

⑥ “生天下无事之时”，语本昌黎《感二鸟赋并序》；其文云：“幸生天下无事时，承先人之遗业，不识干戈、耒耜、攻守、耕获之勤。读书著文，自七岁至今，凡二十二年。其行己不敢有愧于道，其间居思念前古当今之故，亦仅志其一二大者焉。选举于有司，与百十人偕进退，曾不得名荐书、齿下士于朝，以仰望天子之光明。”（见韩愈撰，朱熹考异，王伯大音释《朱文公校韩昌黎先生集》卷之一，《赋》，分第1b页，总第15页）此所谓“天下无事”，虽乃以未遭兵 （转下页）

《劝学》《师说》诸文观之，彼心目中之所谓“古之道”，实乃合“心性”“义理”“治化”“文章”而一之；以是虽汉、唐之盛，昌黎犹以为未足。此与宋承唐光启以来，百年嚣陵噬搏之气①，而欲重新整顿中国之政治与社会，形势可谓迥异。

对于宋儒而言，世道系于儒学，学术之气运虽与文运相关，然文运之兴，于学术仅属助缘；宋儒因学术之发达，从而于“心性”“义理”“治化”“文章”四者间之关系，有远较昌黎为深刻之认知，其事乃因经史、性理之学各别之建构，不仅皆具有“学术方法”上之巨幅进步，且于“儒学”整体之观念上，亦开拓有“未之前见”之深度与广度。② 特就学术气运之“积微而著”言，昌黎之提倡“文、道合一”，且于自身作出具体之示范，仍于宋初形成重要之启导；且彼以“古文”之概念，影响中国之智识分子，不仅由北宋延续于南宋，实际亦下逮于明、清，直至光绪间“新学”之起，乃始式微。③

究极而论，昌黎观点之所以能产生影响，主要之原因，系因其思想，乃传播于中国体制下之菁英政治，与其沿袭而有之传统学术；“文章”成为达致“政治”与“教化”目的之载体，具有“运使政治权力”与“形塑政治文化”之功能。因而一种“文章”之体，若能获得流行，成为菁英阶层“政治语言”与“文化语言”表述之主要形式，且具有推动“政治理念”与“文化理念”之功效，即有极大之拓展性。“昌黎文”之所以经由少数大家之提倡，其“模仿效应”迅速扩展于朝、野，逐渐取代南北朝以迄隋、唐奠基于门第之高度“美文化”之庙堂文体，宋初以来兴起于一般士、庶之家，以重新想象之“圣治”作为核心理念之政治意识与文化意识，实为主要之动因。④ 此种政治意识与文化意识，不仅有其不同于隋、唐以来，大致而言，“三教并尊”⑤之思想氛围中，对于“世道”与“教化”之理解；即使相较于昌黎之汲汲于“学古道而欲兼通其辞”，双方于“道”与“辞”之实质内涵，认知亦颇有差异。

追溯而言，所谓“道为文本”，就其观念之起源论，本出于儒家以“言文”“身文”“治化之文”，其理并出于“道之自然”之主张，故刘彦和（勰，465？—520？）于齐、梁“文弊”之时，论

（接上页）燹为言，非谓天下一无可忧，然以中唐之局面，昌黎乃以为生幸，而云“不识干戈、耒耜、攻守、耕获之勤”，正亦是表明昌黎之缺乏政治识见，以及一般士人态度之乐观；此点与宋初之儒者，差异极大。

① “唐光启以来，百年嚣陵噬搏之气”一语，出清儒王船山（夫之，字而农，号姜斋，1619—1692）之《宋论》（收入〔清〕王夫之撰，船山全书编辑委员会编校《船山全书》〔修订本〕第11册，卷一，长沙：岳麓书社，2012年，第21页）。

② 关于宋代性理之学与经史之学之发展，参见拙作《论宋代儒学所建构之义理传统与其内涵之哲学特质》（初稿见刘昭明主编《西湾珞珈论学集》，高雄：中山大学中国文学系、清代学术研究中心、宋代文学史料研究室，2015年，第363—408页；后收入戴景贤撰《宋元学术思想史论集》上编〔香港：中文大学出版社，排印中〕）、《论宋代经史学发展之类型、样态、取径、议题与其所形成之特殊之文献之学》（初稿刊登《文与哲》第29期〔2016年6月〕，第83—152页；收入戴景贤撰《宋元学术思想史论集》中编〔香港：中文大学出版社，排印中〕）。

③ 严又陵（复，字几道，1854—1921）于清末作《辟韩》（见严复撰，王栻主编《严复集》第1册，北京：中华书局，1986年，第32—34页），不仅代表中国智识阶层“学术”观点之重大改变；亦显示当时智识分子对于“社会现实”之理解，由“主观”（subjectiveness）趋于相对而言之“客观”（objectiveness）（参见拙作《中国近二百年“存在思维”中世界观之转变与其时代意义》〔收入戴景贤撰《中国现代学术思想史论集》，香港：中文大学出版社，2016年，第37—90页〕）。至于民初以后之“白话文运动”，以打倒“选学妖孽”“桐城谬种”为口号，则是对于士人文学传统之扬弃。此二者之皆曾溯及韩氏，以之为批判之对象，此点自反面论之，则可彰显昌黎透过其文章之流传所产生之历史影响。

④ 关于宋初儒学观念中所谓“圣学”之意涵及其作用，参见拙作《论宋代儒学所建构之义理传统与其内涵之哲学特质》。

⑤ 关于隋、唐二代，自隋文帝以来政治方面“三教并用”之策略，参见龚书铎总主编、李岩主编：《中国文化发展史》〔隋唐卷〕第二章《三教争衡与学术思潮》，济南：山东教育出版社，2013年，第42—85页。

“文”之为德，乃有“原道”“宗经”之说；[①]此虽非阐释儒家“道为文本”观念之仅有者，却是于“治化”方面，为义之最全者。[②] 唯对于唐人而言，北朝之影响外，[③]彼承南朝以来“踵事增华”之风，[④]“文”之可赏，固不尽与“道用”相关，以是缛丽、浮诡有伤文体者，时或有之。[⑤] 此在中唐，论之者非一；非出于昌黎。[⑥] 而究论昌黎之所据以兴复古道者，则有二途：一在弃骈就散，取法秦、汉以前；此关乎“辞”者也。一在弃虚就实，因事明理；此关于“义”者也。而综合二者，则有“以身鸣世”之说。其发而为“辟佛”之论，欲以此自见于世，观念即是奠基于此。

然由于昌黎非深谙治道者，故彼之唱为古文，非能于古今“文”“笔”之用，一一辨明源流，如彦和之所为，并自以一大手笔，尽变当时之体；而系以长短议论、杂论叙记，展现“自我”之面貌。甚至驳杂游戏，有所不避。[⑦] 故于其文章之内里，实际乃以“诗人述志”之方式为之，可视之为乃唐代诗歌运动中，“以重建风骨为复古”之精神趋向于“文”之

---

① 关于《原道》《宗经》二文之篇旨，参见刘勰撰，詹锳义证《文心雕龙义证》上册，第2—28、33—53页。至于彦和整体思想之结构，及其与玄学之关系，参见拙作《论刘勰〈文心雕龙〉之文学本质论及其玄学基础》（初稿发表于上海复旦大学所举办之“第三届中国文论国际学术研讨会”，上海：上海复旦大学，2011年11月27—29日；节录本，刊登《台大中文学报》第37期〔2012年6月〕，第129—174页。全文辑入黄霖、周兴陆主编《视角与方法：复旦大学第三届中国文论国际学术研讨会论文集》，南京：凤凰出版社，2013年，第256—284页）。

② 《隋书·文学传》（见〔唐〕魏征等撰《隋书》第6册，卷七十六，《列传第四十一》，北京：中华书局，1973年，第1729—1731页）此传序出魏征（字玄成，580—643），其文前半，论文之为用，乃至汉、魏以来以迄晋、宋文体之变，颇似彦和，则所谓“前哲论之详矣”者，或即出于彦和之说；二者可取以比观。

③ 关于北朝之影响，参见杜晓勤《北齐文学传统与初唐诗歌革新之关系》，《文学评论》2008年第5期，第56—63页。

④ 萧德施（统，小字维摩，501—531）《文选序》：“盖踵其事而增华，变其本而加厉；物既有之，文亦宜然。”（见〔梁〕萧统编，〔唐〕李善（630—689）注：《文选》，上海：上海古籍出版社，1986年，第1页）

⑤ 《封氏闻见记》记唐贡举云：“国初，明经取通两经，先帖文，乃按章疏试墨策十道；秀才试方略策三道；进士试时务策五道。考功员外职当考试。其后举人惮于方略之科，为秀才者殆绝，而多趋明经、进士。贞观二十年，王师旦为员外郎，冀州进士张昌龄（？—660）、王公瑾并文词俊楚，声振京邑。师旦考其文策为下等，举朝不知所以。及奏等第，太宗（599—649）怪无昌龄等名，问师旦。师旦曰：‘此辈诚有词华，然其体轻薄，文章浮艳，必不成令器。臣擢之，恐后生仿效，有变陛下风俗。’上深然之。后昌龄为长安尉，坐赃罪解官，而王公瑾亦无所成。”（见〔唐〕封演撰，赵贞信校注《封氏闻见记校注》卷三，北京：中华书局，2005年，第15页）师旦所云，即是以“取士”之角度，论文章词华或伤治道，则唐人亦多有此见。论者谓记中所云“其体轻薄”，非指文辞，乃指其为人，盖恃才傲物之类（见王运熙、顾易生主编，王运熙、杨明撰《中国文学批评通史》〔隋唐五代卷〕第一编《隋和初唐的文学批评》，上海：上海古籍出版社，2007年二刷，第43页）。此事《太平广记》引《谭宾录》，师旦对语作“体性轻薄，文绝浮艳，必不成令器。臣不上拔者，恐变陛下风雅”（见〔宋〕李昉〔字明远，925—996〕等编《太平广记》第4册，卷一百六十九，北京：中华书局，1961年，第1234页），亦著“轻薄”二字。然此之所云，是否确指其人之体性，则有可疑。《新唐书》载：“文宗从内出题以试进士，谓侍臣曰：‘吾患文格浮薄，昨自出题，所试差胜。’乃诏礼部岁取登第者三十人，苟无其人，不必充其数。是时，文宗好学嗜古，郑覃（？—842）以经术位宰相，深嫉进士浮薄，屡请罢之。文宗曰：‘敦厚浮薄，色色有之，进士科取人二百年矣，不可遽废。’因得不罢。”（见〔宋〕欧阳修、宋祁〔字子京，998—1061〕撰《新唐书》第4册，卷四十四，《选举志上》，北京：中华书局，1975年，第1168页）则“轻薄”“浮薄”，本“敦厚”之反，乃指学、识不足所引生“文格”之虚浮不实，为溺词章者易有，故唐、宋重经术者，于科考多有“进士浮薄”之讥；其词恐非以指恃才傲物之类。

⑥ 参见王运熙、杨明撰《中国文学批评通史》〔隋唐五代卷〕第二编《唐代中期的文学批评》，第171—575页。

⑦ 钱师宾四考《唐摭言》云“韩公著《毛颖传》，张水部（籍，字文昌）以书劝之”，乃未得其实而臆测之词，凡张籍所讥于昌黎“多尚驳杂无实之说”（见张籍《与韩愈书》，收入〔唐〕张籍撰，徐礼节、余恕诚校注《张籍集系年校注》下册，卷十，北京：中华书局，2011年，第994页）者，皆在二人缔交之前，其说乃指昌黎因循时俗为章句杂篇，如《感二鸟赋》（见韩愈撰，朱熹考异，王伯大音释《朱文公校韩昌黎先生集》卷之一，《赋》，第1—2页，总第15—16页）、《河中府连理木颂》（同上，卷之十三，《杂著》，第6页，总第110页）、《猫相乳》（同上，卷之十四，《杂著》，第3页，总第116页）、《赠张童子序》（同上，卷之二十，《序》，第2—3b页，总第154—155页）、《送权秀才序》（同上，卷之二十一，《序》，第4b—5a页，总第160页）、《祭田横墓文》（同上，卷之二十二，《哀辞祭文》，第1页，总第166页）之类。而昌黎之答书，则初不足以释张籍之疑；必其晚岁深造于文，乃始有以透彻发明自身“文本于道，文道一贯”之主张（说详钱师宾四《杂论唐代古文运动》）。钱师之说，以今日所谓“文学”（literature）之观点，评估昌黎之历史贡献；其论宏阔深刻，盖多发前人所未发者。唯本文此处，则兼以“儒术”所涵盖之整体功用为论，以之较论昌黎之所唱，与刘彦和之所见，故凡文中所析义，亦颇有溢出钱师所阐释之外者。

一种发展。①

相较于昌黎之将散文之体，与诗“比兴”之义结合，②以援作“述志”之工具，宋人则于延续韩文之所展示之外，于另一方面，亦藉整体“文官文化”之进一步增强，将种种属于政治实务之应用文类，乃至史记、杂志，一一以“辞”“义”相副之标准为之；由是大变文章之体。今若取宋赵子直（汝愚，1140—1196）所辑《皇朝名臣奏议》③中之文，以与唐人同类之篇章相较，即可辨出差异。此一变革，影响直至清末。

由是可知，以“古文”之体而唱“文与道一”，昌黎之所见与所为，与宋人之所见与所为，相承而非一；未可以为宋初以降事关“文”与“道”之运动，皆仅是“昌黎精神”之再生。

第二项，关于“所谓为文之学，必本六艺；所谓文章，可以经世”。

昌黎《进学解》之藉他者之口以自言其学云：

> 沈浸酞郁，含英咀华，作为文章，其书满家。上规姚姒，浑浑无涯；周《诰》、殷《盘》，佶屈聱牙；《春秋》谨严，《左氏》浮夸；《易》奇而法，《诗》正而葩；下逮《庄》《骚》，太史所录；子云、相如，同工异曲。④

于所以为文，则曰：

> 先生之于文，可谓闳其中而肆其外矣。少始知学，勇于敢为；长通于方，左右具宜。⑤

至于述其“所以经世”，则曰：

> 先生口不绝吟于六艺之文，手不停披于百家之编；纪事者必提其要，纂言者必钩其玄；贪多务得，细大不捐；焚膏油以继晷，恒兀兀以穷年。先生之业，可谓勤矣。
>
> 抵排异端，攘斥佛老；补苴罅漏，张皇幽眇；寻坠绪之茫茫，独旁搜而远绍；障百川而东之，回狂澜于既倒。先生之于儒，可谓劳矣。⑥

由以上所谓“劝学”之论可知：昌黎之以文必本于六经，而文章可以经世，就大体而言，仍不脱以一“文士”之立场，认知所谓“儒学”；彼对于长久以来，儒门之所以淡薄⑦，与

---

① 唐代之诗歌运动，并非皆以“振起风骨”唱为一种“复古”之运动，而若李太白、韩昌黎之推尊陈伯玉，则是。关于唐代古文运动与古诗运动之关系，参见钱师宾四《杂论唐代古文运动》。

② 此所谓“将散文之体与诗‘比兴’之义结合”，极重要之一点，即是作者将自身之“发言位置”，安放于设定之情境中，期待读者能善会其意而知之。欧阳永叔（修，1007—1072）著《朋党论》，题下标注“在谏院进”（见〔宋〕欧阳修撰，李逸安点校《欧阳修全集》第2册，卷十七，《论》，北京：中华书局，2001年，第297页），即是欲以此点明己意。

③ 见〔宋〕赵汝愚编，北京大学中国中古史研究中心校点整理，邓广铭主持《宋朝诸臣奏议》，上海：上海古籍出版社，1999年。

④⑤⑥ 见韩愈撰，朱熹考异，王伯大音释《朱文公校韩昌黎先生集》卷之十二，《杂著》，分第3b页，总第103页。

⑦ 《佛祖统纪》记云：“荆公王安石问文定张方平（字安道，号乐全居士，1007—1091）曰：‘孔子去世百年，生孟子，后绝无人，或有之而非醇儒。’方平曰：‘岂为无人？亦有过孟子者。’安石曰：‘何人？’方平曰：‘马祖（道一 （转下页）

儒学精神之所以衰颓，所识者固极为有限。宋人陈善（字子兼，号潮溪）著《扪虱新话》，谓欧阳永叔继退之《原道》篇作《本论》，论佛法之为患，乃彼乘中国政阙礼废之时而来，为今胜之之法，则唯补阙修废，使政明而礼义充，则虽有佛，将无所施于民；①其说一出，当时士论为之一变。② 可见即就此点而言，文章之发用，与经世之学合流，乃宋古文运动所以壮阔；亦非昌黎所及也。

第三项，关于"文所以明道，言出于令德；无志、行，则言、文俱无可观"。

昌黎辟佛，提出"道统"之说，而以孟氏之言拒杨、墨自比拟；③此以志气而言，诚可开拓后来者之心胸。宋人之推服昌黎，于此皆无异辞。尤其彼文中有谓"轲之死，不得其传焉；荀与扬，择焉而不精，语焉而不详"，④更是将儒学之标准，推至汉以降所未曾有之高度。理学诸儒之严立师道、高自期许，虽属后来居上，然推其始，固亦受其鼓舞而然。昌黎于此，可谓功不可没。虽昌黎之立身，非无可批评，其于性理，亦无大过人之说，然彼注意及于《论语》论"性"不同于孟子，⑤于圣门独重颜回（字子渊），集中《省试颜子不贰过论》一文，举《中庸》之论以为说，谓：孔子者，自诚明，圣人也；颜子者，自明诚，庶几乎圣人者也，⑥凡此，亦皆于宋代之儒学，有不容轻忽之影响。

唯若以宋代"性理之学"之极尽精微，且逐渐扩散其效而言，性情、事理、志行，融结于文章之中，各家有各家之面貌，以"文"名者，以"学"名者，莫不以此而相濡；凡此，亦非仅是韩、柳（宗元，字子厚，773—819）之绪余。

至于第四五两项，一关于"文有体、格，辞有风、骨，达者为上"；一关于"文之用无穷，而贵能自树立"，则亦有说：

盖前举一、二、三三项，依彼处所述，虽皆始于昌黎，宋人之发展，俱出其上；唯此四五两项，最是昌黎擅场，昌黎之开导于后人者，可谓启示无穷。东坡所谓"文起八代之衰"⑦者，此两项之所指，实足以当之。故明人承宋之后，合唐、宋之古文，有"八家"之目，⑧必以昌黎为翘楚；清桐城方（苞，字凤九，一字灵皋，晚号望溪，1668—1749）、姚（鼐，字姬传，一字梦谷，

（接上页）禅师，709/688—788/763）、汾阳（无业禅师）、雪峰（义存禅师，822—908）、岩头（全豁禅师，828—887）、丹霞（天然禅师，739—824）、云门（文偃禅师，864—949）。'安石意未解，方平曰：'儒门淡薄，收拾不住，皆归释氏。'安石欣然叹服。后以语张商英（字天觉，号无尽居士，1043—1122），抚几赏之曰：'至哉此论也。'"（见〔宋〕释志磐〔号大石〕撰《佛祖统纪》卷第四十五，《法运通塞志》十七之十二，收入《大正新修大藏经》第49册，史传部，第2035号，台北：新文丰出版公司，1983年，第415页）此即所谓"淡薄"之说之出处。

① 永叔之说，见所撰《本论》，论共二篇，收入欧阳修撰，李逸安点校《欧阳修全集》第2册，卷十七，《论》，第288—293页。

② 见〔宋〕陈善撰《扪虱新话》卷十一，收入《续修四库全书》第1122册，上海：上海古籍出版社，1997年，据明崇祯毛氏汲古阁刻津逮秘书本景印，分第5a页，总第144页。

③④⑤ 语详韩愈《原道》，见韩愈撰，朱熹考异，王伯大音释《朱文公校韩昌黎先生集》卷之十一，《杂著》，分第1—3页，总第96—97页；分第3b—5a页，总第97—98页。

⑥ 韩愈《省试颜子不贰过论》，《朱文公校韩昌黎先生集》，卷之十四，《杂著》，分第14—5a页，总第121—122页。

⑦ "文起八代之衰，而道济天下之溺"，语出苏轼《潮州韩文公庙碑》（见苏轼撰，孔凡礼点校《苏轼文集》第2册，卷十七，《碑》，北京：中华书局，1986年，第509页）。

⑧ 四库馆臣于明茅顺甫（坤，号鹿门，1512—1601）编《唐宋八大家文钞》项下云："《明史·文苑传》称坤善古文，最心折唐顺之（字应德，一字义修，号荆川，1507—1560）。顺之所著《文编》，唐宋人自韩、柳、欧、三苏、曾、王八家外，无所取，故坤选《八大家文钞》。考明初朱右（字伯贤，1314—1376），已采录韩、柳、欧阳、曾、王、三苏之作为《八先生文集》，实远在坤前。然右书今不传，惟坤此集为世所传习。"（见金毓黻〔号静庵，1887—1962〕等编《文溯阁四库全书提要》卷一百九，《总集类四》，北京：中华书局，2014年，第14页，总第3845—3846页）此"八家"并称之来历。相关问题，说详周振甫《唐宋八大家论》（刊登《文学遗产》1996年第6期，第34—41页）。

号惜抱，1731—1815）选文，号称文派，得之最深者，亦在昌黎。[①] 若宋人者，仅以羽翼。其中唯当辨者，则有一端，即是“应用之体”与“言志之体”之宜分；昌黎之特出，仅当以后者为论，而非前者。

此处所谓“应用之体与言志之体宜分”，就“古文”而言，意若相牾。盖依“古文”之适用而论，凡古文之“言志”者，每寓于“应用之体”；即非应用，亦多事有所缘，以是而作。故此处所云“宜分”，特以轻重言之；非严格之说。

今姑以韩文中最为人所脍炙者论之。

如《论佛骨表》[②]，此昌黎最见风骨志行之文；后世慕之者不绝。此如以“言志之体”论之，则固如此。若以“应用之体”为说，则谏君以诚，但当微婉言之，动之以情，如司马温公《上英宗论两宫当相恃为安》之体贴细微[③]；何可举历来之君，谓佞佛者皆为寿不永？其在当日，昌黎亦果以出言讦牾获罪，以为有失臣体。故仅以“言志之体”论之，昌黎之文，百世可颂；若以“应用之体”论之，则唯诸葛武侯（亮，字孔明，181—234）之《出师表》[④]，兼得其善，昌黎之文乃不可法。姚惜抱为《古文辞类纂》，于“奏议类”两收之而未予以别择，明显仍是以“词章”之观点为论。

又如《送浮屠文畅师序》[⑤]，极尽诡谲之能，至诬彼之求我，乃慕吾儒，但拘于法而不能入，故来请说；凡此，亦是以“自言其志”为主。在昌黎心中，其草为此文，本即欲以之与天下喜文者同观，殊非真在赠求序者以言；而如文畅师者，固亦乐而赏之。若此之类，亦宜以“言志之体”视之，乃文章之变格。[⑥]

综合上述，可见宋代“古文”之概念与其结体，虽源自昌黎，其发展之样貌与主轴，则有其自身之脉络，与唐代不同。而此一不同于唐代之发展，若就其产生之效应而言，则约有数端：一于治体，一于治化，一于儒学，一于词章。以下分叙之：

第一项，所谓“于治体”。

此之云“事关治体”，乃言以文佐治而成气候。叶水心（适，字正则，1150—1223）《习学记言序目》称吕伯恭（祖谦，1137—1181）《皇朝文鉴》之编，乃“自古类书未有善于此”[⑦]，

---

① 姚惜抱辑古文辞，于“论辨”类评云：“退之著论，取于六经、孟子；子厚取于韩非、贾生；明允杂以苏、张之流；子瞻兼及于《庄子》。学之至善者，神合焉；善而不至者，貌存焉。惜乎！子厚之才，可以为其至，而不及至者，年为之也。”（〔清〕姚鼐纂集，吴闿生评《吴评古文辞类纂》〔一〕，台北：台湾中华书局，1971 年台一版，第 11b 页）其衡论，以善学六经、孟子为最贵，而于各家，独惜子厚，以为能至未至，年实为之。可见彼之于韩，实有深得，故尊之如此。

② 见韩愈撰，朱熹考异，王伯大音释《朱文公校韩昌黎先生集》卷之三十九，《表状》，分第 2b—4 页，总第 239—240 页。

③ 收入赵汝愚编，北京大学中国中古史研究中心校点整理，邓广铭主持《宋朝诸臣奏议》上册，第 77—78 页。

④ 诸葛亮《前出师表》，见〔三国〕诸葛亮撰，段熙仲（1897—1987）、闻旭初编校《诸葛亮集》卷一，北京：中华书局，1960 年，第 4—6 页。

⑤ 见韩愈撰，朱熹考异，王伯大音释《朱文公校韩昌黎先生集》卷之二十，《序》，分第 3—4a 页，总第 155 页。

⑥ 昌黎尝谓：“唐之有天下，陈子昂、苏源明（初名预，字多弱夫）、元结（字次山，719—772）、李白、杜甫、李观（字符宾，766—794），皆以其所能鸣。其存而在下者，孟郊东野（751—814）始以其诗鸣。其高出魏、晋，不懈而及于古，其他浸淫乎汉氏矣。从吾游者，李翱（字习之，772—841）、张籍（字文昌）其尤也。三子者之鸣信善矣。抑不知天将和其声而使鸣国家之盛邪？抑将穷饿其身，思愁其心肠，而使自鸣其不幸邪？三子者之命，则悬乎天矣。其在上也奚以喜，其在下也奚以悲？”（韩愈《送孟东野序》，见《朱文公校韩昌黎先生集》卷之十九，《书序》，分第 7b 页，总第 150 页）可见彼之主张“文”“道”一贯，重在“以己之所能鸣”，无论“鸣国家之盛”，或“自鸣其不幸”，谓皆足以风化一世之人心；其说实偏主于诗教“言志”之义，与其前刘彦和之原“文”于道而有“宗经”之旨，意不尽相同。

⑦ 见〔宋〕叶适撰《习学记言序目》下册，卷四十七，《皇朝文鉴一》，北京：中华书局，1977 年，第 695 页。

而其论周必大(字子充,一字洪道,1126—1204)之《序》,则谓“此书以序而晦”。彼之叙论于此,说极精要,可为参考。其文云:

> 吕祖谦,字伯恭,公著(字晦叔,1018—1089)五世孙,中进士第,又中博学宏词,与张栻(字敬夫,又字钦夫,1133—1180)、朱熹(字符晦,1130—1200)同时,学者宗之,仕至著作郎,卒年四十五。初,孝宗(赵昚,1127—1194)命知临安府赵磻老(字渭师)诠校本朝《文海》,磻老辞不能,遂以命祖谦;因尽取渡江前众作,备加搜择,成百五十卷,盖自古类书未有善于此。按上世以道为治,而文出于其中;战国至秦,道统放灭,自无可论。后世可论惟汉唐,然既不知以道为治,当时见于文者,往往讹杂乖戾,各恣私情,极其所到,便为雄长;类次者复不能归一,以为文正当尔,华忘实,巧伤正,荡流不反,于义理愈害而治道愈远矣。此书刊落浩穰,百存一二,苟其义无所考,虽甚文不录,或于事有所该,虽稍质不废;巨家鸿笔,以浮浅受黜;稀名短句,以幽远见收。合而论之,大抵欲约一代治体归之于道,而不以区区虚文为主。余以旧所闻于吕氏又推言之,学者可以览焉。然则谓庄周、相如为文章宗者,司马迁、韩愈之过也。
>
> 礼部尚书周必大承诏为序,称:“建隆、雍熙之间,其文伟;咸平、景德之际,其文博;天圣、明道之辞古;熙宁、元祐之辞达。”按吕氏所次二千余篇,天圣、明道以前,作者不能十一,其工拙可验矣。文字之兴,萌芽于柳开(字仲涂,号东郊野夫、补亡先生,948—1001)、穆修(字伯长,979—1032),而欧阳修最有力,曾巩(字子固,1019—1083)、王安石(字介甫,1021—1086)、苏洵父子(洵,字明允,1009—1066;轼,字子瞻,1037—1101;辙,字子由,1039—1112)继之始大振;故苏氏(轼)谓“虽天圣、景祐,斯文终有愧于古”①,此论世所共知,不可改,安得均年析号各擅其美乎?及王氏用事,以周、孔自比,掩绝前作,程氏兄弟(颢,字伯淳,号明道,1032—1085;颐,字正叔,号伊川,1033—1107)发明道学,从者十八九,文字遂复沦坏,则所谓“熙宁、元佑其辞达”,亦岂的论哉!且人主之职,以道出治,形而为文,尧、舜、禹、汤是也。若所好者文,由文合道,则必深明统纪,洞见本末,使浅知狭好无所行于其间,然后能有助于治,乃侍从之臣相与论思之力也;而此序无一词不谄,尚何望其开广德意哉!盖此书以序而晦,不以序而显,学者宜审观也。②

水心此论以“由文合道,则必深明统纪,洞见本末,使浅知狭好无所行于其间,然后能有助于治”,可谓深明“文”与“治”间之关系;而其由《文鉴》之集,谓天圣、明道以前,作者不能十一,其工拙可验矣,文字之兴,萌芽于柳开、穆修,而欧阳修最有力,曾巩、王安石、苏洵父子继之始大振,则为透宗之论。而文中之谓“及王氏用事,以周、孔自比,掩绝前作,程氏兄弟发明道学,从者十八九,文字遂复沦坏”云云③,则更是非真识北宋以来文章变化者

---

① 见苏轼《六一居士集叙》,收入〔宋〕苏轼撰,孔凡礼点校《苏轼文集》第1册,卷十,《序》,北京:中华书局,2004年六刷,第316页。

② 见叶适《习学记言序目》下册,卷四十七,《皇朝文鉴一》,第695—696页。

③ 关于熙宁贡举改制之弊,时人论之颇切。元祐元年闰二月尚书省言:“近岁以来,承学之士,闻见浅(转下页)

不知;①其论弥足珍贵。

第二项,所谓"于治化"。

此之云"事关治化",乃言古文之以新体变旧,不仅适用,亦以成化;而后《选》体之颂赞、祝盟、铭箴、诔碑、哀吊、杂文、诏策、檄移、章表、奏启、议对、书记等,昔日依雕缛成体,②文华日新,而亦以通之于上、下者,遂退而等同诗、赋。水心据伯恭《文鉴》而辨此,诗、赋之外,其所解析,涵盖诏敕、册诰、奏疏、表、铭箴、颂赞、记、序、论、策、议、书、制问、杂著、传等。其中最足以彰显与"治化"相关者,尤在奏疏;故叶氏论之尤详。③ 其说虽非尽得其粹,然后人之所以重视前所述及赵子直所辑《皇朝名臣奏议》,正亦于此同有所见。

第三项,所谓"于儒学"。

此之云"于儒学"之效应,在于:宋代古文,伴随同时而起之"儒学"之复兴运动,以及以"学术菁英"为核心之文官系统之建立,使其发展,由"明道"渐趋于"辨理";④此点不仅转变儒士对于"文"之理解,亦实际树立对于"何者为当代之鸿文"之一种新标准。此点与宋儒同时建构"文章"之外种种儒学之规范,相关而不同,影响后代亦巨。

第四项,所谓"于词章"。

此处所指宋代古文"于词章"之作用,主要指"形式构造"(formal structure)与"审美

(接上页)陋,辞格卑弱。其患在于治经者专守一家,而略去诸儒传记之说;为文者惟务解释,而不知声律、体要之学。深虑人材不继,而适用之文,从此遂熄。兼一经之内,凡可以为义题者,牢笼殆尽,当有司引试之际,不免重复。若不别议更张,寖久必成大弊。欲乞朝廷于取士之法,更加裁定。"又礼部言,乞置《春秋》博士及进士专为一经。又侍御史刘挚(字莘老,1030—1097)言:"伏见国朝以来,取士设科,循用唐制。进士所试诗、赋、论、策,行之百余岁,号为得人。熙宁初,神宗皇帝崇尚儒术,训发义理,以兴人才,谓章句破碎大道,乃罢诗、赋,试以经义,儒士一变,皆至于道。夫取士以经,可谓知本。然古人治经,无慕乎外,故其所自得者,内足以美己,而外足以为政。今之治经,以应科举,则与古异矣。以阴阳性命为之说,以泛滥荒诞为之辞,专诵熙宁所颁新经、《字说》,而佐以庄、列、佛氏之书,不可究诘之论,争相夸尚。场屋之间,群辈百千,浑用一律,主司临之,珉玉朱紫,困于眩惑。其中虽有深知圣人本旨、该通先儒旧说,苟不合于所谓新经、《字说》之学者,一切在所弃而已。至于蹈袭他人,剽窃旧作,主司猝然亦莫可辨。盖其无所统纪,无所檃括,非若诗、赋之有声律、法度,其是非工拙,一披卷而尽得知也。诗、赋命题,杂出于《六经》、诸子、历代史记,故重复者寡。经义之题,出于所治一经,一经之中可为题者,举子皆能类聚,裒括其数,豫为义说,左右逢之。才十余年,数牓之间,所在义题,往往相犯。然则文章之体,贡举之法,于此其弊极矣。"(以上并见〔宋〕李焘〔字仁甫,号巽岩,1115—1184〕撰,上海师范大学古籍整理研究所、华东师范大学古籍整理研究所点校《续资治通鉴长编》第25册,卷三百六十八,元祐元年丙寅(1086),北京:中华书局,1990年,第8858—8859页)至于道学之坏文字,则水心此论发之。

① 水心所谓"程氏兄弟发明道学,从者十八九,文字遂复沦坏",所指为何,有一可参照之说。朱子云:"有一等人专于为文,不去读圣贤书;又有一等人,知读圣贤书,亦自会作文,到得说圣贤书,却别做一个诧异模样说。不知古人为文,大抵只如此,那得许多诧异?韩文公诗文冠当时,后世未易及。到他上宰相书,用'菁菁者莪',诗注一齐都写在里面,若是他自作文,岂肯如此作?最是说'载沉载浮','沉浮皆载也',可笑。'载'是助语,分明彼如此说了,他又如此用。"(见黎靖德辑:《朱子语类》卷一百三十九,收入朱熹撰,朱杰人等主编:《朱子全书》〔修订本〕第18册,郑明等校点,庄辉明审读,第4297页)论中所云"诧异",即是言作文者释圣贤之道,思有所援引,如未能融为我用,使文自然从道中流出,则常成突兀;此弊即善文如昌黎,亦有时不免。朱子之说,虽未必即尽水心之意,然彼所举"别做一个诧异模样说"云云,固可作为"刻意说解圣贤之理,以是影响文章"之一例。

② 彦和云:"古来文章,以雕缛成体。"(见刘勰撰,詹锳义证《文心雕龙义证》下册,《序志第五十》,第1899页)

③ 见叶适《习学记言序目》卷第四十八,《皇朝文鉴二》,第712—723页;卷第四十九,《皇朝文鉴三》,第725—729页。

④ 《语类》载才卿(陈文蔚)问:"韩文李汉序头一句甚好。"朱子曰:"公道好,某看来有病。"陈曰:"'文者,贯道之器。'且如《六经》是文,其中所说皆是这道理,如何有病?"曰:"不然。这文皆是从道中流出,岂有文反能贯道之理?文是文,道是道,文只如吃饭时下饭耳。若以文贯道,却是把本为末,以末为本,可乎?其后作文者皆是如此。"因说:"苏文害正道,甚于老、佛,且如《易》所谓'利者义之和',却解为义无利则不和,故必以利济义,然后合于人情。若如此,非惟失圣言之本指,又且陷溺其心。"先生正色曰:"某在当时,必与他辩。"却笑曰:"必被他无礼。"(见黎靖德辑《朱子语类》卷一百三十九,收入朱熹撰,朱杰人等主编《朱子全书》〔修订本〕第18册,郑明等校点,庄辉明审读,第4298页)以上云云,即是阐释"明道必进而辨理,必使文从道中流出",以及"文中之言不可轻发"之旨。

风格”(aesthetic style)之变化。

此因唐代之重诗、赋，本承沿自选体；陈伯玉以下，虽欲以“振起气格”为复古，大体而言，唐代之诗、赋，就美学发展相续之脉络而言，新不离旧，颇多仍是承沿南朝以来之美感风格，而思予以提升。昌黎诗之于中唐，间出以“怪奇”之风，欲以“作态”脱俗，亦仅是别树一格。必其变骈为散，汰去陈言，融先秦、两汉之笔法为一，①始是建构新体。

唯对于昌黎而言，彼所受于诗、赋之浸染既深，不免仍欲于言事、应酬之体中，力求诡谲变化；虽近游戏，亦所不避。而其文章之脍炙人口，历久不歇，此亦一因。

此点不仅东坡之文，时时有之，即永叔之敦厚，亦非绝无。然古文之用日广，此种以“诗”变文之作，虽若读之令人畅快，仍止能占据一隅；故作为文章，“醲郁”而不失自然，以顺从之文，说寻常之事而有味，仍须工夫，宋儒之于此，无论构句②、谋篇，皆有其各自用力之途辙；③朱子所谓“有典有则，方是文章”④，亦是云此。后人之号学“古文”者，不能画限于韩、柳，而八家之目，宋居其六，其成就可知。

以上概叙宋代“古文”发展之样貌与主轴，与其不尽同于唐代之处。至于同时尚有宋代之诗学运动，乃至其他艺术形式之发展，及经由美学所带动之文艺思潮，则尚有可论；当别文另详。

［作者简介］　戴景贤，台湾中山大学中国文学系特聘教授。

---

① 就此点而言，子厚之功，不在昌黎之下。子厚《答韦中立论文书》云：“始吾幼且少，为文章，以辞为工。及长，乃知文者以明道，是固不苟为炳炳烺烺，务采色、夸声音而以为能也。凡吾所陈，皆自谓近道，而不知道之果近乎，远乎？吾子好道而可吾文，或者其于道不远矣。故吾每为文章，未尝敢以轻心掉之，惧其剽而不留也；未尝敢以怠心易之，惧其弛而不严也；未尝敢以昏气出之，惧其昧没而杂也；未尝敢以矜气作之，惧其偃蹇而骄也。抑之欲其奥，扬之欲其明，疏之欲其通，廉之欲其节，激而发之欲其清，固而存之欲其重，此吾所以羽翼夫道也。本之《书》以求其质，本之《诗》以求其恒，本之《礼》以求其宜，本之《春秋》以求其断，本之《易》以求其动，此吾所以取道之原也。参之谷梁氏以厉其气，参之《孟》《荀》以畅其支，参之《庄》《老》以肆其端，参之《国语》以博其趣，参之《离骚》以致其幽，参之太史公以著其洁。此吾所以旁推交通而以为之文也。凡若此者，果是耶，非耶？有取乎，抑其无取乎？吾子幸观焉择焉，有余以告焉。苟亟来以广是道，子不有得焉，则我得矣，又何以师云尔哉？取其实而去其名，无招越、蜀吠怪，而为外廷所笑，则幸矣。”(见〔唐〕柳宗元撰《柳宗元集》第3册，卷三十四，北京：中华书局，1979年，第873—874页)论中历举《书》《诗》《礼》《春秋》《易》《谷梁》《孟》《荀》《庄》《老》《国语》《离骚》，乃至《太史公书》，以论其文之可学；凡此，皆开后人之涂辙。

② 如陈叔进(骙，1128—1203)之作《文则》，彼之云“六经之道，既曰同归，六经之文，容无异体。”(见王水照编《历代文话》第1册，上海：复旦大学出版社，2007年，第136页)彼所谓“无异体”，特以构句之通例为言。此种细审于文章修辞之法之途辙，与昌黎所云“周《诰》、殷《盘》，佶屈聱牙；《春秋》谨严，《左氏》浮夸；《易》奇而法，《诗》正而葩”，乃以“风格”较论者不同。

③ 朱子云：“古人文章大率只是平说而意自长，后人文章务意多而酸涩。如《离骚》初无奇字，只恁说将去，自是好。后来如鲁直(黄庭坚，号山谷道人，晚号涪翁，1045—1105)恁地着力做，却自是不好。”(见黎靖德辑《朱子语类》卷一百三十九，收入朱熹撰，朱杰人等主编《朱子全书》〔修订本〕第18册，郑明等校点，庄辉明审读，第4290页)所谓“恁地着力做”，其实亦是因韩、柳之言而上学于古，然必以得文理然后成，否则习之而过，亦不足贵。朱子论文云：“古赋须熟，看屈(芈姓，名平)、宋(玉)、韩、柳所作，乃有进步处。入本朝来，《骚》学殆绝，秦(观，字少游，号淮海居士，1049—1100)、黄(庭坚)、晁(补之，字无咎，1053—1110)、张(耒，字文潜，号柯山，1054—1114)之徒不足学也。”(同上)又曰：“《楚词》平易，后人学做者反艰深了，都不可晓”(同上，第4291页)又曰：“汉初贾谊(前200—前168)之文质实。晁错(？—前154)说利害处好，答制策便乱道。董仲舒之文缓弱，其《答贤良策》不答所问切处，至无紧要处又累数百言。东汉文章尤更不如，渐渐趋于对偶。如杨震(字伯起，54—124)辈皆尚谶纬，张平子(衡，78—139)非之。然平子之意，又却理会风角鸟占，何愈于谶纬！陵夷至于三国、两晋，则文气日卑矣。古人作文作诗多是模仿前人而作之，盖学之既久，自然纯熟。如相如《封禅书》，模仿极多。柳子厚见其如此，却作《贞符》以反之，然其文体亦不免乎蹈袭也。”(同上)凡所论，义理、词章两不相隔，一一称量，诚可谓深于文而知者。而其自为作，则以平直而切用者为上，不以理害文，亦无道学气。援此可知，“古文”之经北宋而南宋，其成学，由习文而论文，已于“儒学”内另辟区宇；此所以明、清以降，“论文”而名一时，不仅见于个人，甚至可以成派之故。

④ 见黎靖德辑《朱子语类》卷一百三十九，《朱子全书》，第4299页。

评点、诠释与接受
——晚明清初戏曲评点之批评语境与其理论意涵

王瑷玲

[摘　要]　中国自明中叶以降，文学研究的“评点之学”日趋兴盛，已将评点学的范围从诗、文扩展至于小说、戏曲，并随着中晚明传奇、杂剧作品的大量问世，戏曲评点更是蔚然成风。明清戏曲评点由于戏曲演出之活络，以及时空环境之多样性，因此累积颇为丰富之文化资源，值得我们分从不同的研究角度加以探究。但若从戏曲理论的建设来说，则重要之发展脉络，集中于少数重要之学者。针对“晚明清初戏曲评本中之批评语境与其理论意涵”这项课题，本文将以几部戏曲经典《西厢记》《琵琶记》《长生殿》《桃花扇》之评本为例，探讨以下议题：文学评点、诠释与接受之理论思考；戏曲品赏中之“观剧”与“读剧”——戏曲评本所呈现之读者精神与批评意识；明清戏曲评点之形态发展与评本中“批评语境”之建构；评者“专业场域”之建立——戏曲评本中“批评者与批评者”之对话空间/文化空间；戏曲著名评本中“评者”之立场与其所展现之批评意识与理论建构；作为“文化现象”之戏曲评点。

[关键词]　晚明清初　戏曲　评点　批评语境

一、关于戏曲评点的理论思考与美学视野

明中叶以降，文学研究中“评点之学”日趋兴盛，当时许多知名文人，如李贽(字宏甫，号卓吾，1527—1602)、冯梦龙(字犹龙，又字公鱼，1574—1646)、臧懋循(字晋叔，号顾渚山人，1550—1620)、孟称舜(字子塞，又作子若、子适，约1599—1684)等，皆热衷于此一批评形式，将评点学的范围，从诗、文扩展至于小说、戏曲。随着明代中晚期传奇、杂剧作品的大量问世，戏曲评点更是蔚然成风；凡有新的剧本问世，几乎立即有评家为之批点，并透过刻印出版，与舞台演出一起流行于坊间。①

这种局面与戏曲文化之兴盛、文人参与戏曲创作之积极活跃、戏曲声腔与演出之繁荣，以及商业风气与印刷业之发达，皆有密切的关系。而戏曲评点作为传统戏曲批评的方式之一，其呈现方式包括：序跋、小识 、凡例、总评、题辞、读法、眉批、夹批、总批、圈点、

① 关于明代戏曲之评点，可参考朱万曙《明代戏曲评点研究》，合肥：安徽教育出版社，2002年。

评注、集评，甚至音释、笺注等；而它所论及之范围，大而至于全剧或整出，小而至于一句、一词，甚或一字。至于其内容，则依评者而有所不同，涉及“案头文本”之各个构成部分。评点之介入戏曲文本，虽属于评点家自身的主观意见与文学评论，对于原著文本不必然产生影响；对于读者而言，评点相对独立的批评，其同步呈现的方式，往往成为戏曲评本阅读经验中难以分割的部分，使读者阅读时，具有了将原著文本与评点同步对照或整合的独特经验。事实上，明清的戏曲评点家，是戏曲文学“案头文本”读者中的特殊群体，他们借由上述序跋、批语、评点等形式，对戏曲文本进行批评与重复阅读，最终完成由“传奇”与“评点”共同构成的戏曲评本。在戏曲评本中，戏曲原著与评点展开某种对话；而不同时期的评点家在同一文本的不同话语层面与场域，展开交替讨论，形成了具有对话性质的“批评语境”(critical context)。这些评点本的批评视角与焦点，各有差异，形成各自的批评标准与风格，而伴随着原著先后出现的评本，不仅体现了批评者之间的“对话”，亦隐然勾勒出历时评本所建构出来具有共时性的理论思维，与文化场域。

明清戏曲之传播与接受方式，从以舞台演出为主，转变为“演出”与“书籍传播”并重，已使“读剧”与“观剧”成为戏曲传播与接受过程中，同样普遍的方式；亦使“戏曲品赏”，成为一种文化风尚。这期间，虽明显存在可能的“批评发展”之空间，然而明代戏曲评点作为一种批评形态，是否自始即是在评点者于一种自觉的“批评意识”之驱动下所开展，在其背后是否皆有一种“艺术论”建构或发展的企图，因而成为道地的文艺批评理论思维之实践？抑或在初始，多半只是一种“偏好式”的个人鉴赏，只能呈现出某些私人个别的观点？或者在另一种情况，该项“评点作为”虽具有“批评”之性质，然其批评之着眼，是否只是诗评、文评的延伸，并未触及戏剧之本质？还是业已进入戏剧艺术创作与批评思维的“概念化”(conceptualization)，甚或已开启了戏曲理论建构之“脉络化”(contextualization)？凡此皆须我们仔细加以分辨。

至于戏曲评点所涉及的“文本阅读”活动本身，可以用“接受理论”(reception theory)来加以阐述；而读者阅读文本的过程，则可以用“语意解读”与“诠释”(interpretation)两个层次来加以讨论。所谓“语意解读”，在理想的状态下，是透过逻辑思维对于作品“语意结构”的一种“认知”，这种“认知”采用了“分析”与“比对”的原则，并透过规范性的语言，对“认知”活动的进行与结果加以表达。至于“诠释”，则是站在一个“整体观看”的角度，对于文本作出属于“意义”层面的整体性论述。也正因为“诠释”是一种复杂的综合结果，不仅无法抽离“诠释者”的主观立场，且在“阅读”之过程中，受作者之“视界”(horizon)，与文本的“语意结构”所影响。① 因而对于“诠释者”而言，文学作品经常是以间接的、隐晦的方式，表现语言“能”与“指”间的潜在关系。

不过从另一方面说，文学性的所谓“阅读”，亦须受到“文学形式”本身与“文学规范”

① 关于理解与诠释，当代诠释学家伽达默尔(Hans-Georg Gadamer，1900—2002)认为“理解活动”是人的一种存在方式，而“历史性”与“有限性”，则是人类“存在”与“理解”活动的基本事实；他因而重新确认了“理解之历史性”(historicality of understanding)。为了说明“理解”的过程与实质，伽达默尔提出了一个否定“客观主义”(objectivism)与“绝对知识”(absolute knowledge)的辩证概念，即所谓“视界交融”(*Horizontaler-Schmelzung* / fusion of horizons)。意指：一切已在的“文本”，都是历史传统的产物，都代表着某一种“过去的视界”。“诠释者”个人，则代表着“现在的视界”。“理解”的过程，是“诠释者”带着自己的偏见去理解对象，并不断地使原有的偏见受到检验与修正，以达至二者间的交融。而交融的结果，则是“理解者”与“理解对象”，都超越了原有的视界，达到了一个“新的视界”。参见 Hans-Georg Gadamer，*Truth and Method*(London：Sheed & Ward，1975)，pp. 219、238-245、273、337.

所制约,也就是:无论作者或诠释者,皆不能无视“文学形式”所给予“文学创作”之限制;亦正是这些限制,赋予了文学艺术以特殊的美感与特质。一切伟大的创作,皆是在这种压力下,驱策著作者积极地寻求一种新的表现形式与意义。而作为“诠释者”的读者、评论者,也在某种“理解”中,与作者的心念相融合。于是“作品”变成了“作者”“文本”与“读者”所共同创造意义的场域。

针对“阅读行为”与“诠释”间之关系,在“诠释学”(hermeneutics)基础上发展出来的“接受美学理论”(reception aesthetics),如伊瑟(Wolfgang Iser, 1922—2007)的理论,严格区分了“文学作品”与“文学文本”。他认为“阅读”包含一种“文学作品结构”与“接受者”之间的相互作用,亦即是:作家创造了文本,但文本只提供了某种“文学性”与“文学价值”得以实现的“潜在可能结构”。这种文学性与价值的实现,有赖于读者的“创造性阅读”(creative reading);而正是透过读者的审美阅读,文本所包含的潜在的可能性得以“现实化”或“具体化”,从而使“文本”呈现为“作品”。文学作品作为读者的审美对象,并非仅是一客观的,指称在现实中的文本,而是在读者阅读文本时,与文本交互作用而形成的一个“创造性的综合体”。作品的“意义不确定性”与“意义空白”促使读者寻找作品的意义,从而赋予他参与作品意义构成的权利。这种“意义不确定性”与“意义空白”,使得作品存在一种依附于文本的“召唤结构”(structures-of-appeal),这是文本中召唤读者参与作品意义的“内在结构”。① 换言之,“意义”既不能在“读者主体”,也不能在“文本客体”中,直接把握与直接呈现。读者一方面遵循着文本的模式,进行文本解读;另方面,则可依某种个人的诠释,来填补空白。文本所提供的是“提示”或“指示”,而读者所进行的,则是一种具有“意向”的意义诠释。于此过程中,必然产生读者阅读文本时,对文本所可能产生的“共同经验”,与必然存在的“诠释差异”。而也正是这种意义的“不确定性”,与其中存在的“空白”,使得作品所面对的阅读大众,隐含了“多样化的读者”。

由于考量到“阅读”所容许的诠释差异,伊瑟提出了一个重要的概念,即是所谓“隐含的读者”(the implied reader)。② “隐含的读者”这个概念所指,包含“文本的”与“经验的”两方面:就“文本的”一面说,它指的是一种“召唤反应”的结构网络,驱使读者去把握文本;③ 而就“经验的”一面言,这种反应的可能,必须藉具体的“读者阅读”,加以实现。伊瑟在理论上,透过这个概念,把“文本潜在意义的先期结构”与“读者在阅读过程中对这种潜在意义的现实化”结合起来,④ 借以区别与划分“读者作为文本结构的预设角色”与“读者作为结构行为的实际角色”。⑤

接受美学对于“阅读”与“文本”间关系的分析,提醒我们面对文本时,应同时意识到

---

①③ 参见 Wolfgang Iser, *The Act of Reading: A Theory of Aesthetic Response*, pp. 165-167,34.

②④ 参见 Wolfgang Iser, *The Implied Reader: Patterns of Communication in Prose Fiction from Bunyan to Beckett* (Baltimore: The Johns Hopkins University Press, 1974), p. xii.

⑤ 参见 Wolfgang Iser, *The Act of Reading*, p. 35. 伊瑟对于“隐含的读者”这种复杂的辩证策略,虽使得伊瑟著作在涉及“概念的现象学读者”与“经验的”/“历史的”读者时,其间的区别变得模糊,如 Elizabeth Freund 即指出:“这个定义还回避了一个问题,即究竟哪种读者决定着文学意义的生产。也许这就是用隐含的读者概念来说明这个模式,特别是说明制约文本—读者相互作用的条件,不能尽如人意的原因”,但此种依文本的“制约作用”而定义的“理念化读者”,即使与“实践中的读者”意义不同,仍有它在理论上存在的必要。参见 Elizabeth Freund, *The Return of the Reader: Reader-response Criticism*, p.144.

“文本的阅读”这个行为本身的存在，而“文本的阅读”及“文本阅读之可能”，亦同时成为我们分析之对象。如果诠释学成为增进批评研究法之一种发展方式，我们对于“文本阅读可能”中读者之“语意解读”与“诠释”的条件差异，也就有了新的关注。尤其在“接受史”的研究中，对于特定时点上具有“文学能力”(literary competence)[①]的评论者，他们在成为一“有知识的读者”(the informed reader)[②]的身份时，他们所建立的“可操作的”一致性观点为何？更是一至关重要的观察点。这种研究，对于诠释理论的建构，可以提供具有展示性的范例。而也就在这种新的需求下，中国以“批注”方式结合文本的“评点作为”，成为可以运用“诠释理论”加以分析的绝佳题材。

然而所谓“理想的读者”，毕竟是可遇而不可求的，因此“接受美学”理论家姚斯(Robert Hans Jauss，1921—1997)所强调的，以一个具有研究基础的评者来说，除了初级的“感知性阅读”(perceptual reading)[③]外，他常是尽可能地先对文本预作“议题式”的分析与理解后，才进一步进行一种“作品意义”之整体性的掌握与诠释。他不先预设自己为“理想的读者”(ideal reader)，而是设身处地在当代的批评视野内，扮演一个“历史的读者”(historical reader)的角色。

所谓“历史的读者”，是指读者面对作品时，将自己从初级的“感知性阅读”，提升至理性的“诠释性阅读”(interpretive reading)时，对于这两种不同层次的阅读体验与评价，作一番细致的描述。此一“历史的读者”，就“角色”的意义来说，是先假定：人们在经验作品时，从一开始就运用阅读过程中“偶然的惊奇的能力”，来取代自己的文史或语言学能力，并用“问题”的形式将这一惊奇表现出来。这是第一层阅读，即“感知性阅读”。然后他再扮演一个“具有学术能力的评论家”，加深仅把“理解”局限于愉悦形式的读者的审美印象，并尽最大的可能将文本结构中所可能存在的“意涵”作出完整的诠释。这是第二层属于理性的“诠释性阅读”。第二层阅读将第一层阅读之审美印象加以深化、提高，并进而理性地探讨产生这些审美效果的作品文本结构，以揭示文本魅力的内在原因。[④]

总体而观，明清戏曲评点由于戏曲演出之活络，以及时空环境之多样，因此累积颇为丰富的文化资源，值得我们分从不同的研究角度加以探究。但若从戏曲理论的建设来说，则重要之发展脉络，集中于少数重要的学者。这种状况之发生，主要在于一般文论家对于小说与戏剧，虽能以感知性的方式加以欣赏，但对于其艺术本质与结构，则缺乏理论性之认知。因此真能借批语与序跋、题辞、读法等相互联系，构成一种多元观点的“批评语境”，如前所叙，甚至对于作品提供多元的“视界融合”，这类诠释者，必然属于少数。

以下将从批评史与戏曲理论发展的角度，以晚明至清初几部戏曲经典《西厢记》《琵琶记》《长生殿》《桃花扇》之评本为例，拟探讨以下研究者所可能触及的问题焦点，如：建

---

① 参见 Jonathan Culler, *Structuralist Poetics: Structuralism, Linguistics, and the Study of Literature* (Ithaca: Cornell University Press, 1975), pp.113-130.

② 参见 Stanley Fish, *Is There a Text in This Class? The Authority of Interpretive Communities* (Cambridge: Harvard University Press, 1980), p.48.

③ 参见 Robert Hans Jauss, trans. by Timothy Bahti, *Towards an Aesthetic of Reception* (Minneapolis: University of Minnesota Press, 1982), pp.139-148.

④ 同前注。

构戏曲文学本质论的美学视野；戏曲评本所呈现之读者主体性与批评意识；明清戏曲评本“批评语境”之建构；评者“专业场域”之建立；戏曲评本中“批评者与批评者”之对话空间/文化空间；戏曲文本意义层次之“总解”[①]等。而其讨论之脉络，则以李贽之戏曲评点为起始。

二、开明代戏曲评点风气之先——李贽之文体流变观与文学本质论及其评点所开展之哲学视野

如前所论，“诠释”之作为一种过程，中间既涉及诠释者之“视野”，亦受诠释者“主观意识”的牵动。而就诠释者而言，他除了当然的“读者”地位之外，借由“批评语境”的建立，另外构筑了一种专业的场域；此一场域，即是“批评者与批评者对话”的空间。若从这一点来说，“批评”(criticism)作为一种诠释，如有“适当的导引”，便有了迈向“理论化建构”的可能。此处所谓“适当的导引”，大致来说应有两项要件：一是建构戏曲文学本质论的美学视野；另一则是针对戏曲构造形式与审美所产生之“艺术批评”之意识。戏曲评点之存在，必须在备有这两项条件，且真能掌握其要领的状况下，方才具有启动“剧论发展”机制之意义。而亦正是在此意义上，明中期的李贽对于传奇的评点，占据了一极重要的历史位置。

李贽主要著述有《焚书》《续焚书》《藏书》《续藏书》及《李温陵集》等。袁中道(1570—1623)于《李温陵传》中，称李贽：“所读书，皆抄写为善本，东国之秘语，西方之灵文，《离骚》、马、班之篇，陶、谢、柳、杜之诗，下至稗官小说之奇，宋元名人之曲，雪藤丹笔，逐字雠校。肌擘理分，时出新意。”[②]可见他所研究、论述的范围是很广的。然而影响最大的，却是他对于小说、戏曲的评点。

李贽有关戏曲之评本，就现存署名“李卓吾批评”的曲本计之，有十六种之多。然而万历间虎林容与堂所刊，却仅有《北西厢记》《琵琶记》《幽闺记》《玉合记》《红拂记》五种。此五种李贽生前所编定之《焚书》均曾论及，应是比较可靠之作，其他则或出于书商为牟利所伪托。[③] 至于李贽关于戏曲理论的一般论述，则可见于《焚书》中《杂说》《童心说》《读律肤说》诸文，以及他为诸剧所写的题词。从这些论述，以及李贽对《西厢记》《幽闺记》《玉合记》《红拂记》，特别是对《琵琶记》的评点，我们可以见出李贽在戏曲批评上一些极为特殊的贡献。

李贽评点戏曲，在其作为之中，首先应注意者，是他对于“戏曲本质”的认识，而这种认识，乃是本于他一种特有的“文学本质论”与相应而有的“文体流变观”。

对于李贽而言，“文”者，乃是真心之言语，心不真则言不真，言不真则无以真动人。

---

① “总解”(anagogy) 原属宗教术语，意指对于圣经中神秘意义的解释(“天喻”)。加拿大文论家傅莱(Northrop Frye, 1912—1991)在其《批评的剖析》(*Anatomy of Criticism*)一书中，曾针对彼所谓“anagogical phase”，所展现之有关作品“整体意义”之诠释途径，加以精要的说明。参见 Northrop Frye, *Anatomy of Criticism* (Princeton: Princeton University Press, 1957), pp. 115-128.

② 见袁中道(字小修，一作少修，1570—1626)著，钱伯城点校《李温陵传》，《珂雪斋集》中册，上海：上海古籍出版社，1989 年，第 721 页。有关李贽生平之考论，可参考林海权：《李贽年谱考略》，福州：福建人民出版社，1992 年。

③ 关于李贽戏曲评本之真伪问题的考察，参见吴新雷《关于李卓吾批评的曲本》，原载《江海学刊》(1963 年 4 月号)，收入《中国戏曲史论》，南京：江苏教育出版社，1996 年；朱万曙《明代戏曲评点》，第 52—69 页。

他在著名的《童心说》中说：

> 龙洞山农叙《西厢》末语云："知者勿谓我尚有童心可也。"夫童心者，真心也，若以童心为不可，是以真心为不可也。夫童心者，绝假纯真，最初一念之本心也。①

此处所谓"童心"，即是真心，在我而言，虽系绝对的主观，但由于人性禀赋之所近，它同时却又是人的世界中唯一能同有之实，人唯有破弃一切世间虚假之造作，方能在我心中证验到这本然俱在的真我。文学的真实感动力，必要由此产生。故李氏是以"童心"作为一切真文学的根源与标志。童心既是人在未接受外来影响之前最初自然的纯朴本心，则这个"童心"必是与依观念而设立的"闻见道理之言"相互对立，所谓"苟童心常存，则道理不行"，即是此意。

至于文学之体制，在李贽看来，本无一定必然之形式与风格；其随历史而推进，而递变，盖皆有形势上所不得不尔。对于读者来说，只需问其是否出于真心，心真则言真，言真则"无时不文，无人不文，无一样创制体格文字而非文者"。

从这个观点出发，李贽对文学艺术的发展，力主文章与世推移说，反对复古，表现出强烈的文学意识与革新精神。首先是打破文体尊卑观念，不以尊卑论文体，强调无论小说、戏曲，还是传统诗文，一样可以成为天下之"至文""妙文"，同样也可以成为劣文。他说：

> 天下之至文，未有不出于童心焉者也。苟童心常存，则道理不行，闻见不立。无时不文，无人不文，无一样创制体格文字而非文者。诗何必古、选，文何必先秦。降而为六朝，变而为近体；又变而为传奇，变而为院本，为杂剧，为《西厢曲》，为《水浒传》，为今之举子业，皆古今至文，不可得而时势先后论也。②

李贽强调文学创作的时代特征，打破了传统以"诗""文"为正宗的文学观念，不仅把金、元院本、杂剧中之佳者与《六经》《语》《孟》并称为"古今至文"；甚至斥责后一类儒家经典，经俗儒之流传，不过是"道学之口实、假人之渊薮"。他并进一步赞誉此类院本、杂剧、传奇，认为它们皆是"出于童心"者，是前者"断断乎其不可语"的。

李贽认为，文之优劣另有标准，决不在体之尊卑，而在议论实际作品的时候，他也常把所谓"体卑"的稗官小说、传奇、俚野小品，看得比正统文人的诗文为高。事实上，李贽破除文体有尊卑的俗见而自倡新说，影响士林舆论，一大批文人风随影从，造成了文人提倡、评点、议论俚野稗官的风潮。在他的影响下，晚明的文化领域，形成了一条明晰的流脉——相对于诗文雅道的"俗文学"，小说、戏曲等公众性的文类，成为文学不可少的部分。它们的作者，表现自我，追求个性，张扬主体意识，改变了历来以诗文为主的基本

①② 见〔明〕李贽《童心说》，《焚书》，张建业主编，刘幼生副主编《李贽文集》第一卷，北京：社会科学文献出版社，2000年，第91—92、92页。

倾向。

而这种变化与李贽被他人视为“异端”的哲学主张，有直接的关联。《明神宗实录》即曾说李贽“狭黠善辩，工于笼术”，有以“动士大夫”。[①] 可见他当时在社会知识菁英阶层中所具有的强烈震撼力。

学者曾依小说评点者之不同类型，将小说评点分为“文人型”“书商型”与“综合型”三类。其中特别是“文人型”的小说评点，其特性在对于作品中所展现之“主体意识”的关注。即评点者在揭示小说内涵的同时，比较重视作者主体情感的抒发；所选取的小说作品，也有着明确的情感指向性。[②] 此种区分亦适用于戏曲。在明代评点家中，李贽可说是文人评点的早期代表人物。李贽笃信阳明心学，宗泰州而自变化，他本“良知”而论“童心”，本“童心”而论“文”，称《水浒》《西厢》为“天下之至文”，并加以评点；一扫原本词章之学的种种“道理闻见”，将文体尊卑的界限破除。这一点，为批评史带来了革命性变化。此后“明末山人名士”，“竞为批评小说之举”，[③]他的功劳不为浅少。

李贽不仅对于文学之本质与文体之流变具有特识，他以一个思想家的身份专注于小说、戏曲之形式与艺术性，他的评点也并非如一般论者所疑，仅是一种自娱性、随意性的作为，而是在其内里有一深刻的“批评意识”为之导引。事实上，文人阅读、评赏戏曲、小说，虽常以之为乐，但其中深于艺道者之于此种乐，乃是建立在批评者与批评者间“愿共讨论”的趣味之上，如李贽在《与焦弱侯（竑，号漪园、澹园，1541—1620）》书中便曾盛赞此乐：

> 《水浒传》批点得甚快活人，《西厢》《琵琶》涂抹改窜得更妙。[④]

而追溯这种评点之乐，则又来自一种深入文章妙理的“独得之乐”。他在《焚书》卷六中，曾以《读书乐并引》一诗，概括了这种“上友古人，得其真心”的欣悦之情。他说：

> 四时读书，不知其余。读书伊何？会我者多。一与心会，自笑自歌。歌吟不已，继以呼呵。恸哭呼呵，涕泗滂沱。歌匪无因，书中有人。我观其人，实获我心。[⑤]

李贽的戏曲小说评点与此种深自有得的赏境，有着在批评者心中的贯通性，他所追求的，正是希望在神思的交会中，那种“一与心会，自笑自歌，歌吟不已，继以呼呵”的境界。

有意思的是，李贽这种因艺术评赏而得的乐境，甚至延伸到他对于儒家经典的阅读。在李贽脑海中，本无何体为尊何体为卑的观念，因此他读儒家经典，其文妙处也能令他想

---

① 见〔明〕顾秉谦（字益庵，1550—1626）等修《明神宗实录》卷三百二十九，万历三十年，台北：历史语言研究所，1966 年。

② 参见谭帆《中国小说评点研究》，上海：华东师范大学出版社，2001 年，第 87 页。

③ 见邱菽园（1874—1941）《客云庐小说话》，收入阿英编《晚清文学丛钞・小说戏曲研究卷》，北京：中华书局，1960 年，第 391 页。

④ 见李贽《与焦弱侯》，《续焚书》，《李贽文集》第一卷，第 32 页。

⑤ 见李贽《读书乐并引》，《焚书》，《李贽文集》第一卷，第 213—214 页。

到读野史逸闻的快乐。李贽批点《论语》，在“微子”一章后写下一句：

> 读此一篇，如读稗官小说、野史、国乘，令人不寐。①

《论语》是四书之一，读此书者依儒家之传统，正当正襟危坐，一心讲求圣人之义理，而李贽却能妙出心裁，说出一种不同的取径。

李贽大胆肯定了戏剧艺术的价值与地位，因为在他看来，只要是“由乎自然”，“发自童心”，则戏剧艺术也就是“天下之至文”。在戏剧创作与生活真实的关系上，李贽强调要顺乎自然，“与天地相终始”；且明确指出：“有此世界，即离不得此传奇。”②但是，他并不主张模拟自然，即并不主张照搬生活真实；而是将“真”与“戏”看成是一体的两面，如李贽《琵琶记文场选士》出总批，便曾谓：

> 戏则戏矣，倒须似真，若真者反不妨似戏也。今戏者太戏，真者亦太真，俱不是也。③

这就是说，戏固然要“真”，但不宜“太真”，只要“似真”；“真”虽须化为“戏”，又不宜“太戏”，只能“似戏”。“太真”，即拘泥于生活真实，排除了艺术虚构，其结果就不成其为“戏”。“太戏”，即纯以主观杜撰，脱离了生活真实，其结果就必然流于荒诞。而细究李贽此处所谓“真”，则可分为四个层次：其一，是作者须为“真人”，方能以童心为至文，因而达到“化工”之境；其二，是指剧中人物所展现的，确实符合了作者对人情体会之“真”；其三，是剧中之“人”与“事”对照于人生，符于“真”；其四，则为戏剧人物对应于“戏剧情境”，相应为“真”。所以，李贽认为，戏剧创作不在于“执真”或“执戏”的各一端，而在两端之间，“似真”“似戏”，化真为戏，以戏寓真，方可使戏剧形象与生活真实达到高度的融合统一。

总之，李贽作为明代戏曲评点开风气之先者，其特殊之处，在于他是以一个思想家的身份，将其带有“异端”色彩的思想观点，引进戏曲评点之中，从而提高了戏曲、小说等“俗文学”的地位，并使戏曲的批评自此具有快速进入“理论化”的势能。我们可以说，李贽在戏曲史或文学批评史上的重要，不仅在于他所诠释的内涵，更重要的是，他透过一种特有的“文学本质论”，与相应而有的“文体流变观”，使当时的读者与论者，对于戏曲的本质产生了积极的认识。在他的理解中，“美”的形式之发生，来自文化条件、历史之形势与作者之抉择，“美感”效果之出现，是基于普遍人心之感应与感动，而“审美”标准之建立，则是由人心本有的存在本质，透过自然流露所彰显。这一种哲学视野的灌注，使得李贽具有了建构“艺术批评理论”的初步条件。至于发展艺术理论必然应具备之第二项条件，即针对特定艺术形式与审美而有之明确的“艺术构造与其呈现”之分析，李贽亦有坚实的识

---

① 见李贽《四书评》，《李贽文集》第五卷，第 98 页。

② 见李贽《红拂》，《焚书》，《李贽文集》第一卷，第 182 页。

③ 见高明（字则诚，号菜根道人，1305—1359）撰，李贽评点《文场选士》，《李卓吾批评琵琶记》卷上，《总批》，第 33b 页。

见，且见于其实际之批语中；可以逐一辨识与讨论。李贽这种将戏剧美学与戏剧艺术论合一共论的做法，为当时主张直接抒发人之真性真情的文学艺术创作者提供了重要的理论依据；进而对晚明及后来的文学思潮、价值观念，发挥了激化与革新的作用。

三、“圣叹批《西厢》文字，是圣叹文字”——金批《西厢》论读者主体性与批评意识

以“评点”为文学批评表达的特殊方式，在中国起源颇早，然专以“文学评点”而于文学批评史上占据重要地位，继李贽之后，金圣叹（名采，字若采，1608—1661）为其中最著之一人。

金圣叹生于明万历三十六年，本名采，字若采，苏州府长洲（今江苏吴县）人。明亡入清后，他效法陶渊明晋亡入宋时的故例，改名人瑞，字圣叹。圣叹素有“大怪杰”之称，其人放荡怪诞，恃才傲物，目空今古，为当时士林所侧目。少为诸生，曾因岁试之文怪诞不经而被黜革学籍。次年再应试，学使垂青，以优异成绩举拔第一，补吴县庠生。圣叹自幼虽“苦因丧乱，家贫无资”①，然“自负大才，不胜侘际。恰如自古至今，止我一人是大材，止我一人独沈屈者”。为了摆脱此种“沈屈”困境，于是发愤读书以求取功名，儒、佛、道及经、史、小说、戏曲诸书无所不窥。入清后“绝意仕进”②，唯以评书衡文，设座讲学为务。但生活则陷入“薪尽火灭，不复措怀”的苦境，从此更“愤时傲世，意以天下事无不可以游戏出之，不独于其名其文为不测也”。而他的衡文评书，也成了他所谓游戏人间的一种“消遣”方式。此后十余年，金氏先后研究了文字学、佛学、易学等，且批点了几部“才子书”，为世所知。但由于他疏狂成性的作风，评点多是兴至奋笔，兴阑即辍，故以半成品居多。圣叹于明崇祯十四年（1641）完成了《第五才子书水浒传》的评点，其余几部“才子书”中，最后完篇付梓的，却只有清顺治十三年（1656）所完成的《第六才子书西厢记》，其时金圣叹年四十九。③

圣叹于明清之际将《离骚》《庄子》《史记》《杜诗》《水浒》《西厢》依次命名为“六才子书”，拟逐一加以批点，虽仅完成前所叙及之《第五才子书水浒传》《第六才子书西厢记》二种，但已在当时及后世产生巨大影响。他的文学批评活动，尤其是他对于《水浒》《西厢》二书的评点，由于观点特异，曾招致一部分正统文人的抨击，被斥为“倡乱”“诲淫”。其中如归庄（字尔礼，又字玄恭，号恒轩，1613—1673），其著论甚至以“邪鬼”目之，谓圣叹“以小说、传奇跻之于经史子集，固已失伦。乃其惑人心，坏风俗，乱学术，其罪不可胜诛矣”④。但圣叹之评点，仍在社会上产生了很大的回响。自金批《西厢》问世以来，“一时学者，爱读圣叹书，几于家置一编”⑤。三百多年来，《第六才子书》之刊行，其版本竟达五十

---

① 见〔元〕王实甫（名德信，1260—1336）原著，金圣叹批评，曹方人、周锡山标点《贯华堂第六才子书西厢记·读第六才子书西厢记法》，《金圣叹全集》第3册，南京：江苏古籍出版社，1985年，第12页。

② 见廖燕（初名燕生，字人也，号柴舟、梦醒，1644—1705）《金圣叹先生传》，《二十七松堂集》第2册，台北：中国文哲研究所，1995年，第573页。

③ 关于金圣叹之生平，及其整体之文学批评成就，参见王靖宇（John C.Y.Wang）著，谈蓓芳译《金圣叹的生平及其文学批评》，上海：上海古籍出版社，2004年。

④ 见〔清〕归庄《诛邪鬼》，《归玄恭文续钞》，《归庄集》下册，卷十，北京：中华书局，1962年，第499—500页。

⑤ 见〔清〕王应奎（字东溆，号柳南，1683—约1759）《柳南随笔》上册，卷3，台北：广文书局，1969年，第66页。

余种，以致出现了读者多有只知“金西厢”，而竟不知有“王西厢”的情况。

然而圣叹之书，其迷人之处究在何处？稍迟于金圣叹的廖燕，在《金圣叹先生传》中称誉圣叹“善衡文评书，议论皆发前人所未发”[1]，他认为：

> 读先生所评书，领异标新，迥出意表，觉作者千百年来，至此始开生面。呜呼，何其贤哉！虽罹祸而非其罪，君子伤之，而说者谓文章妙秘即天地妙秘，一旦发泄无余，不无犯鬼神所忌，则先生之祸，其亦有以致之欤。然画龙点睛，金针随度，使天下后学悉悟作文用笔墨法者，先生力也。[2]

所谓“领异标新，迥出意表”，显示圣叹的读法不但与人不同，且是在他人的想象之外；让人觉得这种阅读，不但是创造了新的“读者”，实际上，甚至是改变了“作者”，使得作者不知其然而然的创作活动，经由作品的分析，被原理性、技术性地展现出来。故说是“作者千百年来，至此始开生面”。清代小说评点家冯镇峦（字远村，1760—1830）在《读聊斋杂说》中，亦曾对金圣叹在小说与戏曲评点方面的贡献予以高度的赞扬：

> 金人瑞批《水浒》《西厢》，灵心妙舌，开后人无限眼界，无限文心。[3]

这段评语中，后半“开后人无限眼界，无限文心”两句，与廖燕之意相似，而他特意指出“灵心妙舌”，则是说明卓越的批评家，不但要有自身对于艺术从事高度欣赏的主观条件，亦要有与作品同样精致的表达方式。

从以上两段批评来看，金圣叹成为金圣叹，不仅他个人具有优秀的条件，在他的时代及稍后，小说、戏曲的欣赏，对于部分文人而言，事实上已逐渐摆脱了诗文的附庸地位，与纯粹提供娱乐的功能。小说、戏曲开始拥有专属的严肃读者，这一切皆还不需要等到近代整个新的“文学”观念的到来。只是中国文学的阅读是立基于一个极庞大的知识群体之上，有其多元性与复杂性，故“对抗传统”仍不是一件一蹴可及之事，故围绕于金批《西厢》功过、得失的争论，三百多年来也仍是群言分歧，难归一调。对于今日来说，这种争论本身已失去持续存在的理由，可以置之不论。反倒是对于金圣叹以及其批评的角度与视野，在经历了这么长的时间考验之后，由于“文学批评”事业的发达与研究观点的日趋丰富，我们对于它的内涵有了新的讶异。它似乎给了我们新的启示，也让我们对于金圣叹这个人有了冀图重新了解的渴望。而在这中间，尤以此处所论之《第六才子书》之评点，由于具有较高之特殊性与复杂性，更值得我们仔细探讨。

圣叹批《西厢》距离其批《水浒》，已历十五年，对于他来说，这十五年可谓经历了人生最重要的阶段。圣叹虽常说自己之于批点，仅是随兴所致，但这个“随兴”，却标志着一个严肃的批评家在其追求“美”的理念之实现过程中，一种自己亦无法完全说明的灵光闪

---

①② 见〔清〕廖燕《金圣叹先生传》，《二十七松堂集》第2册，第572、575页。

③ 冯镇峦《读〈聊斋〉杂说》，见黄霖、韩同文编《中国历代小说论著选》(上)，南昌：江西人民出版社，1982年，第533页。

耀。金氏在《第六才子书西厢记序一》中曾云：

> 或问圣叹曰：《西厢记》何为而批之刻之也？圣叹悄然动容，起立而对曰：嗟乎！我亦不知其然，然而于我心则诚不能以自已也。①

所谓“我心”，正是作为“接受者”的“读者”之心，亦是作为“互动者”而不觉感之、慨之、悲之、喜之而不能自已的“参与者”之心，亦是作为“参与者”而自觉不能不评之、批之、论之、赞之，且不能不笔之于书、公之于世的一个“新的作者”的心。而正是在此种“不知其然”，又“不能自已”的追求美的真诚驱动下，圣叹虽一生遭际困顿，对其批评志业，始终投注高度的热情与心血。他在该书开首，写了两篇极为特别、甚至怪异的序言，一曰《恸哭古人》，一曰《留赠后人》。在这里，圣叹像是唐代登幽州台的陈子昂(字伯玉，661—702)：一眼望前，而不见古人，恸之、哭之，一眼观后，留之、赠之，将自己的性命安住在历史想象的长河里。

圣叹在《恸哭古人》一文指出，他评点《西厢记》，就是为了借以“恸哭古人”，同时也为了展现自我“以排遣为寄志”的手段。②“古人”与“我”与“后人”，此三者不相知。所不知者，流落人间泰山一豪芒，无从而知；然而有可知。“可知”者，即是倾吐之间，一念之相通。故恸哭古人，非恸哭古人，我以此与古人一念而通。而正由于“我之无日不思古人，则知后之人思我必也”，而“我”之思“古人”，既是通过“知人论世”的“阅读”途径，则后人之思我，也必然相同。于是他认为“书”有巨大的媒介力量，评点古书，正是可以将之视为贯通“古”“今”以迄“往后”一切人的精神桥梁。他说：

> 夫世间之书，其力必能至于后世，而世至今犹未能以知之者，则必书中之《西厢记》也。夫世间之书，其力必能至于后世，而世至今犹未能以知之者，而我适能尽智竭力，丝毫可以得当于其间者，则必我今日所批之《西厢记》也。③

圣叹之意，世间若有一物能传之久远，则必属人所著述之“书”；而世间之书，必能传之于后世，却犹湮没无闻，未能为后世所知者，则是《西厢记》一书。在我而言，我乃偶然得之，偶然读之，却正是能以智力抉发其所以当传之理之人。则世间之当有我，偶然而非偶然，我亦在必然之中。对于圣叹而言，他一生“不贪嗜欲，不贪名誉”，遭时无“可以见用”之遇，唯一可借之以表自己“胸前一寸之心”之一事，即是此件。

正因为圣叹对于“阅读”之成为人类的精神活动有此项哲学性的理解，所以在他评点中，我们看到了一种建构由“作者”“读者”与“评者”共同组成的“批评语境”之创新作为，而这在戏曲批评史上，有着它极为特殊的意义与价值。

圣叹从事《西厢记》一书的评点，最特殊之一点，在于他企图确立剧本“文本”(text)本

---

①②③　见王实甫原著，金圣叹批评，曹方人、周锡山标点《贯华堂第六才子书西厢记·序一恸哭古人》，《金圣叹全集》第3册，第5、7—8、9页。

身的独立性。也就是说，在传统的观念里，剧本的“文本”，是为剧场舞台上的演出而设，戏剧艺术要求整体演出的呈现。若无所有构成演出条件的诸多因素的配合，真正的剧艺即无从存在。因而所有有关戏剧文本的艺术评价，必要依据它在整体表现中所承担的功能而权衡。即使一部剧本，自它创始之初始，即未曾真正于舞台上搬演，它作为舞台演出设计之“可能的艺术内涵”，仍是维持不变。然而圣叹却在这里，做了一项大胆的切割。在他的理论里，当剧作文本完成的那一刹那，它自身即已完成了。在这里，“文本”是作为“作者”(author)的作品而存在，而非作为“演出”(performance)的脚本而存在。

至于此一作品的文本，如何被接受？则是另一件事。“接受的文本”，与“创作的文本”必须分开；也就是在这一分别的基础上，不仅“阅读”(reading)可以成为观赏之外另一种“接受”，不同的“阅读”，亦可形成不同的“接受”。这种来自读者所决定的“阅读”方式，圣叹称为“手眼”。他在书前的《读法》一文中说：

> 圣叹本有“才子书”六部，《西厢记》乃是其一。然其实六部书，圣叹只是用一副手眼读得。如读《西厢记》，实是用读《庄子》《史记》手眼读得，便读《庄子》《史记》，亦只用读《西厢记》手眼读得。①

“六部书，圣叹只是用一副手眼读得”，即是由“阅读”确立“读者”的地位；而圣叹之以一种手眼读此六部，便是在每一次的阅读中，投注了他对古今作者“精神活动”所进行的整体观看。对他来说，由这种观看所得来的，不是一部文字，而是借文字而呈现的“神理”。故他在同文中说道：

> 《西厢记》乃是如此神理，旧时见人教诸忤奴于红氍毹上扮演之，此大过也。②

在这里，他竟可以说“旧时见人教诸忤奴于红氍毹上扮演之，此大过也”，可见在他看来，《西厢记》之有得乎“神理”，乃在文本之阅读中而可见，与搬演不同。当然他在这里，并未主张一切剧本“阅读”皆胜“观赏”；但就《西厢记》而言，却是真实如此。而这也就是他为什么将此书列为“六大才子书”中之一部的原因。

圣叹批《西厢》之侧重文本而轻忽演出，将戏曲以鉴赏为主的“文学性”置于以表演为主的“演剧性”之上，并非企图改变看待戏曲文本之态度，而是针对《西厢》这一特殊文本，作出特殊角度的鉴赏。然而也正因为读《西厢》时的这一“事实上之可能”，开启了文学史的一个新面向，即是将戏曲文本的“文学性”完全独立出来。且这种独立观看的眼光，是以一整部戏曲的文本作为完整的主体，与之前“以曲论戏”者之常只重视曲文之诗歌特质者不同。在这种观点下，文本的文学性不再被割裂，戏曲文本成为不凭借辞藻，亦不凭借演出的一种类似于“叙事文学”(narrative literature)的载体。

正因为圣叹看待《西厢》的这一特殊眼光，使得我们注意到了《西厢》抽离“演出”之

①② 《贯华堂第六才子书西厢记·读第六才子书西厢记法》，《金圣汉全集》第3册，第11、20页。

后，它本身在文字衔接处的紧密与神妙。这种提示，不但可使以文字叙事的文学家得到了“如何精确利用时空转换的提示性，以想象填补叙事”的窍门，对于剧作家们的创作，亦提供了参借其他叙事文学技巧的灵感，使得剧作家们得以提升他们对于剧作“内在关连性”的理解。尤其圣叹以他评点《水浒》的经验所得，建立了一种以“事”见“人”，以“人”贯串全局的叙事美学，更在《西厢》的评点中获得了发挥。前文所举廖燕，曾评他是“金针随度”，而冯镇峦则说他“开后人无限眼界，无限文心”，凡此所言，绝非虚誉。

从以上分析，我们可知，在经过金圣叹的切割之后，戏曲文本经过特殊的阅读，事实上已转化成不同一般戏曲剧本意义的另一种文学载体了。正缘于此，金圣叹的戏曲理论，我们不妨分为两层论之：一是戏曲的“叙事艺术论”，一是戏曲的“剧本学”。而这两层皆是以他评《西厢记》时所提出之“眼法、手法、笔法、墨法”[①]为着眼。他说道：

> 一部书，有如许洒洒洋洋无数文字，便须看如许洒洒洋洋是何文字，从何处来，到何处去，如何直行，如何打曲，如何放开，如何捏聚，何处公行，何处偷过，何处慢摇，何处飞渡。至于此一事，直须高阁起不复道。[②]

他称王实甫“是真用笔人也”，赞誉他说：“作《西厢记》者，其人真以鸿钧为心，造化为手，阴阳为笔，万象为墨者也。”这“心、手、笔、墨”四者及其相互的关系，其实就是金圣叹评点《西厢记》的总纲；也是他的“戏曲叙事艺术论”与戏曲的“剧本学”赖以建立的四根理论支柱。事实上，金氏的理论系统中，以剧本结构法与叙述描写法尤为详尽。他列举了诸如“狮子滚球法”“寄托笔墨之法”“烘云托月之法”“移堂就树法”“那辗法”“有生有扫”“此来彼来”“三渐”“三得”“二近三纵”等名目，加以说明。[③] 从他的批点，我们可以看出圣叹在“得之于心”之余，还确实作了一套完整的分析，并非浮泛地说过便了。[④]

金圣叹之评点《庄子》《史记》等六部书而特别以“才子书”称之，显示他在选取之际，用的是一种纯然的“艺术文本”的眼光；他所看重的，不是它们的内涵与在严肃意义上的功能，而是“作者”在创作时的“锦心绣口”[⑤]。在他这种“以文为戏”，“以戏见才”，“以才论心”的观点中，所强调的不仅是一般“言志”文学传统中所说的“主体表现”而已；而是探测到种种艺术创作的构思背后，作者个人对于“美感价值”的追寻与体验，与其自身所具备可借之以创造“艺术美感形式”的潜能。这便是他说的“锦”“绣”。而也正是他的这种“看重过程”的审美观，使得他由艺术表现的“形式之美”，延伸到了创作主体的创作活动的

①② 《贯华堂第六才子书西厢记·读第六才子书西厢记法》，《金圣叹全集》第3册，第18、10页。

③ 李渔（字谪凡，号笠翁，1610—1680）曾说：“圣叹之评《西厢》，其长在密，其短在拘，拘则密之已甚者也。”“圣叹之评《西厢》，可谓晰毛辨发，穷幽极微，无复有遗议于期间矣。”参见李渔《闲情偶寄》，收入《中国古典戏曲论著集成》第7册，北京：中国戏剧出版社，1982年重印，第70页。

④ 谭帆曾将圣叹之评《西厢》予以归纳论述；参见谭帆《金圣叹与中国戏曲批评》，上海：上海华东师大出版社，1992年，第157—168页。

⑤ 金圣叹批评，曹方人、周锡山标点：《贯华堂第五才子书水浒传·读第五才子书法》，《金圣叹全集》第1册，第17页。

“直觉之美”①，进而确立了阅读者与评鉴者的“赏读之美”。故他一方面强调：

> 圣叹批《西厢记》，是圣叹文字，不是《西厢记》文字。②

却在另一面声明：

> 天下万世锦绣才子，读圣叹所批《西厢记》，是天下万世才子文字，不是圣叹文字。③

所谓“读圣叹所批《西厢记》，是天下万世才子文字，不是圣叹文字”，在此语意中，显示了艺术品一旦公开化后，即已确立了“读者”的地位。而在这中间，一个具有真正鉴赏力的批评者，他能透过作为“读者”与作为“美与美感的研究者”的双重身份，将“读者的可能”作出揭示；于是在另一层意义上，这种呈现，变成了一切“追求美”的读者的共同语境。这种共同语境，当它有效地产生“艺术地解读作品”之效能时，它便是一种“批评的语境”。

圣叹不仅因“艺术地阅读”确立了“读者”与“评者”的地位，他甚至企图从“批评语境”的建构，确立一种立基于人共同“审美条件”的“艺术再现性”。他说道：

> 《西厢记》不是姓王字实父此一人所造。但自平心敛气读之，便是我适来自造。亲见其一字一句，都是我心里恰正欲如此写，《西厢记》便如此写。④

圣叹此处所言的特殊点，在于他由“主观”的立场，转到了特殊定义下的“客观”立场。这种“客观”，不是相对于主观立场的真正客观，而是以“相互渗透的主观性”为基础的“诠释客观”。所以他特别强调，见出这种客观的条件，是必须“平心敛气读之”。盖唯有如此，艺术的呈现，才可以既是“主观的”“表现的”，也是“客观的”“再现的”。

圣叹此说，我们若拿它来与当代“接受美学理论”强调作品意义的开放性相较，则有它们相近与相异之处。如上文所提及德国理论家伊瑟的接受美学理论，认为“阅读”包含一种“文学作品结构”与“接受者”之间的相互作用；即作家创造了文本，但“文本”只提供了某种文学性与文学价值得以实现的“潜在可能结构”。这种文学性与价值的实现，有赖于读者的创造性阅读，而正是读者的审美阅读，文本所包含的潜在性得以“现实化”，从而使“文本”呈现为“作品”。在文学作品所具有的两端中，艺术之端，指涉的是“文本及其成分”；而审美反应之端，乃指“读者”。至于文学作品之产生，则系来自彼此之互动，而非二

---

① 克罗齐(Benedetto Croce，1866—1952)在《美学原理》一书中，曾提出真的艺术之美，是在创作者未创作之先即已存在于其直觉之中，此一说法，可以用来阐释金圣叹的这种“作者、读者、评者在其直觉中各自拥有的‘美’之存在”的说法。参见[意] 克罗齐著，朱光潜译《美学原理》，朱光潜全集编辑委员会编《朱光潜全集》第11册，合肥：安徽教育出版社，1989年，第143—153页。

②③④ 王实甫原著，金圣叹批评，曹方人、周锡山标点《贯华堂第六才子书西厢记·读第六才子书西厢记法》，《金圣叹全集》第3册，第19页。

者中的任何一个。① 而在这里,我们看到了金圣叹将"读者的阅读"联系于"文本",将"读者"从被动地位化为"主动"的角色,正是一种类似于"读者反应批评"(reader-response criticism)的理论。而他之藉"艺术地阅读"确立"读者"与"评者"的地位,从"批评的语境"的建构,确立一种立基于人共同"审美条件"的"艺术再现性",正亦部分地利用了相近于"互为主体性"的说法。不过不同的是,在他看来,人与人间所以存在一种主体的相互渗透性,其实证明了"相对的客观性"在中国人普遍信仰的人性相近论的基础上,仍然可以提供"艺术再现性"以合理的基础。在这一点上,现象学的艺术论,则并未作出此种假设。

圣叹对于"有效诠释"的说明,使得他所设定的批评场域,事实上已提升至一极为抽象的层次,圣叹称之为"无字句处"。他说:

> 然而当其无,斯则吾胸中一副别才之所翱翔,眉下一双别眼之所排荡也。夫吾胸中有其别才,眉下有其别眼,而皆必于当其无处而后翱翔,而后排荡。②

也就是说,所谓"批评的诠释",不仅作为"批评者"的读者必须自有锦绣之才、锦绣之心,阅遍天下奇妙之文,而独有神会;且在其阅读"文本"之际,必须能读到文本所内含的"虚处",方始是真真具眼,真真见才。这种"虚处",固然也是读者反应理论中所说的"空白"③,但它并非只是"诠释可能"上逻辑的"可有",而实是作者在其创作过程中因为妙得神理,以至于能以超脱形式的方式创造出的"留白"。而这点,则是当前"读者反应理论"所未曾揭露的。

四、戏曲批评"专业场域"之建立——吴仪一《长生殿》评本所创造的对话空间与批评语境

就文本的"背景资料"来说,明清传奇发展至洪昇(字昉思,号稗畦,又号稗村、南屏樵者,1645—1704)的时代,不仅在社会存在一项"观赏"的风气,亦存在一项基于"批评"而建立的戏剧学传统。这种"观赏"与"批评"的传统对于个别剧作家而言,虽是个别承袭,有其属于个人视界之差异性;然而这种"个人视界"的存在样态,透过一种与特定读者的"即时性对话",则可因双方主体的互动,产生基于"交互主体性"而证明之客体。这种思维客体可以作为研究者说解作者对于自身作品之主观期待,与依此而引生之创造思维。

---

① 伊瑟采用现象学的艺术理论,强调时间性(temporality)、不定性(indeterminacy)、互为主体性(intersubjectivity),以及文学传播的三元结构(triadic structure of literary communication)。所谓"三元结构",即是指作为艺术之端(the artistic pole)的文本、作为审美反应之端(the aesthetic pole)的读者,以及两者之间的互动。参见Wolfgang Iser, *The Act of Reading*, pp. 56、60.

② 见施耐庵(名耳,字伯阳,又名子安,又字肇瑞,1296—1372)原著,金圣叹批评,曹方人、周锡山标点《贯华堂第五才子书水浒传》,第98页。

③ 波兰美学家罗曼·英加登(Roman Ingarden,1893—1970)认为读者想象力的发挥应侧重两个方面:一"是想见其为人",即把作品中的语言转化为读者的视觉形象。二是将空白具体化。英加登在论及读者阅读文学作品时,提出了著名的"空白说"。他认为,一部文学作品有许多"未定点",有待读者发挥想象来填补与充实,但英氏的"空白"说只着眼于读者方面,而金氏所说的"无字句处"则涉及作者、读者两方面。在作者方面,是如何留出空白的问题,在读者方面,则是如何填补空白的问题。没有读者方面这种连续不断的积极参与,就没有任何文学作品。

其中第一项可以说明者，即为有关“主旨”之论述。洪昇《长生殿》一剧编成，其友人棠村相国（梁清标，字玉立，一字苍岩，一号蕉林，1620—1691）曾评之为“一部闹热《牡丹亭》”，此语不唯见于洪昇《长生殿例言》，洪昇且“以为知言”。[①] 作为读者与观赏者的梁清标这种将《长生殿》比为《牡丹亭》的论法，凸显出了《长生殿》主眼乃在“写情”，所谓“吾侪取义翻宫徵，借《太真外传》谱新词，情而已”[②]，而就当时人之认知言，这种主题的选择正是承自明代追求“情至”的思想潮流，故说是与《牡丹亭》无异。[③] 至于说其为“闹热”，则是指洪昇将原本闺中始有的儿女之情，放置于更为开阔的历史情境中去铺叙，使它所能产生的戏剧性更为丰富。而我们从洪昇对汤显祖（字义仍，号海若，一作若士，1550—1616）的赞誉中，亦可看出洪昇在精神深处是与汤氏合脉相通的，洪昇说道：

> 肯綮在死生之际，记中《惊梦》《寻梦》《诊祟》《写真》《悼殇》五折，自生而之死；《魂游》《幽媾》《欢挠》《冥誓》《回生》五折，自死而之生；其中搜抉灵根，能使赫蹄为大块，逾糜为造化，不律为真宰，撰精魂而通变之。[④]

这段话明确指出《牡丹亭》中男女主角之所以写得“自生而之死”，或“自死而之生”，关键在于汤显祖紧紧抓住了“灵根”与“情窟”这一决定人物“精魂而通变”的根本。这种以“通变”叙写“性真”的手法，使全剧有了一贯的精神与旨意。在这段话中，洪昇站在一“读者”与“观众”的立场分享了作者的主题意识。而也正是这种经由“有效阅读”的建立，洪昇将其所得于汤氏原剧目之“连结”，发展成为自己创作时以“主旨”贯串全剧的核心理念。

事实上，正由于这种存在于传奇“创作”与“观赏”之理解，不仅是洪昇一人所见，亦是洪昇同时中上层社会所普遍同有，故《长生殿》自康熙二十七年（1688）问世后，立即引起了强烈的回响，如徐麟在《长生殿序》中说：

> 一时朱门绮席，酒社歌楼，非此曲不奏，缠头为之增价。[⑤]

而在康熙二十八年（1689），京中著名戏班内聚班演出《长生殿》，康熙皇帝观看后十分欣赏，赐优人银二十两，并在诸亲王前赞誉有加。尔后诸亲王及阁部大臣，凡有宴集，必演《长生殿》，缠头之赏，其数悉如御赐。这年七月，孝懿佟皇后逝世。八月上旬，内聚班为答谢洪昇，特为他专场演出《长生殿》，于是洪昇邀请众多朝彦名流，大会于生公园（又名太平园），设宴张乐。据说有一位给事中黄六鸿（字思湖，又字正卿），因未在邀请之列，怀

---

① 见〔清〕洪昇《长生殿·例言》，《古本戏曲丛刊五集》上册，上海：上海古籍出版社，1986年，据北京图书馆藏清康熙稗畦草堂刊本影印，第1b页。

② 见洪昇《长生殿·传概》，《古本戏曲丛刊五集》，上册，第1a页。

③ 关于晚明清初戏曲艺术呈现中“情”观之转化，请参见拙著《晚明清初戏曲审美意识中情理观之转化及其意义》，《中国文哲研究集刊》19期（2001年9月），第183—250页；《明末清初才子佳人剧之“言情”内涵及其所引生之审美构思》，《中国文哲研究集刊》18期（2001年3月），第139—188页。

④ 见洪昇之女洪之则所题《〈还魂记〉跋》，收入《吴吴山三妇合评牡丹亭还魂记》，上海图书馆藏清芬阁藏板，同治庚午（九年）重刊，第3a页。

⑤ 见〔清〕徐麟《长生殿·序》，蔡毅编《古典戏曲序跋汇编》第3册，济南：齐鲁书社，1989年，第1583页。

恨在心，决计报复，于是以“国丧”期间宴饮观剧之罪上本劾奏。康熙皇帝勃然大怒，传旨将洪昇逮捕，下刑部狱，并将内聚班优人尽皆拘系，听候发落。结果，洪昇遭国子监除名，应邀观剧的侍读学士朱典、翰林院检讨赵执信（字伸符，号秋谷，晚号饴山老人、知如老人，1662—744）、台湾太守翁世庸等俱被革职；监生查慎行（初名嗣琏，字夏重，号查田；后改名慎行，字悔余，号他山，赐号烟波钓徒，1650—1727）未赴此会，也受牵连而除名。① 总计士夫与诸生因此案遭革职及除名者共五十余人，此即著名的《长生殿》演出之祸。② 赵执信晚年有诗云：“可怜一夜《长生殿》，断送功名到白头！”③

虽然《长生殿》因国丧期间“非时演唱”而引起了轩然大波，但这部传奇确曾流入府内，并经常演唱于王公大臣之家，而且许多精彩的折子在昆曲舞台上一直盛演不衰。洪昇的政治生涯虽不幸因《长生殿》演出之祸而被迫结束，他的艺术声誉却反而与日俱增。而就在洪昇因《长生殿》演出之祸革去国子监返乡后不久，剧本亦于康熙三十三年（1694）开始正式刊刻。该剧之刊刻，主要即得力于洪昇的好友吴仪一。上卷约刻成于康熙三十九年（1700），下卷刻成于康熙四十三年（1704），一时名流如尤侗（字展成，一字同人，号悔庵，晚号良斋、西堂老人，1618—704）、毛奇龄（原名甡，又名初晴，字大可，又字于一、齐于，号秋晴，又号初晴、晚晴等，1623—1716）、朱彝尊（字锡鬯，号竹垞，又号醧舫，晚号小长芦钓鱼师，又号金风亭长，1629—1709）、王廷谟、朱襄等人，纷纷为之作序或题辞。不仅如此，据洪氏《长生殿例言》，吴仪一亦曾为他早年所作之剧本《闹高唐》《孝节坊》作过评点。但是《长生殿》行世后，因为篇幅过长，演出不便，于是有人出来妄加节改，吴仪一对于这种做法非常不满，遂仿效冯梦龙改订戏曲的方法，将原本五十出的《长生殿》更定为二十八出，并逐出详细评点。洪昇认为这样的改动与批点“确当不易”，提议优人“取简便当觅吴本教习”，洪氏云：

> 曩作《闹高唐》《孝节坊》诸剧，皆友人吴子舒凫（仪一，一字茶符，生卒年不详，1692 年前后尚在世）为予评点。今《长生殿》行世，伶人苦于繁长难演，竟为伧辈妄加节改，关目都废。吴子愤之，效《墨憨十四种》，更定二十八折，而以虢国、梅妃别为饶戏两剧，确当不易。且全本得其论文，发予意所涵蕴者实多，分两日唱演殊快，取简便当觅吴本教习，勿为伧误可耳。④

---

① 关于《长生殿》致祸的经过，散见于王应奎《柳南随笔》卷六、戴璐（字敏夫，号菔塘，1739—1806）《藤阴杂记》卷二、董潮（字晓沧，号东亭、臞仙，1729—1764）《东皋杂钞》卷三等处，诸书记载互有出入，此处据章培恒《演〈长生殿〉之祸考》一文。参见章培恒《洪昇年谱》，上海：上海古籍出版社，1979 年，第 372—404 页。

② 关于《长生殿》致祸之内幕，众说不一。目前学术界较为公认的看法是，《长生殿》“非时唱演”事件与当时的党争有关。《清史稿・徐乾学传》云：“时有南北党之目，互相抨击。”南党以徐乾学（字原一、幼慧，号健庵、玉峰先生，1631—1694）为首，北党以大学士明珠（纳兰明珠，字端范，1635—1708）为首，矛盾相当尖锐。洪昇虽与属于北党的余国柱（1625—1698）有交往，但他和南党的高士奇（字澹人，号瓶庐，又号江村，1645—1704）等人关系更加密切，《长生殿》一案实际是北党借题发难，以动摇南党的政治地位，康熙皇帝亦借此均衡两党权势，故而对此案予以批覆。而梁绍壬（字应来，号晋竹，1792—?）在《两般秋雨庵随笔》卷四所说“朝廷取《长生殿》院本阅之，以为有心讥刺”，亦是一可能之原因。朝廷政争形势相当复杂，兹不多论，而此事件的结果是，洪昇成了清初南北党争此一政治夹缝中的牺牲品。同前注。

③ 〔清〕董潮《东皋杂钞》卷三，引见章培恒《演〈长生殿〉之祸考》，《洪昇年谱》，第 373 页。

④ 见洪昇《长生殿・例言》，《古本戏曲丛刊五集》，上册，第 1b—2a 页。

在这段话中,我们看到了一段有关“读者反应”的重要记叙。文中所云“伶人苦于繁长难演”而有伧辈妄加节改,显示因为识见不同而引起的阅读差异,作者对于此种阅读差异所引起的不快,系立基于自身作为“创作者”之“效应期待”,以及他透过自己友人吴仪一的反应所证明的共同认知。而在他观看了吴仪一的删本后,他以一新的读者及观众的立场,加以赞赏。此处所说的“论文”,即指吴仪一以五百七十五条眉批方式对《长生殿》进行的详细批点。洪昇认为这些批语“发予意所涵蕴者实多”,“涵蕴”二字依文意指的是洪昇在创作其文本时所运用的创作构想与艺术思维,而作者对于评语之赞同,则是显示双方依各自视域所发展的审美认知间的一种交集。这番话既可以确证洪昇引吴仪一为知音,亦可说明吴氏为人折服的眼识。可惜的是,吴仪一之改本及他人所作的节改本,现在均不可见。唯叶堂(号怀庭,字广明,一字广平)《纳书楹曲谱》选录此剧三十一出,《集成曲谱》选录二十五出,尚稍可见节改本之一斑。①

洪昇引为知音的吴仪一,又名吴人,钱塘(今浙江杭州)人。因所居名吴山草堂,故号“吴山”,别号“芝坞居士”。吴仪一与洪昇友善,其诗文词曲在当时一如洪昇驰名于江、浙间。洪、吴二人之所以能如此密切合作,主要即在于彼此声息相通,所谓“境静忘残暑,谈深见素心”②,两人经过几十年的交往,已结下了深厚的情谊。而在戏曲创作与戏曲艺术鉴赏上,他们更有着相近的观点与理解③。观洪昇女洪之则所记洪、吴二人讨论《牡丹亭》时的情景,一个“叹异不已”,一个“大叫叹绝”,诚可谓作者、读者相会于一心。④ 吴仪一除了为洪昇剧作评点外,还曾与其未婚妻陈同、正妻谈则及续妻钱宜评点过《牡丹亭》,将之汇编,定名为《吴吴山三妇合评牡丹亭还魂记》(又名《新镌绣像玉茗堂牡丹亭》)。⑤ 事实上,吴仪一喜将《长生殿》与《牡丹亭》进行比较。如《春睡》出批语:“闲谈中写出关目,曲家解此者,惟玉茗与稗畦耳。”⑥《私祭》出批语:“此与《牡丹亭》祭杜丽娘用同一调,又以供牡丹与供残梅故相犯,而绝无一字一意雷同。二曲皆须加赠板细唱,场上演法亦迥异。”⑦《觅魂》出批语:“临川《冥判》,纯是驾虚罗列,未有此折语语摭实。如游丝百丈,独袅晴空,然工力亦相当。”⑧《重圆》出批语:“此剧月宫重圆与《牡丹亭》朝门重合,俱是千古奇特事,合于曲内表而出之。”⑨在这些评点中,“闲谈中写出关目”说的是叙事手法与情节设计上“艺术性”之相近,而“绝无一字同”“演法迥异”“未有此折语语摭实”之类,则是一种“艺术性”之对比。在这些评语中,吴仪一并非单一站在洪剧的欣赏角度,而是同时将观看汤

---

① 叶堂《纳书楹曲谱》正集卷四与续集卷一共选录《长生殿》三十一出,参见叶堂《纳书楹曲谱》,收入王秋桂编《善本戏曲丛刊》第83册,台北:学生书局,1984年;《集成曲谱》第23、24册,上海:商务印书馆,1935年。

② 见洪昇《湖上观荷作示舒凫》,《续稗畦集》,台北:世界书局,1964年,第186页。

③ 见刘辉《论吴舒凫》,《小说戏曲论集》,台北:贯雅文化事业公司,1992年,第394页。

④ 见洪之则《还魂记·跋》,《吴吴山三妇合评牡丹亭还魂记》,第3a页。

⑤ 有关《三妇评本》之作者问题,学者之意见不一,关键点在于此评本之作者是否果真为三妇?或评者实为吴仪一本人?抑或是在三妇先后共同完成此书之过程中,吴仪一本人亦曾参与其事?其实早于乾隆年间,清凉道人即怀疑《三妇评本》之作者实为吴氏本人,他指出:“大约为吴人所自评,而移其名于乃妇。”(引见王利器辑录《元明清三代禁毁小说戏曲史料》,上海:上海古籍出版社,1981年,第221页)现今学者如叶长海、刘辉、王永健、赵山林、陈竹等人则认为《三妇评本》之得以完成,吴仪一应曾参与其事,只是涉入程度多少的问题。

⑥ 见吴仪一《长生殿·春睡》批语,《古本戏曲丛刊五集》,上册,第10b页。

⑦ 见吴仪一《长生殿·私祭》批语,《古本戏曲丛刊五集》,下册,第56a页。

⑧ 见吴仪一《长生殿·觅魂》批语,《古本戏曲丛刊五集》,下册,第77b页。

⑨ 见吴仪一《长生殿·重圆》批语,《古本戏曲丛刊五集》,下册,第98a页。

剧之所得加入于共同的讨论之中。这种评点的方式事实上是企图在“诠释”作为中增入一种特定的“理解”成分，以使“阅读”或“观赏”符合他心目中所认可的“有效”标准。

由《长生殿》文本创作、演出、刊行与接受的“背景资料”可知，洪昇与评点者吴仪一对于掌握“制作”具有其相当的共同“理解”基础。以下将论述作为自己作品的作者，洪昇如何透过《自序》《例言》等来“定位”自己的作品？而作为读者与评者的吴仪一如何在洪昇的“构思”中，结合来自历史、社会典律与文学传统的材料，并从“作者”“角色”“情节”“读者”等不同视角所形成的整体系统，来理解与诠释全剧之题旨与组织策略，从而建构出文本的意义。

《长生殿》一剧之创作始于康熙十二年(1673)，定稿于二十七年(1688)，其间三易其稿，历十余年。据洪昇《例言》称，他客居北京做监生前，曾在杭州皋园与严定隅话及开元天宝事，“偶感李白之遇，作《沉香亭》传奇”，敷演李白故事。赴京后，因其友毛玉斯谓“排场近熟”，“因去李白，入李泌辅肃宗中兴，更名《舞霓裳》”。所谓“排场近熟”，除了指剧中有关李白情事对观者而言已近烂熟，不易引人兴味外，还显示此时剧情尚嫌单薄，戏剧性不足，未必经得起反复观看，因此必须再事增添。此二部传奇当时皆曾演出，惜今已亡佚。其后，洪昇又考虑到“情之所锺，在帝王家罕有”，因此“专写钗盒情缘”，而以《长生殿》题名，立意将“情”作为全剧的主要内容，并谓“诸同人颇赏之，乐人请是本演习，遂传于时”，而他自己则是“乐此不疲”。[①] 可见洪昇在作剧过程中，是十分重视读者反应的，而且是对剧作剧本“阅读”与演出“观赏”的效果两者并重。而也就是在这种创作过程中与友人即时互动与“同赏”的交流里，洪昇确定了《长生殿》一剧的基本情节是以唐明皇、杨贵妃之爱情发展为主线，而安史之乱的政治局势，则为故事进行之背景。洪昇在第一出《传概》云：

> 借太真外传谱新词，情而已。[②]

可见作者的确以“言情”为宗旨。但明皇(李隆基，685—762)、贵妃(杨玉环，719—756)事本多佚闻，流传既久，染指者多，众家每以博趣为旨，污秽满纸，所以洪氏取事不得不立标准，其《例言》中云：

> 若一涉秽迹，恐妨风教，决不阑入。[③]

在剧情的安排上，他采取了一种不忠于史实的设计，也就是对历史上杨玉环曾辗转于寿王李瑁与李隆基父子之间的事，一概不提，并毫不犹豫地删除了杨玉环与安禄山(本姓康，名轧荦山，703—757)污乱后宫的秽事传闻，以便存“诗人忠厚之旨”。[④] 这种“义取崇雅，情在写真”[⑤]的创作态度，始自他创作《舞霓裳》时，而完成于《长生殿》。在这里，他已明显地将剧作家从一原始的“叙事”动机，转变成为一种“藉事以托旨”的“寓意”动机，故

①③⑤ 见洪昇《长生殿·例言》，《古本戏曲丛刊五集》，上册，第1b—2a、1b、2a页。
② 见洪昇《长生殿·传概》，《古本戏曲丛刊五集》，上册，第1a页。
④ 见洪昇《长生殿·自序》，《古本戏曲丛刊五集》，上册，第1a页。

洪昇自说己意云：

> 乐极哀来，垂戒来世，意即寓焉。①

所谓"专写情缘"之"专"字，乃是说明情节的"一致性"与"连贯性"；而所谓"崇雅"，则是说明审美要求的期待。而也正是因为全剧有了这样一个属于戏曲本身的审美要求，洪昇亦将传闻所附会的"玉妃归蓬莱院"及"明皇游月宫"的虚幻之说，加以发展，成为故事中贯串首尾的一种超越事相的主体结构，即所谓"钗盒情缘"。而亦是基于这样一种"专写情缘"的信念，洪昇在全剧起始就开宗明义地所提出所谓"精诚"之爱，以作为支持全局的基本概念：

> 【南吕引子·满江红】今古情场，问谁个真心到底？但果有精诚不散，终成连理。万里何愁南共北，两心那论生和死。笑人间儿女怅缘悭，无情耳。　感金石，回天地，昭白日，垂青史。看臣忠子孝，总由情至。先圣不曾删《郑》《卫》，吾侪取义翻宫徵。借太真外传谱新词，情而已。②

此处洪昇点出一"情"字，而且这个"情"字是"情场"之情，主要指"儿女之情"。史上的明皇并非一专情之人，然"专写情缘"是洪昇构思此剧时特有的创作意念，亦是他整部剧的主旨。他所点出的"精诚"二字，乃就爱的"纯净"与爱的"深刻"而言，情若不"精诚"，情便不实，与"无情"何异？且不唯男女姻缘，就是天地间一切"臣忠子孝"，亦皆是由此真我之一番"精诚"而起。所谓"精诚不散"不仅是提起不放，因提起不放，性为情移，仍是会转。盖爱欲生贪，欲多则流，必待生死一番，浮缘都尽，乃始见出我心中依然有此爱不变，此方是"精诚不散"之真谛。洪昇欲人明白，若做到了帝王家，何人尚能欺我，然我亦不能自见。必待人人弃我而去，凡我所有者皆溃烂不可收拾，然后死之生之，见出一个本来自我，本自清净。自我如此，不唯男女姻缘，即天地间一切"感金石，回天地"的"臣忠子孝"，亦"总由情至"，皆是由此真我之一番真诚而起。这种人世间的真诚，即是"性"，亦即是"道"。

对于洪昇编写《长生殿》不蹈习前人，而"义取崇雅，情在写真"的做法，吴仪一亦深以为然，他在《长生殿》序言中曾指出：

> ……昉思句精字研，罔不谐协。爱文者喜其词，知音者赏其律，以是传闻益远。畜家乐者，攒笔竞写，转相教习，优伶能是，升价什百。它友游西川，数见演此，北边南越可知已。是剧虽传情艳，而其间本之温厚，不忘劝惩。或未深窥厥旨，疑其诲淫，忌口腾说，予故于暇日评论之，并为之序。③

---

① 见洪昇《长生殿·自序》，《古本戏曲丛刊五集》，上册，第1a页。
② 见洪昇《长生殿·传概》，《古本戏曲丛刊五集》，上册，第1a页。
③ 见吴仪一《长生殿·序》，蔡毅编《中国古典戏曲序跋汇编》第3册，第1582页。

吴氏指出“天子钟情”之故事在元剧如《汉宫秋》《梧桐雨》中固然有所描绘，但明代南曲传奇中往往是以描绘一般才子佳人为主，对于宫闱情爱着墨不深，以致几近“风流歇绝”。洪昇采摭天宝遗事，“取而演之”，撰成《长生殿》传奇，虽本于白居易、陈鸿之作，但在情节构思上，“芟其秽嫚，增益仙缘”，与他剧只写天子钟情，而难免涉秽(如安禄山与杨妃污乱之事)者不同，故能“为词场一新耳目”。而其曲文“句精字研”，音韵谐美，故“爱文者喜其词，知音者赏其律”，乃至畜家乐者，转相教习，优伶能为是曲者，身价必至什百。而对于《长生殿》吴氏最要之赞语，在于此剧在情节的描写上，虽是以男女间的“情艳”为主，但是在剧作者的心目中却有一种诗人“敦厚”之志，观赏者必须见出此旨，方是得出作者之意。否则徒为场上情艳所动，虽争赏不替，亦非知音。所谓“或未深窥厥旨，疑其诲淫，忌口腾说，予故余暇日评论之，并为之序”，说明《长生殿》虽于清初轰动场上，名噪一时，能解读其中深意的“理想读者”并不易得。吴仪一这番评语除了显示他的理解与作者之自叙相合，另一方面亦显示就当时观赏之大众言，各人所得者亦多有不同，难于同一。正因为“隐含的读者”并非即是“有知识的读者”，为免理解歧义日增，吴仪一乃以其对洪剧多次阅读与观赏之经验为基础，将剧作文本结构中的潜在意义，以评点的方式予以“具体化”与“实在化”。

然此处有一当分别之处，即是：既悟有“精诚之爱”，何以洪昇尚云：“情缘总归虚幻”？此则因就“爱”与“缘”相较，爱真而缘虚。何以言之？如洪昇《自序》云：

> 古今来逞侈心而穷人欲，祸败随之，未有不悔者也。玉环倾国，卒至殒身。死而有知，情悔何极？苟非怨艾之深。尚何证仙之与有？孔子删《书》而录《秦誓》，嘉其败而能悔，殆若是欤？第曲终难于奏雅，稍借月宫足成之。要之广寒听曲之时，即游仙上升之日。双星作合，生忉利天，情缘总归虚幻，清夜闻钟，夫亦可以蘧然梦觉矣。①

盖情缘即是俗缘，俗缘有条件，条件取消，缘即消失；故所谓“精诚”，是见得自心如此，不是在“缘”上求成，否则如《牡丹亭》中杜丽娘之死而复生，生即能不死耶？故双星作合，同悟此道，即此便是“心合于天”，不必在缘上执着。而在这中间能使至情双方得以超生天堂、圆满实现的转变契机，即是明皇与贵妃二人的“情悔”。《长生殿・重圆》一出点出“金枷”“玉锁”，并谓唯有“跳出痴迷洞，割断相思鞓”，②方得自心。此段所写即是说明由深情之至而“情悔”，以至“忘情”之境。这种看似矛盾而并非矛盾的说法，若以哲学的方式阐释，即是情到至真之处，亦不为“情累”之义。

对于《长生殿》“专写钗盒情缘”，却又强调“情缘总归虚幻”的观点，吴仪一亦予以肯定，他说：

---

① 见洪昇《长生殿・自序》，《古本戏曲丛刊五集》，上册，第1b页。
② 见洪昇《长生殿・重圆》，《古本戏曲丛刊五集》，下册，第100b页。

情场恨事，有情而无缘者，不可胜数。惟合生死论之，则情缘自相牵引，故以青陵冢树为征也。①

他点出情场中，有情而无缘者不可胜数，而有情有缘者，若合生死际遇之外在变化而论，始知所谓“缘”须种种条件配合牵引，往往非人所能主宰，亦难免虚幻无常。而针对洪昇所强调之“精诚不散”，吴氏亦有所发挥，如第四十七出《补恨》批语云：

正气千古不灭，即强死者犹能为厉，总是精诚不散耳。不曾有此精诚，徒以痴情妄思补恨，无益也。②

“精诚”是指爱之“纯净深刻”，故与“痴情”不同。若以为徒然“痴情”可以补恨，则只是一种虚妄。吴氏并进一步点出，欲使情欲升华、净化为“精诚之爱”，使有情者谐夙愿，“忘情者自得逍遥”，则唯有“知悔”一途。故吴氏在评语中数度就此“悔”字，加以提点，如《情悔》出批语云：

人到悔时，便觉从前一无是处。故圣人教人以悔，则自凶趋吉。释家忏悔原与《易》道无异也。③

《重圆》出批语又云：

积业未除，所重在悔，既能知悔，则忘情者自得逍遥，有情者亦谐夙愿。观剧内二番玉敕，可得人定胜天之理。④

所谓“知悔”，即是觉迷，迷而能觉，即有情亦不为情累，与“忘情”者同。所谓“这一悔能教万孽清，管感动天庭”⑤，真诚的忏悔与忘我的牺牲使明皇、杨妃的“俗世之爱 ”彻底净化为“精诚之爱”，方能达至“情至”终极之境。而此处所说的“人定胜天”，实即“情定胜天”之意。

此外，剧本最后《长生殿重圆》一出中，【永团圆】曲亦云：

神仙本是多情种，蓬山远，有情通。情根历劫无生死，看到底终相共。尘缘倥偬，忉利有天情更永。不比凡间梦，悲欢和哄，恩与爱，总成空。跳出痴迷洞，割断相思鞚。金枷脱，玉锁松。笑骑双飞凤，潇洒到天宫。⑥

① 见吴仪一《长生殿·传概》批语，《古本戏曲丛刊五集》，上册，第1a页。
② 见吴仪一《长生殿·补恨》批语，《古本戏曲丛刊五集》，下册，第88b页。
③ 见吴仪一《长生殿·情悔》批语，《古本戏曲丛刊五集》，下册，第17a页。
④ 见吴仪一《长生殿·重圆》批语，《古本戏曲丛刊五集》，下册，第98a页。
⑤ 见洪昇《长生殿·情悔》，《古本戏曲丛刊五集》，下册，第17b页。
⑥ 见洪昇《长生殿·重圆》，《古本戏曲丛刊五集》，下册，第100a—b页。

吴仪一批曰：

> 无情者欲其有情，有情者欲其忘情。情之根性者，理也，不可无；情之纵理者，欲也，不可有。此曲明示生天之路，痴迷者庶知勇猛忏悔矣乎！①

吴氏点出情与欲皆本于人之天性，合“理”之情，即悟“性”之情，也是人应有的、正常的情；超过了一定的条理、准则的“情”，便是“欲”，即应予以摒弃。然人不唯须有情，还必须从有情而升华至忘情，方能与理相通，吴氏与王廷谟所谓“合性与道”之说是相吻合的，亦深合洪昇之本意。而也正因吴氏既强调本剧“虽传情艳，其间本之温厚，而不忘劝惩”，故在其评点中，于点出“颂真情”的同时，亦殷切致意于其“寓劝惩”之宗旨，谓此曲乃“生天之路”，冀望痴迷者能“勇猛忏悔”。

基本上，吴仪一对于“情”之本质的理解，及其所谓“情之正”说，亦见诸吴氏在《吴吴山三妇合评牡丹亭还魂记》卷末《或问十七则》云：

> 夫孔圣尝以好色比德，《诗》道性情，国风好色，儿女情长之说，未可非也。若士言情，以为情见于人伦，伦始于夫妇；丽娘一梦所感，而矢以为夫，之死靡忒。则亦情之正也。若其所谓因缘死生之故，则从乎浮屠者也。②

这段话显示吴仪一之所以契合于洪昇，实乃因传奇以戏曲之形式传达一种以“情正”见“性”之人生体认，在戏曲创作与欣赏之历史中，本可上溯于汤显祖“言情之旨”，吴、洪二人，乃至当时之合赏者，正是站在此一共同之理解上发展出一种以“情正”“写真”为核心之曲艺论，故在创作理念与鉴赏的标准上有了一种同调的主张。

五、戏曲文本意义层次之“总解”——毛声山父子《琵琶记》评点之伦理意识与诠释框架

在中国戏曲史上，夙有“南戏之祖”美誉的《琵琶记》，堪称有元一代伦理教化剧的圭臬之作。作者高明在南宋民间“赵贞女蔡二郎”故事的基础上，秉持其“不关风化体，纵好也徒然”③的创作原则，以忠、孝、节、义等伦理道德为主旨，敷演了中国传统社会一个儒生家庭的孝道伦常故事。剧本对于伦理纲常与道德典范所作的艺术化铺陈，与戏剧化展演，从明代开始，便得到了广泛的认同与接受。读者或观众，对于该剧的评价或评点，上至明太祖（朱元璋，1328—1398）④，下至一般文人，记载之多，甚至足以写成一部有关《琵

① 见吴仪一《长生殿·重圆》批语，《古本戏曲丛刊五集》，下册，第100a—b页。

② 见吴仪一《〈还魂记〉或问十七则》，《吴吴山三妇合评牡丹亭》，第4b—5a页。

③ 见〔元〕高明撰《副末开场》，《琵琶记》卷上，《六十种曲》第1册，北京大学图书馆藏明毛氏汲古阁刊本，第1a页。

④ 朱元璋曾谓：“《五经》《四书》，布帛菽粟也，家家皆有；高明《琵琶记》如山珍海错，贵富家不可无。”（〔明〕徐渭：《南词叙录》，收入《中国古典戏曲论著集成》第3册，第240页）可谓乃明初人对原著接受的代表。后来的明刊本也多从此角度出发，甚至有所增删，但数量不多，主题思想未变，并没有歪曲作者的原意，只是让主题更加明确。当然，这其中也难免羼入改者的思想与审美意趣，使作品的含蓄性减弱。但这些明刊本造成的偏差，还未达到应加挞伐的程度。

琶记》之传播与接受史。我们从文人雅士相继评点、刊刻此剧的作为，可以明显看出，《琵琶记》于民间广受欢迎之程度。在某种程度上，它甚至超过了《西厢记》。而从"评点批评"的视角观之，现存《琵琶记》的评本，固然少于《西厢记》，然而翻刻的评点本，却为数不少。[①] 从明代李贽开评点《琵琶记》风气之先，其后继之者，如徐渭（初字文清，后改字文长，号青藤老人、天池山人、山阴布衣，1521—1593）、陈继儒（字仲醇，号眉公、麋公，1558—1639）、魏仲雪（名浣初）、徐奋鹏（槃薖硕人）、凌蒙初（字玄房，一字遐厈，号初成，1580—1644）、汤显祖，[②]乃至清初毛氏父子等，均对此剧作出评点或修改。这些评点家，对于此剧的热情关注，与其批点或修订，其中所具有之批评意识，所呈现之理论视野与审美意识，以及他们所营造出之融合多元视界之批评语境，均甚为可观。而评点家的诠释与后世不断的争论，又表明了《琵琶记》本身具有多重解读的可能，乃至值得进一步论析之复杂性。凡此皆为戏曲批评史与传播接受史上一不可轻忽的现象，值得我们仔细探究。

在现存的《琵琶记》评本中，清初评点家毛声山（名纶，字德音，生卒年不详）、毛宗岗（字序始，号子庵，1635—1709年以后）父子合评的《第七才子琵琶记》，是一部极为细致繁密的戏曲专书，在戏曲批评史上，特别是由晚明至清初戏曲审美意识转变的关键时刻，具有某种特殊的代表性意义。从表面观之，毛声山的评点方式，明显地受到其同乡金圣叹（1608—1661）评点《第六才子书西厢记》的影响。这种影响，由形式、体例、方法，以至内容、观点，皆甚明显。如声山在书首的《琵琶记·总论》，即有甚为清晰的脉络可寻。甚至在着眼点上，毛氏着重发挥戏曲文本之"文字三昧"，却于戏曲作为表演艺术之"优人搬弄三昧"，[③]相对地未予重视，亦是类似于《第六才子书》。[④] 然而尽管声山在评点形式上效法金氏，我们亦不能因此而轻忽毛氏父子在其实践之过程中，有属于他们自身特有之思想内涵、理论创造，与艺术批评之深层义涵。换言之，毛氏父子的评点，绝非如部分论者所嘲讽，仅是金氏之"余响"。尤值注意者，毛氏父子之评点，虽一方面承接金氏，另一方面亦有与圣叹明显相左之处。如圣叹专重《西厢记》，而声山则是抑《西厢》而扬《琵琶》。这种抑、扬，除显示对于人生义理，声山父子与圣叹有一般论者所注意之相异观点外，在艺术之表现方面，毛氏父子亦应有其独具之见解，与圣叹不同，故有此说。[⑤] 本文之着眼，即是针对后者，企图于"主题意识"与"艺术呈现"之相对关系中，分析作为"评者"之声山父子，其所采取之批评视角，并注意两人之批评语境中所展现彼等所秉持之"伦理意识"，与其所开发之"批评视域"二者间之关系。

---

① 关于明代《琵琶记》评本之研究，可参考朱万曙《明代戏曲评点研究》，第226—258页。

② 徐渭、汤显祖两人之评本是否为他人假托，学界于此颇有争议。根据侯百朋所录，明代《琵琶记》评本共有二十六种，但其中四种未知其收藏之处（参见侯百朋《琵琶记资料汇编》所附《〈琵琶记〉版本见知录》，北京：书目文献出版社，1989年，第463—467页）。而《中国善本书目·集部》则著录十九种刊本，均知其收藏处。朱万曙综合此两种书目介绍，将明代《琵琶记》评本整理出八种，并推断明代《琵琶记》之评本，应不下于十三种。参见朱万曙《明代戏曲评点研究》，第227—241页。

③ 关于金氏这项观点的突出，李渔即曾注意，并有所批评，详见〔清〕李渔《闲情偶寄》，第70页。

④ 见叶长海《中国戏剧学史》，台北：骆驼出版社，1993年，第484页。

⑤ 直至近日为止，论者对于毛氏之尊扬《琵琶》而抑《西厢》，仍多以毛氏重"教化"之观点说之（参见汪超宏《论毛氏父子对〈琵琶记〉的批评》，《中山大学学报·社会科学版》1998年第1期，第61—66页）。

毛声山，名纶，字德音，长洲（今江苏吴县）人，生卒年不详。褚人获（字稼轩，号石农，1635—1682）《坚瓠集》称其“学富家贫，中年瞽废”①，失明后改号声山。曾与其子毛宗岗共同修订《三国志演义》，称《第一才子书三国志》。晚年失明后，又曾口授有关《琵琶记》之评语，由宗岗笔录成书，称《第七才子书琵琶记》。此书前有康熙丙午（1666）“浮云课子”序，声山其时尚在世。宗岗同时另写了《参论》一篇，附于全书《总论》之后，对其父之评点作了若干具体的补充；唯其剧作思想与观点，则与其父颇为近似。毛声山于《琵琶记·总论》中②，曾指出自身于众多传奇剧本中，所以独钟情于《琵琶记》之因缘，谓实得自其父之遗惠与家教之养成。声山指出，其自幼所受家教最重视的，就是“孝、义、贞、淑”等德范，而《琵琶记》乃其父在众传奇中唯一许他阅读之一部。其所以如此，即缘于书中所写，皆“孝、义、贞、淑”之事。也因如此，对于此剧，他得以“时时看之”，且“愈看愈觉其妙”，而“大欢喜之”。而声山也因他个人于成长历程中，对《琵琶记》曾有此亲切的领会，故他主张不可将《琵琶记》当作“传奇”看。毛声山幼承父教，即喜读《琵琶记》，十六七岁时，“日夕把玩，不释于手”，因此产生了评点《琵琶记》的想法。但由于家贫与不得余暇，此一愿望始终无法实现。直至晚年因苦于眼疾，“无以为娱”，于是“仍取《琵琶记》命儿辈诵之，而我听之以为娱”；自娱之余，又再次萌生了评点《琵琶记》并公之同好的愿望。于是由其本人口授，毛宗岗“从旁记之，更稍加参校”，终于完成此书。其后友人蒋新又展看一过，即“抚掌称叹，以为声山氏诚高东嘉之知己矣”，而且认为《琵琶记》得此快评，正是为“孝子、义夫、贞妇、淑女别开生面”，③不仅是文人墨士窗前灯下所不可少，亦为深闺淑女妆台镜侧所不可缺。蒋氏之言，道出了毛声山氏看重《琵琶记》“广教化，美风俗”的教化功能，其批点，不仅彰显了“孝、义、贞、淑”等四德，透过对于剧中人物的剖析，还彰显了不同于传统道德典范所展现的生动面相。

对于声山此一由旧翻新的理解，宗岗《参论》中有一番说法，值得注意，他说：

> 《琵琶记》虽有所托讽而作，然不过朋友规谏之意耳。至于朝廷之上，天子之尊，初未敢一语稍涉讥刺也。观其首篇第一曲，便称“风云太平日”，其中篇又云“太平时车书已同，干戈尽戢文教崇”，又云“时清莫报君恩重”，又云“乾坤正，玉柱擎天又何用”，直至卷末仍以“玉烛调和，圣主垂衣”作结，其尊奉朝廷，颂扬天子，可谓至矣！天下后世之著书立说者，皆当以此为法。④

在这里，毛宗岗作了一项重要的梳理，即是将《琵琶记》全书的意义层次划分为三：第一层是伦理框架，第二层是事理框架，第三层是托义框架。所谓“其尊奉朝廷，颂扬天子，可谓至矣！天下后世之著书立说者，皆当以此为法”，在这里“朝廷”“天子”所代表的“名教”价值系统，既包含“秩序”，亦包含“德范”，对于毛声山来说，是剧本中人情世界的基石，如无

① 见〔清〕褚人获《汪啸尹祝寿诗》，《坚瓠集》第4册，卷二，杭州：浙江人民出版社，1986年，第12b页。

②③ 见〔清〕毛声山评《绘像第七才子书·总论》卷一，北京大学图书馆藏乾隆三十二年琴香堂刊本，第34a—35a、35a—37a页。

④ 〔清〕毛宗岗《绘像第七才子书·参论》卷一，第70b—71b页。

这一层理想化的理念框架，则一切“实践”皆无所附着，故说“天下后世之著书立说者，皆当以此为法”。这是第一层“伦理框架”。第二层，即是剧情本身所呈现之特殊的“人”之事件。在这事件中，所有的人物、行动、情节，皆是完成一桩有关于“人所可能存在的形态”的叙述。这是第二层“事理框架”。至于所谓“有所托讽”，则是观众或读者透过对于作者的理解，认知作者所可能寓涵于文本中之“非剧情意义”；这是第三层“托义框架”。宗岗的这项补充，基本上为他们的批评论述提供了可以逐步深化讨论的架构。

除了以上所述说的毛氏父子相沿的观点外，事实上，声山评点《琵琶记》这项“批评作为”，还有一番他期望与天下人“共读”前人经典的心理背景。他在《总论》中强调之所以评点《琵琶记》，是因他深感《琵琶记》虽是绝世妙文，却缺乏善解之人，以故一般人虽是习见习闻，无人不知，无人不读，却是“未曾得读”，因此他衷心期盼与天下人“共读”该书。而他认为所谓“读”，必须有以“评之”“论之”，具有自己所拥有的独特视域与卓越的理解能力，所谓“别出手眼”，而非泛阅泛览，或即兴评论。因为“卓越的理解能力”能消除个人散乱分歧的偶然性感受，建立“有效的阅读”，这种“有效的阅读”，虽有读者个人的特殊视界，却是与原作者能产生真正对话关系的阅读；他称之为“即与共读”。而在他心目中，除了“有效阅读”外，他更寄望具有批评资格的批评者，能就单一作品，各自提供看法，形成一“共同的批评场域”，依他的语言说，这种阅读，可称之为“共读”之读。

因此，在书首《总论》之后，他便“采辑前人评语”，将王世贞(字元美，号凤洲，又号弇州山人，1526—1590)、汤显祖、徐渭、李贽、王思任(字季重，号谑庵，又号遂东，1575—1646)、陈继儒、冯梦龙等几位明代《琵琶记》评者的批语一一列出，以示尊重。声山并声明：

> 以上前贤评语，章章如是，而予更有所论次者，举其引端之旨而畅言之，又举其未发之旨而增补之者也。予因病目，不能握管，每评一篇，辄命岗儿执笔代书，而岗儿亦时有所参论，又复有举予引端之旨而畅言之，举予未发之旨而增补之者，予以其言可采，使亦附布于后，以质高明。①

值得注意的是，声山这段言语，显示他对于前人《琵琶记》评论所形成的批评语境不仅了然于心，而且还不忘加以评比论次，并根据前人之论旨加以申论或增补，形成一种古今对话的“批评空间”，以作为自己评论的基础与读者评价的参照。有趣的是，其子毛宗岗的“参论”，亦以同样模式将声山之评加以申论或增补，形成了父子彼此“对话”以资参照的批评视域。毛氏父子这番有意在《琵琶记》评本中营造一种“批评语境”的作为，在《琵琶记》的批评史上可说是创举。且也在相当程度上，凸显了《琵琶记》这部“经典”之所以为前人“经典化”之历程。

事实上，自明嘉、隆以后，由于传奇创作呈现出一片繁盛景象，剧作家对于名作的模拟、评点与反思，一时之间蔚然成风。《琵琶记》之出现，对明代文人传奇的创作曾产生强

① 《第七才子书琵琶记·前贤评语》后题语，卷一，第52a页。

烈的震荡。故始自隆庆年间，剧坛上即针对《琵琶记》与《拜月亭》《西厢记》的孰优孰劣，展开了激烈的争论，尾声一直延续到清代中叶，几乎与文人传奇史相终始。这种争论，适足以证明以“伦理道德”为主题之《琵琶记》，在整体呈现上的深刻性与复杂性，也自然形成了有关《琵琶记》等剧的一种批评语境。剧论家集中焦点争论两部名作的优劣，且在时间上延续若干长时，显示戏剧作为一种艺术形式，有关其本质与审美可能之认知，已建立足以凝聚出“有效议题”之基础。

对于毛氏父子而言，前代与当代有关《琵琶记》与《西厢记》优劣的争议，正是可以提供他们重新检视自身审美经验之线索。而也是在这种有利因素的诱发下，毛氏父子将戏剧表现中所潜存之“意旨”问题，藉艺术性优劣的争议凸显出来。关于这一点，书前“浮云客子”之序，即曾盛赞声山之评，谓乃是“标新领异，发人所未及发，解人所不能解”，他说道：

> 自声山评之，而吾读之，使䌷之绎之，击节而叹赏之，是《琵琶》之为《琵琶》，非复东嘉昔日之书，而竟成声山今日之书。①

这位序家认为原作经声山之评，已非复东嘉昔日之书，而竟成了“声山今日之书”，这种评语与金圣叹评《西厢》后所获得之赞誉相似。且他认为声山以“第七才子”之名属之东嘉，但他“即以属之声山”。此番话虽或属于个人之溢美，然论者出此，亦非无因。事实上，若检视毛氏父子之批语，我们可以发现，他们之用心于此，确有足以令人“䌷之绎之，击节而叹赏之”之处。最要之第一点，在于他们将原本存在于儒家“以性絜情”的性情论，在戏剧审美的认识上，作了一种“如何方能更深层地发挥人性，从而达到一种动人的优美”之解说。这种可以表述为“性见乎情，情性而雅”②的“情雅”之说，将传统剧论中常有的“重风教”之观念，借具体的批点，结合于戏曲中可有的一种叙事性与戏剧性的表现，因而使原本单纯属于“意旨”的道德意识讨论，能与剧中人物之动态的“情性因素”结合。在这里，批评家所扮演的，并非只是一被动的接受者之角色。这是他受称赏的原因之一。其次，透过对于剧中精心设计的“孝子”“义夫”“贞妇”“淑女”之情性表现的提示，声山对于道德典范在伦理实践过程中所可能遭逢之困境，亦作出前所未有的反思；以此为基础，声山特为标出作剧“步骤不可失，次序不可阙”③的文本构造论，来阐释剧中伦理网络、伦理冲突之开展，与情节结构设计之关联。第三点，声山剧论中，还进一步提点出《琵琶记》中“以欢伏悲，无结而结”④的戏剧观点，与“伦理剧应如何艺术化”的问题。

声山之推崇《琵琶记》为“绝世妙文”，在其批语中有一所谓“《琵琶》进于《雅》，《雅》视《风》而加醇焉”的说法，这一说法，在理路上是由司马迁（前 145—前 86）《史记》评论《离

---

① 见〔清〕浮云客子《第七才子书序》，《第七才子书琵琶记》卷一，第 1b—2a 页。
② 见毛声山评《第七才子书琵琶记自序》卷一，第 1b 页。
③ 见毛声山评《绘像第七才子书·总论》卷一，第 27b—28a 页。
④ 见毛声山评《绘像第七才子书·一门旌奖总批》卷六，第 57a 页。

骚》乃兼具"《国风》好色而不淫,《小雅》怨悱不乱"①的"双重性"而来,声山将之演绎为"《西厢》近于《风》而《琵琶》进于《雅》,《雅》视《风》而加醇焉"②的说法。透过此种类比,声山推出了如下的结论:

> 王实甫之《西厢》,其好色而不淫者乎?高东嘉之《琵琶》,其怨悱而不乱者乎?③

在此"怨悱而不乱",可说是毛声山对于《琵琶记》施加评点的总纲。而由毛声山所谓"《雅》视《风》而加醇焉"的说法来看,可见毛声山不仅将《琵琶记》的内容,归约在"怨悱"的范围之内,且在风格的认定上,主张"怨悱不乱",具有较之"好色而不淫"更趋于"雅正"的崇高性。从这点而论,他与引为知音同道的高则诚是如出一辙的。高明在《琵琶记》开场词中曾说:

> 秋灯明翠幕,夜案览芸编。今来古往,其间故事几多般。少甚佳人才子,也有神仙幽怪,琐碎不堪观。正是:不关风化体,纵好也徒然。　　论传奇,乐人易,动人难。知音君子,这般另作眼儿看。休论插科打诨,也不寻宫数调,只看子孝共妻贤。正是骅骝方独步,万马敢争先。④

在这里,高明提出"风化体"三字,所谓"风化体",谈的虽与他所认定的戏曲的终极功能相关,在这个意义上,他选择的当然是"为人生而艺术"的艺术观点,然而"风化体"不单指"风化功能",一部戏之"好",应是在最终的审美效果上,能达到"感人"的效果,而不仅是传达"理念"而已。故就"影响"层面的"体"而言,事实上艺术必须存在着一种"转移人"的审美机制。对于高明来说,好的戏曲之移人,除了具有"娱人"的效果,它所能产生对于人较高层次的影响,应是具有一种道德性的提升作用。这种提升作用,展现为一种审美的"动人",既具有即时性,亦具有讶异性,且在观赏的过程中,具有整体的艺术感染力;且这种整体的艺术感染力,在剧作家的期待中,必要能达致令人为其"合于义理之真情"所感的效果方休。否则虽有趣味,在艺术的评价上,高明认为仍无法达到令人称赏的境地。而也正因如此,高明不选择"佳人才子",也不选择"神仙幽怪",而选择了一部虽是"子孝共妻贤",却是"怨悱动人"的故事。不仅如此,高明曾自诩"骅骝独步",显示他对于戏剧的创作,有着极高的艺术追求,因而也期盼有"知音君子"能明其用心。针对高明这段话,声山批语云:

> 文章之妙,不难于令人笑,而难于令人泣。盖令人笑者,不过能乐人;而令人泣者,实有以动人也。夫动人而至于泣,必非佳人才子、神仙幽怪之文,而必其为忠贞

---

① 见〔汉〕司马迁《屈原贾生列传》,《史记》第8册,卷八十四,北京:中华书局,1997年,第2482页。

②③ 见毛声山评《第七才子书琵琶记自序》卷一,第1b、1a—1b页。

④ 见高明撰《副末开场》,《琵琶记》卷上,第1a页。

节孝之文可知矣！顾或学为忠贞节孝之文，而竟不能动人，遂反不如佳人才子、神仙幽怪之文之足乐，则甚矣。乐人易而动人难也。①

声山这段话，可说是对高明思想的呼应与发挥，而尤值注意者，毛声山在此，已经分别出了“才子佳人”剧、“神仙幽怪”戏，以及“忠贞节孝”戏在剧类效果上的差异；虽则在他的评语中，不免有“以偏概全”之嫌。在他的看法中，忠贞节孝之文，在本质上具有深刻动人的素质，且这种素质，必要写到“动人而至于泣”，方始是发掘出此种主题在艺术表现上所本有的潜在深度。

毛氏父子之所以认为《琵琶记》在题材上就优于《西厢记》，是因为：

作文命题最是要紧。题目若好，便使文章添一倍光采；若题目不甚好，则文章虽极佳，毕竟还有可议处。②

此处所说的“命题”“题目”是指剧作的题材，以及藉题材发挥的“主题”。题材好，主题深刻，作者的剧作之才方有可以发挥之处。金圣叹评《水浒》《西厢》，“虽极骂宋江之权诈”，“极表双文之矜贵”，但二书还是被批为“诲盗”“诲淫”，究其原因，就他的话说，就是因为“其题目不甚正大也”。“今《琵琶记》文章既已绝佳，而其题目又极正大，读者其又何议焉？”③亦唯《琵琶记》之题目正大，有了这一层，由此结构的人情事变，才有可以逐步丰富的底蕴。因此，他认为《琵琶》在第一步的选择上已占了优势。这种看法，也多少反映了毛声山欲以其《琵琶记》评点与金圣叹评《西厢》相争鸣的意图。

不仅如此，毛声山认为《琵琶记》在“情”“文”方面，亦胜过了《西厢记》，他说：

元人词曲之佳者，虽《西厢》与《琵琶》并传，而《琵琶》之胜《西厢》也有二：一曰情胜，一曰文胜。④

至于何谓“情胜”，毛声山说道：

所谓情胜者何也？曰：《西厢》言情，《琵琶》亦言情，然《西厢》之情，则佳人才子花前月下私期密约之情也；《琵琶》之情，则孝子贤妻敦伦重谊缠绵悱恻之情也。亦有似乎《风》之为《风》，多采兰赠芍之词，而《雅》之为《雅》，则唯忠孝廉贞之旨。是以同一情也，而《西厢》之情而情者，不善读之，而情或累性；《琵琶》之情而性者，善读之，而性见乎情。夫是之谓情胜也。⑤

声山指出，《琵琶》与《西厢》虽同是叙写人情，其内涵却大不相同，《西厢》之情，是以情合

① 见毛声山评《绘像第七才子书·副末开场总批》卷二，第1a—1b页。
②③ 见毛声山评《绘像第七才子书·总论》卷一，第32a、32b页。
④⑤ 见毛声山评《第七才子书琵琶记自序》卷一，第1b、1b—2a页。

欲，此种情因为是人之所想望，故容易占据人心，使人流而难返，故浸淫之于此，或至于累性，使人性中其他珍贵特质受到拖累。不似《琵琶》之情，情中带有种种责任与义务，对于一般人来说，倘若处于难处之局，容易畏难而怯，因而成为薄幸。但人也因为在其内心的深处具有更高的价值认同，所以在经历种种自身的彷徨所带来的试炼之后，人有可能将心中更高层次的情感激发出来，因而也使得旁观者受到同样的情感召唤。这便是“性见乎情”之“情胜”。

毛声山在此所主张的“性见乎情”，与曾为其《第七才子书》作序的好友尤侗之“性、情，一也”[①]的观念十分接近。事实上，尤侗所强调之“性、情，一也”的观点，不仅肯定了“性”“情”是文学之本，且也延续了明代人的主张，在性、情的讨论中，标出一个“真”字。不过他并不直说“情真”，而必欲在“情真”的用语上，仍加入“性”字，强调应是“性情之真”。在他的见解中，文学必须在根源处得乎“性情之正”，而且能适当地加以表达，才能令读之者垂涕，进而想见作者其人。尤侗在其特别为声山《第七才子书》所写的《序》中，以“真性情”肯定戏曲，即是出于他的“性情合一”的观点；以此观点，他强调“情”要“止乎礼义”而“非一往纵横，靡靡怪怪之为也”。[②] 正缘于此，尤侗在其《序》中，亦极力称赏《琵琶记》之动人力量，认为它之所以能使黎民百姓以至文人学士无不感动，实乃因剧中之人在行动中所展现“本乎性，发乎情，止乎礼义”之作为。[③]

事实上，清初的剧论家、作家有关情、性关系的理解，虽大多抱持“情性合一”的观点，然对于二者如何合一的问题，则仍有“由理向情”，渐至于“由情向理”的反复。作家们在表现“情性合一”的思想时，又日渐强调“情之中正”的要求。如此一来，在情与性、理与欲的关系上，自明代延续下来的反对“以理束情”的因素，遂日渐减弱，循至消失。在此问题上，由“唯情论”发展至“情性合一”，到强调“情之中正”的发展过程，恰好反映了由晚明到清初戏曲审美意识的“性理化”趋向。换言之，由于文艺思潮中审美意识此种重新趋向“性理化”之发展，“情”与“理”的关系已渐由“自然”言情，只求“情至”，转向了欲在情之真诚处，说出一个“情正”的方向。这种“性理化”的方向，虽非要将思想扭转回“以理絜情”的旧路，但祈求“情”“理”一致的意态，仍是颇为明显的。[④]

然而值得注意的是，尤侗所谓“性、情一也”，强调的是性情之“完成”，故谓必应“止乎礼义”。在他的主张中，是不承认有真正的“人生意义之不圆满”的。一切困境，都必须加以克服，亦都可以克服。而克服之后所达成的情感圆满，是无所欠缺的。至于声山，则虽亦主张由“情”“性”以达至于“理”，然而在艰困的事势中所当所表现的性情之“正”，其实是充满着情感的激动；在这种情感激动之底里，它所内含的渴望之难以填充，并不因情感本身的崇高性，而使得其真实宣泄，有导引人归于平静的自然之理。相较于尤侗所指性情之“自然得中”的“和谐性”，声山所说的情性表现，更具有一种可称之为“悲剧性”[⑤]的伦

① 见〔清〕尤侗《五九枝谭》，《西堂杂俎》卷下，台北：广文书局，1970 年，第 129 页。

②③ 见尤侗《第七才子书序》，《绘像第七才子书》卷首序，第 4b—5a、5b 页。

④ 参见王瑷玲《晚明清初戏曲审美意识中情理观之转化及其意义》，《中国文哲研究集刊》第 19 期（2001 年 9 月），第 183—250 页。

⑤ 此处所说的“悲剧性”，是指由西方戏剧所谓 Tragedy 之传统中所分析出之属于一般剧种于理论上“可以有”的戏剧成分。“具有悲剧性”，与符合严格意义之“悲剧”形式，两者含意不同。

理意味。这是他所以不断强调传奇之叙事必当至于“引人之悲而后发人深省”的原因。声山在论及《琵琶记》之叙事之悲及全剧之终极乃一“不全之事”时云：

> 今之传奇悲则极悲，欢亦极欢，离则皆离，合亦皆合，此常套也。而《琵琶》独写一不全之事以终篇，大异乎今之传奇之终也。今之传奇，善必获福，恶必蒙祸，死者必恶，生者必善，此常套也。而《琵琶》独写一不平之事以终篇，又大异乎今之传奇之终也。何谓不全之事？若论团圆之乐，则连理既得重谐，高堂亦必再庆，斯为快耳！乃赵氏不死，虽膺封诰于生前，而二亲已仙，空锡纶章于身后，岂非事之不全者乎？[①]

情之必须尽己，从而得乎性真，这是人所能掌握的，也是人人所能掌握的。故叙情近理而达至于使人闻之而悲，见之而悯，这是人的“情性”一面。然而人之所以能激起自己崇高的情操，实因真情中有渴望，渴望之事则非真情所可达成，此则是事势之无奈。传奇作家写情，“悲则极悲，欢亦极欢”，正是因可以藉剧情的安排，令事“离”“合”。于是“善必获福，恶必蒙祸，死者必恶，生者必善”，乃成为常套。然不悟世事无常，离、合但能激生悲喜，而无法成就悲喜，于是善察世间事、情者，乃透过丰富的人生经验，见出“事之难全”，方是情之真正可“悲”。作家必要能依此而为剧情之离、合，方是超出常套，而为上乘之作。这是《琵琶》“情胜”之处。

至于所谓“文胜”又是何所指？毛声山曰：

> 所谓文胜者何也？曰：《西厢》为妙文，《琵琶》亦为妙文。然《西厢》文中，往往杂用方言土语，如呼美人为颠不剌，呼僧人为老洁郎之类，而《琵琶》无之，亦有似乎采风，则言不遗乎里巷，而歌雅则语多出于荐绅。是以同一文也，而《西厢》之文艳，乃艳不离野者，读之反觉其文不胜质；《琵琶》之文真，乃真而能典者，读之自觉其质极而文。夫是之谓文胜也。[②]

声山认为《西厢》之文“艳不离野”，但《琵琶》之文虽是质自内出，却是“质极而文”。我们若排除声山出于个人好恶而对《西厢记》语言风格所作的批评，而以他的话作为普遍原则，他所提出的“艳而离野”“真而能典”，以“质极而文”为“文胜”的主张，还是符合“戏曲”这一特定的艺术形式对于语言的特殊要求的。当然，这与他对戏曲写“性”与“情”的思想内容有直接关系，因为他认为，只有语言服从于内涵，自然合乎典正，才能真正称得上“文胜”。他说：

> 《琵琶》用笔之难难于《西厢》，何也？《西厢》写佳人才子之事，则风月之词易好；《琵琶》写孝子义夫之事，则菽粟之词难工也。[③]

---

① 见毛声山评《第七才子书琵琶记·一门旌奖总批》卷六，第57a—57b页。
② 见毛声山评《第七才子书琵琶记·自序》卷一，第2a—2b页。
③ 见毛声山评《绘像第七才子书·总论》卷一，第16b—17a页。

《西厢》《琵琶》虽同为“妙文”，但由于叙写之事不同，因此亦有难易之间的差异。然无论难易，语言讲求皆在要能契入场合、协于律吕，妙趣天成。此一“能化”之境，声山称为“自然而然之神化”。声山此处以“看去直是说话，唱之则协律吕，平淡之中有至文”[①]说解《琵琶》语言之妙，谓必如此，不为雕琢，方是文质相当，明显以处处必须“合剧”，作为审美考量之标准，亦是一可以注意之要点。

总之，对于毛氏父子来说，观剧之动人，不在接触事之外相，亦不专在感受借以传达事相之艺术形式，而在持续经历剧情感染的同时，或其后，所引致的意义之领会。而这一取向，亦是他们特别强调戏曲应“有裨风教”的原因。而也是在这一点上，使得他们将评点《琵琶记》视为父子两代努力的目标。对于后人而言，《琵琶记》虽仅是名著中之一部，而伦理剧亦仅是诸多主题剧类中之一类，然而当我们认真检视这一类型的剧作时，毛氏父子的评语，正给了我们若干重要的启示。

六、“忖度予心，百不失一”[②]——《桃花扇》批语对孔尚任剧作之提示性与诠释性

《桃花扇》系完成于康熙三十八年（1699），乃是孔尚任（字聘之，又字季重，号东塘，又号岸堂，一号云亭山人，1618—1704）在搜集了大量的史料，经过十余年的准备与酝酿后，所创作出来的典型历史剧作。剧中所写的人与事，均有史实依据。由于本剧反映的是刚刚过去，还未从当时人们记忆里消逝的一段真实的历史，故极容易引起人们的兴趣。因此，《桃花扇》于康熙四十七年（1708）由介安堂首度刊行，康熙年间及随后，又有多种版本流传。值得注意的是，该本除了每出均包括眉批与总评，剧本前后更为众多序跋、题辞等不同后续文本所包围，显示孔氏此剧之受文坛重视，在文人圈里广为流传。如卷首有顾彩的《序》，作者本人的《小引》，与田雯（字紫纶，一字子纶，号漪亭，晚号蒙斋，1635—1704）、陈于王、王苹（字秋史，1661—1720）、唐肇、朱永龄、宋荦（字牧仲，号漫堂，1634—1714）、吴陈琰、王特选（字策轩，又字试可，号皃南）、金埴（字苑孙、小郯，号耸翁，1663—1740）等人的《题辞》，以及作者的《凡例》《纲领》等。而书后有作者的《砌末》《考据》《本末》《小识》，及黄元治（号樵谷钝夫）、刘中柱（字雨峰，号禹峰）、李柟、陈四如、刘凡、叶籓等人的《跋语》，吴穆的《后序》等。[③] 这批文本的作者对于《桃花扇》剧本表达了多元的品赏与评论意见，显示出剧本在刊行之前，透过传抄、阅读、演出、观赏、传播与刊行的过程，很可能融合了读者、观众与评者的反应。[④] 事实上，文人借着向社会名流、文坛耆硕求赠序、跋、题辞，以提高自身作品的文学声誉与社会地位，甚至借此在市场上自我推销，这在清初文坛乃文人交往之常事。有趣的是，作者不仅邀请名人同好赠序题辞，他还大张旗鼓地撰写了《小引》《小识》《凡例》《考据》《纲领》《本末》《小识》与《砌末》等，洋洋洒洒，陈

① 见毛声山评《绘像第七才子书·总论》卷一，第18a—18b页。

② 见孔尚任著《本末》，《桃花扇》下卷，第148b至149a页。

③ 见〔清〕孔尚任《桃花扇》，收入《古本戏曲丛刊五集》，上海：上海书店，1986年据北京图书馆藏清康熙刊本影印。

④ 参见杨玉成《小众读者：康熙时期的文学传播与文学批评》，《中国文哲研究集刊》第19期（2001年9月），第78页。

陈相因，形成了某种“批评语境”，表达了完整的创作理念与艺术构思；这显示作者不仅创作剧本，还身兼类如导演、制作人、批评者，甚至预设读者/观众等多重角色，点出许多编剧、导戏、制作甚至读剧/观剧的“戏剧学”理念与表演艺术指导原则，具有高度的“批评意识”与“读者/观众意识”。可以说，这些批评意识与读者意识在相当程度上，已经“内化”(internalize)在孔尚任的创作意识中。[①] 而这种“观赏”与“批评”的传统对于个别剧作家而言，虽是个别承袭，有其属于个人视界之差异性，但这种个人视界的存在样态，透过一种与特定读者的“即时性对话”，则可因双方主体的互动，产生基于“相互主体性”(intersubjectivity)而证明之客体。这种思维客体可以作为研究者说解作者对于自身作品之主观期待，与依此而引生之创造思维。

值得注意的是，《桃花扇》康熙四十七年介安堂原刻本中，各出虽均有眉批与总批，该本只标示了剧本为“云亭山人”所编，至于批语出于何人之手则未见标明，后来各种翻刻本均依此本。晚清名士李慈铭(字式侯，后改今名，字爱伯，号莼客，晚年自署越缦老人，1829—1894)认为批语应是孔尚任自己所撰。李氏在光绪十二年(1886)十二月初三日的《越缦堂日记》中说：

> 国朝人乐府，惟此(按：指《长生殿》)与《桃花扇》足以并立，其风旨皆有关治乱，足与史事相裨，非小技也。《桃花扇》曲白中，时寓特笔，包慎伯能知之而未尽。其序及评语，皆东塘自为之。[②]

而民初梁启超所校注的《桃花扇》一书书首所附《著者略历及其他著作》亦指出：“本书中的老赞礼为云亭自己写照”，“眉批是云亭经月写定的”。[③] 现今学界依此考证，亦多认为《桃花扇》批语乃出自孔尚任本人。[④]

孔氏在《桃花扇·本末》中曾提及这些批语：

> 读《桃花扇》者，有题词、有跋语，今已录于前后。又有批评，有诗歌，其每折之句批在顶，总批在尾，忖度予心，百不失一，皆借读者信笔书之，纵横满纸，已不记出自谁手。今皆存之，以重知己之爱。至于投诗赠歌，充盈箧笥，美且不胜收矣，俟录专集。[⑤]

作者声称批语乃出于“借读者信笔书之”，并谓“已不记出自谁手”，但对于“纵横满纸”的批语，无论是句批、总批，孔氏都认为是“忖度予心，百不失一”，堪称“知己”。作者这番话

① 参见杨玉成《小众读者：康熙时期的文学传播与文学批评》，《中国文哲研究集刊》第19期(2001年9月)，第80页。

② 见〔清〕李慈铭《越缦堂日记》第47册，《荀学斋笔记》，上海：商务印书馆，1920年影印原稿，第39a页。

③ 见梁启超(字卓如、任甫，号任公，1873—1929)《桃花扇注》，北京：北京出版社，1999年，第3页。

④ 参见吴新雷《〈桃花扇〉批语初探》，收入章培恒、王靖宇主编《中国文学评点研究论集》，上海：上海古籍出版社，2002年，第447—450页。叶长海：《中国戏剧学史》，板桥：骆驼出版社，1993年，第459页。

⑤ 见孔尚任著《本末》，《桃花扇》下卷，第48b至百49a页。

有两种解读的可能：一是作者所言属实，批语乃出自抄本读者所撰，这些读者多半是作者熟识之友人，他们作为抄本的第一批读者，而批语即是经过这些人传阅，辗转批点，再经整理抄录而成，因此未署名评者为何人。有趣的是，细读评语，会发现批语之间有"对话"的痕迹，[①]甚而偶有矛盾，显示评点者之间还曾出现彼此间的辩论，乃至"评点之评点"，层层评论的现象。而另一种可能，则是作者此言纯属假托，批语真如前述李慈铭、梁启超等所臆想，乃是孔尚任自评之作。设若如此，则所谓"评点"之间的对话、矛盾与辩论，便应另以一种不同的眼光视之。当然，就古今创作者而言，这种自撰、自评的独特作法，可说是文学史上前所未见的创举，有其在"批评意识"发展上的重要意义。除了上述两种之外，我们还可以假设第三种可能，即是，孔尚任是在收集了若干批语后，又拟作了部分批语，以增强它的完整性，故整个批语事实上是个混合体。不过以上这三种可能性，由于皆缺乏明确的证据参佐，所以无法如实地加以判定。然而不论何者为实，我们都可以见出，在孔尚任的心中，确实存在一"理想之读者"，只是这一"理想读者"，并非可以主观地由作者设定。"作者"在面对自己作品时，并无一般人所误以为拥有的"诠释权威"。"理想的阅读"，或说"正确的阅读"，应是由若干多数的具有一定条件的读者，在不同的视界判断下逐渐取得的一种"协调"。这种理想状态下的"视界融合"，对于同样是一位优秀的批评家的作者来说，彼此的"大致共识"是可以透过"批评的对话"而达成的，故他说这些经过统整的多元视界的集结产品，乃是"忖度予心，百不失一"。

由于我们从评语的思维结构中，可以判定孔尚任本身确实拥有这种颇为"现代"的批评观念，所以不论"评者"是否即是"作者"的"化身"，或是作者是否真实拥有这样一群高水平的"知音"，这些疑问对于形成批语的"批评架构"来说，并无决定性的差异。

孔尚任，山东曲阜人，乃孔子六十四代孙。生于清顺治五年，卒于康熙五十七年。[②]康熙二十九年(1690)，孔尚任返北京，依旧在国子监作博士。然而，年复一年，寒毡清冷，孔氏难免满腹冷遇之感，正是在此种冷官闲曹生涯中，孔尚任开始了戏剧创作的尝试，聊以抒发郁闷。康熙三十四年(1695)冬孔尚任转官户部主事之后，开始创作《桃花扇》，至康熙三十八年(1699)，这部经过他十余年苦心经营的经典历史名剧，于六月脱稿。由于这部戏广泛而深刻地反映了明末清初的世变沧桑与易代感怀，所以康熙三十九年正月，《桃花扇》始由"金斗班"上演，[③]便轰动京师，"名公巨卿，墨客骚人，骈集者座不容膝"。[④]而也正由于"王公荐绅，莫不借钞，时有纸贵之誉"，这部戏甚至引起了康熙帝的兴趣。孔

① 如二十一出《媚座》眉批先是说："龙友多事""龙友更多事"，下个眉批却说："龙友非多事，稍衔恨香君耳！"，仿佛是一种"对话"。此外，如《桃花扇·纲领》中说："老赞礼，无名氏也。"卷上，第7a页。而试一出《先声》眉批说："老赞礼者，云亭山人之伯氏。曾仕南京，目击时事，山人领其绪论，故有此作。"卷上，第106页。至续四十出《余韵》却说："赞礼为谁？山人自谓也。"卷下，第128a页。亦出现了前后不一致的矛盾。有学者以此为证据推断批语非孔氏自作(如杨玉成：《小众读者：康熙时期的文学传播与文学批评》，《中国文哲研究集刊》第19期(2001年9月)，第79页)。然而，中西哲学史上都曾有所谓的"对话体"书写，如这种对话录形式，有时是谈话的实录，有时则是由作者虚构而成，而中国历史上类似后者的，不乏其例，如《庄子》《楚辞》及汉赋中若干著名的篇章。故一个深具批评意识与读者意识的作者，往往可以透过此种刻意设计出来的"对话体"，呈现一种多元视界。批语中所出现的"对话"或"论辩"现象，并不能作为证明批语非孔尚任所作的确证。

② 参见袁世硕《孔尚任年谱》，济南：齐鲁书社，1987年。

③ 袁世硕《孔尚任年谱》，第154页。

④ 见孔尚任著《本末》，《桃花扇》下卷，第147b页。

尚任在《桃花扇·本末》中曾提到，这年秋天康熙皇帝：

> 内侍索《桃花扇》本甚急，予之缮本莫知流传何所，乃于张平州中丞家，觅得一本，午夜进之直邸，遂入内府。①

此后，《桃花扇》成为京城里最热门的上演剧目，引起不小的轰动。如康熙三十九年(1700)都御史李楠即于元宵节“买优扮演”此剧。②然而正当《桃花扇》热闹地上演，刚刚被提升为户部员外郎的孔尚任，却突然地被罢官了。罢官原因，至今仍是个疑案。据学者推测有几种可能的原因：或因牵连贪污被谗，或因忠而被谗，或因诗酒而罢官。③ 但亦有学者指出，这仅仅是个借口而已，深层的原因恐怕与《桃花扇》的创作与演出不无关系，亦即该剧的内容为皇帝所忌。这部传奇虽说不上有悖逆之嫌，毕竟易于激起《黍离》之悲。而此剧也确实深获当朝皇帝的喜爱与重视。如吴梅在其《顾曲麈谈》中曾谓：

> 相传圣祖最喜此曲，内廷宴集，非此不奏。自《长生殿》进御后，此曲稍衰矣。圣祖每至《设朝》《选优》诸折，辙皱眉顿足曰：“弘光，弘光，虽欲不亡，其可得乎?”往往为之罢酒也。④

康熙观此剧后，常有弘光焉得不亡的慨叹，显然他是以此剧作为历史借鉴，告诫臣僚勿蹈南明覆辙。从《桃花扇》的剧场效果看，诚如孔氏在《桃花扇·本末》中所说的：

> 笙歌靡丽之中，或有掩袂独作者，则故臣遗老也；灯炧酒阑，唏嘘而散。⑤

这段文字可以说是作者有意将当时实际的观众以及观众对于《桃花扇》的接受反应具体内化在其文本之中，而能激发起如此沉痛的亡国之悲的剧本，焉得不为清廷所忌？事实上，对忠于明朝的史可法(字宪之，号道邻，1601—1645)、左良玉(字昆山，1599—1645)、黄得功(号虎山，？—1645)等人的颂扬讴歌，对于降清叛将刘良佐(字明辅，？—1667)、刘泽清(字鹤洲，？—1648)、田雄(？—1663)等人的辛辣嘲讽，在《余韵》出甚至以“开国元勋留狗尾，换朝逸老缩龟头”⑥形容那改换清代装束成为清廷皂隶的徐清君，这些恐怕皆难免招致清廷的不满。⑦ 如果说，所有这些都可能引起清朝皇帝的忌讳，而最终以“莫

---

①② 见孔尚任著《本末》，《桃花扇》下卷，第147a、147a页。

③ 关于孔尚任罢官之原因，历来学者有不同推测，廖玉蕙曾将学者关于孔氏罢官始末的推论分为两类：其一为孔氏罢官乃因《桃花扇》致祸；其二是孔氏罢官乃因被人谗害。至于以何种罪名被谗，则有几种可能：或因牵连贪污被谗、因忠而被谗、因诗酒而罢官。廖氏并推断，由清朝一直未禁演《桃花扇》可以证明，康熙没有理由因《桃花扇》而罢孔尚任的官。而归结被谗害的原因，“文字招祸”乃是孔氏许多友朋的共同说法，应较为可信，但到底是哪些文字，则缺乏直接的证据论定。参见廖玉蕙《细说桃花扇——思想与情爱》，台北：三民书局，1997年，第32—48页。

④ 见吴梅(字瞿安，号霜厓，别署癯安、逋飞、厓叟，1884—1939)《顾曲麈谈》，收入王卫民编：《吴梅戏曲论文集》，北京：中国戏剧出版社，1983年，第112页。

⑤ 见孔尚任《本末》，《桃花扇》下卷，第148a页。

⑥ 见孔尚任《余韵》，《桃花扇》下卷，第133b页。

⑦ 参见袁世硕《孔尚任年谱》，第157—158页。

须有"之罪令孔氏解职归田，恐怕亦并非妄测之辞。

姑不论孔尚任罢官是否直接肇因于《桃花扇》，《桃花扇》一剧之写成，的确受到高度的瞩目则是不争的事实。所幸孔氏罢官归隐后的十余年间，为维持清苦的生活，奔波劳顿之苦自不待言，但唯一给予他精神上以慰藉的，便是《桃花扇》并未因其罢官而遭禁演，而是持续保有高接受度与广泛的影响力。如《桃花扇·本末》中指出，孔氏在京师滞留期间：

> 木庵先生招观《桃花扇》，一时翰部台垣，群公咸集；让予独居上座，命诸伶更番进觞，邀予品题。座客啧啧指顾，颇有凌云之气。①

而孔氏返归故里后，于康熙四十五年(1706)夏，北上正定府，拜访好友刘中柱知府。据作者在《桃花扇·本末》中自云：

> 时群僚高谳，留予居宾座，观演《桃花扇》，凡两日，缠绵尽致。僚友知出予手也，争以杯酒为寿。予意有未惬者，呼其部头，即席指点焉。②

可见，孔尚任一生，虽仕途坎坷，名位不显，且终至罢官，但他呕心沥血的巨著《桃花扇》，却为他赢得了不朽的名声。以上的记载透露出，孔尚任在世时，即有不少观演《桃花扇》的机会，不仅在当场获得众人极高的推崇，而且他若对演出有不满意之处，还会将戏班掌戏的负责人招来，即席指点一番。类如《桃花扇·本末》这类作者有心随着剧本刊登的文字记录，充分展现了《桃花扇》这一剧本在作者生时写作、评点、阅读、传钞、演出、观赏与传播的"生产"过程。可见作者不仅对于其剧作的"读者反应"与"观众意识"有充分的考量，对于在整个文本的"文化生产"过程中的"接受效应"与"传播历程"，作者更有充分的自觉，这在中国戏曲史上，是极为独特的。

《桃花扇》传奇的创作，从构思到成稿，先后经历了近二十年。然而，作为一位深受康熙皇帝"优容之恩"的"圣裔"，孔尚任为何钟情于"弘光遗事"，且竟历二十年而不变，时辍时续，最终撰成感慨前朝兴亡的《桃花扇》传奇呢？这与孔尚任对于易代兴亡历史抱持高度关切的特殊心态不无关系。明清易代世变与故明王朝的一夕崩解，促使有志之士迫切地希望从历史的反思中寻觅解决现实之途径。正是怀着对现实社会的深切感受，以及一种难以排遣的兴亡感慨与反思历史的严肃心态，孔尚任在其剧作中展现出一种历史诠释的视界。

《桃花扇》全剧是以明末"复社"文人侯方域(字朝宗，号雪苑、杂庸子，1618—1654)与秦淮名妓李香君(又名李香，1624—1654)离合悲欢的爱情为情节主线，并穿插了复社文人与魏阉(忠贤，1568—1627)余孽抗争的一系列历史事件，以反映明崇祯十六年到南明福王二年(1643—1645)这段弘光王朝的兴亡始末。关于南明王朝所以会如此快速地覆灭的原因，明末清初不少文人、学者曾企图根据当时的史实加以探讨，然孔氏此剧亦若为其中之一。不过，孔尚任既哀南明之速亡，为何又为灭明之清唱颂赞歌，其中矛盾应如何

---

①② 见孔尚任《本末》，《桃花扇》下卷，第147b、148页。

解释？为何作者将“隐居”作为全剧的结局？凡此种种，不仅牵涉到《桃花扇》的主旨、纲领，以及作者之思想倾向，亦牵涉作者在其作品中所展现的一种视界。

至于说如何将这些前朝遗事加以戏剧转化，孔氏曾自谓：

> 朝政得失，文人聚散，皆确考时地，全无假借。至于儿女钟情，宾客解嘲，虽稍有点染，亦非乌有子虚之比。①

并专附《考据》一章以示材料皆为“实录”。就《桃花扇》剧的内容看，基本属实；然孔尚任作剧亦未必“语语皆可作信史”。众所周知，剧中的史可法、杨龙友（名文骢，号山子，1596—1646）、阮大铖（字集之，号圆海、石巢，1587—1646）、左良玉、黄得功等人，都可能与其真实的面貌相出入，甚至主人翁之一的侯方域，也是以历史人物为原型而进行艺术再造的结果。孔尚任曾借老赞礼之口，说得很明白：

> 司马迁作史笔，东方朔上场人。只怕世事含糊八九件，人情遮盖两三分。②

评者眉批曰：

> 含糊遮盖，诗人敦厚之旨也。③

可以说，作者创作《桃花扇》系以剧作家的艺术手笔，经过匠心结撰，假侯、李离合之情映带出一朝政治大事，形象生动地再现了这段短暂南明历史的真面貌，使“南朝兴亡，遂系之桃花扇底”④，穿云入雾，如龙戏珠，展现“可奇而可传”的情节故事。作者并着力塑造老赞礼与张道士作为全剧的一纬一经，以柳敬亭与苏昆生穿插于情节之中，而《余韵》于收场之际，更隐喻深沉的历史省思，这些皆是在历史事实的基础上进行的艺术想象。作者借老赞礼之口明确地表白：“借离合之情，写兴亡之感。”⑤可见那些“实事实人，有凭有据”的史实，是作为作者“兴亡之感”——对南明王朝的短暂命运，对明王朝三百年基业的一旦覆亡，乃至对封建末世危机之深沉感受——的艺术载体。而且即使是“有凭有据”的“实事实人”，在艺术创作中亦是经过作者体事之情、摄人之魂，进行艺术再创造的结果。《桃花扇》“令观者感慨涕零”⑥的艺术力量，虽说源于斑斑可考的南明史实，观众在观赏之际系将自身置入一种历史想象之中，然而如无剧中人物“哭一回，笑一回，怒一回，骂一回”⑦所表现的慷慨情怀，却也不能真正受到审美上的激动。

孔尚任细心考据苦心撰写剧作，并谓“其旨趣实本于《三百篇》，而义则《春秋》，用笔

---

① 见孔尚任著《凡例》，《桃花扇》上卷，第2a页。
② 见孔尚任著《孤吟》，《桃花扇》下卷，第1b页。
③ 见孔尚任著《孤吟》眉批，《桃花扇》下卷，第1b页
④ 见孔尚任著《本末》，《桃花扇》下卷，第146a页。
⑤⑦ 见孔尚任著《先声》，《桃花扇》上卷，第10b、11a页。
⑥ 见孔尚任著《小引》，《桃花扇》上卷，第1a页。

行文又《左》《国》《太史公》也"①,此"旨趣"与"义"究竟亦当有所外指,不皆只是自己胸中之物。孔尚任在《桃花扇·小引》中曾画龙点睛地道出此剧的题旨,他说:

场上歌舞,局外指点,知三百年之基业,隳于何人?败于何事?消于何年?歇于何地?不独令观者感慨涕零,亦可惩创人心,为末世之一救矣。②

这段文字其实引自徐旭旦的《桃花扇·题辞》,亦可见孔氏对于徐氏对自己创作意图的解读与评论深以为然,也显示他在创作过程中与友朋互动之频繁,对于读者反应亦十分重视,凡此皆对其创作理念与艺术表现有深刻之影响。至于所谓"局外指点",亦即以一历史批判的角度观看整个南明王朝的"隳""败""消""歇",使观众在"感慨涕零"之余,勿忘却事难成而易隳的道理,故曰"惩创人心,为末世之一救"。

孔尚任对于"当代"的一番用心,可以见于《桃花扇·小识》这一写于康熙四十七年(1708)的纲要式文字中。文云:

余孽者,进声色,罗货利,结党复仇,隳三百年之帝基者也。③

此中"余孽"二字,即"魏阉之余孽",自是指阮大铖辈。而在所叙"隳帝基"之三大罪中,"进声色,罗货利",尚是历代皆有,唯"结党复仇"一项,则是明末以至残明的一大恶局,在"明朝末年南京近事"中乃最为有识之士切齿。《桃花扇·小识》结末孔尚任声情俱茂以论云:

帝基不存,权奸安在?惟美人之血痕,扇面之桃花,啧啧在口,历历在目,此则事之不奇而奇,不必传而可传者也。人面耶?桃花耶?虽历千百春,艳红相映,问种桃之道士,且不知归何处矣。④

文中赞称昔时佳女子,却言种桃道士"不知归何处",而血色桃花依然"历历在目","艳红相映"!可见桃花血,无疑彰显了一种精神、一种气度,而且是一种足使须眉丈夫愧赧汗颜的精神气度。问题是《小识》篇末何以笔锋一转用刘禹锡(字梦得,772—842)《再游玄都观》诗"种桃道士归何处?前度刘郎今又来"句意?《小识》作于康熙四十七年三月,孔氏罢官已整八年,此处显然以"前度刘郎"自喻,那么血痕桃花依旧"历千百春,艳红相映",岂非正讽喻"愈争愈坏"之朋党重见?

孔氏为了充分表现作品可借私情点染时代精神之宗旨,于是乃在剧情之结构上将剧中男女主角爱情的辗转流离与南明弘光王朝动荡不安的年代紧密结合,精细地设计出整部戏中逐步转换的戏剧性冲突,为易代世变中文人际遇变迁所反映的一种时代的迷惘伤

①② 见孔尚任著《小引》,《桃花扇》上卷,第1a页。

③④ 见孔尚任著《小识》,《桃花扇》下卷,第150a—b、150b页。

痛安排了一个极具戏剧化的戏剧情境。然而诚如包世臣（字慎伯，晚号倦翁，1775—1851）所说：

> 传奇之至者，必深有得于古文隐显、回互、激射之法，以属思铸局。若徒于声容求工，离合见巧，则俳优之技而已。近世传奇以《桃花扇》为最，浅者谓为佳人才子之章句，而赏其文辞清丽，结构奇纵；深者则谓其指在明季兴亡，侯、李乃是点染，颠倒主宾，以眩耳目，用力如一发引千钧，累九丸而不坠者，近之矣。然其意旨存于隐显，义例见于回互，断制寓于激射，实非苟然而作，或未之深知也。①

就剧作家立言之本意言，《桃花扇》之主题，除表现所谓时代精神外，实尚寄托了孔尚任本人一生之情志。《桃花扇》中，有一重要之关目，即是“香姬面血溅扇，杨龙友以画笔点之”②。此关目纯由作者有意点染，而其意蕴，则可由第一出《听稗》之曲文点明。《听稗》出中，柳敬亭所唱的第三支【懒画眉】：

> 废苑枯松靠着颓墙，春雨如丝宫草香，六朝兴废怕思量。鼓板轻轻放，沾泪说书儿女肠。③

批语云：

> 一部《桃花扇》从此看去，□是别有天地。④

所谓“从此看去，□是别有天地”，点明要真正理解《桃花扇》之大旨，一方面，要透过儿女的离合之情，看到国家的兴亡，而绝不能耽溺在儿女风情的“花月缘”，忘了家国存亡的“兴亡案”。事实上，《桃花扇》不仅以主要篇幅演出了南明灭亡前后那段天崩地坼的历史，还用侧笔细细写出了剧中幸存者对待乱世的态度——出世避祸，归隐桃源。

细细读来，全剧除了表现一种隐晦深沉的“兴亡之感”外，还始终笼罩着一种归隐桃源的浓重气氛。第一出《听稗》的主要内容是借柳敬亭之口唱出贾凫西《太师挚适齐》中的五段鼓词。鼓词的原意是揶揄孔圣人正乐之功，赞赏众乐工纷纷出走归隐之举，所谓“俺们一叶扁舟桃源路，这才是江湖满地，几个渔翁”。⑤孔尚任此处借用，是为全剧众多正面人物的“归隐”定下总基调。五段鼓词后，柳敬亭（原姓曹，名永昌，字葵宇，号逢春，1587—1670）、侯方域、陈贞慧（字定生，1604—1656）、吴应箕（字次尾，号楼山，1594—1645）四人合唱一曲【解三醒】：

---

① 见〔清〕包世臣《书〈桃花扇〉传奇后》，《艺舟双楫》（台北：世界书局，1984年）《中国学术名著第五辑·艺术丛书第一集》第4册，第30页。

② 见孔尚任著《本末》，《桃花扇》下卷，第146a页。

③⑤ 见孔尚任著《听稗》，《桃花扇》上卷，第15b、18a页。

④ 见孔尚任著《听稗》眉批，《桃花扇》上卷，第16a页。

(生、末、小生)暗红尘霎时雪亮,热春光一阵冰凉,清白人会算糊涂帐。(同笑介)这笑骂风流跌宕,一声拍板温而厉,三下渔阳慨以慷!(丑)重来访,但是桃花误处,问俺渔郎。①

"渔郎"者,柳敬亭也。批语云:

此《桃花扇》大旨也。细心领略,莫负渔郎指引之意。②

至于到底渔郎的指引指向何方?分明是指向"桃花源"。

无独有偶,第二十八出《题画》写蓝田叔替张瑶星作一幅《桃源图》,又让侯方域在图上题诗一首:

原是看花洞里人,重来那得便迷津?渔郎诳指空山路,留取桃源自避秦。③

评者在此处眉批曰:"画《桃源图》有深意存。"有何深意?岂非归隐?这出的总批还写道:

对血迹看扇,此《桃花扇》之根也;对桃花看扇,此《桃花扇》之影也;偏于此时写《桃源图》题桃源诗,此《桃花扇》之月痕灯晕也。④

"月痕灯晕",即预兆也。这就明白无误地暗示了归隐桃源将成为剧情的终结。续四十出《余韵》的场景与幸存者都已经进入深山老林的"桃源"之中,还要被红帽皂隶"吓之而逃",缘其入山不深。因此,评者于剧末总批云:

天空地阔,放意喊唱,偏有红帽皂隶吓之而逃。谱《桃花扇》之笔,即记桃花源之笔也。可胜慨叹。⑤

对《桃花扇》归隐桃源的总结局作了明确的定评。

值得注意的是,孔尚任笔下的正面人物,除了自尽、被害的史、左、黄以外,其他人的结局几乎全部都是归隐桃源。侯生与香君在张道士点化下割断情丝,毅然入道;而被孔尚任一再称道的卞玉京(字云装,1623—1665)、丁继之(名胤,1585—1675)、张瑶星、蔡益所、蓝田叔、苏昆生、柳敬亭等"作者七人",从卞本开始亦先后入道,为渔为樵,归隐桃源。《余韵》眉批云:

---

① 见孔尚任著《听稗》,《桃花扇》上卷,第18b—19a页。
② 见孔尚任著《听稗》眉批,《桃花扇》上卷,第18b—19a页。
③ 见孔尚任著《题画》,《桃花扇》下卷,第51a页。
④ 见孔尚任著《题画》总批,《桃花扇》下卷,第52b页。
⑤ 见孔尚任著《余韵》总批,《桃花扇》下卷,第136b页。

> 南朝作者七人，一武弁（指张瑶星），一书贾（指蔡益所），一画士（指蓝田叔），一妓女（指卞玉京），一串客（指丁继之），一说书人（指柳敬亭），一唱曲人（指苏昆生），全不见一士大夫。表此七人者，愧天下之士大夫也。①

此处所谓"作者七人"，是援引了《论语》的典故。《论语・宪问》云："子曰：'贤者辟世，其次辟地，其次辟色，其次辟言。'子曰：'作者七人矣。'"孔子所谓的"作者"，是指能逃避恶浊社会而隐居的那些洁身自好的人。② 这才是孔尚任的用典真意：清楚地揭示出作者为剧中处于世变中的众多正面形象所指点的，是"归隐出世"的道路。至于孔尚任在剧中将出身下层的人物作为正面人物加以颂扬，而对公子、秀才等士子却常用春秋笔法予以讽刺，对非庸即奸的帝王、将相则极尽嘲讽批判之能事。③ 对此，评点者深以为然，故云："表此七人者，愧天下之士大夫也。"

依上所叙，我们可以推断，对亡明历史教训的总结，并非孔尚任最终的创作目的，而仅仅是他表达兴亡之感的一种艺术途径，或艺术媒介。这就不能忽略老赞礼这个特殊的人物。在剧一开始的试一出【先声】中，老赞礼一上场即自道：

> 昨在太平园中，看一本新出传奇，名为《桃花扇》，就是明朝末年南京近事。借离合之情，写兴亡之感，实事实人，有凭有据。老夫不但耳闻，皆曾眼见。更可喜把老夫衰态，也拉上了排场，作了一个副末脚色；惹的俺哭一回，笑一回，怒一回，骂一回。那满座宾客，怎晓得我老夫就是戏中之人！④

这段话的"后设意味"十分浓厚⑤，盖老赞礼既是观众，也是剧中人；是剧情的介绍人，也是兴亡的见证人。评者批曰：

> 老赞礼者，云亭山人之伯氏，曾仕南京，目击时事。山人领其绪论，故有此作。⑥

又谓：

> 首一折《先声》，与末一折《余韵》相配，从古传奇有如此开场否？⑦

---

① 见孔尚任著《余韵》眉批，《桃花扇》下卷，第127b页。

② 参见钱穆（字宾四，1895—1990）著《论语新解》，收入《钱宾四先生全集》第三册，台北：联经出版公司，1998年，第535—536页。

③ 参见王永健《"从此看去，总是别有天地"——〈桃花扇〉批语初探》，《艺术百家》2001年第4期，第25—26页。

④ 见孔尚任著《先声》，《桃花扇》上卷，第10a至11a页。

⑤ 参见杨玉成《小众读者：康熙时期的文学传播与文学批评》，《中国文哲研究集刊》第19期（2001年9月），第82页。

⑥ 见孔尚任著《先声》眉批，《桃花扇》上卷，第10b页。

⑦ 见孔尚任著《先声》总批，《桃花扇》上卷，第12a页。

如依此出批语，则剧中老赞礼，是熟悉弘光遗事并激发作者创作激情的南部曹孔尚则的化身，此刻以副末脚色身份开场。但续四十出《余韵》眉批却说：

偏有老赞礼来凑趣。老赞礼者，一部传奇之起结也，赞礼为谁？山人自谓也。①

到底赞礼为谁？孔氏于“纲领”中又谓老赞礼为“无名氏”②，似是来自渔、樵隐者的规模。而评者先说是“山人之伯氏”，后又说是“山人自谓”，孰者为是，不得而知，倒是剧本中关于赞礼身份的三种说辞，也许是作者有意为之，透露出批语的“多重性”，但作者将之同时收纳于同一文本中，也在某种程度上展现了批语可能展现的“多元视界”。有趣的是，剧本开始的“剧场时间”是“康熙甲子(1684)八月”，而后第一出《听稗》的“戏剧时间”则回溯至“崇祯癸未(1643)二月”；直至加二十一出《孤吟》又回到原来的“剧场时间”，即“康熙甲子八月”。因此老赞礼在《孤吟》出之下场诗云：

当年真是戏，今日戏如真。两度旁观者，天留冷眼人。③

老赞礼既是剧中祭祀的“执事”，又是世局的“冷眼旁观者”，评者曰：

前之祭丁，今之祭坛，执事皆老赞礼也。诸生未打，老赞礼先打；百官不哭，老赞礼大哭。赞礼者，赞天地之化育也。作者深心，须为拈出。④

又谓：

非冷眼人不知朝堂是戏，不知戏场是真。⑤

当年之兴亡，宛若一场戏；如今之演剧，却犹似当年。这怎能不使“两度旁观”的“冷眼人”倍觉伤感？诚如评者在《余韵》总批所云：

老赞礼乃开场之人，仍用以收场。柳在第一出登场，苏在第二出登场，今皆收于续出。徐皂隶即首出之徐公子也。先著其名未露其面，一起一结，万层深心。索解人不易得也。⑥

孔氏之所以特设副末老赞礼一角为其化身，一起一结，即是希望以他作为一个贯穿全剧

---

① 见孔尚任著《余韵》眉批，《桃花扇》下卷，第118a页。
② 见孔尚任著《纲领》，《桃花扇》上卷，第7a页。
③ 见孔尚任著《孤吟》，《桃花扇》下卷，第2b页。
④ 见孔尚任著《拜坛》总批，《桃花扇》下卷，第79a页。
⑤ 见孔尚任著《孤吟》眉批，《桃花扇》下卷，第2b页。
⑥ 见孔尚任著《余韵》总批，《桃花扇》下卷，第136a页。

的超越性角色来“后设地”直陈作者的感慨与意图。而在老赞礼的穿梭串场过程中，时间更从“现在”回到“过去”，又从“过去”朝向“现在”，并在戏剧的艺术情境中呈现了“永恒的现在”，展现了所谓“史传式”的“三重时间结构”特征。关于此点，梁启超曾作出如下的评价：

> 《桃花扇》之老赞礼，云亭自谓也。处处点缀入场。寄无限感慨。卷首之试一出《先声》，卷中之加二十一出《孤吟》，卷末之续四十出《余韵》，皆以老赞礼作正脚色，盖此诸出者，全书之脉络也。①

梁氏的评论深刻地揭示了《桃花扇》的创作特色，同时也与作者在作品中所显现的主观意图十分吻合。

事实上，评者指点，观此剧须懂得剧中张道士与老赞礼，一经一纬，一“结兴亡之案”，一“参离合之象”，为整部剧作作了剧中人与观众间关系的诠释。不论“真”与“如真”，观众皆是旁观者，皆是“冷眼人”。两人之出现，“间离”(alienate)了观众与剧情，促使观众对事件作出置身事外的体味与反思，而造成一种“间离效果”(alienation effect)。孔氏剧中的张道士，本是锦衣卫仪正，因眼见党祸新起，不愿“代人操刀”，故舍身为道，遁入“桃源”。《归山》总批中云：

> 早为刑官，晚为高隐，朝野之隔，不能以寸，提醒熟客最切也。②

“不能以寸”，是说的读书人立身分际，孔氏点出此意，正是说明“熟客者”无冷眼。《先声》《闲话》《孤吟》《余韵》四出附加戏让张道士、老赞礼等人以局外人身份，冷眼旁观，评议是非；又让他们在一定场合中与剧中人一起行动，“总结兴亡之案……细参离合之场，明如鉴，平如衡”③。此种正戏与附加戏的主辅相依，局外人与剧中人穿插交叉的格局，在孔氏用来，因有点醒主旨，与建立“间离效果”的作用，故与传统戏曲中类似的安排意义不同；孔氏批中，特将之标为“经”“纬”二星，正是刻意布置始有。而正因作者在全剧中有了此种“异类”的介入，故在戏剧的“客观呈现”与作者“主观寄托”上，作者显示了一项前所未有的设计，以使两者能并行而不悖。

七、结　　语

从戏曲批评史 与理论史的视角来考量，上述五位剧论家的五种戏曲评本，展示了一种理论性思维发展的脉络，这项脉络可以综括为以下几个面向：首先，是李贽所启动之戏剧美学与艺术论之“哲学视野”与“批评意识”的开展；其次，是金圣叹所建构的“批评语

---

① 见梁启超《桃花扇丛话》，收入陈多、叶长海选注《中国历代剧论选注》，长沙：湖南文艺出版社，1987 年，第 395 页。

② 见孔尚任著《归山》总批，《桃花扇》下卷，第 65b 页。

③ 见孔尚任著《纲领》，《桃花扇》上卷，第 7a—b 页。

境”，亦即戏曲评点之“文本性”与“读者主体”的确立；再次，是吴仪一有关戏剧批评“专业场域”之建构，展现了作为一“理想读者”对于展演的审美想象；此外，毛声山父子对于批评观念与语境的分析，则建立了戏曲文本意义层次“总解”之诠释策略；至于《桃花扇》评者，则系以文本的“当代存在”，展现朝向作者、评者、读者、观众“多元融合之新视界”。

值得注意的是，本文虽是针对几部戏曲经典之“评点”作出分析，事实上，亦是一项展现笔者对于“戏曲文本作为阅读文本之状态”(the status of dramatic text as text)此一严肃问题的探究。考察戏曲评本之形成，与其批评重心之转移，与“文本意识”之转化，其实是对于“什么是被阅读的戏剧文学”(what dramatic literature is when it is read)此一问题的反思。借着揭示晚明评点家在不同的时间点，面对评点者如何从一个读者的立场，设想其为“虚拟的作者”，并转移向“评者”角色，以及同一剧本之不同评点之间的对话与呼应，我们希望呈现不同评本中讨论“叙事”“制作”与“美学效果”时，所形成之复杂的“批评语境”。透过以上的论述，我们可以理解“预设”如何于特定的社会条件下运作——“作者”与“虚拟作者”分享着共同的“社会记忆”——以及如何于其所造就的“期待视界”(horizon of expectation)下运作；这一“期待视界”，是由作为参与者之“作者”“评者”与“读者”，将剧本(作为一个有价值的美学对象)、评点(作为阅读经验中密不可分的部分)，与阅读(将前二者瞬间对照或整合的独特经验)，共同“具体化”而成的一种期待。

所谓“期待视界”，是接受美学的一个重要概念，意指在文学接受活动中，读者原先的各种经验，特别是审美经验的综合形成的文学作品的一种欣赏要求、目标与水平，在具体阅读中，表现为一种潜在的审美期待。它可以是个体的，也可以是群体的。它是读者响应文本“召唤结构”的先在条件，也是通向作品意蕴、审美对象的必经之路。读者正是带着自己的期待视界来欣赏、理解文本，把自己的视界投射到文本上，建立起新的审美对象，并在发现文本潜在意义中注入自己的理解。因此，文学作品与审美对象是作者与读者共同创造的，文学作品的意义不是纯客观的，包含着读者的参与与再创造。

诚如德国“接受美学”理论家姚斯所指出的：在“作家”“作品”与“大众”的三边关系中，大众并不是被动的，并不仅仅提供一种反应，它本身就是历史的一个“能动”构成。同时文学作品并不是一成不变的认识对象，而是具有动态生成的特点；它只有在读者的“能动”阅读活动中，才能获得现实的生命。姚斯强调：“一部文学作品，并不是一个自身独立，向每一时代的每一读者均提供同样观点的客体。它不是一尊纪念碑，形而上学地展示其超时代的本质。它更多地像一部管弦乐谱，在其演奏中不断获得读者新的反响，使文本从词的物质形态中解放出来，成为一种当代的存在。”①我们也可以说，以上所论述的李贽，或是金圣叹，还是吴仪一、毛声山父子、孔尚任，都并不仅是在他们的时代展现出一种新的反响，使文本从“辞”的物质形态中解放出来，成为一种当代的存在。他们事实上是以“批评语境”的建立，导引出一种新的阅读、新的鉴赏，甚至是导引出一种“新的文体”。甚至可以说，他们已成功地将他们的“附注”，加入于他人的文本之中，形成一种“新

① 见姚斯《文学史作为向文学理论的挑战》，收入 R. H. 姚斯，R. C. 霍拉勃著，周宁、金元浦译，滕守尧审校《接受美学与接受理论》，沈阳：辽宁人民出版社，1987 年，第 26 页。

的文本”;且这一文本清楚地烙上了他们的印记。

而亦正是在此意义上,明末清初时期的剧论家对于传奇剧作的评点,不仅本身占据了一极重要的历史位置,更可以引领读者从具体作品中,探求戏曲之特殊构造方式,进而开拓建构理论视野与批评策略之可能,有其在文学批评史上不容忽视之积极意义。依我们对于中国戏曲批评史的研究需求来说,如何认知此种有意识地建构一种“阅读交流”与“批评语境”的批评作为,确有其不可忽视的重要性,值得我们继续探讨。

［作者简介］ 王瑷玲,台湾中山大学文学院教授、副院长、剧场艺术系主任。

场屋的舞台艺术

——论法国国家图书馆藏本《秀才秘籥》

陈维昭

[摘　要]　仲振履的《秀才秘籥》面对的是普遍多数的一般水平的童生与秀才，重点关注岁试与科试的具体环境，在"术""技"的层面上提出一系列应对方法。他重效果、重实战，不讳言"中"与"售"。目的是在技术的层面上使考生的中式率达到最大化。在应对策略的选择与陈述上，他注意到了考官的阅读兴趣的问题。他将"心理"因素这一变量引入到科举文话之中。其八股文论与戏曲理论、诗学理论多有契合之处。

[关键词]　场屋　舞台艺术　性灵

一、作者与版本

在《红楼梦》的戏曲改编史上，第一位改编者是清代乾嘉年间的仲振奎。其弟振履、振猷均是戏曲作家，二弟仲振履作有传奇《冰绡帕》和《双鸳祠》，梁廷枏称其《双鸳祠》"起伏顿挫，步武井然"①。仲振履，字临侯，号柘庵。因为他是江苏泰州人、曾任广东兴宁知县而被泰州、兴宁等地方志所记载。据《道光泰州志》，仲振履为嘉庆十三年进士，官广东知县，历任皆有善政。恩平县修金塘桥，兴宁县禁水车，疏河道，东莞筑虎门碉台，严海防，南海筑桑基，卫农田。著有《作吏九规》《秀才秘籥》等书。② 同治间胡曦称仲振履"尝撰《秀才秘钥》一卷教士"③。今人宋志英、骈宇骞编著的《地方经籍志汇编书名索引》，王澄编著的《扬州刻书考》均著录了此书。在后来的一些研究仲振履的论著或戏曲史专著（如《江苏戏曲志》《福建戏曲录》）中，大多会依据《泰州志》而提及此书。所有这些记述均未涉及《秀才秘籥》的具体内容，当今各大图书目录书里也不见著录。但法国国家图书馆则藏有此书的重印本。

---

① 梁廷枏《曲话》卷三，中国戏剧出版社编《中国古典戏曲论著集成》第八册，北京：中国戏剧出版社，1959年，第266页。

② 《道光泰州志》卷二十三"仕绩"，《中国地方志集成·江苏府县志辑》第50册，南京：江苏古籍出版社，1991年，第259页。

③ 胡曦《湛此心斋诗话》卷二，第266页。广东省兴宁市政协文史资料研究委员会编《兴宁文史》第33辑"兴宁先贤丛书选录二"，2009年，内部资料。

法国国家图书馆藏本的牌记题为:“《秀才秘籥》,蒲涛仲振履柘庵甫著,嘉庆庚辰新镌。”蒲涛是今江苏如皋白蒲镇的古称,庚辰为嘉庆二十五年(1820)。据王澄编著的《扬州刻书考》,《秀才秘籥》一卷刻于嘉庆十六年(1811),是刻于仲振履兴宁知县任上。法藏本卷首有豫章南城(今属江西)蔡光华写的一篇《书秀才秘籥册首》,蔡为豫章南城人,号凌庵,邑庠生,以子梦麟贵,封文林郎。据清李人镜《(同治)南城县志》,蔡光华卒于嘉庆九年(1804)。《册首》文末有言“请亟付剞劂氏以公诸同好可耳”,则《秀才秘籥》之成书在嘉庆九年之前,初刻在此之后。初刻本今已不可复见,法国国家图书馆藏本是其新刻本。该《册首》称仲振履“著《秀才秘籥》一册,与操觚之士现身说法。自搦管以迄成材登第,自大家名家以及房书试牍,罔不巧度金针,揣摩精熟,去其多岐以归于道,袪其多方以衷诸学。……昌黎有言,诸生业患不能精,无患有司之不明;行患不能成,无患有司之不公。盖琥珀不受腐芥,磁石不引曲针,绫锦徒工,花样或异,则曷与搜先生之秘帐哉!”考生与考官的关系正如琥珀与腐芥、磁石与曲针,投机相吸,则功名可成。点出了《秀才秘籥》这部科举文话的独特性之所在,即针对考官的兴趣、判卷的状态、科目的特性等而提出相应的应试策略。本文以此法藏本为据,讨论仲振履别具一格的科举文论。

二、主 要 内 容

1. 定位

科举者,指科举时代分科考试选拔人才以备官吏的制度。何谓人才?元代吴莱说:“初场在通经而明理,次场在通古而善辞,末场在通今而知务。”[①]通经而明理,通古而善辞,通今而知务,这是科举时代的人才观。经学是基本的修养,而“善辞”则要求考生掌握官场各种公文写作,包括诏、诰、表、论、判、策等文体。

从当代的“文学”意义看,在科举的文体体系中,文学并非主体,经学中的《诗经》学也是儒家诗教意义上的阐释,以政治伦理为视界。表、论、策等在当今的文学史、散文史上占有一席之地,但是科举制度的设计者并非从“文学”出发,而是从“公文”写作的角度出发的。

由童蒙时期的初学为文,到最后成为文章大家或文学大家,这期间有一个从启蒙、学习、探索、发展,到丰富、变异、成熟的过程。用文章大家的境界去要求初学者,这是不切实际的,用“化工”“天工”去评判科举文论,同样也是文不对题的。科举文论本来即定位于启蒙的语文阶段。很多士子在中式及第之后往往对科举文表现出鄙夷的态度,或者以提倡“以古文为时文”来提高科举文的档次,或者强调科举文的训练有利于更高层次(比如经学或诗学)的实现。总之,都多少蕴含着对于科举文的卑俗感。即使一些有关时文的专书,也不免来一番宏大叙事。比如王鏊说:“汝辈做举业,须先打扫心地,洁洁净净,不使纤毫挂带,然后执笔为文,不论工拙,定有一段潇洒出尘之趣,纵不能为祥云甘雨,断不落沴气中去。”[②]唐顺之说:(文章家)“虽其绳墨布置,奇正转折,自有专门师法。至于

---

① 吴莱《跋吴君程文集后》,载李修生主编《全元文》,南京:江苏古籍出版社,2000年,第14册第608页。

② 王鏊《示馆中诸生》,转引自袁黄撰、黄强、徐姗姗校订《游艺塾文规正续编》,武汉:武汉大学出版社,2009年,第174页。

中一段精神命脉骨髓，则非洗涤心源，独立物表，具今古只眼者，不足以与此。”①

与此不同，仲振履的《秀才秘籥》直面科举的“应试”性质，全书紧扣“实战”这一核心，是一部“场屋必售技”的专书。该书具有明确的、特定的接受对象：童生与秀才；有特定的讨论范围：秀才入学考与岁试、科试；采用特定的文体：文话。

该书面对的是文章写作的启蒙阶段。关于学习的阶段性，谢枋得的《文章轨范》把文章分为“放胆文”与“小心文”。并说：“凡学文，初要胆大，终要心小。由粗入细，由俗入雅，由繁入简，由豪荡入纯粹。此集皆粗枝大叶之文，本于义礼，老于世事，合于人情，初学熟之，开广其胸襟，发舒其志气。但见文之易，不见文之难，必能放言高论，笔端不窘束矣。”②小心文则是“议论精明而断制，文势圆活而婉曲，有抑扬，有顿挫，有擒纵。场屋程文论，当用此样文法。”③此理至为浅显。与各种技艺的学习一样，初学者不能局限于狭径，应尝试各种可能性，尽情释放自身的文章潜能。放后再收，入于规范，走向精细。

对于谢枋得的“放胆文”“小心文”，八股名家瞿景淳说：“小心，非矜持把捉之谓也，若以为矜持把捉，则便与鸢飞鱼跃意思相妨矣；放胆，非任情态肆之谓也，若以为任情悠肆，则逾闲荡检，无所不至矣。盖人之心体，愈检束则愈脱洒，何也？事事无失，而后脱然无碍也。愈舒展则愈精微，何也？所见广大，而后能人细也。小心只从放胆处收拾，放胆只从小心处扩充，非有二事，亦非有二时也。故前辈文字，纵观之则包笼宇宙，细检之则字字对针，统阅之则贯串古今，析观之则丝丝入扣，此实理也。”这一分析把道理说得深，说得透，但对于初学者来说，却不具有可操作性。仲振履的《秀才秘籥》不谈高深理论，他说：“童子初开笔，出语便爽快。虽蛮话却说得有想头，此必成之材也。出语沾滞，一句文章，有数样毛病，令阅者欲批出他毛病来，却非一语可尽。此绝无用之材也。”“出笔俗恶者非伟器，出笔干枯者无福泽，文无生气者虽成片段有工夫，终不售。”“童生之文忌蹇涩，秀才之文忌老秃。蹇涩者格格不吐也，老秃者貌为浑古也。”他干脆提出具体的训练法：“童子初学作文，务令作四个提比，笔气便会开展。”提比是起讲之后的主体部分，是八股的前二股，它承上文之文势、题旨，展开主体部分，有笼罩、统领、引发下文之地位。故练提比可以舒展其文气。

与实战意识相关的是，他称文章的最高境界是“中（zhòng）品”，即可以中式之品，可售之品。“制义以清为主，夫人而知之也。然清非说白话也。于典制裔皇中，自得乾坤清气，斯为中品。”“文章不切题，不中也；太切题，亦不中也。趁着笔性放倒题目，不离题，亦不泥题，滔滔汩汩，说个畅快，中品也。”“场中用虚字，要用得庄重，要用得飞舞。‘也’字，‘焉’字，‘矣’字，‘乎’字，‘哉’字，用来都有精神，便是中品。”这是一部非常务实、非常实际的应试指南书。

2. 场屋的舞台艺术

科举考试的场所被称为“场屋”。其实“场屋”也可以用来指称“戏场”。顾炎武说：

---

① 唐顺之《答茅鹿门知县二》，见郭绍虞主编《中国历代文论选》第三册，上海：上海古籍出版社，2001年，第75页。

② 谢枋得《叠山先生批点文章轨范》，《中华再造善本》本，北京：北京图书馆出版社，2008年，卷之一。

③ 谢枋得《叠山先生批点文章轨范》，卷之三。

"'场屋'者,于广场之中而为屋,不必皆开科试士之地也……故戏场亦谓之'场屋'。"[①]戏场是表演的场所,而作为科举考试的场屋,在某些方面与戏剧有相通之处。比如观赏的即时性、一次性,剧场兴趣的持续性等。戏场与科场都信奉"观众是我们的上帝"的信条。戏剧是一种即时性的、一次性的观赏活动,它与小说、散文的阅读不同,不能让观众在一次性的观赏活动中重新回到"前文",它有观赏上的时间向度。尽管中国戏曲观众对于戏曲经典往往是不厌而百看,但戏剧的即时性规律仍然制约着戏曲观众。在科举考试中,考官是一位乃至一群特殊的读者,他们用最严厉、最挑剔的眼光审视、筛选考卷。但是由于考生数量、考试科目的众多,考官们其实是无法胜任全部的评卷工作的。这就出现了乡、会试三场只重首场的普遍情形,导致了"八股文""时文"或"制义"等首场名称成为科举文的代称。尽管我们不能断言所有的考官的阅卷都是一个一次性的阅读过程,但是在考官的第一次阅读中不能引起注意和重视的卷子恐怕很难有机会得到第二次的阅读。这就使得考卷与剧本一样,必须充分考虑其剧场性、观赏性。

> 方、王二家(指王墙东、方百川),制义之圭臬也。然亦要善学,墙东先生,善发题蕴。竖义精而语无泛设。朴山先生善体口气,故得题情而笔笔生动。然意太亲切,则下语必深。深则骤难领会。场中走马看花,何能降心探索,不若笔笔生动,令人一目了然也。是有画虎刻鹄之别。

科举的最直接目的是顺利通过考试,而影响考试的因素大体由两方面构成:考生和考官。考生的个人努力、积累和临场发挥是基本的,而考官的兴趣、理念乃至临场判卷的状态,也在很大程度上决定着考生的命运。作者与读者(考官是一种特殊的读者)之间的际遇,没有像科举文这样充满了戏剧性,充满了如此之多的偶然与变数。仲振履的《秀才秘籥》紧紧扣住这一戏剧性,提出了一系列应对措施。

首先,他充分强调在准备考试的过程中考官的在场。考生应该想办法让自己的考卷在无数卷子中脱颖而出,受到考官的青睐。他说:"场屋文章,要在人不经意处留意,无论大小考皆如是。"如何让考官在疲惫的阅卷中眼前一亮,如何让自己鹤立鸡群,这需要特定的策略。他把谢枋得的"放胆""小心"的说法运用于场屋的实战,他说:"岁试作文要有胆,科试作文要有法,岁试人人畏惧,志在只求无过,我独明目张胆,畅所欲言。科试人人放逸,我独周规折矩,举止官方,如此未有不一等者也。"岁试是学使监临、考核秀才之试,其结果影响着秀才的升黜,"其岁考,则诸生之黜陟系焉"[②]。学使下车伊始,自是严厉挑剔,故秀才们人人畏惧。在人人文笔蹇涩的情况下,我却"明目张胆,畅所欲言",便能迅速抓住观者(学使)的目光。经过一两年的训练,秀才笔胆始放,所谓"人人放逸",但科试又自不同,它将决定秀才的应乡试资格,故"我独周规折矩,举止官方",以功底扎实、行文规范让学使对你的乡试必售充满信心。"观者"的在场,始终是仲振履科举文话的重要语

---

① 顾炎武著、黄汝成集释、栾保群校注《日知录集释·场屋》,杭州:浙江古籍出版社,2013年,第1887页。

② 艾南英《前历诗卷自叙》,艾南英《天佣子集》,梯云书屋1879年重刊本,卷二第4b页。

境，是其场屋表演论的基础。

与小说的阅读可以中断、暂停不同，戏剧要求始终保持观众的兴趣。一旦戏剧兴趣弱化乃至消失，演剧就面临着失败的危险。与戏剧兴趣相关的则是全剧的关目设置、节奏的安排。仲振履对于场屋之整体节奏与观众（考官）的观赏心理同样非常重视。他提醒考生对首场的三艺的独特处理方式："场中作文，先作首艺，便作第三艺，再作第二艺。何也？人之精神，至三条烛尽，未有不委顿者。首艺用全副精神，到第二作，便有兴到笔随之妙，三则竭矣。帘官挨次看去，每况愈下，索然无味。将二三篇一为移换，阅至三艺，兴致勃勃，毫无委顿之态，则售矣。"让考官的阅读兴趣保持到最终。"场中作文，要有兴致，尤要做得谛当快活。做得快活，则看得亦快活。若太苦心孤诣，俯首愁眉，抑郁无舒展气，阅者愈看愈闷，十数行后弃去矣。此是场中第一要诀。"

江苏老房考翁运标[①]曾向人分享其阅卷经验："中式文章有二种：离奇光怪，如凶神恶煞，人见必畏，畏则中矣；搽脂敷粉，如西子王嫱，人见必爱，爱则中矣。"类似这样的一些表述不一定真能达到"必售"的效果，但它可以提醒考生：文章应该如何营构，如何用力，场屋艺术的目的是让考生把其仅有的能力最大限度、最高效率地发挥出来。

关于八股文与戏曲理论之间的关联，清初戏曲理论家李渔已开先河。他说："予谓词曲中开场一折，即古文之冒头，时文之破题，务使开门见山，不当借帽覆顶。即将本传中立言大意，包括成文，与后所说家门一词相为表里。前是暗说，后是明说，暗说似破题，明说似承题，如此立格，始为有根有据之文。场中阅卷，看至二三行而始觉其好者，即是可取可弃之文；开卷之初，能将试官眼睛一把拿住，不放转移，始为必售之技。吾愿才人举笔，尽作是观，不止填词而已也。"[②]在论"大收煞"时又说："场中作文，有倒骗主司入彀之法：开卷之初，当以奇句夺目，使之一见而惊，不敢弃去，此一法也；终篇之际，当以媚语摄魂，使之执卷留连，若难遽别，此一法也。……全亏此出撒娇，作'临去秋波那一转'也。"[③]所不同的是，李渔是以八股文论去阐说戏曲理论。八股文论与戏曲理论的确有其相通之处。

在艺术的整体结构的构建中，不能平均用力。戏剧中有关目，诗歌中有诗眼，仲振履认为八股文也需要设置亮点，这就是"梳剔要字"，"老吏断狱，全在盘驳要证；名手作文，全在梳剔要字。余尝作《无暴其气》文，另疏'暴'字二比。为友人改《诸侯之宝》三文，另疏'宝'字二比。均优取。"

本文无意于把仲振履的科举文话比附为戏剧理论。但仲振履的剧作家身份和旨趣与其科举文论有着深度的契合之处。在这部《秀才秘籥》中，他提及"王实甫九年成《西厢记》"，又提及其弟仲振猷喜欢揣摩戏曲，曾依《牡丹亭》写成《而未尝有显者来》的八股文，"幽折秀婉，神似《惊梦》《寻梦》口吻"。仲振履说："可见古来好著作，皆可以为文料也。遗其体制，求其神韵，是精于为文者。钝秀才当于此参之。"戏剧与时文自有其相通之处。其兄仲振奎是戏曲史上第一位改编《红楼梦》剧作家。仲振履自己则作有《冰绡帕》《双鸳

① 翁运标，字隽工，号蓼野，浙江余姚人。雍正癸卯进士，官道州知州。
② 李渔《李渔全集》第 3 卷，杭州：浙江古籍出版社，1991 年，第 61 页
③ 李渔《闲情偶寄》词曲部"大收煞"，李渔《李渔全集》第 3 卷，第 64 页。

祠》等传奇。曲论家梁廷柟指出其《双鸳祠》“通体八出，杂剧则太多，传奇又太少，古今曲家无此例也。”①从戏剧冲突的设置看，此剧乏善可陈。但把它对应于八股文的结构，则有可通之处。

3. 程墨修辞论

仲振履说：“墨卷、试帖、馆阁字，一物也。诗文日日做，字日日写，到得工夫纯熟，便觉自在游行，处处合法。”指出文(墨卷)、诗(试帖)和书法(馆阁字)的共通处：“工夫纯熟”便能“自在游行”。科举文是文章、文学、艺术的逻辑起点。仲振履的科举文论与明清诗文理论有诸多契合之处。

与诗文理论一样，八股文也有一个“尊体”的问题。尊体的前提是“本色论”。晚明清代八股文大多以明代正、嘉为本色，以隆、万、天、崇为变体。仲振履则有兼收并蓄之概：“盖墨卷之当行出色者，必合正、嘉之出落，隆、万之机局，天、崇之筋节。”六合县令闻在东曾对仲振履说：“杭州某前辈，教弟子临场，只读三艺：一姚希孟《有攸不为臣》文，一金正希《所谓平天下》文，一吴珏《四方之民》文。姚文提笔落笔、煞笔，纵横排奡，变化无穷，正、嘉之杰作也。金文筋脉贯注，机局流利，熊次侯、韩慕庐诸作，皆脱胎于此，合隆、万、天、崇而兼之者也。”八股文并非如有些人所妖魔化的那样，是糜烂的、陈腐的文体，是经义的空洞的传声筒。好的八股文与一切好文章一样，都强调言之有物，有感而发。八股文要有生气，有灵魂，用仲振履的话来说，就是要有性灵。他说：“人不读桑弢甫《斧香集上选》八篇，无怪嗤墨卷为腐烂文字。凡作文求入彀者，无论大小试，总要性灵好。”他重性灵，反模拟：“秀才临场最喜拟题作文，延请高手改正，以期倖中。此必不可。古人之文，根柢深厚，故历数百年而光景常新，工夫浅薄之人，才脱稿，尚有可观，转瞬便觉陈腐气矣。场中虽遇旧作，亦必重入锤炉，去其陈腐。”“学前人文字，只要得其精蕴，不必袭其皮毛。人各有丹，丹各有炼，一剿袭便是陈饭土羹矣。”他提出时文的三种境界，抒写性灵是最高境界：

> 独往独来，空诸依傍，一字一句，俱从性灵中流出，上乘也，如汪会元(汝洋)《则众物之》文、先君子《可与言》文是矣。然由天授，不可以人力争。俯仰揖让，神味渊永，读之令人心气俱平，中乘也，如田解元(玉)夫子《莞尔》文、许解元(祖京)《吾何执》文，于工夫纯熟之候，意到笔随、端庄流利，兼而有之，是可偶得，不能常得也。敲金戛玉，典丽矞皇，如青钱万选万中，下乘也，《汤之盘铭》《曰乡人傩》诸作是矣。是自家炼成一颗金丹，未有题目先有文章，能令雅俗共赏，但工夫用到，自然可成。此丹真是秀才活命丹也，亟宜学之。

这种重性灵、反模拟的观点前人已多有言及。如瞿景淳曾说：“作文须要从心苗中流出，句句字字都要作不经人道语。……今之后生，专去翻阅腐烂时文，托命既专，用工愈久，譬之方技俱通，而痿痹不恤，甘心于服鸩，而自以为神剂，误矣。且以随用随足之体，而取

① 梁廷枏《曲话》卷三，中国戏剧出版社编《中国古典戏曲论著集成》第8册，第266页。

给予他人口吻之间，至乐不寻，至宝不惜，而惟拾残羹弃唾以为活命之资，如失路人之忘归，如丧家子之乞食。吾见其流离奔逐，而沦胥以死也。岂惟如此？才遇一题，辄取旧文以为式样，初时以为省力，不知耳目增垢，心志转昏，自家本来灵知反被封闭，不得出头，即能成文，都是奴才家数，不能自作主张矣。"①袁宏道也说："唐自有诗，而不必《选》体也，初、盛、中、晚皆有诗，而不必初、盛也；欧、苏、陈、黄各有诗，不必唐也；唐人之诗，无论工不工，第取读之，其色鲜妍如旦晚脱笔研者；今人之诗，虽工，拾人饤饾，才离笔研已成陈言死句矣；唐人千岁而新，今人脱手而旧，岂非流自性灵与出自剽拟者所从来异乎？"②钱谦益说："中郎之论出，王、李之云雾一扫，天下之文人才士始知疏瀹心灵，搜剔慧性，以荡涤模拟涂泽之病，其功伟矣。"③八股文论正是与这样一些诗学理论处于相同的文化生态之中。

当然，瞿景淳、仲振履的"性灵"与袁宏道的"性灵"在具体的内涵上有不同性质的规定。瞿景淳、袁黄、仲振履所强调的性灵主要是指"自得"，即对经义有个人心得。袁黄说："从矩出方，固当远遵先范，而含珠吐瑞，尤当出自性灵。……始不拟议，则邪魔野径，驱斥为难；终不变化，则邯郸之步，秽态可怜，故须始于拟议，终于变化。……是故学文者，当凝神深造，毋涉猎助长，当求之于化牡骊黄之外，毋滑没于语言文字之中，当为信阳之舍筏，不可为北地之效擎。句法字法，各有源派，而不为古役；篇法章法，极合绳墨，而不堕蹊径。"④强调的仍然是考生对经义的深入肺腑、发自心灵的理解，而不是认为"学文"可以随心所欲。所以袁黄又说："经义之学，理微诡圣，即匪当行，词不宗经，便为谬论，本有一定之式所当遵守者也。可用之以涵泳真性，不可因之以流荡情尘；可用之以收拾放心，不可任之以过悠才思。故厚养邃衷之士，常能臻真妙境，而粗心浮气之徒，虽习焉而不工者也。今之论举业者类曰：'此人才短而无纵横之气，此人情疏而无自得之词。'不知凡论文者，各有本色，举业文字，自有程墨可循，若稍骋才情，则如袒裼阔步于庙堂之上，欢歌笑语于君父之前，非其质矣。故才足以一日千里，而须范我驰驱，不失尺寸；情足以涵濡万状，而须循规蹈矩，人我彀中；是以贵涵养、贵中正、贵和平；但能循绳墨而濡之以化，则不出筌蹄而纵横自在，锻炼之极，妙人自然，而文始称工矣。"⑤

此外，仲振履的其他一些科举文论也值得一提。比如他说："文有四色，清、奇、浓、淡是也。清、奇、浓皆中，惟淡者甚难。"涉及文章的风格论，可惜未展开。在文章结构上，他又有生命化的结构观：

> 大凡作墨卷法，是圆的领题后便揭题尾，贯落题首，中间作夹缝二比，将首尾摄入空际盘旋，后比尾仍拍转题首，所谓常山率然之蛇也。质而言之，即是截题做法。不过大同小异耳。截题入手映下，便是墨卷之揭题尾。截题过下，便是墨卷之夹缝二比。截题之挽上，便是墨卷之回抱题首。所小异者，乃体裁虚实之间也。做童生不会作截题，做秀才自然不会作墨卷。

---

①④⑤ 转引自袁黄撰、黄强、徐姗姗校订《游艺塾文规正续编》，第 180、12、15 页。

②③ 钱谦益撰集，许逸民、林淑敏点校《列朝诗集》丁集第十二"袁稽勋宏道"条，北京：中华书局，2007 年，第 5317 页。

他还提出"方与圆""离与泥""滑与滞""空与实""生与熟"等多对范畴，他说："先君子曰：'作文要圆，亦要方。'谓行文处贵圆，出落处贵方。方者有棱角之谓也。""文滑不得，又滞不得。空不得，又实不得。不宜生，又不宜过熟。不宜淡，又不宜过浓。用心人自有悟入处。"在对八股文的诸多抨击中，有一条是令人触目惊心的，即考生在准备应试的过程中，不仅不看经典原文（经义考本为考核考生对儒家经典的领会程度），甚至连朱注也不读，只读讲章一类的应急书。这种情况在任何一种应试制度下都是普遍存在的。于是有识之士（比如崇祯间的艾南英）纷纷提出救弊之方，其中的一条便是"以古文为时文"。事实上，真正能写出高水平的制义的，必定是沉潜在经义传统之中，由熟读精研而性灵独到。十三经自不必说，史传诸子更是个人修养的源泉。"以古文为时文"本是制义的题中应有之义。仲振履说："今人作文，未有不欲其华者，然不读十三经、披阅疏注，惟事饾饤剽窃，虽将典制类林，填写满纸，仍然无华。无华者无书也。故古人云：'腹有诗书气自华。'"又说："秀才不读两汉、八家之文，虽有文名，是乡里土财主。"

至于仲振履所提出的作文四步骤（相题、布局、命意、措词）前人多有论及，如茅坤的《文诀五条》（认题、布势、调格、炼辞、凝神。①）仲振履于此，未出新意。

三、结　语

与明清时期的科举文话相比，仲振履的《秀才秘籥》显示出它的独特性。他面对的是普遍多数的一般水平的童生与秀才（而不是少数精英、八股高手），重点关注岁试与科试的具体环境，在"术""技"的层面上提出一系列应对方法。他重效果、重实战，不讳言"中"与"售"。目的只有一个，就是在技术的层面上使考生的中式率达到最大化。在应对策略的选择与陈述上，他注意到了考官的阅读兴趣的问题。他将"心理"因素这一变量引入科举文话之中。这是他的《秀才秘籥》的主要特色与贡献。同时，他也提及，真正高水平、高境界的制义高手必定是在经义、子史方面有深厚修养者。只是他在推广他的场屋"必杀技"时无暇（也没必要）展开这一观点。

［作者简介］　陈维昭，复旦大学中文系教授，博士生导师。

① 茅坤《文诀五条》，《四库全书存目丛书》集部第106册，济南：齐鲁书社，1997年，第136—137页。

中和之道：唐文治先生《诗经大义》诗教旨要

邓国光

[摘　要]　中国诗学本乎《诗经》。本诗立教，因教成德，此"诗教"乃中国文化之要义，盖身体力行，推己及人，皆建基于人性与社会之善良期盼，诗之为学，莫逾于此。唯百年来学术风尚之转移，诗教之义未得正视，难免有憾于诗学整体之认识。但泛论概念，则未免皮傅，盖践履之学，必须注意时代、人物、活动等三者之互动，而诗教之实践，于近代为不切，故备受冷落。然亦未尝无独清之士，亲议倡导，著书设教，而济济多士，于苦难时代不啻为黑夜之明灯，期盼旦明之有复，是其唯唐文治先生(1865—1954)与其《诗经大义》九卷乎！是以拟通盘介绍，先生考证其成书与刊行之时间，次则阐明体例，而重点则在全面考述其诗教论之义理脉络，以见其诗道之宏广，其中"端性情"之以救世之王道重旨，更一以贯之，诗教以此促成人性之善化与公义之实现，足以起后世之沉溺于私欲恶行者焉。

[关键词]　唐文治《诗经大义》　诗教　性情　义理　中和　王业

一、成书之考证

介绍唐文治先生《诗经大义》，则"知人论世"，于先生之行宜，亦须先明其大略。

先生字颖侯，号蔚芝，别号茹经，江苏太仓人。十六岁中秀才，十八岁(1882)省试中举。二十一岁入江阴南菁书院，受业于经师黄以周，协助王先谦校订《续皇清经解》。1894年甲午之战，呈书军机大臣翁同龢议论国是。1898年任户部云南司正主稿。1900年亲历庚子之乱。1901年九月，随同户部侍郎那桐赴日本道歉。1902年五月随专使载振外访欧、美。此行环地球一周。1906年以农工商部左侍郎并署理尚书，上书请各省铁路整顿借公谋私之风，有忤直隶总督袁世凯，此后绝意仕途。

其从政之时，目睹时艰，深刻体会士风颓败、民心涣散、气节沦丧诸种痛疾。1906年冬丁忧离京，守制南归。之后全心办学，以"救民命、正人心"自任，鼓励气节，寻求恢复民族尊严之途。1906年八月任邮传部上海高等实业学堂总监督，辛亥后改号南洋大学(于1913年改称交通部上海工业专门学校，1921年正式定名为交通大学)；凡事亲力亲为，然不善护目。早年研读《万国公法》而耗损视力，至此病情日甚，至1920年，五十六岁时已迹近失明，为此辞职，休养无锡。无锡富商施肇曾（1867—1945）议设“国学专修馆”，力邀主持校政。1928年定名“无锡国学专修学校”，简称“国专”，特重传统学问，亲编“读本”，及撰诸经“大义”。

综观唐先生一生行实，不论从政与办学，俱以复兴民族文化为意，其一生光明磊落，是经师而兼人师。于三十年代，乃是倡导“读经救国”的学术领袖。传统学术之经世精神，得以传扬。“读经救国”为唐先生贯彻终始之主张，而其“诗教”精神，总归此神圣之愿望。

根据唐先生自编《年谱》云

> 戊辰（1928），六十四岁六月：拟编《诗经大义》，分伦理、性情、政治学等凡类，因众说浩繁，仅订《序目》。①

是时唐先生主持无锡国专，于1928年六月初设想草拟是书，其《序目》具见先生《茹经堂文集第三编》。而先生门人陈起绍、何葆恩所撰《唐蔚芝先生〈茹经堂丛书〉提要并序》则云：

> 《诗经大义》八卷，未刻本。是书遵孔子说《诗》家法，兴观群怨，事父事君，多识之旨，为之比类。曰伦理学，所以事父事君者也；曰性情学，可以兴、可以怨者也；曰政治学，可以观者也；曰社会学，可以群者也；曰农事学、军事学，则政治学之支流，而亦可以观者也；循是六者，天下国家盛衰兴亡治乱之迹，概可知矣；曰修词学，则多识之绪余也；曰义理学，则根于“《诗》无邪”之旨，而深入于伦理、性理之精微者也。分门别类，俾读者了如指掌，苟能循是以求，《诗》之大义思过半矣。②

可见至1931年尚未刻出，而所以说为八卷者，盖唐先生于《茹经堂文集第三编》已经载《诗经伦理学序》《诗经性情学序》《诗经政治学序》《诗经社会学序》《诗经农事学序》《诗经军事学序》《诗经义理学序》《诗经修辞学序》等八编，盖预计一序一卷，故云八卷。唯此时尚未成书。考《茹经堂文集第三编》刻成于1938年11月，乃先生走避战乱寄居上海孤岛后数月。其门人朱诵韩跋 记载云：

> 今夏家山沦陷（指1937年七七事变），避居沪滨，适幸我夫子返自桂林；遣伻还无锡，携出《茹经堂文集第三编》未刻稿，完好无恙，同志欣然相告曰：“此宝物也。”乃遂倡议即属华丰印铸室，付诸剞劂。……戊寅（1938）十一月，受业门人朱诵韩谨跋。

文中之“伻”谓仆人，指唐先生家仆高大勋。此《文集第三编》之手稿原留在无锡居所，幸

① 唐文治《茹经先生自订年谱》，载《茹经堂文集》。台北：中国文献出版社影印无锡国学专修学校1935本，1970年。

② 本文原载《国专校友会集刊》1931年第1期，第105—119页。

未为兵乱所毁,自唐先生短期避难广西桂林,复道经香港回沪,而遣其家仆高大勋返无锡故居携出,以故沪上门生皆欣庆,鉴于时乱,而急为之梓印也。其中所收《诗经大义自序》,未补梓出时间,知至1938年年底,尚未刊行也,以故战前受业于唐先生之门人,实在未知此书之具体内容。

幸运者,乃在战时从学唐先生门下之谢鸿轩先生(1917—2012),于1949年携带先生刊物赴台,齐集《茹经堂文集(凡六编)》《茹经堂奏议》三卷于1974年,在台北文海出版社影印出版,而有关经学之著述,则统纳入《十三经读本》之内,在1980年于台北新文丰出版公司影印出版。此谢鸿轩先生编辑之《十三经读本》,收入唐先生《诗经大义》连卷首及正文八卷,合九卷,乃"葩庐丛书"本,唐先生《自序》之末交代云:

> 是书既成,为注释者,吴县单君束笙、太仓朱君叔子;助余印成者,金山高君吹万,并编入《葩庐丛书》云。①

此段文字乃《茹经堂文集(第三编)》收录之序所无者。考1924年无锡施氏醒园校刻《十三经读本》并未有《诗经大义》。而此序所提及之高吹万与《葩庐丛书》者,乃一关键。

考查唐先生自撰《年谱》,在"癸酉(1933),六十九岁",八月至十二月间载云:

> 余前编《诗经大义》,分伦理学、性情学等共八类。吴县单君束笙、同乡朱君叔子为之注释,每篇后并标诗旨,颇为精核。金山高君吹万名燮来索阅,因寄去。高君大叹赏,出赀为印入《葩庐丛书》,极可感。葩庐者,高君书斋名也。

惟1935年为校理先生《自定义年谱》之门人左右手冯振先生案语云:

> 振谨案:先生以孔门之教学《诗》,曰:"兴观群怨,事君事父,多识而已。事父事君,伦理学也;可以兴、可以怨,性情学也;可以观,政治学、农事学、军事学也;可以群,社会学也;多识,修辞学也;伦理性情之精微,义理学也。"于是作《诗经大义》九卷,卷首纲要,卷一以下分选《诗》篇为各学:《伦理》十六篇、《性情》十六篇、《政治》十六篇、《社会》十六篇、《农事》六篇、《军事》十五篇、《义理》十篇、《修辞》八篇。其《诗经大义自序》及《八分类序》并编入《茹经堂文集》三编,尚未刊。

是在1936年前尚未刊行者。高吹万,名燮(1878—1958),字时若,号吹万,江苏金山人;中年后于金山筑"闲闲山庄",藏书三十万卷,重点搜集《诗经》类著作凡八百余种。抗战甫始,山庄庋藏毁于兵火,着有《吹万楼论学书》《谈诗国风札记》《感旧漫录》《金陵游记》《吹万楼文集》。唐先生《茹经堂文集(第五编)》受录1941年所撰之《吹万楼文集序》具载

① 唐文治《诗经读本》页三,载《十三经读本》。台北:新文丰出版公司,1980年,第一册,第727页。此下引述,皆此本。

与高燮交谊始末云：

> 金山高子吹万研悦国学，与余订交二十年矣。今秋以书来曰："丁丑(1937)兵燹，寒舍荡然。最痛心者，数十万卷书悉数毁失。平居所为诗文，诗已无存，文则经门弟子写录，先事携出。敝帚自珍，请子为我叙之。"……高子性耽《诗》学，号其居曰"葩庐"，尝印余所撰《诗经大义》，辑入《葩庐丛书》，余常讲授于国学专修学校。①

如此，则可推言是书印在1939—1941年间，而唐先生云"常讲授于国学专修学校"，则比早于1941年，此可断言。再考谢鸿轩先生入读上海无锡国专分校之时间，在1934—1935年间，至1939年10月入读中央陆军官校第十六期政训科，则谢先生之收藏《诗经大义》，必定在1939年或其前刊出。如此则可断言唐先生《诗经大义》刊成于1939年。此后两年，唐先生根据此刊本授徒，故云"常讲授"也。

二、体例之综述

《诗经大义》体例井然，显示完整之诗学思路。其整体布局，叙述如下：

(一)《诗经大义自叙》要义

唐先生《诗经大义自叙》三层"答问"，开列其"诗教"论大义，以为全书理论纲领所在。

第一道开宗明义，表明张扬"孔子家法"，正本清源，从而标出曾子、子思子、孟子，而强调西汉初年之韩婴，皆得孔子教《诗》言"悟"之人格自我开发之要旨。

第二道说明选《诗》宗旨，表明继承"孔子家法"，教授后学"知类通达"，因本及末，所以全书类分为八之意义，皆在实践"诗教"。

第三道畅明"诗道"与"政道"之内在关系，说明诗足以通感人心，增强同情心与同理心，从而减轻人间之矛盾与摩擦，得以趋近"天下和平"之神圣愿景，其中更阐明诗人对时代之真切关怀，视为诗心之根本。

(二)《诗经纲要》要义

《诗经大义》立一卷"卷首"题《诗经纲要》，分别列述"孔子删《诗》""汉时传《诗》者四家""《诗序》""《诗谱》""四始""六义""《诗》有入乐不入乐之分""笙诗""《诗》概论"九项专题，乃《诗经》学之基本知识。

此就则内容，较之原收在1924年无锡施氏醒园校刻《十三经读本》之《十三经提纲》，内容远为全面、清晰与充实，《十三经提纲》继承曾国藩之阴阳刚柔之气性论，而《诗经纲要》九则乃经义之学之流变问题，足见唐先生治学，精进无已。故顺次介绍大要焉，以见学术根底所在也。

"孔子删《诗》"条，因《史记孔子世家》《汉书艺文志》及郑玄《六艺论》说明孔子整理《诗经》之事实。

"汉时传《诗》者四家"条，说明汉代鲁、齐、韩三家《诗》，并《毛诗》之源流，皆依据史传

---

① 唐文治《吹万楼文集序》辛巳(1941)，载《茹经堂文集(第五编)》卷五。

列述，并介绍自宋迄清之重要辑佚成果，未存轩轾，实事求是者也。

“《诗序》”条，首先说明历来作者所属之讨论，归结为：“大致《诗序》原出于子夏，而毛公及后经师，皆有所增益，汉人去古较近，其渊源自当可信焉。”乃自义理脉络之相承而言。其次论《诗序》之存废，引陈启源《毛诗稽古编序》之意，肯定《诗序》之作用。辞气平和，立论中肯而有据也。

“《诗谱》”条，说明郑玄本《春秋》精神著书，于“知人论事”，不可替代；复抉示孔颖达《毛诗正义》、欧阳修《诗谱补亡》保存之功，戴震《毛郑诗考正》、丁晏《郑氏诗谱考正》修补之力，而赞扬胡元仪《毛诗谱》(收录于《皇清经解续编》)之集大成，晓学者以治学之坦途也。

“四始”条，罗列四家歧说，云：“《毛诗》偏于政治，《齐诗》囿于律历。”而《韩诗》空泛，认为“当从《史记》所引《鲁诗》为有根据”，此即“《关雎》之乱以为《风》始，《鹿鸣》为《小雅》始，《文王》为《大雅》始，《清庙》为《颂》始。”

“六义”条，顺《毛诗正义》分列“风、雅、颂”与“赋、比、兴”三经三纬，既“种类”与“体例”之别，云：“风者出于里巷之歌谣”，“雅者，正也，正乐之歌也”，“颂者，宗庙之乐歌”，则三经者，不离“歌乐”也。至于体例之三纬，云：“赋者，敷陈其事而直言之。”“比者，以彼物比此物。……其词决，其旨显。”说“兴”曰：“先言他物以引起所咏之辞。”引焦循《毛诗补疏》及陈启源《毛诗稽古编》佐说，明辨性情与政教之内在关系。

“《诗》有入乐不入乐之分”条，引郑樵《通志》与顾炎武之说，指出有用诗于礼乐体系之中，已有部分诗歌如《邶》《墉》以下，“则太师所陈以观民风者耳，非宗庙燕享之所用也”。此皆通达之论。

“笙诗”条，盖指佚辞之《小雅·南陔》《白华》《华黍》《由庚》《崇丘》《由仪》，因《仪礼燕礼》笙奏起名。唐先生据《毛传》《郑笺》《孔疏》明其义，复引钱大昕云：“六诗既有篇名，则必非无辞。……夫诗有诗之次，乐有乐之次。”明“笙诗”，乃存“乐次”之义，辞则存他篇，盖以礼文为主也。

“《诗》概论”条，收录经典文献论《诗》之文十一则，自《尚书·尧典》、《礼记》、《论语》(三则)、《孟子》、《诗序》、《郑笺》、《孔疏》、《诗集传》、《日知录》，以见“诗道”之统绪，因诗之本而达诗之用。

以上九项专题所论者，以“端性情”枢纽之义，故“诗教”大义，一以贯之，纵贯整体之文明历史，乃为以下八卷之立论基础也。

三、“中和”之道

唐先生《诗经大义》之“诗教”体统，周至庞大，条理周密，而万变不离其宗，“端性情”之所以实现，今谨依据其内在义理脉络，自“中和”“王业”“立教”三面向度彰显其大义。此节通考其“中和”之义。

(一) 伦理学

先生《诗经伦理学序》云：

西国之伦理学实吾国所谓道德学，而吾国之伦理学则五伦之秩序，道德所由昉也。盖伦者序也，无人伦则天下事无序而不和，故曰天叙、曰天秩，皆出于五典，五典即五伦也。彝伦攸斁而办事有秩序者，吾未之闻也。且伦者类也，《礼记·学记》篇大成之学，贵乎“知类通达”；《孟子》言放其良心者谓之“不知类”。先儒言“声音之道与天地通”，盖声音者所以宣喜怒哀乐之节，而喜怒哀乐，人性殊焉、地质异焉，善观人伦者，移风易俗，达于类而已矣。

唐先生之言《诗经》伦理学，归本“中和”之德，此君子人格，须赖教化以养成，在乎“知类通达”，解开无知自私之精神枷锁，而至于性情开明而充满爱敬之心，是称“大成”。

先生引《宋史·乐志》载张载语“声音之道与天地通”，以开拓《礼记·学记》言“大成之学”在于“知类通达”之义，说明诗为心声，心善则声和。善乃天德，其声为德音，则知类焉，智慧得开而不愚矣。

先生推拓《礼记·中庸》所云：“喜怒哀乐之未发谓之中，发而皆中节谓之和。中也者，天下之大本也；和也者，天下之达道也。致中和，天地位焉，万物育焉。”诗之为道，因中而致和，立达由之，治国平天下，是谓大成之学。故先生言：

故吾尝谓伦理者，统性情、政治、社会、义理学之大纲，而尤以“中和”为本。……盖伦理叙，则中和之气盛而天下以治。伦理废，则中和之气乖而天下以乱。稽诸历史，毫发不爽，岂独治《诗》学者所当知哉？惟学《诗》必以是为先焉耳。

先生本历史兴亡之深刻教训，直指教化之为关键，则《诗》之所以为教，正在维持人道。和平中正，善气相感，所以成德而致治。

其选诗十六篇，乃《周南·关雎》《葛覃》《卷耳》、《召南·鹊巢》《采蘩》《采蘋》、《鄘风·柏舟》、《魏风·陟岵》、《唐风·鸨羽》、《小雅·常棣》《蓼莪》《角弓》、《大雅·烝民》、《周颂·雝》《闵予小子》、《商颂·那》，分别阐明诗篇大旨，一以贯之，皆明德性之化，为“道德政治”之基础。

说《周南·关雎》云：

圣人取《关雎》以冠三百篇首，非独以其为夫妇之始，可以风天下而厚人伦也。盖将见周家发祥之兆，自宫闱始耳。故读是《诗》者，以为咏文王、大姒也可，即以为文王、大姒之德化及民，而因以成此翔洽之风也亦无不可。此中正和平之音，周邑以为房中乐，用之乡人，用之邦国，而无不宜焉。①

谓开国成家，先正家道。家道之正，端赖夫妇同心共善，盖“中和”之德音，必自闺门之内，而“王业”实现之所由。“知类通达”，因诗而透彻理解生活世界之整体也。其评论《商

① 唐文治《诗经大义》卷一。

颂·那》云：

> 此祀成汤之乐歌也。美其乐舞，及其助祭诸侯，与其执事之臣，皆由汤孙之能将其事也。祖孙之间，精神相感，自能来格来享矣。商人尚声，声之盛，是德之盛也。汤之功德，自有《大濩》之乐，此所谓声，即《大濩》之声耳。审音以知乐，观乐而知德，非汤盛德，孰克当此？故《商颂》以《那》为首。

唐先生选《诗经》为教，以《周南·关雎》与《商颂·那》首尾关括，以明“伦理学”精义。先生所引张载“声音之道与天地通”之义，在乎精神相感，善心相应，故能超越时间与地域，通感同和，则转化暴戾杀气，斯为可期，皆性情之得正也。故继之以“性情”之问题。

（二）性情学

唐先生既然主张“端性情”，于《诗经性情学序》文开宗明义，抉示性与情之为人之根本特质，乃天赋之质量，故与天地通。正视人道，则必端视性情，教化之道，以学归仁。又云：

> 孔子曰：“《诗》之失，愚也。”然而“中和”之道曲能有成，伊古以来固有好仁而不害其为愚，且有因愚而愈显其天真者，忠孝节烈是也，而圣人必归之于中庸，故曰：“发乎情，止乎礼义。”止之者本于所养，故曰：“养其性。”又曰“养其心。”是故《诗》者性情之所发，即所以养性情之具也。

端以视之，必正以持之。持之道，在养而已。是以诗培养心性，乃积极之诗教，“中和”则为培养成熟之结果，如此则善气流行，盖“性情之相感”，足以感化天下人心。

先生选《邶风·柏舟》《绿衣》《燕燕》《谷风》《北门》、《王风·黍离》《郑风·女曰鸡鸣》、《桧风·隰有苌楚》《匪风》、《曹风·下泉》、《豳风·鸱鸮》《东山》、《小雅·小弁》《北山》《采绿》《苕之华》十六首，具论端性情之诗旨。性情之大，不离食色。男女之事，乃首要正视者。

先生评说《郑风·女曰鸡鸣》，本《诗序》言：“刺不说德也。陈古义以刺今，不说德而好色也。”唐先生更进而论曰：

> 此诗人述贤夫妇相警戒之辞。首章勉夫以勤劳，次章宜家以和乐，三章则佐夫以亲贤乐善而成其德，妇职于是乎尽矣。“中正和乐”之音，堪与《关雎》《葛覃》鼎足而三。《郑风》得此，可谓中流砥柱也已。

“中正和乐”之正面意义，首先体现于家道之正，皆足见男女端庄之意义。

进而言之，则为君臣之道义相属，唐先生评《豳风·鸱鸮》云：

> 周公之诛管、蔡，周公之不得已也，既伤且悔，引咎自责。首章追念文考文母恩

> 勤养子之艰，不图天伦构变，无道善全。次章望成王于未毁之先，同心图政，内疑既释，外患自消。三四两章历述己之劳瘁，以王室新造，多难迭乘，哀鸣自诉，以冀感动王心。哓音瘏口，不忍卒读，至性至情，感人者深已。

此周公为公室而鞠躬尽瘁之正志深情，唐先生云："哀鸣自诉，以冀感动王心。"盖谓意存忠厚，洵孔子所言："君子无终食之间违仁，造次必于是，颠沛必于是。"此所谓"至性至情"，贞固不回，卒保周室而至大治。论《诗经》之性情学，必以此为典范，下所论"政治""王业"，方为实在之"道德政治"也。

四、"王业"之义

王业乃治世之功，仁政之实践，在乎为政者之用心之是否端正。生于其心，害于其政。则诗人讥刺，意在救世，而明君俯察民情，顺民之所欲而导之以德，则民心悦乐而天下和平。诗教之于政教与社会，可谓大矣！

（一）政治学

唐先生本持正之义期望于在位临民者，故视《诗》之美刺，非徒个体特殊之行径，乃有戒于后世今日，盖"诗教"所以立人道，此万世之常经，超越之意义也。先生云：

> 吾夫子删《诗》之旨，岂独鉴于有周哉？盖诗者持也，政者正也，持之以正也。善者劝之，非专为个人劝也，所以劝今之人也；恶者惩之，非专为个人惩也，所以惩今之人也。且美者未必其美也，刺者乃正所以为刺也，亦非专为个人美刺也，所以戒今之人也。

读《鸿雁》而知民族之哀鸣嗷嗷也，读《硕鼠》而知民情之将适乐国也，读《大东》而知民生之杼轴其空也，读《正月》《雨无正》《苌楚》《苕华》而知民心之不乐其生也。呜呼！政治至此，尚忍言哉！极目千里，"何草不黄"矣？多难万方，"何人不将"矣？世变如斯，吾请与之读《诗》。

此序感慨淋漓。为政者若民之父母，保民养民乃本义，则聆听民族之集体心声，理解民情，所谓"美"与"刺"，皆集体反应。美者颂扬德政，固然可喜；而"刺"者乃药疗弊政，民心尚存好转之期盼，在上者自应反躬得失，而寻求纾解民困之方，以拯救百姓于水深火热之中，以解民于倒悬之苦，如此方得以名民之父母。唐先生倡导"诗教"，乃出于为民请命之内在道义与责任，有感于苦难时代种种难堪之乱象，透露其关怀时代之笃切，实典型儒者之用心也。

唐先生选释《小雅・鹿鸣》《皇华》《天保》《菁莪》《鸿雁》《节南山》、《大雅・绵》《棫朴》《卷阿》《板》《荡》《召旻》、《鲁颂・泮水》、《商颂・玄鸟》《长发》《殷武》等十六篇，具说诗旨，皆痛乎言之，盖借以托怀。

其释《大雅・荡》诗旨，顾复而言曰：

> 贤才者国家之根本,道德者又君心之根本,根本既坏,不亡何待,殷之鉴夏,即周之鉴殷,历述祖训,词严义正,陈古刺今,惓惓忠爱之意也。

“道德”实在指君德,此政治之常经,不可失者。故释《大雅·召旻》诗旨,复痛言之云:

> 此诗居《变雅》之终,而第七章又居此诗之终,尤可痛心,盖自古亡国败家者,皆由于废旧道德也,岂非千古之殷鉴哉!

道德不存,则亡国破家相随属,《变雅》存心忠厚,提示为政之要义也。此孔子所言“为政以德”,政者治世之道也,而唐先生之以道德为政治兴衰关键,乃发扬孔子之意。则所谓“孔子家法”,非徒在读诗方法上着墨焉,其中自存在唐先生身处“反传统”“打倒孔家店”“反礼教”等狂躁之随便迁怒与抹杀传统文化之时代语境,深期能挽救时难于万一也,故言“由于废旧道德者”,绝非泛泛而论者也。足见唐先生之主持诗教,正举世汹汹而独清独醒之风骨士之高操。

唐先生说政治,重在“正”义。诗者正也,正者持也,持正者在人心世道之心术,尤其在为政者之道德自觉。先生关怀时代之切,更期之以“拨乱反正”之意,所以“正民心,救民命”,则诗之用世,首在正治也。治之可正,端在乎“君德”之存也,而“社会”之集体道德自觉,则上下同心同德,相辅相成焉。故续言《诗经》之社会学,以为政治学之继。

(二)社会学

政治从为政者角度言,社会则从整体之民风言。社会乃组织之通名,文明显示于其中,道德体现其作用。于新立之共和政体而论,百姓具有参政议政之权利,民风之影响,与处上位者之心术,同样作用于政治。此唐先生熟识政治与时代之变迁与其互动,故从根本处提点文明社会建立之关键,乃在提升社会道德,其中明辨是非善恶,乃社会道德之基本。先生云:

> 是非善恶、清浊贤奸,乃社会之大关键也。国家兴废存亡之故,由社会造成之;人心邪正良莠之几,亦由社会造成之。社会中,是非明、善恶判、激浊而扬清、尚贤而黜奸,国未有不治者;社会中,是非暗、善恶昧、一清而百浊、进奸而退贤,国未有不乱者;此阴阳消长之原,毫发不爽者也。

表明社会乃须道德意志之集体自觉与实践,即明辨是非黑白之道德判断,体现于尚贤黜奸之集体选择,则能成就“道德政治”,安康和平,由此而出。集体道德陷溺,自私自利,则“杀机”日显,甚一发不可收拾,整个社会乃成罪恶之温床,败坏之场所,失德之甚,至于戕害文明,破国亡家,恶果自受。故先生视之为“阴阳消长之原”也。

其释《邶风·简兮》、《卫风·考盘》、《郑风·缁衣》《风雨》、《魏风·伐檀》、《秦风·蒹葭》、《小雅·伐木》《白驹》《黄鸟》《巷伯》《頍弁》《都人士》等十二首诗之旨,一以贯之,皆就“德”与“位”两者见义。

说《郑风·风雨》诗旨，先生引唐太宗《赐萧瑀》诗句“疾风知劲草，《板》《荡》识诚臣”句，以明道德操守，必须在社会变化之环境经受考验，方能见高下与真伪，云：

> 风雨为阴气所凝，以比乱世，如“北风其凉”之意，由凄凄而潇潇而如晦，世变日甚一日，懔然其晦蒙否塞矣。雄鸡一鸣，伏阳震动而出，此剥极而复之机，君子身处乱世，不改常度，一旦得位乘时，转乱为治，而诗人忧乱之心已平，忧乱之疾已愈，渐有欢乐之气象矣。

先生指出“君子身处乱世，不改常度”，而君子之所以为君子，不徒自洁，尚须具备时代之责任感，所谓“忧世之心”，于是得志则与民同之，善化社会，乃义不容辞之神圣事业，先生遂谓：“一旦得位乘时，转乱为治。”此其释《郑风·风雨》切切之旨意，篇期盼社会康乐、民风和善之地步。

先生之以“社会学”言《诗》，实从民情风俗之角度言之。其综《黄鸟》之旨，具表此心意，云：

> 先王以“孝友睦姻任恤”六行教民，民风以厚。宣王末年，世衰道微，官师失职，民风偷薄，诗人所咏，民适异国，不得其所。首章言此邦之人不以善道相与。次章言此邦之人昏昧无知，不足与论休戚相关缓急相通之义。末章言此邦之人不以诚意待物，有强凌弱众暴寡之势，而不能与之相安矣，于是思归故国。首言复我邦族，中言复我诸兄，末言复我诸父，人情困苦之极，则愈益思其亲者焉。人情浇薄，到处相同，走尽天涯，不如宗国，吁！可慨已。

盖民风之厚薄善恶，就正常之情况言，乃视人君德行高下，与及教化之能否普行。及至近代已来，祸乱相寻，民人流离迁徙，生计之压力既重，教化无施，人情浇薄，迨又变本加厉焉。先生曾周行天下，体验非比寻常，但见四海同此歪风，遂出此无奈之叹也。救民于战乱与水火中，止社会之乱，安百姓之生，则为救时治本之先务焉，拨乱反正，莫逾于此，故继之以农政，务本之学也。

（三）农事学

农政乃谓“民事”之重者。百姓之流离，乃极度不安之社会所致，而以农立国之华夏，长期忽略农政，更且争民施夺，战乱不已，先生为此痛哭流涕而陈之，于《诗经农政学序》为民请命，曰：

> 降及后世，“终岁勤动，不得养其父母”者，非农民乎？横征苛税，弃产卖妻，散而之四方者，非农民乎？“大兵之后，必有凶年”，铤而走险，迫胁而为盗贼者，非农民乎？“中田有庐，馌彼南亩。”以熙熙皞皞之天真，变而为首疾蹙頞无告之穷民，又何其苦也！

昔日安康熙乐之农人，今时沦为苦极无告之“穷民”，则“民事”之为要务，实在急不容援。

农事有成，民得足食，而足兵继之，教化成之，治之所由生也。故先生述《豳风·七月》、《小雅·信南山》《甫田》《大田》、《大雅·生民》、《周颂·载芟》六诗之诗旨，不离此养民之旨。其说《豳风·七月》曰：

> 通篇大旨，仰观星日霜露之变，俯察昆虫草木之化，以知天时，以授民事，女服事乎内，男服事乎外，上以诚爱下，下以忠事上，父父子子夫夫妇妇，养老而慈幼，食力而助弱，其祭祀也时，其燕飨也节，雍雍乎盛世之风也。

此农政大通而上下悦乐无间之盛治情状。善乎干宝《晋纪总论》云：

> 及周公遭变，陈后稷先公风化之所由，致王业之艰难者，则皆农夫女工衣食之事也。

此乃先生挚友曹元弼先生收录于所辑《经学文钞》者，乃先生亟劝无锡国专学子精读之书，干宝之言，洵足佐明农政之为王业、王道之根本者。足食乃王业始基，足兵所以守土，皆王业焉，故继之以“军事学”。

（四）军事学

先生本周文王之文德，陈说《诗》言军事之重旨。于《诗经军事学序》四笔慨叹言“岂尚武哉”，可见其对于武事之敏锐与关注，盖先生生于于战乱相寻之苦难时代，瞩目皆惊心，至于兵戈不息，生民之痛，更迈越前代，以先生悲悯之深，读《诗》而知人论世，诗言军事，自必极为关注，而寄盼王业之精神，自必以武王以武定乱为典范，期平定乎久远。故引《国语》载祭公谏征犬戎云：“先王耀德不观兵。”彰明“兵者不得已而用之者也”之正义。先生更痛陈“末世”用兵之惨状曰：

> 若夫末世之用兵，则大异乎是。逍遥河上之师，不与戊申之怨①；念彼共人之涕零，犹其小焉者也。甚者空民杼柚，离民室家，掷千万人之命，以快一己之欲；奇兵异于仁义，王道迂而莫为。如幽王之世，“山川悠远，维其劳矣，武人东征，不遑朝矣”②。故《苕华》之诗曰：“知我如此，不如无生。”③当是时也，百姓求生不能、求死不得，盖有目不忍睹、耳不忍闻者矣。春秋时，五霸迭兴，争地争城，杀人盈野，无义战而《诗》遂亡，岂不痛哉！《老子》曰：“战胜以丧礼处之。”《孟子》曰：“善战者服上刑。”“殃民不容于尧舜之世。”呜呼！彼其饮至策勋之酒，无非万里朱殷之血；而其金鼓奏凯之音，无非万民号哭之声。天地之大德曰生，生人之大恶曰死。后世之颂武功者，当激发

① “戊申之怨”指弑君之祸，出《春秋·隐公四年》经文：“戊申，卫州吁弑其君完。”

② 《诗·小雅·渐渐之石》句。

③ 《诗·小雅·苕之华》句。

> 其恻隐之心也。“予怀明德，不大声以色，不长夏以革。”[①]微周文，吾谁与归？述《诗经》军事学。

此序声色俱厉，沥血输诚，全在为民请命。起笔刻意点出“末世”，则笔下所叙，乃递降而下之及身，言非虚作，事在目前，皆强兵混战，山河浴血，草菅人命，万民号哭。此当道私心作祟而致，苟读《诗》以激发其“恻隐之心”，良知不泯，则庶或可稍息民困兵凶。

是以先生阐释《郑风·大叔》《清人》、《唐风·扬之水》、《秦风·小戎》、《小雅·采薇》《杕杜》《六月》《采芑》《车攻》《渐渐之石》《何草不黄》、《大雅·大明》《文王有声》《江汉》《常武》凡十五首之诗旨，意在于斯，皆在提点读者体恤民困，以义师行道。评论《小雅·杕杜》篇意，在能“曲体人情以慰劳之”。评论《小雅·六月》篇旨，赞颂周宣王用人得宜，将士用命，战术得当，而尤可为后世法者，乃意不在杀：

> 不事穷追，不勤远略。吉甫之老成持重，决非后世穷兵黩武者所可比也。宜乎文德武功，万邦取法矣。末章奏凯还朝，策勋饮至，而同志诸友，特举孝友之张仲，见取友必端，移孝以作忠，移友以顺上，以孝友立文武之本源。宣王之选将任贤，得人称盛，遂以启中兴之基已。

则《小雅·六月》，所记乃义战之典范，足戒穷兵黩武者。之所以称义战者，乃一本孝友之纯德，以就成文功武德，故宣王中兴之业得遂也。

至于反其道而行之者，若《小雅·何草不黄》，《诗序》云：“《何草不黄》，下国刺幽王也。四夷交侵，中国背叛，用兵不息，视民如禽兽，君子忧之。故作是诗也。”意义已明显，而唐先生更深论其诗旨曰：

> 此诗伤征役不息，民生劳苦，上之人视之与禽兽无异，周室将亡之兆也。……栈车周道，终岁不息，可哀孰甚。《易·坤》之上六曰：“龙战于野，其血玄黄。”阴盛阳消，世运告终，王泽已竭，西周亡而东周弱，此诗所以殿《小雅》之终也。

先生谓诗人笔下，显示“上之人”轻贱民命，驱遣士卒“禽兽无异”，歹毒之心，必自受其殃，周室王业一去不返，乃王泽自竭之关键。

透过正反两面比对，义理昭然，是否爱民，此为消息。苟行王道，民得安保，生息自繁，进之则施教，否则失教，上无礼，下无学，则百姓相率为奸，亦“禽兽无异”也。以故继之以文教之义，裁成人道之义也。

五、“立教”之理

诗教之旨，先生本理一分殊之义，就“人性”之欲与理而综纳人伦道德之原则于“义

---

① 《诗·大雅·皇矣》句。

理”，视之为“伦理”之宗要。“义理”纯乎其纯，引导人性之归向伦理。先生于《诗经义理学序》开宗明义云：

> 人生而静，天之性也；感于物而动，性之欲也。有欲当以理克之，故伦理根于性，义理亦出于性。然则伦理与义理，奚以别之哉？曰：伦理散见于伦常日用之际，义理体察于身心性命之微，一内而一外。本义理以度伦理，理虽一而分则殊也。自其溯于天命者言之，《易传》曰：“一阴一阳之谓道，继之者善也，成之者性也。”《烝民》之诗则曰：“天生烝民，有物有则；民之秉彝，好是懿德。”“物”者属于质而为阴，“则”者属于理而为阳。孔子曰：“为此诗者，其知道乎？”即一阴一阳之道也，故孟子引之为性善之征。

此义理具言之，乃为天赋之品质，是为“天则”，乃大共之原则，于孟子直指人性之善征。诗教之为理，乃所以克欲而复性之善德。如此，祥和之德性从之而出，方足以开出万世太平之真景。故义理之存乃纯德善征之着，而非抽象与推演之空洞理论，而必落实于实行焉，此先生论诗教之精义所在也。故先生曰：

> 自其着于德本者言之则为孝，《卷阿》诗所谓“有孝有德”，必归于“俾尔弥尔性”是也。自其修于学问者言之则为敬，汤之“圣敬日跻”、文王之“缉熙敬止”、周公之戒成王“敬之敬之，天惟显思”是也。周公之言为圣学之入门，而汤、文之德则为圣功之大效。《文王》诗言“聿修厥德”、《大明》诗言“厥德不回”而《皇矣》诗则畅言“明德”①。明明德者，《大学》之纲维，而明本心之要旨也。千古义理之学，萌柢于此矣。

此自教育之义言之，“大学”之教所以成德，此德不外孝心与敬意，乃人之所以为人之善良质性，而《诗》旨皆在明善张德，三百篇未有任何一篇诲淫诲盗而促使人为恶行者也，以之为教，则善德可长，而阴恶自消，中和之音，发乎至善。此至善之理，本原天德，由然而生。《诗》文所流露者，自非一定规律与法则。先生云：

> 然《诗》学之精微，贵乎闳通，而无取乎拘泥。观孔子《系辞传》释《易》二十一爻，无一定之象，亦无一定之理。宇宙间形形色色，无非义理所积而成，《易》言其大德之敦化，而《诗》则综其小德之川流，如《论语》《大学》《中庸》所引，吾既于自序言之矣。《孝经·开宗明义章》引《诗》“无念尔祖”，《五孝章》亦均引《诗》以垂训，《事君章》引《诗》“心乎爱矣”“中心藏之，何日忘之”，此经也，实传体也，传者传其义理也。孟子论政治，莫不引《诗》，如《仁则荣章》引《诗》“永言配命”，而《爱人不亲章》亦引之；《离娄》篇引《诗》“率由旧章”“逝不以濯”“载胥及溺”，亦皆传体也。其义理之精湛为何

---

① 《诗·大雅·皇矣》二、四、七章言明德，第四章反复言之曰：“维此王季，帝度其心；貊其德音。其德克明，克明克类，克长克君。王此大邦，克顺克比。”故唐先生如此云云。

如夫？《易》之道广矣大矣！以言乎天地之间则备矣。吾谓《诗》之旨微矣妙矣！以言乎天地间之义理亦悉矣。

唐先生本《礼记·中庸》语云："万物并育而不相害，道并行而不相悖，小德川流，大德敦化。此天地之所以为大也。"以川流敦化之纯德，期许诗教之活跃人生，实现生生自由之德。是《诗》之义理，所以美善兼备而永存于天下，亦人道之永存而可期也。

本此"生生之德"为念之义理品格，先生彰显《卫风·淇奥》、《小雅·小宛》《宾之初筵》《大雅·文王》、《思齐》《抑》、《周颂·访落》《敬之》《小毖》、《鲁颂·駉》等十篇诗旨，皆不离知德之要。其评论《卫风·淇奥》卫武公"有文章，又能听其规谏，以礼自防"云：

> 武公初年篡弑，晚成圣德。英雄圣贤，固一转念哉。

一念之自觉，唯在改过自新，成德成圣，此生命上达之内在动力，唐先生以为《卫风·淇奥》义理所在，置诸四海而皆准。其评论《大雅·文王》，突出此诗为"圣王之心法"云：

> 后世之有国家者，求福求祸之界，在敬与肆而已。

进而说明"转念"所向，在敬之为心。若徒肆物欲，以人君之无限权力，肆意于无限之物欲，必置天下不顾而残民自肥，如此则生生道绝，而覆亡之为必然。评论《周颂·访落》云：

> 圣君知为君之难，学术与事功，交相惕厉，始见圣敬之日跻，而王业可成也欤！

人君之道德自觉而履行，则圣敬日跻而王业得成，其间关键，在此一转念之际，乃建基于实在之磨炼，此磨炼端在二途，其一在学术之通明，其二在立事建功之为念，两脉并汇，强化与端正专念之进向，方能克制怠惰而积极奋发，"端性情"则奋发上达，王业方成。此《诗》义理之至正大者也，既开此门，则务必持而守之，笃而行之。其评论《鲁颂·駉》，则彰"秉心"之义云：

> 国君之富在马。鲁僖攻牧，以诚心行之，篇中一则曰思无疆，再则曰思无期，三则曰思无斁，四则曰思无邪。其秉心塞渊，较诸卫文公之徙，居楚邱而騋牝，致三千之盛，过之无不及焉。噫！人心之奔逸犹之马也，以"无邪"二字为之御勒，即此可以见道。牧马云乎哉！

持之以诚，行之以笃，秉心养术，自免"无邪"，则大义宗归孔子"思无邪"，所谓见道也。唐先生以此诗见道，盖《诗序》言：

《驷》，颂僖公也。僖公能遵伯禽之法，俭以足用，宽以爱民，务农重谷。牧于坰野，鲁人尊之。于是季孙行父请命于周，而史克作是颂。

诗之义理，均体现于鲁僖公之政绩，不离爱民与重农，故唐先生以《驷》压阵，曲终奏雅也。无邪者，立诚之进向也。诗教义理归之无邪，则孔子修辞立诚之理，乃继之而述焉。

唐先生《诗经修辞学序》云：

宣尼家法，修辞立诚，诚之为义大矣哉！《诗》道性情，允矣诚之为贵。故四始六义，无取纷华。……是则修辞之本原，必有其思无邪，而其风肆好①者。昔吾先正，言明且清②；后之君子，尚有典型③，亶其然乎？

盖文如其人，修辞之本源在心术，则义理之为心术之呈现，则中和之德，至诚而出，和顺积中，歌咏外发，典范自存。文章诗道，豁然大明。自此人心感奋，皆思爱敬，兴作成德，相生相养，及于相保，则诗兴之启发善意，性情端正，而王道之本也。故唐先生释《鲁颂·閟宫》"僖公能复周公之宇"(《诗序》)之意义云：

诗人之论，自源徂流，故虽颂鲁僖，而上及乎后稷、太王、文、武、周公之事，明其源本之所自出也。因成王赐周公以天子礼乐，故遂以夏正孟春郊祀上帝而以后稷配之，然非礼矣。鲁人据实颂之，夫子因旧存之，岂非《春秋》据事直书而善恶自见之旨哉？至膺戎狄，惩荆舒，荒大东，荒徐宅，至于海邦。淮夷蛮貊，及彼南夷，莫不率从，在僖公俱无其事，而诗人言之，孔子取之，亦曰："此出于民之归美其君之义耳。"班、扬盛业，韩、柳瑰辞，其权舆于此乎？此非独周礼在鲁，将郁郁之文，亦在鲁矣！此所以系之"修辞类"之终也欤！

明一本爱敬之心以"推美"仁君，中和之德盛著，遂开启汉、唐盛世文学事业。于王道仁政，无限向往之怀，则文学之为道术，抚平时代之伤痛之余，更策励天下共进仁亲和平，唐先生于诗教寄托之深远，拯乱救时，重振国威而文治再造之怀，溢于言表矣。

六、结　　论

以上唐先生于1939年刊出之《诗经大义》，其诗教之论，乃趋向民智之启导。此本经世原则为拓充传统经教观念，实中国学术史上之重要创发。

"诗教"之为孔子教《诗》之要义，"诗教"之诗乃具指《诗三百》，此《诗三百》乃周诗之总集，其意义因孔子立教而开出。司马迁《史记·孔子世家》云：

① 《诗·大雅·崧高》云："吉甫作诵，其诗孔硕，其风肆好，以赠申伯。"

② 《礼记·缁衣》云："《诗》云：昔吾有先正，其言明且清。"原诗已亡佚。

③ 《诗·大雅·荡》句。

> 孔子之时，周室微而礼乐废，《诗》《书》缺。……古者诗三千余篇，及至孔子，去其重，取可施于礼义，上采契、后稷，中述殷、周之盛，至幽、厉之缺，始于衽席，故曰："《关雎》之乱以为《风》始，《鹿鸣》为《小雅》始，《文王》为《大雅》始，《清庙》为《颂》始。"《三百五篇》孔子皆弦歌之，以求合《韶》《武》《雅》《颂》之音，礼乐自此可得而述，以备王道，成六艺。

故从教化角度理解，此华夏至高尚之诗学，必自孔子始。孔子教人而论《诗》，非为论《诗》而教《诗》；教人以《诗》之正义，启发民情，端庄民志，非空说《诗》文。此本末轻重，亦必须厘清者，唐先生深明此义。

《礼记·经解》言："孔子曰：入其国，其教可知也。其为人也，温柔敦厚，诗教也。"足见"诗教"善化社会上下气质之重要，而其具体体现于文明而亲和之共同质量，是为"温柔敦厚"。但一事两面，单单"温柔敦厚"，还嫌不足，因为仁之与智，相辅相成，缺一不可，故《经解》续引孔子言："其为人也，温柔敦厚而不愚，则深于诗者也。""不愚"虽不能等同智，唯智者必"不愚"，可断言者。"温柔敦厚"乃性情之善；"不愚"为智慧之反应。然则，诗教向度，不离性情与智慧之开启，人道之根本大义因以奠定，此唐先生《诗经大义》义理之学之两大向度，所以启发民情与开导民智，双轨并行，自存救偏补弊之深意也。

故"诗教"之进向，乃所以"淑世"，非复空抒一己之得失哀乐，因"风"及"雅"而至"颂"，人道之必面向天下苍生之关怀，故《经解》继引孔子云："天子者，与天地参，故德配天地，兼利万物；与日月并明，明照四海而不遗微小。"如此立说，乃本一理想之"天子"人格，为大成之典范，既是圣王之道，与天地合德，而共进于至善至美。此诗之为"道"，乃奠定二千年诗学之最高标准，无以尚之，乃研治中国文论所必须正视者也。唐先生《诗经大义》聚焦"王业"，融贯《诗》《书》《礼》之义理，纳修、齐、治、平于诗教之视野与目标，融摄《中庸》"致中和"之理，诗道之"中和"为实现之途，因以救世，乃经学"王道"义之全新阐释。

中国文学观念与理论之形成，与"总集"共存。就"诗"之一面而论，更属典型。《诗经》三百篇定型以后，孔子本之以施行教化，"因材施教"，启迪后学，从而接通心灵，拓张同理心，因得以开解眼下之疑惑，而超越个人哀乐之情绪波动，渐进于高明，因"风"及"雅"而至"颂"，张开整个精神世界，上下与天地同流，德合天地，神明俊朗。如此，"诗"之为教，意义之大，非徒所谓"书写技术"之工具意识可以比量矣。故"诗教"者，实开发性情之大端，其意义在过程自身，此过程乃文明之所以递进，明通人道之自觉之关键。实事求是，通过"集"而"教"而及于"义"与"道"，以身体力行之角度，亲切体会孔子"诗教"之精义者，古来多有，至于 20 世纪，在新体制之中依然独任承传"诗教"之神圣责任者，就今存文献所及，必以唐文治先生之《诗经大义》所提出之"孔子家法"为表率，故敬述焉，以见道统之传，未尝一日断绝也。

正视《诗经》开出之"诗教"传统，返本归根，活化其中义涵，于中国文学理论之建设，进而强化文化生命力，实责无旁贷。

[**作者简介**] 邓国光，澳门大学中文系教授，博士生导师。

《民国日报》中的报刊诗话创作*

李德强

［摘　要］《民国日报》是近代报纸中的重要媒介，在政治上，它具有明显反袁倾向，在诗学批评上，也刊载了30多种诗话作品。故《民国日报》的诗话理论和文献资料丰富，宋诗派与唐诗派诗话的刊载与传播，以及"艺文盾"诗论的刊载等，都从诗学批评高度反映了1916年前后近代诗坛的发展与嬗变情况，具有很高的文学与史学价值。

［关键词］　宋诗派　宗唐派　艺文盾

民国成立后，报刊事业有了突飞猛进的发展，但也很快受到了沉重打击。民国四年(1915)袁世凯准备称帝，孙中山发表讨袁宣言，组织护国运动。民国五年(1916)1月22日，以讨袁为主旨的《民国日报》①在上海创刊。该报创始人是中华革命党总务部长陈其美，主编邵力子、叶楚伧等，主要撰稿人有戴季陶、沈玄庐等。该报除刊载全国各地讨袁斗争的消息外，还设有"来电""专论""要电""时评""快风"等专栏。因其明显反袁倾向，都被扣以"逆报"的帽子遭到查封。此时期，立宪派领袖人物梁启超撰也写一篇反对复辟帝制的《异哉所谓国体问题者》，袁世凯派人送去20万元请他不要发表，被梁启超拒绝。这篇文章还是在《大中华》杂志发表，各报争相转载，影响很大。同年6月，袁世凯病死，帝制梦最终破灭。7月6日至8日，北京内务部通知各省区，前所查禁上海的《民国日报》《中华新报》《时事新报》《共和新报》《中华革新报》《中国白话报》等报刊，应予解禁。总理段祺瑞与内务总长许世英也认为："报律系订自前清，尤不宜于共和国体，应暂持放任主义，俟将来查看情况再定办法。"②这给《民国日报》的发展重新带来了生机。据方汉奇统计："到1916年年底，全国共有报纸二百八十九种，比前一年增加了百分之八十五。"③《中

* 本文系国家社科基金重大项目"民国话体文学批评与研究"(15&ZDB079)、上海市高校青年教师培养资助计划"近代报刊诗话发展小史"(N.37-0102-14-201)的阶段性成果。

① 《民国日报》有3种存世：除上海《民国日报》外，还有《广州民国日报》(创刊于1923年6月，首任社长兼编辑主任孙仲瑛，营业部主任叶健夫，编辑有吴荣新、甘乃光、汤澄波、黄鸣一，主要内容有评论、大元帅令、本报专电、东方通讯社电、特别记载、本省要闻、小言、本省新闻、本市新闻、各属新闻、琐闻、中外要闻、外国通讯、译闻等。)和《汉口民国日报》(创刊于1926年11月25日，报社经理是董必武，宛希俨、高语罕、沈雁冰等人先后担任总编辑。)本文的《民国日报》，专指上海《民国日报》。

② 《国会与报界责任》，《申报》，1916年7月22日。

③ 方汉奇《中国近代报刊史》，太原：山西教育出版社，1981年，第726页。

华新报》《时事新报》《民国日报》《共和新报》等重新获得生机，也带来了相当数量的报刊诗话的刊载。

据笔者统计，民国五年(1916)至民国八年(1919)间，《民国日报》共刊载32种报刊诗话及“艺文屑”诗论(为独立的短篇诗论)1种，大部分是南社文人的诗话，①从中也可见其创作情况之一斑。

一、《民国日报》中的宋诗派诗学批评阐述

宗宋诗派一直是清末民初重要的文学力量，在《民国日报》中刊载的诗话很大一部分是宋派诗人作品，像蒋湘君、闻宥、姚鹓雏、叶楚伧、成舍我等都以宋派诗为学习对象，并在其《诗话》中阐述各自诗学批评理论。

(一) 蒋湘君的诗话创作

蒋氏论诗主要有三个方面内容。第一，诗学须以北宋为宗，又出唐入宋，反对强分派别。《赭玉尺楼诗话》第一条自述其学诗途径：“诗初入北宋，酷嗜宛陵、后山、荆公三家而微不满东坡，至是复稍变其蹊径，甚喜为飞卿、牧之。”②即其诗学以梅尧臣、陈师道、王安石三家为主要学习对象，并由宋入唐，上至魏晋，而兼收并蓄。对于这种诗学门径，蒋氏此后有更为详细的阐释：

> 余十八以后，始为北宋。二十时，稍稍读晚唐人集及龚定庵，嗣后，颇出入泛滥魏晋、唐宋及清初各家。顾特嗜海藏楼、散园精舍两家，时时讽诵，因以上窥半山、山谷、简斋、后山、宛陵、东野。故余于诗实为逆入，功力不深，无足自喜者，侪辈颇以能作北宋相推，实无当也。

“实为逆入”云云，则足见蒋氏取法甚宽。宗法北宋，又不局于宋诗派，且旁及各家，也使其能融通唐宋，不斤斤陷于狭隘的门户中。因此，他在宋派诗风中能提出“唐、宋初无二致，特学宋人者较刻露。”故其能入其内、又能出其外地看待唐宋诗的不同风格。他在诗话中特别指出：

> 近日言诗，仅曰神韵、气势而已，仅曰含浑、刻露而已，仅曰新陈而已。余谓：东野最近后山，柳州最近荆山，则一唐、一宋，亦何别焉？山谷排戛，义山瑰玮，诗人之言曰“山谷学义山，蹊径胡自焉?”由是言之，诗不界唐、宋，确然无疑也。

诗不界唐宋，也是《赭玉尺楼诗话》强调的诗论观。显然，蒋湘君主张从相互联系中分析

---

① 如姚鹓雏诗话2种：《宋诗讲习记》《懒簃杂缀》；成舍我诗话2种：《天问庐诗话》《论诗》；闻宥诗话5种：《悃簃诗话》《推仔第二楼诗话》《千叶莲花室诗话》《答亚子》《春笑轩拉杂话》；柳亚子诗话5种：《质野鹤》《再质野鹤》《质朱鸳雏》《磨剑室拉杂话》《三斥朱玺》；叶楚伧诗话2种：《为吾友解纷》《读杜随笔》；余其锵诗话2种：《不平则鸣》《辟王无为》；周斌诗话1种：《妙员轩诗话》；高基诗话1种：《致爽轩诗话》；蒋湘君诗话1种：《赭玉尺楼诗话》；朱鸳雏诗话1种：《平诗》；胡怀琛诗话1种：《波罗奢馆诗话》；庞树柏诗话1种：《褒香簃诗词丛话》等。

② 《民国日报》，1916年1月22日—1917年9月8日。以下未标明出处者，均出自此处。

诗人的诗学倾向，而非在相互割裂中进行人为的朝代限定，表现出较为豁达的诗学思想路。实际上，蒋湘君的同学王筱香诗学中盛唐，周公阜瓣香吴伟业，都不鄙薄宋诗，同样有宽泛的诗论观，他们的相互切磋，也具有交互性影响。故而，他认为诗由心生，无关派别："闻见观摩，有所偏入，所作近似，即作者亦不自知为某诗、某派者，固非即谓某诗，必非某派。"进而对近代诗坛徒趋声气、模效割袭之能事也异常反感。正因如此，他对宗法中晚唐的诗人吴虞也颇为激赏，以其诗有"清超绵丽，尽脱恒蹊"之叹，故未囿于门户偏见。

第二，尊学问、尚气节，提倡学人之诗与诗人之诗的结合。尊学问、尚气节是宋诗派人的普遍诗学倾向，蒋湘君的诗论也不出其右。他在《赭玉尺楼诗话》中，把诗品与人品联系起来(这不仅是宗宋派所独倡)，尊崇朱之瑜、傅山等遗民诗人，歌颂彼时革命健将汪精卫等。反之，对于投靠袁世凯政府的樊增祥不齿，竟至于痛骂为快。另一方面，他重视学问，也对近代诗歌剥垢削肤，而掩盖性情倾向大为不满，不但指出"才大，则病在泛滥而易；杂书卷多，则病在据书袋"，又主张"大抵诗之高下，其大别在气韵"的论断。正是这种学人之诗与诗人之诗的结合，也使得他继而推尊宋派诗歌中的杜甫崇派现象。蒋湘君指出：

> 吴玉春《小鹿樵室诗话》(笔者按：此篇诗话刊载于《申报》)谓：吾治诗以少陵为宗，此何敢承也。少陵于诗如百川之有海，千山之有岳，不独不磅礴浩瀚，无体不包。继往古，开来今，为秦汉以后，至于六朝，唐以后至于今，兹此两时代中间之倚天长剑，为之制割而创造者也。此其如诗史，如何等位置？后生来学，乌得妄曰宗。元王介甫曰："太白歌诗，豪荡飘逸，人固莫及，然其体止于此而已，不知变也。至于子美，则悲欢穷泰，发敛抑扬，急徐纵横，无旋不可。所以光敛前人，而后来者无继也。"此子美包举各体之说也；元裕之曰："子美诗如元气淋漓，随物赋形，如三江五湖，合而为海，如祥风庆云，千变万化。九经百民，音润于其笔端，……故谓杜诗无一字无来处，可也；谓杜诗不从古人来，亦可也。"此杜诗继古开今之说也。

蒋氏把杜诗看作包举各体，继古开今的典范之作，又指出"子美集中，贺奇、同癖、郊寒、岛瘦、元轻、白俗无所不有"，甚至于"求国风忠厚之元音，湘垒行吟之正法，哀而不伤，怨而不怒者，少陵一人而已"，把杜甫完全当作古代诗学领域的最高峰，这与他重学问，也不废性情的诗论观是一致的。与之相对，他对性灵派"手滑之病"予以痛抵，甚至认为《随园诗话》乃"诗道之贼也"，同样对于善学袁枚的高燮诗颇多微词，体现出更重学问之倾向。

第三，以精炼求不俗，善于对前人及同辈诗歌以精要评论。蒋湘君力求歌的厚重，以为"不俗"之力。想要达到学人之诗与诗人之诗的融合。既不能妄自菲薄，又不可陷于掉书袋中。要做到这点，必须要具备两个条件：有胸襟和细推求新。因而，他对林旭诗的遒劲、叶楚伧诗的沉雄、潘飞声诗的清俊、郭绍虞诗的清雅、朱鸳雏诗的香艳、陈三立诗的险怪都报以欣赏的眼光，充分体现出了作者的功力和个性，体现出他以精炼求不俗的论诗法门。

不仅如此，蒋湘君善于以生动形象，对他人诗歌作精要评论，如其云：

王渔洋如少妇明妆，微现羞涩；赵秋谷如长安游侠儿，锦鞯银络豪气未除；黄仲则如病鹤□□，未损高洁；洪北江如幽燕壮士，力举千钧；张船山如邯郸名剑客，吐气成虹；李莼客（慈铭）如诗礼旧家，犹存彝鼎；袁爽秋如名僧讲坐，时吐法言；邓弥之如元酒太羹，故有至味；樊云门如小家碧玉，口角尖新。

他不但善于以形象化比喻，评论前辈诗人的主要特点。同样，他对近代宋派诗人及南社诸子，也有诸多精要评价：

俞恪士诗蕴藉，如亲佳士；郑太夷俊逸，如对好山；陈散园百怪填胸，如啖什锦羹，不复能辨甘辛浓腕；陈石遗则堆盘苜蓿，自饶清味。

亚子诗如黄昏剑客，黑云如墨，夭矫盘旋；吹万诗如盛年书生，缓带轻裘，自饶儒雅；石子诗如妙龄碧玉，天寒翠袖，楚楚自怜。

从上可见，蒋湘君论诗形象生动，却一语中的。进而言之，蒋氏论诗，不但从纵向角度指出他人的优缺，如评范当世："诗出入苏黄，廉悍沉挚，一时无两；短兵肉搏，转不见长。"也从横向角度对诗人进行综合比较，如其诗论云："夏剑丞有其深刻，少其浩瀚；李拔可有其名隽，少其自然。""贞长易，晦闻难；贞长高亢，晦闻幽深；贞长如老将试骑，折旋如意；晦闻如名士入座，儒雅逼人。"这也是《诗话》的精髓所在，自有其高远诗学眼光，体现出深厚的学殖。

（二）闻宥的诗话创作

闻宥是南社重要文人，闻氏论诗与成舍我、朱鹓雏等宗尚相近。故成舍我担任《民国日报》编辑，经常刊载宋派诗人的诗话作品，也引起了以柳亚子为代表的宗唐诗人的不满，最终爆发了内讧，导致南社解体。闻宥《愐簃诗话》发刊载于南社内斗之前，体现了闻氏的诗学观。其诗论大致有两方面内容。

第一，重视诗歌的教化作用，提倡"意深格奇"的不俗之论。闻氏重视诗话的正统性，把传统观念下的诗歌态度，作为诗话创作的出发点，继而阐扬风教。他认为：

诗话之作，靳于阐宣古□，搜讨遗闻，非是者勿及也。昔人言：搜拾得遗诗，零册而为之。阐扬者，功不下于恤孤埋骨。此语固是。然须知存诗而佳，固为作者光；否适，以辱作者，犹不若澌灭之为愈也。故知存弃之道，亦有平衡。若夫乡里俚语、打油、钉钱，籍资诙笑，斯直稗乘、小言之流耳，我宁能目之曰诗话哉？①

可见他对创作诗话的态度是非常严肃的，故其论诗重视学识和骨气，并力以荒寒瘦硬之

① 《民国日报》，1918 年 2 月 2 日—1918 年 4 月 1 日。以下未标明出处者，均出自此处。

风，来表现其铮铮之鸣，其所云“外境破卷，内蕴日积，郁闷忧莫骋，遂播于词”，即是以此而言。故而，他对近代诗话中的陈言旧论和日趋明显的娱乐性倾向颇为不满，对诗话中普遍存在的“摭拾陈言，排比彩饰”“食古不化，拉杂抄书”“竞病未谙，黑白未辨”等三种弊病，予以大力批判，体现出对传统诗教和学问的尊崇。出于这种严肃的诗学态度，其往往把诗风与诗运相联系，通过“意深而格奇”之词，表现作者的寄托。他指出：

> 以诗之为用，意深而格奇，斯尽矣。意深，则辞必不平；格奇，则必不滑。不平、不滑，而欲存风调，其中唯剑南、遗山稍稍能之，然亦未必果佳也。渔洋专尚风调，所作乃描眉略鬓，若村妇见客，纵婉转狐媚，终是一股俗气而已。不善学者，乃至语语空泛，一无真意。其流弊之毒，可谓极矣。

闻宥论诗以宋派“不俗”为目标，讲求诗人的独立精神和诗歌的独创性，以维护传统诗学的“情志”内涵。“意深而格奇”的提出，乃从诗歌功用观出发，用以对抗世俗之风的困扰，这在当时是具有积极现实意义的。① 其创作有“以消极避世的精神而使‘不俗’说带有浓重的士大夫式的淡泊清高的印记”②。在这种诗学批评中，他自然反对“专尚风调”的纤佻浮薄之风，对近代复盛的香奁诗风尤加痛抵，认为其“陈义既无可取，体格亦与盲词相邻”，也从另一方面印证其对求“不俗”理论的重视。

第二，以艰涩为宗，极力标榜宋诗风尚。宋诗派人物重视学问，但难免导致过分注重矜学现象的出现，而“学问至上情结的存在，导致宋诗派诗人价值心态的失重和诗歌结构中情感重心的偏移。两者所产生的综合效应，最终使宋诗派由自立不俗的愿望出发，却走上了一条险怪偏狭之路”③，闻宥的诗论也有明显的重学倾向。他认为：

> “羚羊挂角，香象渡河”，严沧浪以禅喻诗，所谓有神韵可味，无迹象可寻者也。王阮亭终身诵之。仆意：“神韵”二字固有不可言传者，大致便旋适口，尾音能绵而远，则神韵得矣。然亦有愈涩愈见神致，愈拗愈见绵远者。若老杜七绝，跌宕错落，独非神韵乎？固知“神韵”二字，亦非概称绵丽二派者。

闻宥在《怬簃诗话》中把对艰涩、枯拗风气的追求，则当作一种“神韵”来对待。他认为陈三立诗歌为“近世奇作”，也由这种诗论观使然。

正因如此，他认为袁枚的诗歌“直似醉中坠圊，遍体无一不臭”，王士祯的诗歌“千章一格，庸恶已极”。他认为诗分唐宋，乃“无当”之论，但又提出“不能不分界”，极力标榜宋派诗风。对偏于僻径的诗论，姚鹓雏《宋诗讲习记》则有过中肯批评，这也是姚、闻二人的

---

① 实际上，近代宋派诗家，如何绍基、陈衍、郑珍等人都非常重视诗人的“不俗”之气。何绍基认为“同流合污，胸无是非，或逐时好，或傍古人，是之谓俗。直起直落，独来独往，有感则通，见义则赴，是谓不俗。”（《使黔草自序》）通过不依傍、不逐时的求真求情，维护诗人高洁的遗世独立之精神。

② 黄霖《近代文学批评史》，上海：上海古籍出版社，2007 年，第 117 页。

③ 关爱和《自立不俗与学问至上：清代宋诗派的两难选择》，《文学遗产》1998 年第 2 期。

不同之处。闻氏《推仔第二楼诗话》《千叶莲花室诗话》《春笑轩拉杂话》把追求诗歌的“不俗”诗风，作了进一步阐释。他自称平生有三大患：“执拗自用、不能偕俗、不知孔方为何物。”若换个角度来说，也是其对诗人精神境界的追求，即“不俗”之气的写照。这与陈师道提倡的“学诗如学仙，时至骨自换”[①]境界是一致的，背后乃是学人之诗与诗人之诗相贯穿，达到一种骨气相交的状态。蒋湘君曾评价闻宥的诗歌：“虽未尽工，骨力固可惊也。”[②]比较准确地抓住了其诗论的重要特性。此外，《千叶莲花室诗话》三则和《春笑轩拉杂话》三则也以简短的笔墨来表达他对不俗诗境的追求。

（三）姚鹓雏的诗话创作

姚鹓雏诗学北宋，其诗话《宋诗讲习记》和《懒簃杂缀》，则是其诗论观的具体化体现。《宋诗讲习记》详细剖析其学诗经历，阐述其对宋诗流派的见解。他曾自云：

> 鹓雏治诗，始十年前岁己酉，……旧时诵诗于少陵，尝卒业一二卷，昌黎、东坡，略涉猎而已；近人则随园、瓯心余、仲则诸家。……元年居沪，柳安如介之入南社，始得尽觌东南诗人篇什。旋读厉樊榭、钱萚石、王谷园、龚定庵诸君集，于浙派诗旨小有悟入，所作微变其故步。然仍时时依违于范伯子、陈散园之间，得诗亦最富。[③]

这是姚鹓雏对自己诗学路径最为详细的剖析，也奠定了他诗学的基本观点。他对陈衍、陈三立、郑孝胥之诗极为欣赏，以其诙丽有味，但也对其“诙怪博丽，犹或过之”[④]的弊病深为不满。后来，南社内部的唐宋诗之争兴起，姚鹓雏曾作《论诗视野鹤并寄亚子》云：“诗家风气不相师，春菊秋兰自一时。”[⑤]试图从内部对唐宋诗的论争进行调和之，从中也可见其融通唐宋的诗学眼光。《懒簃杂缀》则试图从风韵、用典等方面，对其所持诗论进行具体阐述，也具有较高诗学价值。

（四）叶楚伧的诗话创作

叶楚伧的《读杜随笔》力主学人诗论，针对杜诗的具体内容，如风格、字句、韵律、层次等方面进行详细阐释，兼及考证之功。叶楚伧诗学北宋，又出入中晚唐，风格以沉雄为主，兼复温丽。蒋湘君曾云：“叶楚伧诗，如河朔健儿，被服执绮，终未脱横朔看天气。稍近，折节入义山，语近沉雄，则其本色。”[⑥]《读杜随笔》重学识和法度，主张诗歌须“简练揣摩”，反对烦冗之病，也其学杜的精髓之一；同时又不完全拘泥于法度之中。如其云：

> 《游南池》一律，句句写池中之景，惟“森木乱鸣蝉”句乃池上之景，可见读杜不可

---

① 陈师道《次韵答秦少章》，《后山集》后山居士文集卷第二，宋刻本，第13页。

② 《民国日报》，1916年6月13日。

③ 《民国日报》，1918年11月11日。

④ 姚锡钧《论诗绝句二十首》(见《南社丛刊》)也对宋诗派代表人物以很高评价，如其论陈三立云：“早年风概越公儿，晚岁津梁老导师。地下抚君应张目，剩将大句作奇雄。”

⑤ 《民国日报》，1917年7月6日。

⑥ 《民国日报》，1916年3月5日。

拘泥。若一一以律绳之转，失杜意矣。末联因白露而忆青毡，乃岁暮动与也思乡之感，非必与秋水、晚凉作关键也。①

他认为善学杜者，不可拘泥于绳律，不可流于模拟之能。叶楚伧崇拜杜诗，但对"杜诗字字有来历"的过誉之论表示怀疑，以理性精神，融于感性诗论中。

(五) 成舍我的诗话创作

成舍我《论诗》重视学问，又认为诗歌以简远为贵，不可刻意矜才，充斥学究气。要达到理想境界，须学问和法度的相结合。他指出：

诗有诗律，亦如一国之有法律，一军之有军律也。若纵情任意，信笔所之，则与叛民、骄兵何异？即谓为诗界罪人，亦为无不可。纵伊人古名家，有例可援。然如枭雄、盗魁，虽能遭逢时会，为帝为相，要不可为后世法也。彼破坏诗律，而动以古人为证者，其亦可以止矣。②

这种对法度的重视，是以"力学"为基础，与诗人骨气相重叠的，体现出严谨的诗论观。因而，成舍我论诗以宋派为宗，却不满门户之见，对近代诗坛雕琢之气和矫枉过正，都持有异议，诗学眼光并不拘泥。

二、《民国日报》中的唐诗派诗学批评阐述

宗唐诗人是南社重要的生力军，柳亚子、周斌、高基、余其锵、王德锺、侗庵等力倡唐音，并以《民国日报》为阵地，与宗宋派展开激烈论争。最后宗唐派势力占据主流，也带来了南社的分裂，对近代诗学发展造成较大影响。故而，对唐诗派诗话的研究具有时代意义。

(一) 柳亚子的诗话创作

第一，柳亚子论诗以唐音为宗，重视诗歌的宗派性。1916 年，陈去病在《论诗三章寄亚子》中称："蠡管应无忤，门墙要自持。骚坛旗鼓在，高唱莫嫌迟。"③对柳亚子主持南社诗坛予以肯定，也反映出柳氏对于诗坛宗主地位的重视。1916 年前后，正是新文化运动兴起之际。胡适《寄陈独秀》认为南社的创作"夸而无实""滥而不精""浮夸淫琐"④，这让柳亚子一直无法释怀。此后，他曾专门就此事予以反驳。⑤ 因为在柳亚子看来，宋派诗就等同于"亡国之音"。故姚鹓雏、闻宥等对宋派诗人以高度称赏，引起了柳亚子的极大忧虑。1917 年，《民国日报》刊载了闻宥《怬簃诗话》。闻氏曾指出：

---

① 《民国日报》，1917 年 9 月 4 日。

② 《民国日报》，1917 年 3 月 1 日。

③ 《民国日报》，1916 年 7 月 19 日。

④ 吴奔星、李兴华选编《胡适诗话》，成都：四川文艺出版社，1991 年，第 135 页。

⑤ 柳亚子曾云："然胡适之博士论南社，以'淫滥'两字一笔抹杀，反而推崇海藏(郑孝胥)之流，我自然也不大心服。"(曹聚仁《南社巨子柳亚子》)

近日诗流最下者，为某等一派，连篇累简，无非蹀语，薄幸也，泪珠也，情天也，阿侬也。众多凡恶名词填缀，斑驳充其秽想。殆逾盲词，而犹庞然自号为教主。一二逐臭之夫，噭焉从之，积之既久，不复自念庐山真面目矣。……坐是复不免有“执蝘蜓以笑龟龙”之诮矣。①

实际上，柳亚子一直把宋诗派看作亡国诗派，认为其不足学，也不应学。闻宥却讥笑柳亚子为代表的唐诗派“执蝘蜓以笑龟龙”，使得柳亚子无法平静下来。他连续发表《质野鹤》《再质野鹤》等予以回击。首先，他认为：

(野鹤)坠落魔窟，沉溺太深。纵使他日有成，不过为郑孝胥、陈三立辈作附庸耳。渠诮人质美未学，仆亦诮渠误入歧途，迷而不复，为不可救药也。②

进而，他又指出“诗学亦至清季而极哀”，不但把宋派诗人比作“妖孽”，还发誓要扫尽西江派为己任，也是他对于诗坛宗派化的强烈意识。

第二，柳亚子秉持一代有一代之风气之论，以期为民国的文化“树先声”。柳氏论诗重诗品，并与人品对等起来。《磨剑室外拉杂话》《三斥朱玺》等诗话即是此种思想的产物。他指出：

仆反对陈、郑之用心，尚不在为亡清残局论功罪，而在为民国骚雅树先声。故即退让数百步，而承彼为清季有数之诗人，亦复何与民国事？③

在他看来，唐诗派与宋诗派之间的论战，完全是因人论诗，站在诗品立场，由同光体而否定宋诗派，故柳亚子提出以章炳麟、汪精卫、苏曼殊、马君武等为效法对象。姚鹓雏曾发表论诗绝句以“何事操戈及同室”，对“谈诗磨剑太纷纷”④的柳亚子提出委婉批评。柳亚于次日即发表《论诗五绝答鹓雏》表达了不愿意与宋诗派“合流”的决心。⑤

可见，柳亚子把唐诗、宋诗之间的论争，看作民国与晚清的文学话语权争夺战。换言之，这也是柳亚子对民国骚雅忧患意识的诗学显现，虽掺杂了意气成分，却不可仅以意气用事目之。

(二) 周斌的诗话创作

周斌的《妙员轩诗话》也是刊载于《民国日报》中的重要作品。《妙员轩诗话》多以诗存人，具有浓厚诗史意识。论诗则主性灵，重视诗歌的情性。柳亚子认为“周芷畦出入随园、灵芬间”；余其锵云其“性灵则似随园，风调则近渔洋。间或口谈宋诗，偶一效之，实非

---

① 《民国日报》，1917 年 6 月 24 日。
② 《民国日报》，1917 年 6 月 28 日。
③ 《民国日报》，1917 年 8 月 31 日。
④ 《民国日报》，1917 年 7 月 6 日。
⑤ 柳亚子在《我与朱鸳雏的公案》中也直言：“我呢，对于宋诗本身，本来没有什么仇怨。我就是不满意于满清的一切，尤其是一般亡国士大夫的遗老们。”(柳无忌等编《南社纪略》)

其所好”,都基于此而言。可见周氏论诗力提倡性灵,并云:

> 半山虽僻,而画舫楼台,性灵发现;宛陵虽苦,而山花春鸟,风趣横生。诗固贵有性灵风趣,僻以避俗,苦以医熟。若无性灵、风趣,只学半山之僻,宛陵之苦,恐半山、宛陵,亦吐弃之矣。钟嵘《诗品》云“僻而不险,至苦而无迹”,斯言旨已。①

可见,周氏对性灵诗风的重视,欣赏杨蜀亭“颇有性灵”,徐琪“颇有逸致”的诗作,而对袁昶“诗深险峻”之能提出异议。闻宥批评他“诗事嫌浮”,即有为而发。虽然如此,他对性灵诗“丽多无骨”“清易近薄”“新易近尖”等弊病也有清醒认识,主张以“老成”出之,方为要务。出于对诗歌性情的重视,周斌反对诗分唐宋,力主取长补短,不囿于门户之见。基于此,南社内部因宗唐还是宗宋,大开笔战之际,周斌保持着较为清醒的头脑。其《妙员轩诗话》曾指出:

> 亚子与鹓雏争论诗派,鹓雏谓予曰:“亚子宗唐,予宗宋,故论诗格格不入。”予笑曰:“亚子格律唐皇,颇似义山;君旨趣深奥,逼近半山。若以唐宋二字相争,则唐之阆仙、东野与山谷相同,宋之石湖、放翁又与香山相仿。岂能以唐、宋二字相混淆乎?”

可以说,周斌的诗学批评以性灵为主,却未陷入门户积习中,而以发展和联系的眼光看待近代诗坛,这也是他所以向宋诗派文人闻宥求教诗学的原因之一。这种诗论观当时的确是难能可贵,有重要的文学和时代意义。

(三) 余其锵的诗话创作

南社中人物,余其锵早年受柳亚子赏识,并订文字交,其论诗主张“平生不拾西江唾,安用痴儿借齿牙”(《论诗四首》其二),与柳亚子论诗十分契合。在南社关于唐宋诗的论争中,余氏也刊载诗话《不平则鸣》,为柳亚子鸣不平。他认为:

> 要知吾人作诗,不仅以自写性情,逐为能事。感发人意志,激起人之精神,亦为至要。……故有所作,宜如何发扬蹈厉,鼓吹国民英瑞之气,以期振有为。盖国运以学术为转移,枯寂无趣者,岂开国文字耶?我国民气衰退不振,似乎宋诗,实彼辈偕之厉也。②

余氏也是把诗歌当作鼓吹革命,振兴国民士气的工具,与柳亚子的诗学观是一致的。因而,他对宋诗派“自写性情”的诗风非常不满,并把当下民气的衰退,迁怒于宋诗派而加以打压。其作品《辟王无为》即由此而发,颇多意气成分。

---

① 《民国日报》,1917年11月2日—1918年4月10日。以下未标明出处者,均出自此处。
② 《民国日报》,1917年8月6日。

（四）高基的诗话创作

高基的《致爽轩诗话》多录其师友，兼及诗人本事。论诗则宗中晚唐，以自然劲节为趣，尤其反对浮华之弊。他在《论诗答野鹤》中曾数次以“沈宋声律稍繁缛”“獭祭往往嘲饾饤”“刊落浮华挺丑枝”等语，表达自己的诗论观。同样，高基也未限于唐宋诗之局中，曾作论诗绝句云：“余厚唐之谢灵运，昔者遗山有此论。此语恐仅指风格，若论面目已难溷。”①有着开放的诗学眼光。

（五）王德锺的诗话创作

王德锺不仅是南社成员，也是《民国日报》艺文部主笔，与柳亚子为忘年交。其诗话《禅莲室余墨》则倡导七子派高华之功，对同光诗人“如病马饥蝉，格卑响细”②的艰深枯涩之病，予以指瑕，诗论眼光略显局促。

（六）倜庵的诗话创作

倜庵的《倜庵诗话》篇幅短小，却主要论及对唐宋诗的看法。他诗宗晚唐，欣赏李商隐、王士祯等的含蓄清越之诗，同时，也重视诗歌的感情，反对浮华。论诗眼光也较为宽泛，属于唐派诗论中的主流观点。

此外，《民国日报》本来是反袁而生，故其诗话对革命派诗学的阐发非常重视。其中，瞿醒园的《革命诗话》、韦秋梦的《绮霞轩诗话》值得重视。瞿醒园的《革命诗话》明确为革命志士而作。其前面小序，也交代创作的缘起，其云：

> 时下诗话，汗牛充栋，宽于去取者固多，且博而能精者，亦复不少。若乃生面别开，蹊径另辟者，则不多见。如《民权素》中古香之《今日诗话》、榴芳之《无题诗话》、《小说丛报》中枕亚之《鲍家诗话》，洵艺林妙品也。猥是通人余韵，得传诵于尘世；烈士残编，反湮没乎人世，此不佞是有《革命诗话》之辑。③

就诗话本身而言，创作方式上，瞿氏希望能别开生面；创作目的上，则有志于保存革命者的诗歌，以激发世人的革命热情。故其有为变法而牺牲的林旭、谭嗣同等的诗歌，有为辛亥革命献身的黄钟杰、何铁笛、唐佛尘、秋瑾、林文等的创作。这些革命志士的诗歌，或是悲壮之音，或是哀叹之声，或凄苦之情，如黄钟杰《绝命词二首》其一所云“无论风雨荡残舟，黄汉衣冠作楚囚。我欲鞭雷重起陆，好叫割破一天秋”，都表达出那个时代先进人物的心声，有着很强的感染力。

相对而言，韦秋梦《绮霞轩诗话》则更重视诗学本身。《绮霞轩诗话》曾部分刊载于《民国日报》中（其他分别载于《民权素》《小说丛报》）。其诗论要以性情为主，反对刻意分唐界宋，对“豪放沉郁”的马君武诗，“凄婉悲慨”的汪精卫诗，“俊逸雄杰”的吴绶卿诗，“浓艳清新”的唐常才诗，“清丽缠绵”的何镜海诗，“孤芳自赏”的余绣孙诗，“哀感沉挚”的吕惠如诗，都极为赞赏，因为这些创作乃是出自“赤子之心”，饱含着作者的真情实感。当

① 《民国日报》，1917 年 11 月 22 日。
② 《民国日报》，1917 年 8 月 23 日。
③ 《民国日报》，1919 年 4 月 22 日—5 月 13 日。以下未标明出处者，均出自此处。

然,《绮霞轩诗话》对这种感情的重视,是建立在贵有寄托基础上的。这种“寄托”是:诗歌要为民主革命服务,来发挥种族思想,这也是其诗学的重要出发点。

三、《民国日报》中的“艺文屑”诗学批评阐述

《民国日报》除了刊载上述重要诗话外,还曾有一个专门的“艺文屑”版块。“艺文屑”从1916年5月3开始刊载,一直到1917年3月为止,共刊74篇。前期由姚鹓雏主笔;1917年2月18日开始,由成舍我主笔。当然,除两大主笔外,胡朴安、陈匪石、蒋湘君、姚民哀、叶楚伧、胡寄尘等也有撰稿,阐发各自的诗学批评见解。“艺文屑”类于随笔式的诗话,每篇只有几百字不等,却也是重要的诗学批评阵地。其主要涉及两方面的内容:

第一,讨论治学法门,指导学诗途径。姚鹓雏指出:“治诗不尽由学,也出于天分者。强半而学,则何以致力焉?性情、怀抱,人人相殊;刚柔、好恶,缘分以各异。欲萃数十百人,乃至千万人而董理之,以一编为准,谈何易乎!”故他提出学诗初步既要“开浚才智”,又要“示以矩度”①,把积理充学作为师古的重要道路。他在“艺文屑”中对原本、用典、诗境、灵机、位置、枵响、雅俗、辨体、规模、矜庄、寓言、天机、新陈、打油、改诗、断勾、断句、模拟、诗律、不苟等方面都做了详细分析。叶楚伧则认为:“无代无糟粕,无人无糟粕,而糟粕所在,最易熏染。学古人诗者,不可不知。”对于学诗者也提出了精妙见解。胡寄尘认为:“诗文以才胜者,而患其率;以学胜者,而患其滞;以才胜者,老不如少。老则才减也;以学胜者,少不如老,老则学深也。”对学诗的才力、学力与阅历等的关系作进一步诗学思考。

第二,知人论世,对历代代文人以精要评介,也是“艺文屑”诗论中的重要内容。

1) 评古代诗家。“艺文屑”喜论历代诗人诗话。如姚鹓雏“论诗文”条目云:

> 以言诗:庙堂,则须沈、宋;田野,则须王、孟;属辞比事,则须元、白;旖旎风情,则须温、李。以言文:论议,宜昌黎;传记,宜欧阳;阐幽发微,宜东坡;载事简削,半山。或问:今之樊山于文、于诗,将何所宜?曰:宜作谢表。其人生平惯受人恩,复又才智,以缘饰之故,作谢表为独清之斋简,即其前才也。

2) 评近人之诗。“艺文屑”尤重近代诗人创作,也给予相应诗学批评。如姚鹓雏评云:

> 王壬秋如佛手,色香自古,微见风味。
> 散原如石榴,红紫斑斓,微绝细碎。
> 樊云门如杨瓜,初食甘脆,久食必泻。
> 海藏如橄榄,生涩之下,颇能回甘。
> 范伯子如荔枝,日啖三百,始得佳趣,偶取一二,亦寻常耳。

---

① 《民国日报》,1916年6月1日—1916年12月24日。以下未标明出处者,均出自此处。

诸贞长如葡萄，浅红深碧，古雅宜人。

黄晦闻如江橘，甘芳之中，别饶淡远。

叶小凤诗，如宽皮柑子，闳硕有余。

柳亚子诗，如哀家梨，俊爽沁齿。

庞檗子诗，如初熟杨梅，恰到佳处。

叶中冷诗，如密浸青梅，甘酸俱备。

刘三诗，如生姜甘蔗，愈老愈佳。

苏曼殊诗，如四月樱桃，小颗晶莹，风致别具。

或谓鹓雏何如？曰：如近日市上之新会橙，干枯无味，然故自不可多得。

不但如此，他还以生动的形象来论人，如叶楚伧喜欢以苍劲健语作诗文，吐属却“恂恂如妇人”，柳亚子病口吃，文字却“气魄雄伟，好作激昂慷慨语”等，不乏精彩的评论。

值得注意的是，对于唐诗与宋诗的讨论，一直贯穿于“艺文屑”始终。唐诗以神韵，宋诗以言理，本各有轩轾。姚鹓雏提出“论诗而区唐宋，非知言也”的论断，也具有时代性。

成舍我在“艺文屑”中也有发表论诗条目，如理论批评方面，有论小序、论诗话、论诗、论诗文等，作家作品方面，有论李白、论李杜、论中晚唐诗、论明七子、论龚定庵等。其以简短精悍的诗学理论，为报刊诗学的兴盛起到重要推动作用。

《民国日报》刊载的诗话内容丰富，论诗不乏高见。除具有理论意义的作品外，他如庞树柏《褒香簃诗词丛话》、燕子《绿沉沉馆诗话》、无名氏《湖海诗话》、姚民哀《息庐随笔》、胡怀琛《波罗奢馆诗话》、侧帽逃禅《积渊阁诗话》、鬓荭女史《桐荫丽话》等作品，也是一批重要的诗学批评文献资料。

[作者简介] 李德强，男，文学博士，上海大学文学院讲师。

日藏汉籍研究

主持人的话　查屏球

近年来，随着对外交往的便利，海外所藏汉籍日渐受到学界关注，近人对此的关注，不仅仅是为了收集稀见孤本残篇以补本土的不足，更主要是想借汉籍在异国流传之事考察中土文化输出的历史以及中外文化交流的特点。与其他地区相比，日藏汉籍是一个极有特色的领域。首先，不同于英美各大图书馆只是在近代才进行大规模收藏，汉籍在日本已有较长的流传历史，很多经典在日本有自己独特的承传史。同时，长期以来，汉籍已成为日本文化的组成部分，是一直被使用的求知读物，而不仅仅是作为收藏品为少数人所用。这两个因素决定了日本汉籍在以下几点上有比较明显的特色：一是日藏汉籍多存古本，中国本土古籍在流传过程中多有以新替旧的倾向，印本替代抄本，新出版本替代旧版，如《文选》六臣注流行，独立的五臣注与李善注则不存，《史记》三家注本替代了原有的"集解本"，多是如此。日本对中土文化的接受有时间上的差异，后出新版与原版在时间上常有上百年的差异，因此，一种汉籍传入后，往往因其古老性而获得正宗地位，始终能以原貌流传，不易被后出本所替代，如金泽文库本《白氏文集》抄卷，原初就是慧萼在会昌四年抄回到日本，其后虽有各类明刊本、朝鲜刊本传入，但是，并未动摇本书在学府的权威地位，它也因此而得保存唐卷原貌。其次，文化环境不同，观念不同，我弃他取，一些俗世文献得到了较好的保存。如唐代张鷟《游仙窟》，自开元年间传入到日本后就一直流传下来了，但在中土却因其内容低俗，为士大夫所不齿，各类官私书志不记，失传多年。其他还有很多小说、戏曲、禅家文献的原始版本，也多存于日本，其因也是因为这类书籍长期不为中土士大夫关注。再次，文化的扩散与传承有其偶然性，此亡彼存，此轻彼重，在在皆是。长期以来，汉籍在日本具有特殊的文化地位，很多在本土已稀见的书却在日本成为通行读物，如裴庾增注《三体唐诗》一书，自元之后很少被人提及，但在日本却成为习诗者通行的教材。由这些因素看，日藏汉籍应是中土古典文献学不可缺少的部分。所以，近代自杨守敬以来，日藏汉籍多为中土学者所重，形成了一个学术热点。现在看来，经过前辈学者近一个世纪的掏掘，大规模的发现绝本与孤本之事可能已经不多了，但是，借他山之石攻我之玉的事，仍是需要不断地做下去，尤其是古代日本学人关于汉籍的著录、节录、引用、改用诸事尤其值得关注，这对于我们进一步了解古代东亚文化体的建构，意义更大。有鉴于此，复旦大学中国古代文学研究中心于2016年12月召开了日藏汉籍中日学术研讨会，从各个层面展示了这一学术领域有待拓展的学术空间，并推动中日学者进行了较有成效的交流。现择六篇刊发于此，以飨同好。

王梵志诗集在日本

——兼论山上忆良与杜甫诗的关系

静永健

[摘　要]《万叶集》是一部古代日本和文所撰写的和歌总集，同时也汲取了中国古典诗歌之传统精华。其中《贫穷问答歌》的作者山上忆良汉学知识丰富，曾以遣唐少录身份随同大使粟田真人入唐，在长安接触到了最先进的中国文化并将其传入了日本。《贫穷问答歌》叙述底层贫民的悲惨生活，与杜甫《兵车行》颇有暗合之处。两诗很可能都与敦煌遗书中的王梵志《贫穷田舍汉》一诗有关，即山上忆良入唐与杜甫定居长安时期，各自接触到了社会上流行的王梵志诗歌并受到影响，由此创作了使用不同语言却有着相通思想内涵的两篇诗作。

[关键词]　山上忆良　杜甫　王梵志

一、《万叶集》在中国

收入了四千五百余首古代和歌的二十卷《万叶集》是日本最古老的和歌集，其在日本文学史上的地位，堪比中国的《诗经》。比如，下文所录第一卷开卷之作的雄略天皇（一名大泊濑稚武尊，5世纪后半期在位）的和歌，是一首描述在春天的原野上采集嫩草之淑女的作品，堪与描述君子好逑的《诗经·周南·关雎篇》媲美。由于《万叶集》编撰的时期日本还没有发明平假名、片假名的表记方法，因此其中所录和歌均是用同音汉字（当是根据中古音韵而定）以及日本独自训诂解释所铨定的假借字，不用说是外国人，即使是现在的日本人，也不容易读懂。基于此，本稿以下所录《万叶集》和歌改用现通行的平假名及汉字并用的表记方式，同时附上中国近代文人钱稻孙（1887—1966）呕心沥血所译成的《汉译万叶集选》（日本学术振兴会学，1959年）及同氏《万叶集精选·增订本》（文洁若补编，上海书店出版社，2012年）的汉语译文。

（《万叶集》原文）	（钱稻孙译）
籠もよ、美籠もち、	筐兮明筐，携在旁。
ふくしもよ、美ふくしもち、	圭兮利圭，执在掌。

この岳に菜採す兒、	之姝者子，采菜在冈。
家きかな、告らさね、	家其焉居，曷昭尔名。
そらみつ大和の国は、	天监兹大和，
おしなべて、吾こそ居れ、	率维我所居，
しきなべて、吾こそ座せ、	率维我所坐。
我こそは、告らめ、	我斯则告兮，
家をも名をも	我名亦我家兮。

于此还可举第四卷所收7世纪中叶的女性歌人额田女王的一首作品，此歌则与西晋张华《情诗》(《文选》卷二十九、《玉台新咏》卷二所收)之“清风动帷帘，晨月照幽房”等诗句有着异曲同工之妙。

(《万叶集》原文)	(钱稻孙译)
君待つと、	方我俟君，
吾が戀ひ居れば、	我思渐渐。
我がやどの、	秋风吹来，
簾動かし、秋の風吹く	动我房帘。

而以卷五为中心在《万叶集》留下了七十八首作品的山上忆良(660? —733)，他的这首和歌则是一首令人联想到陶渊明《责子》“通子垂九龄，但觅梨与栗”之充满家庭温馨的短歌。

(《万叶集》原文)	(钱稻孙译)
瓜食めば、子供思ほゆ、	食瓜思吾儿，
栗食めば、まして思はゆ、	食栗益相思。
何處より、來りしものぞ、	其来何所自，
眼交に、	当我眼前痴。
もとな懸りて、	徒使我念兹，
安眠し寢さぬ	安眠靡有时。

如上所述，《万叶集》虽然是一部古代日本和文所撰写的和歌总集，但也可称得上是一部汲取了中国古典诗歌之传统精华的文学经典。另外，《万叶集》的编撰过程虽然还存在着诸多不明之处，但有一点是可以确定的，即其所收的四千五百余首作品均产生于日本天平宝宇三年(759)，也就是因唐玄宗李隆基蒙尘而即位的唐肃宗乾元二年之前。

下面就请让我进入今天发表的主题，在此先举一首山上忆良的作品。这是一首以汉文为题的长歌，名为《贫穷问答歌》：

(《万叶集》原文)	(钱稻孙译)
風交じり、雨降る夜の、	朔风乱夜雨,
雨交じり、雪降る夜は、	夜雨杂雪飞。
術も無く、寒くしあれば、	何以御此寒,
堅塩を、とりつつしろひ、	舐盐啜糟醅。
糟湯酒、うちすすろひて、	气冷冲喉咳,
しはぶかひ、鼻びしびしに、	涕出鼻嘘唏。
しかとあらぬ、髭掻き撫でて、	疏髯撚自许,
我れをおきて、人はあらじと、	舍我更复谁。
誇ろへど、	意则虽亦强,
寒くしあれば、	凌寒终莫排。
麻衾、引き被り、	引我麻布被,
布肩衣、	着我裲裆衣。
ありのことごと着襲へども、	尽袭吾所有,
寒き夜すらを、	夜犹逞其威。
我れよりも、	视我更贫者,
貧しき人の、	若何其苦凄。
父母は、飢ゑ凍ゆらむ、	父母忍肤冻,
妻子どもは、乞ひて泣くらむ、	妻子相啼饥。
この時は、いかにしつつか、	其如此时何,
汝が世は渡る、	尔生何以维。
天地は、廣しといへど、	天地虽云广,
我がためは、狭くやなりぬる、	胡独为我小。
日月は、明しといへど、	日月虽云明,
我がためは、照りやたまはぬ、	胡独不我照。
人皆か、	岂其人皆然,
我のみや然る、	抑我独不吊。
わくらばに、人とはあるを、	适亦生为人,
人並に、我れも作るを、	视人初无少。
綿もなき、布肩衣の、	裲裆乃无绵,
海松のごと、わわけさがれる、	乱垂如海藻。
かかふのみ、肩にうち掛け、	褴褛自肩悬,
伏廬の、曲廬の内に、	曲伏庐中老。
直土に、	即茨土泥上,
藁解き敷きて、	草草席禾藁。
父母は、枕の方に、	枕边坐父母,
妻子どもは、足の方に、	妻孥傍足绕。

囲み居て、	围居莫知措，
憂へさまよひ、	相对但苦恼。
かまどには、火気吹き立てず、	灶绝烟火气，
甑には、蜘蛛の巣かきて、	甑为蛛丝罩。
飯炊く、ことも忘れて、	久疏忘炊术，
鵺鳥の、のどよひ居るに、	中鸣如鵺鸟。
いとのきて、短き物を、	已短犹欲剪，
端切ると、いへるがごとく、	谚悯无可告。
しもと取る、里長が声は、	执笞里长来，
寝屋処まで来立ち呼ばひぬ、	逼叱声咆哮。
かくばかり、術なきものか、	曾是不相恤，
世間の道	胡然世人道。

这首和歌，是日本天平三年(731)山上忆良赴任筑前守(今福冈县太宰府市)时所写下的作品，是一首反映了8世纪日本贫农生活的异色和歌。作品从写雨雪交集的冬日寒夜开始，接着描写了一位一边喝着廉价的糟汤酒一边抚弄颚髭、费尽心机维持自己尊严的男子，而这位男子，极有可能就是作者本人的投影。然而，作品在进入第十五句时又将笔锋再转，“视我更贫者”，将叙事的焦点切换到了同样在经受寒夜之冻，和父母妻子一起度过一个个不眠之夜的贫农家庭身上。这个家庭，家中已无颗粒粮食，饭瓮上结着蛛网，可谓一贫如洗。即使如此，歌之结尾，还是写道了一位拿着长鞭的“里长”大声威吓，催其交纳租税。

在此不禁要问，山上忆良本是地方长官，为什么要咏唱如此一首反映下层贫民之悲惨生活的长歌呢？接下来，就让我们结合山上忆良的生平经历，来对这一问题作一些考证。

二、山上忆良在唐土

现在日本对山上忆良的认知多还仅停留在其乃一位活跃在8世纪前半期之《万叶集》著名歌人的层面上。其实，山上忆良最能引以为豪的事迹，还当数其在日本大宝元年(701)作为第七次遣唐使成员踏入唐土造访唐都长安之不到一年的入唐经历。而且，其入唐时还担任了遣唐少录，这是一个辅佐遣唐大使粟田真人的重要职务。

对于粟田真人一行的长安之旅，中国的正史之中亦有记载。如《旧唐书》卷六《则天武后纪》长安二年(702)条云“冬十月，日本国遣使贡方物”。要之，在历代遣唐使之中，这是唯一一次目睹了女皇武则天执政下长安风景的使节团。史载一行还得到了武则天的嘉赏，享受到了翌年回国之际麟德殿赐宴的殊荣：

长安三年，其大臣朝臣真人来贡方物，朝臣真人者，犹中国户部尚书，冠进德冠，其顶为花，分而四散，身服紫袍，以帛为腰带。真人好读经史，解属文，容止温雅。则

天宴之于麟德殿，授司膳卿，放还本国。(《旧唐书·东夷传》卷一九九上)

大使粟田真人"好读经史，解属文，容止温雅"，由此或可推知，所谓的"好读经史"，或是长安三年赐宴之际真人当经历过了某种试炼，即则天女皇下赐某部典籍，而真人被要求在女皇面前进行朗诵助兴。当然，由于文献无征，这也只能停留在一个臆测的层面。不过，在这次的下赐礼品之中，极有可能就包括了一部典籍——现由宫内厅书陵部所管理的奈良正仓院御物所存的《王勃诗序卷》。这个古写卷由三十枚料纸衔接而成，共抄写了四十一篇王勃(650—676)诗序。因为这个由潇洒秀丽的行书体所抄写的卷轴使用了则天文字，所以可以据此推测，这一古轴或是粟田真人从长安带回的真本，或是其所带回诗卷的重抄本。回国之后，入唐使节团将其献给了第四十二代文武天皇(683—707年，697—707年在位)。之后又被传给了当时还是皇太子的第四十五代圣武天皇(701—756年，724—749年在位)(现在正仓院所受宝物之中心藏品主要是圣武天皇遗爱品)。

根据《王勃诗序卷》使用了则天文字及其为圣武天皇之宝物等，可以推测其贡献者最有可能的就是第七次遣唐使粟田真人一行，也极有可能就是则天女皇下赐的皇家正统写卷。而从则天女皇一侧来考虑这一推断亦无冲突之处，对于则天女皇来说，这也正是一个向异国使者展示新制定之则天文字的绝好机会。而由典丽优美的骈文所撰写的《诗序》，本来就属于六朝以来最具文学韵味的一种高级文体，适合于宴席吟诵。粟田真人在担任遣唐大使之前曾参与制定了《大宝律令》(701年颁发施行)，是当时日本最为优秀的精英官僚之一，想必他的口才学识，一定没有让则天女皇失望。

而以上的这些对大使粟田真人的推论，显然也适用于使节团一员的山上忆良。大使粟田真人以善于撰写和歌闻名，因此具备了相当深厚的汉学知识，不但阅读过相当的汉语典籍，而且还通晓唐音。值得我们注意的是，《万叶集》卷五还破例收入了山上忆良晚年所撰的一片长篇散文作品《沈痾自哀文》，文如下(文字下线为笔者所加，下同)：

窃以朝夕佃食山野者，犹无灾害而得度世。(自注：谓常执弓箭不避六斋，所值禽兽不论大小孕及不孕并皆煞食，以此为业者也。)昼夜钓渔河海者，尚有庆福而全经俗(自注：谓渔夫潜女各有所勤，男者手把竹竿能钓波浪之上，女者腰带凿笼潜采深潭之底者也。)况乎我从胎生迄于今日，自有修善之志，曾无作恶之心。(自注：谓闻诸恶莫作、诸善奉行之教也。)所以礼拜三宝，无日不勤。(自注：每日诵经发露忏悔也。)敬重百神，鲜夜有阙。(自注：谓敬拜天地诸神等也。)嗟乎愧哉，我犯何罪，遭此重疾。(自注：谓未知过去所造之罪若是现前所犯之过，无犯罪过何获此病乎。)初沈痾已来，年月稍多。(自注：谓经十余年也。)是时年七十有四，鬓发斑白，筋力尫羸，不但年老，复加斯病。谚曰：痛疮灌盬，短材截端，此之谓也。四支不动，百节皆疼，身体太重，犹负钧石。(自注：廿四铢为一两，十六两为一斤，卅斤为一钧，四钧为一石，合一百廿斤也。)悬布欲立，如折翼之鸟，倚杖且步，比跛足之驴。吾以身已穿俗，心亦累尘，欲知祸之所伏，祟之所隐，龟卜之门，巫祝之室，无不往问，若实若妄，随其所教，奉币帛，无不祈祷，然而弥有增苦，曾无减差。吾闻：前代多有良医，救疗苍生病患，至若<u>榆柎、扁鹊、华他、秦和缓、葛稚川、陶隐居、张仲景等，</u>

皆是在世良医，无不除愈也。（自注：扁鹊姓秦字越人，渤海郡人也。割胸采心，易而置之，投以神药，即寤如平也。华他字符化，沛国谯人也。若有病结积沉重在内者，刳肠取病缝复摩膏，四五日差之。）追望件医，非敢所及。若逢圣医神药者，仰愿割刳五藏，抄探百病，寻达膏肓之隩处。（自注：肓，鬲也。心下为膏，攻之不可，达之不及，药不至焉。）欲显二竖之逃匿。（自注：谓晋景公疾。秦医缓视而还者，可谓为鬼所煞也。）命根既尽，终其天年，尚为哀。（自注：圣人贤人者一切含灵，谁免此道乎？）何况生录未半为鬼枉煞，颜色壮年，为病横困者乎？在世大患，孰甚于此。（自注：《志怪记》云：广平前太守北海徐玄方之女，年十八岁而死。其灵谓冯马子曰：案我生录当寿八十余岁，今为妖鬼所枉煞已经四年，此遇冯马子乃得更活是也。内教云瞻浮州人寿百二十岁。谨案此数非必不得过此。故《寿延经》云：有比丘名曰难达，临命终时诣佛请寿，则延十八年。但善为者天地相毕，其寿夭者业报所招，随其修短而为半也。未盈斯笇而遄死去，故曰未半也。任征君曰：病从口入，故君子节其饮食。由斯言之，人遇疾病，不必妖鬼。夫医方诸家之广说，饮食禁忌之厚训，知易行难之钝情，三者盈目满耳，由来久矣。《抱朴子》曰：人但不知其当死之日，故不忧耳。若诚知羽翮可得延期者，必将为之。以此而观，乃知我病盖斯饮食所招而不能自治者乎。）《帛公略说》曰：伏思自励，以斯长生。生可贪也，死可畏也。天地之大德曰生，故死人不及生鼠。虽为王侯，一日绝气，积金如山，谁为富哉，威势如海，谁为贵哉。《游仙窟》曰：九泉下人，一钱不直。孔子曰：受之于天，不可变易者形也，受之于命，不可请教者寿也。（自注：见鬼谷先生相人书。）故知生之极贵，命之至重。欲言言穷，何以言之，欲虑虑绝，何由虑之。惟以人无贤愚，世无古今，咸悉嗟叹，岁月竞流，昼夜不息。（自注：曾子曰，往而不反者年也。宣尼临川之叹，亦是矣也。）老疾相催，朝夕侵动，一代欢乐，未尽席前。（自注：魏文惜时贤诗曰，未尽西苑夜，剧作北邙尘也。）千年愁苦更继坐后。（自注：古诗云，人生不满百，何怀千年忧矣。）若夫群生品类，莫不皆以有尽之身，并求无穷之命。所以道人方士，自负丹经入于名山，而合药之者，养性怡神以求长生。《抱朴子》曰：神农云，百病不愈，安得长生。帛公又曰：生好物也，死恶物也。若不幸而不得长生者，犹以生涯无病患者为福大哉。今吾为病见恼，不得卧坐，向东向西，莫知所为。无福至甚，总集于我。人愿天从，如有实者，仰愿顿除此病，赖得如平。以鼠为喻，岂不愧乎？

从这篇文章可以看出，山下忆良精通多种汉语典籍。比如，下线处提到的以榆柎（黄帝时期的名医）为代表的扁鹊、华佗、葛洪、陶弘景、张仲景等历代名医，还有对《抱朴子》《古诗十九首》《志怪记》《内教》《寿延经》《帛公略说》《鬼谷先生书》等多种汉籍的引用，均可见其博学多识之一斑。其中特别要注意的是对《游仙窟》的引用。这是一篇仅存于日本的初唐传奇小说，也是日本人接触到的最早之汉籍中的一种。虽然也只是推测，最早阅读到这篇传奇小说并将其从长安传抄到日本的，极有可能就是山上忆良或与其一起行动的第七次遣唐使中的某一位。

如上所述，以山上忆良为代表的第七次遣唐使的成员们，在长安接触到了最先进的中国文化并将其传入了日本。而其所接触到的文学样式，从唐代宫廷内所传的诸如《王勃诗序卷》一般的典雅文学到以《游仙窟》为代表的坊间小说，可谓是多姿多彩。而这一点，也恰恰就是我们在追究山上忆良之文学的本质时的一个关键之处。

三、杜甫在长安

接下来让我们重新回到如何来解读《贫穷问答歌》这一问题上。山上忆良的这首长歌，题名由五字汉文而成，显然是对中国文学传统形式的某种有意识的继承。而其所咏的"贫士"题材，又是孔子高弟颜回甘居陋巷之后的中国文学上的一个定式。特别是从与《责子》诗之关联所显示出来的山上忆良的文学素养，其对陶渊明的《咏贫士七首》及《乞食》等诗歌作品，无疑是洞晓于胸。另外，通过日本学者的研究，还可知《艺文类聚》卷三十五西晋束皙《贫家赋》亦是对他产生影响的先行作品之一（上田武《〈貧窮問答歌〉における中国文学の影響について》，《埼玉短期大学研究纪要》第 2 号，1993 年）。

然而，颜回及陶渊明所构建出来的清贫世界，与山上忆良歌后半部所描写的贫农生活无疑在本质上有着天壤之别。从上节所引《沈痾自哀文》所显示出的山上忆良对汉籍的博学程度，或许山上忆良在创作这首长歌时确实或多或少地受到了颜回故事及陶渊明诗文，甚至《艺文类聚》所收文学作品的熏陶，但从作品的结构及内容来看，这首长歌显然并非传统贫士题材的单一仿效，因为无论是颜回还是陶渊明，都与被苛捐杂税所逼迫的贫民有着本质上的区别。

一方面，我在阅读这首作品时，很直觉地联想到了杜甫（712—770）的《兵车行》，不由自主地将其所咏贫民形象与杜甫笔下出征士兵重叠在了一起。杜甫诗云：

> 车辚辚，马萧萧，行人弓箭各在腰。耶孃妻子走相送，尘埃不见咸阳桥。
> 牵衣顿足拦道哭，哭声直上干云霄。道傍过者问行人，行人但云点行频。
> 或从十五北防河，便至四十西营田。去时里正与裹头，归来头白还戍边。
> 边庭流血成海水，武皇开边意未已。君不闻汉家山东二百州，千村万落生荆杞。
> 纵有健妇把锄犁，禾生陇亩无东西。况复秦兵耐苦战，被驱不异犬与鸡。
> 长者虽有问，役夫敢申恨？且如今年冬，未休关西卒。县官急索租，租税从何出？
> 信知生男恶，反是生女好。生女犹得嫁比邻，生男埋没随百草。
> 君不见，青海头，古来白骨无人收。新鬼烦冤旧鬼哭，天阴雨湿声啾啾！

当然，山上忆良的和歌与盛唐诗人杜甫的这首名作不可能有直接的继承关系。这是因为杜甫《兵车行》现在一般被认为是其四十岁时、也就是唐天宝十载（751）时的作品，而此时山上忆良早已离开了人世。而且，即使是曾经"读书破万卷"的诗人杜甫，也绝不会有机会去阅读到一首由海东之异邦文人所撰写的一首外语和歌。

然而，上举的这两首中日古典名作却确实存在着某种奇妙的暗合之处。如上《兵车行》下线部分所写被送往战场的士兵身旁之"耶孃妻子"场景之中，同样出现了"里正（里长）"或"县官"之类的下级官吏。众所周知，类似描写在杜诗中还不仅限于《兵车行》，还散见于《北征》诗（至德二载，757 年作）所见"经年至茅屋，妻子衣百结""平生所娇儿，颜色白胜雪。见耶背面啼，垢腻脚不袜”，《石壕吏》（乾元二年，759 年作）“暮投石壕村，有吏夜捉人”等作品。

那么，我们如何来看待这种奇妙的暗合呢？最近，我终于找到了解决这一问题的钥匙——东洋史学者菊池英夫氏的以下两篇论文：

·菊池英夫《唐代敦煌社会の外貌（その第十四章：民衆の詩）》，池田温编《講座敦煌 3：敦煌の社会》所収，日本·大東出版社，一九八〇年。

·菊池英夫《山上憶良と敦煌遺書》，雑誌《国文学：解釈と教材の研究》第 28 卷 7 号，日本·學燈社，一九八三年五月。

详考请大家参照上引论文，在此仅将其结论归纳于下，即成为山上忆良《贫穷问答歌》之示范作品的，乃是唐代初期流行于巷坊之间的王梵志的《贫穷田舍汉》（作品番号 270）：

贫穷田舍汉，庵子极孤栖。两共前生种，今世作夫妻。妇即客舂捣，夫即客扶犁。

黄昏到家里，无米复无柴。男女空饿肚，状似一食斋。里正追庸调，村头共相催。

幞头巾子露，衫破肚皮开。体上无裈袴，足下复无鞋。丑妇来恶骂，啾唧搦头灰。

里正被脚蹴，村头被拳搓。驱将见明府，打脊趁回来。租调无处出，还须里正赔。

门前见债主，入户见贫妻。舍漏儿啼哭，重重逢苦灾。如此硬穷汉，村村一两枚。

对于上述菊池氏的观点，日本《万叶集》研究学界有认同者亦有怀疑者，可谓毁誉参半。然作为一个唐代文学、特别是唐诗研究者，我认为菊池氏的推测具有相当的合理性。诗中的这位“田舍汉”有一位前世结缘的“妇”，一起忍耐着贫穷的生活。接下来便是诸恶化身之“里正”的登场，征收“租庸调”，使得本来就贫穷困苦的生活更是火上加油，两诗的内容基本相同。另外，菊池氏的论考及此后赞同其观点的几篇论文均认为山上忆良与看待《游仙窟》一样，对唐代所流行的坊间文学具有纯粹之兴趣，并将此作为论述展开的主要基点。在此我想对此观点再做一些补充。坊间的俗文学，也就是彼时长安群众所耳闻目睹的民间文化的口语文学形式，对于异国人来说本来是一种极为难懂的白话语言。我认为，对于这些白话文的收集，极有可能从一开始就是第七次遣唐使的一个重大任务。这是因为在此次遣唐使入唐之前，大使粟田真人一直在从事《大宝律令》的制定，这是日本首次从国家层面真正导入律令制度。然而，这部律令有待修改之处颇多，还没有达到尽善尽美的程度。正因为如此，在《大宝律令》颁行之后不久就启动了改定议程。而粟田真人的这次渡唐，首先就需要从律令先进国唐朝的角度，找出本国所制定的这部新的政法制度的不足之处并予以修改。或也正是因为如此，日本的遣唐使们，才会频繁地出入长安的大街小巷，听取律令制度下唐朝平民百姓的声音。如果这一推测无误的话，我们便可据此找到链接山上忆良与王梵志诗集的必然性了。

四、王梵志诗集在日本

属于唐代民间文学的《王梵志诗集》传入古代日本，这在古书目录资料中也可得到确证。九世纪末（宽平初年，889 年前后）藤原佐世撰写《日本国见在书目录》的《集部・别集家》中就记有"王梵志集二卷"，另外还记录了一部"王梵志诗二卷"。这两部书是同一本书，还是收录作品或排列相异的别本，现在已经无从考证。不过基本可以确定，此诗集乃是上代日本所藏汉籍中的最为重要一部。如果认可上举《贫穷问答歌》与王梵志诗真的具有所述之关联性的话，我们便可据此推测这部诗集的传入当是第七次遣唐使入唐前后，而据此又可推测出，王梵志诗在长安坊间的流行，至少有可能可以提前到粟田真人与山上忆良入京的长安初年（702—703），也就是武则天女皇的统治时期。

或有人认为所谓传说中的诗人王梵志并非某位特定之诗人，从初唐到五代，甚至衍至北宋，使用这一伪名的作者曾多次出现。然而，这位半僧半俗的诗人之最初出现，当是在武周建立以后的长安都城。众所周知，就如龙门奉先寺大佛（上元二年，675 年完成）所代表的一样，则天新政权具有浓厚的佛教色彩。而王梵志这一伪名，或就是在这一尊崇佛教的时代背景之下得以诞生。而且，其（或其属群体）对于下层百姓生活的关注，也正与普度众生的佛教基本理念相一致。《贫穷田舍汉》诗所纠弹的租庸调制度，其原型虽然最早可以追溯到南北朝时期北周王朝，然其真正作为一种国家基本税收制度的实行还是在唐《武德律令》（武德七年，624 年完成）制定之后。而对于这一制度所呈现出来的矛盾之处的指责，在建国之初并不明显，到了世间相对太平的第二代以后就越来越显著了。律令制度所蕴含的基本矛盾，也就是试图从农民手中榨取更多的租税，使得越来越多的农民冤声哀道，待到一代明主太宗李世民去世之后（贞观二十三年，649 年），就如井喷一样爆发出来了。

对于日本导入律令制度负责者之一的粟田真人及其随从山上忆良来说，《王梵志诗集》里所体现社会黑暗一面的诗歌，并不只是一种停留在文化层面的坊间之文学享受，而更有可能是将其视为一种用他山之石来规劝本国统治者的一份重要的社会资料。

那么，杜甫又与《王梵志诗集》有着何种联系呢？

对于出生于唐朝中兴期之 712 年（也就是玄宗李隆基登基之年）洛阳郊外的一个地方官僚家庭的杜甫来说，王梵志的某些诗篇，或许就如其童年时经常吟诵的儿歌一样耳闻口传。而且，父亲杜闲（历任郾城尉、奉天令、兖州司马等职）由于所任官职的性质，更是要直面律令制所带来的种种社会矛盾。而其中或又蕴含着他对祖父杜审言所活跃的武周政权的错综复杂的情怀。对于这一点，还有待杜甫研究的专家老师的教示。不过，至少我个人认为，杜甫是有可能接触到过王梵志的某些诗篇，甚至有可能抄录过了其中某些篇章。

要之，杜甫与山上忆良这两位国家及语言不同的诗人的作品，通过唐代的民间诗人之中介，显示出了一种本来不可能出现的共通之处。再附言一句，杜甫《兵车行》等中极具特色的"耶嬢妻子""里正(里长)""县官"等语，其实也是现存《王梵志诗集》诸作品中之频出语汇。现将其具例整理如下：

【耶娘(嬢)】(括号内指出项楚校注《王梵志诗校注》的作品号码)

耶娘无偏颇，何须怨父母(041)　耶娘不采括，专心听妇语(043)
有时见即喜，贵重剧耶娘(074)　一种怜男女，一种逐耶嬢(110)
但使长无过，耶嬢高枕眠(162)　耶嬢行不正，万事任依从(163)
耶嬢年七十，不得远东西(166)　耶嬢绝年迈，不得离傍边(167)
耶嬢肠寸断，曾祖共悲愁(271)

古乐府曰："不闻耶嬢哭子声，但闻黄河流水鸣溅溅。"(见于杜甫诗古注)

【妻子・妻儿】

宅舍无身护，妻子被人欺(015)　但看气新断，妻子即他人(330)
财色终不染，妻子不恋着(347)　劝遣荣乐静坐，莫恋妻子钱财(356)
世间何物亲，妻子贵于珍(363)　荣名何足舍，妻子视如无(382)
贮积留妻儿，死得纸钱送(034)　有钱惜不吃，身死由妻儿(054)
妻儿啼哭送，鬼子唱歌迎(094)　贮积千年调，拟觅妻儿乐(244)
当头忧妻儿，不勤养父母(264)　一则耻妻儿，二则羞同伴(274)
自身不吃着，保爱授妻儿(280)　兀兀自绕身，拟觅妻儿好(285)
妻儿嫁与鬼，你向谁边告(286)　不及别妻儿，向前任料理(289)
满堂何所用，妻儿日夜忙(302)　深房禁婢妾，对客夸妻儿(308)

【里正・里长】

有事检案追，出帖付里正(028)　里正追役来，坐着南厅里(269)
里正追庸调，村头共相催(270)　里正被脚蹴，村头被拳搓(270)
早死无差科，不愁怕里长(247)

【县官】

县官与恩泽，曹司一家事(269)

【贫穷・贫贱・贫苦・吾贫・贫者・贫妻・贫儿】

此是守财奴,不免贫穷死(009)　富者办棺木,贫穷席裹角(011)
贫穷实可怜,饥寒肚露地(055)　贫穷田舍汉,庵子极孤栖(270)
不羡荣华好,不羞贫贱恶(132)　贫苦无处得,相接被鞭拷(005)
他家笑吾贫,吾贫极快乐(006)　富者相过重,贫者往还希(026)
门前见债主,入户见贫妻(270)　贫儿二亩地,干枯十树桑(303)
贫儿觅长命,论时熟痴汉(362)

【租调·庸调·千年调】

忽起相罗拽,啾唧索租调(005)　租调无处出,还须里正赔(270)
一则无租调,二则绝兵名(288)　里正追庸调,村头共相催(270)
有钱但著用,莫作千年调(012)　漫作千年调,活得没多时(035)
贮积千年调,拟觅妻儿乐(244)　贮积千年调,知身得几时(280)
不得万万年,营作千年调(284)　世无百年人,拟作千年调(314)

如此看来,杜甫诗中极具特色的时谚及口语语汇的多用,以及社会诗诸篇所显现出来的对下层人民生活之彻底的洞察力等,与敦煌出土的这位唐代民间诗人作品,或许有着更为广泛的联系,对于这一点,还有待今后作更一步的探讨。

(汉译:广岛大学中文系陈翀)

[**作者简介**] 静永健,九州岛大学大学院人文科学研究院教授。

日本内阁文库藏《重刻元本题评音释西厢记》考*

黄冬柏

[摘　要]　在现存明刊《西厢记》的四大版本系统中，以徐士范刊本《重刻元本题评音释西厢记》为代表的"《题评音释》系统"是其中的一种。具体考察版式、体制、序文、标目、题评、释义、附录以及插图等的异同，可以认清日本内阁文库所藏的熊龙峰刊《重刻元本题评音释西厢记》的特征，并认为其在《重刻元本题评音释西厢记》刊本系统流变中起到了承前启后的作用。该刊本很可能并非据徐士范刊本刊刻，而是与徐刊本祖本相同、并在重刻过程中参照了徐刊本。熊龙峰刊本的二十三幅插图以及其他多种《西厢记》刊本附录的诗文俗曲，都是为满足不同读者的兴趣和需求而作，尽管带有显著的商业气息，同时也具有很高的审美价值和深远的文化意义，《重刻元本题评音释西厢记》先被17世纪著名汉学家林罗山收购，并后经昌平坂学问所、浅草文库而移入内阁文库。熊龙峰刊本对《西厢记》在日本的传播起到了积极的推动作用。

[关键词]　《重刻元本题评音释西厢记》　徐士范　熊龙峰

一、引　　言

日本所藏中国戏曲甚为繁富，其中也有不少《西厢记》的珍本。例如国立公文书馆内阁文库(通称内阁文库)收有明万历年间熊龙峰刊《重刻元本题评音释西厢记》、陈邦泰刊《重校北西厢记》，成篑堂文库藏有胡氏少山堂刊《新刻考正古本大字出像释义北西厢》，以及天理大学图书馆所有游敬泉刊《李卓吾批评合像北西厢记》等，这些刊本皆为海内孤本或中国本土已佚之本。

《重刻元本题评音释西厢记》除了内阁文库和东北大学附属图书馆所藏熊龙峰刊本之外，还有上海图书馆所藏万历八年(1580)毗陵徐士范刊本，以及中国国家图书馆(原北京图书馆)所藏万历二十九年(1601)刘龙田乔山堂刊本。三种《重刻元本

* 本文为2016年度日本学术振兴会科学研究费基盘研究(C)"日本所蔵《西廂記》孤本の調查と研究"的相关成果之一。

题评音释西厢记》尽管由于刊行时期和刊刻者的不同而产生了不少差异，但均为《西厢记》的重要刊本。蒋星煜先生发现的徐士范刊本在明代已被誉为善本，在《西厢记》版本演变中影响巨大。而刘龙田刊本被郑振铎发现并收入《古本戏曲丛刊》，当然也是公认的善本。而在徐士范刊本和刘龙田刊本之间刊刻的熊龙峰刊本，正如蒋星煜先生所指出的：

> 如果我们根本不知道熊龙峰刊本，那末，从徐士范刊本演变到刘龙田刊本的过程就不完整了，不可能像现在这样清楚了。从"元本题评音释西厢"这一本刊本系统来说，熊龙峰刊本确是一个承先启后的版本。①

但是由于当时条件所限，郑振铎并不知晓熊龙峰刊本的存在，蒋星煜先生"因为书藏于日本内阁文库，国内已无藏本"而没能目验熊龙峰刊本，也没作具体的探讨。本文通过具体考察版式、体制、序文、标目、题评、释义、附录、插图等的异同，来阐明熊龙峰刊本的特征和在《重刻元本题评音释西厢记》刊本流变中所起的承前启后的作用。同时从近代日本接受中国古典这一视点，来探寻熊龙峰刊本流入日本的经过和原所藏者林罗山收集汉籍的情况。

二、日本内阁文库所藏熊龙峰刊本

日本内阁文库藏本《重刻元本题评音释西厢记》二卷，明余泸东校正，万历二十年(1592)熊氏忠正堂梓行。线装二册，25×14.5厘米，版框连眉栏20.5×13厘米，正文(17厘米)半叶十行、行二十字，科白小字双行低一字格，眉栏(3.5厘米)镌评语、小字六字，正文界线上小字评语。各出末尾有"释义""字音"，没眉栏二十四字，附录也是没眉栏二十四字，四周单边，有界。白口，单黑鱼尾，版心鱼尾之下镌卷次(如"西厢记上卷")以及叶数。

第1册：扉叶(四周二重双边，右栏题"重锲出像音释"、左栏题"西厢评林大全"、中央小字署"庚寅春旦忠正堂熊龙峰锓")，"庚寅"为万历十八年(1590)。《崔氏春秋序》第一至二(表)叶，四周单边有界八行十九字，末署"万历上章执徐之岁如月哉生明泰沧程巨源著"。"上章执徐之岁"即庚辰(万历八年，1580年)。熊龙峰，明代福建建阳书坊主，以"忠正堂"名刻书甚多，除本书外，还刻有《熊龙峰四种小说》(藏于日本内阁文库)、《新锓音释评林演义合相三国史传》(藏于日本叡山文库)等书②。程巨源，名涓，安徽休宁人，生平事迹不详。与著名学者焦竑(1540—1620)有过交往，曾于万历三十二年(1605)为焦竑所选《四太史杂剧》写过《四太史杂剧引》③。程氏之序原为万历八年徐士范刊本而作。

---

① 蒋星煜《余泸东氏生平及其校正本〈西厢记〉》，《西厢记的文献学研究》，上海：上海古籍出版社，1983年，第84页。

② 参见拙稿《日本内阁文库所藏〈熊龙峰四种小说〉考论》，《中正大学中文学术年刊》2011年第1期、《〈熊龙峰四种小说〉再考》，南京大学《域外汉籍研究集刊》第10辑，2014年。

③ 参见黄仕忠《日本大谷大学藏明刊孤本〈四太史杂剧〉考》，《复旦学报》2004年第2期，第49页。

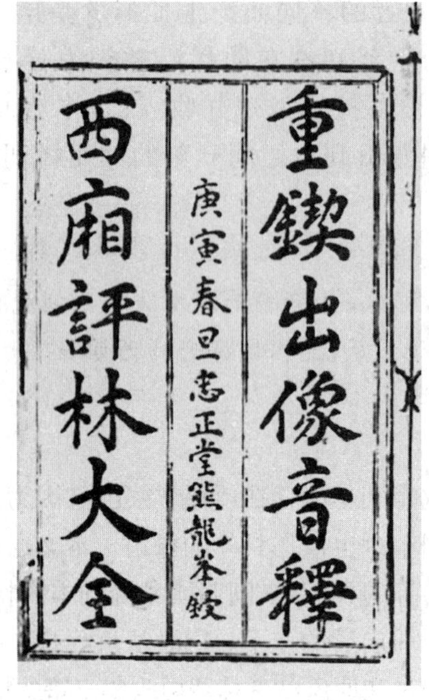
重鍥出像音釋
庚寅春旦忠正堂熊龍峯梓
西廂評林大全

扉叶

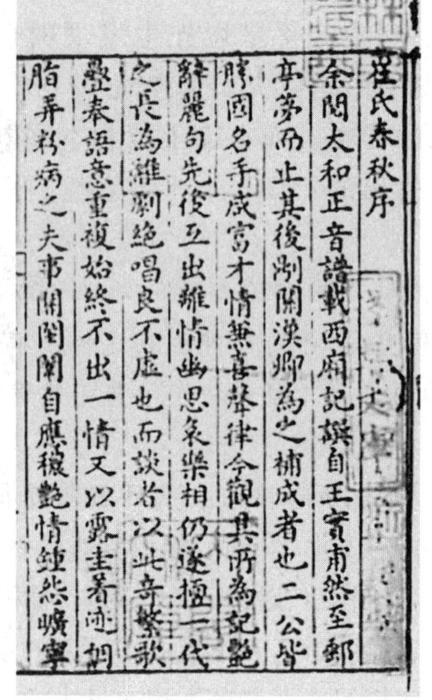
崔氏春秋序
余聞太和正音譜載西廂記撰自王實甫然至郵亭夢而止其後則關漢卿爲之補成者也二公皆勝國名手咸富才情兼喜聲律今觀其所爲記艷辭麗句先後互出離情幽思哀樂相仍遂擅一代之長爲雜劇絶唱良不虛也而談者以此奇繁歌疊奏語意重複始終不出一情又以露圭著迹胭脂弄粉病之夫事關閨閫自應穠艷情鍾悠曠寧

《崔氏春秋序》第一叶(表)

廢三思太雅之罪人新聲之吉士也遂使終場歌演魂絶色飛奏諧索絃喉饑忘倦可謂辭曲之關雎梨園之虞夏矣以微瑕而類全璧寧不冤也近有嫌其導淫縱欲而別爲反西廂記者雖逃掩鼻不免嘔喉夫三百篇之中不廢鄭衛桑間濮上往往而是阿谷援琴東山携妓流膜史冊以爲美談惡謂非風教裨哉曲士之拘拘祇增達生一鼓掌耳余宗仲仁習歌詞曲嗣余金元人之詞信多名家然不易斯記也乃援諸家題詞刺諸簡端以示余昔人評王實甫如花間美人關漢卿如瓊筵醉客今覽之信然然語有之情辭易工蓋人生于情所謂愚夫愚婦可以與知者今元之詞人無慮數百十而二公爲最二公之填詞無慮數十種而此記爲最奏演既多世皆快覩豈非以其情哉西廂之美則受受則傳也有以夫

萬曆上章執徐之歲如月哉生明秦淮程巨源著

《崔氏春秋序》第一叶(里)/第二叶(表)

《崔莺莺待月西厢记总目》第二(里)至三(表)叶,《西厢会真记》第三(里)至九叶,《秋波一转论》第十至十二(表)叶,《松金训减玉肌论》第十二(里)至十五(表)叶,《钱塘梦》第十五(里)至二十叶。正文上卷(首行题"重刻元本题评音释西厢记卷上",次行分署"上饶余泸东校正 书林熊龙峰绣梓","末上首引"以及第一出至第十出)第一至六十六叶,第十出《玉台窥简》的插图中有小莲牌木记“全像卢玉龙刊”。余泸东，江西上饶人，生平事迹不详。蒋星煜考证他可能是江西上饶县的余桂萼，万历十六年（1588）乡试举人，历任彭泽县教谕、孝感知县、巴州知州等职。①

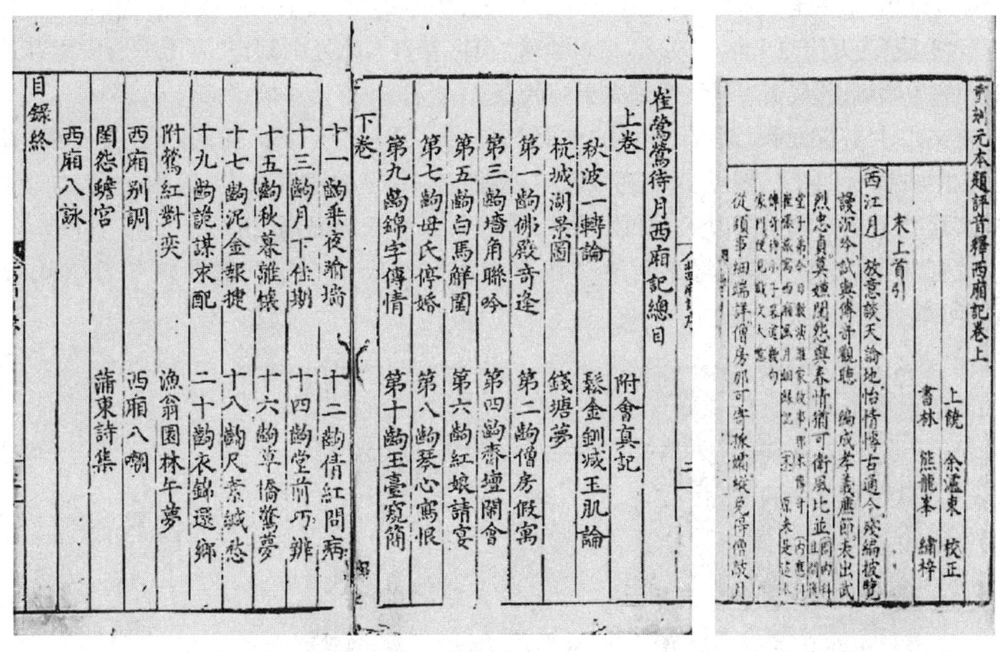

崔鶯鶯待月西廂記總目

上卷

秋波一轉論 鬆金釧減玉肌論 附會真記

杭城湖景圖 錢塘夢

第一齣佛殿奇逢 第二齣僧房假寓

第三齣墻角聯吟 第四齣齋壇鬧會

第五齣白馬解圍 第六齣紅娘請宴

第七齣毋氏停婚 第八齣琴心寫恨

第九齣錦字傳情 第十齣玉臺窺簡

下卷

十一齣乘夜踰墻 十二齣倩紅問病

十三齣月下佳期 十四齣堂前巧辨

十五齣秋暮離懷 十六齣草橋驚夢

十七齣泥金報捷 十八齣尺素緘愁

十九齣詭謀求配 二十齣衣錦還鄉

附鶯紅對奕 漁翁園林午夢

西廂別調 西廂八嘲

閨怨蟾宫 蒲東詩集

西廂八詠

目錄終

重刻元本題評音釋西廂記卷上

上饒 余瀘東 校正

書林 熊龍峯 繡梓

《总目》第二叶（里）/第三叶（表）　　《卷上》第一叶（表）

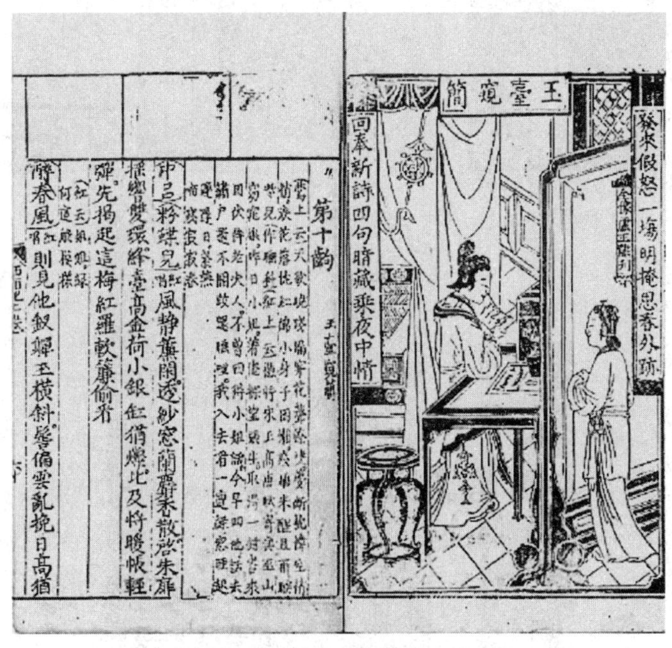

第十齣

第十出插图刻有“全像卢玉龙刊”

① 蒋星煜《余泸东氏生平及其校正本〈西厢记〉》，《西厢记的文献学研究》所收，第79页。

第2册：正文下卷(首行题“重刻元本题评音释西厢记卷下”,第十一出至第二十出)第一至五十五(表)叶。《新增莺红下棋》第五十五(里)至五十八叶,《附刻园林午梦记》第五十九至六十一叶,《北西厢附余：西厢别调、打破西厢八嘲、闺怨蟾宫》第六十二至六十六叶,《蒲东崔张珠玉诗集》第一至二十二叶,尾题下部二行分莲牌木记“万历壬辰岁孟春月 忠正堂熊龙峰梓行”,“壬辰”为万历二十年(1592)。扉叶镌署“庚寅春旦”,此处则刻记“万历壬辰岁孟春月”,只能理解为始刻于“庚寅春旦”,而刻完于“万历壬辰岁孟春月”,历时约两年。

正文二十出各处和《莺红下棋》的末尾各有“释义”和“字音”，插图每幅占1面,图题为上方中央横批四字(《钱塘梦》三字),左右两侧各12字的对联一套,每出一幅、加上《钱塘梦》《莺红下棋》《园林午梦》三种附录各一幅,共二十三幅插图。

盖有“内阁文库”“昌平坂学问所”“浅草文库”“林氏藏书”“江云渭树”“日本政府图书”等印章。

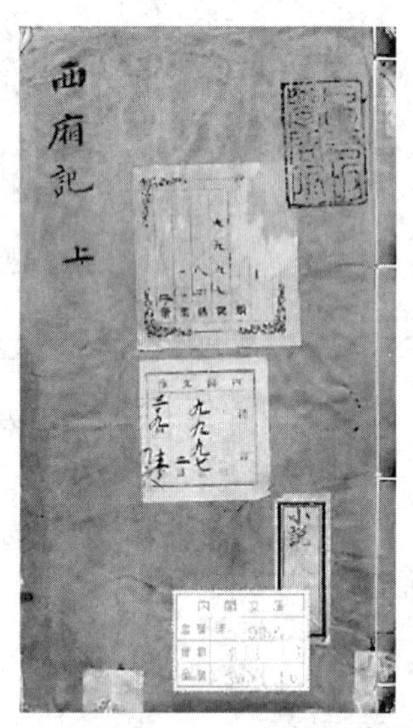

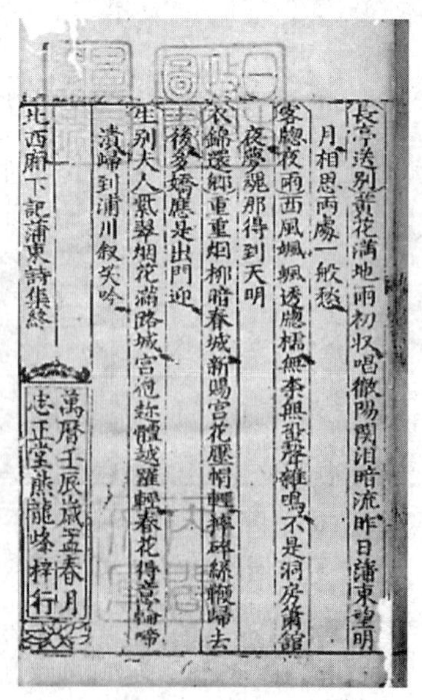

“内阁文库”是明治(1868—1912)以后由内阁保管的古籍藏书机构，现归属内阁府所管的独立行政法人国立公文书馆。以江户幕府所传藏书为主、加上明治政府收集的各种资料，包括许多贵重的日本古书和汉籍，总册数多达49万册，其中汉籍约有18万册。

作为日本收储汉籍最大的藏书机构，内阁文库由来源远流长。其所藏汉籍主要源自江户时代幕府将军家的红叶山文库与汤岛的昌平坂学问所。红叶山文库的前身为枫山官库，是幕府大将军的主要藏书库，建于庆长二年(1602)。是年，在经历了近四百年的内战之后，德川家康以武力控制了政局，迫使天皇任命其为“征夷大将军”，驻屯江户城(今东京)，从而作为第一代大将军，开启了由德川家族统治的江户时代(1603—1868)。德川家康于武功之外，尤喜文翰，并以武功文治为基本国策，礼遇宋学大师藤原惺窝(1561—1619)及其弟子林罗山等，以日本化的中国宋学作为官方的意识形态。德川家康在江户的富士见亭所设文库，称为“富士见亭文库”。1639年，文库迁往红叶山，故名“红叶山文库”。红叶山文库在日本明治初年历经太学、太史局等机构管辖，明治六年(1873)由太政官接管，明治十七年(1884)定名为“太政官文库”，并汇集各官厅之旧藏，遂成日本政府之中央图书馆。次年废太政官而创内阁制度，文库也改名为“内阁文库”。

“昌平坂学问所”是幕府的教育机构，亦称昌平黉。原是由林罗山于宽永十年(1630)在上野忍冈开办的书院，元禄三年(1690)移至圣堂(汤岛)，成为林家的私塾。宽政九年(1797)改为幕府官立学校，称“昌平坂学问所”。林家藏书全部被移交保管于此，学问所同时也大力展开搜集书籍工作。1842年设立新刊书上交制度，获得许多大名、学者捐献之书，至天保年间(1830—1844)书库已达四栋之巨。昌平坂学问所的藏本，源出于林罗山及其后人的旧藏，从所藏戏曲作品中也可窥见林氏数代人的努力。除《重刻元本题评音释西厢记》之外，明刊程明善编《啸余谱》也有“江云渭树”印章，系属林罗山旧藏。明万历刊本《杂剧三种》(明王衡撰《新刊郁轮袍杂剧》《新刊杜祁公看傀儡杂剧》《新刊葫芦先生杂剧》)、明独深居刊本《玉茗堂传奇》等，刻有“弘文学士馆”章，则出自林恕的旧藏。林恕(1619—1680)，号鹅峰，林罗山第三子，1663年幕府授林氏家塾“弘文学士馆”称号。林恕藏王衡杂剧三种，当出王氏全集之附刻，亦为孤本。此外还有茂林叶氏重刊本《新刻王状元荊钗记》、清初竹林堂刊《玉茗堂四种》、康熙刊《笠翁十种曲》、乾隆刊《缀白裘》、明刊清代改板印刷王骥德《新校注古本西厢记》、清文德堂刊《绘像第六才子书》等，均为昌平坂学问所陆续购藏之书。昌平坂学问所的藏书在明治元年(1867)由大总督府接管，后改由文部省管辖，在明治五年(1872)移入新建于汤岛的书籍馆，明治八年(1875)全部迁入国立浅草文库，故钤有“浅草文库”藏书章。明治十七年(1884)并入太政官文库，次年太政官文库改名为内阁文库。

林罗山像(京都大学综合博物馆藏)

“林氏藏书”和“江云渭树”均为林罗山(1583—

1657)所用之印。林罗山名信胜,字子信,号罗山,出家后法号道春,是日本江户时代(1603—1868)著名的汉学家,也是日本汉学史上一位极为重要的学者。林罗山师从宋学大师藤原惺窝,精于朱子之学,庆长十年(1605)受藤原惺窝举荐侍从德川家康。此后一直在德川一族的家康·秀忠·家光·家纲四代将军身边做官的林罗山,参与了初期的江户幕府各种制度、礼仪等的制定。而在文化领域,将中国儒学文化的作用,从以前汉学家的自身修养,即"修身齐家",扩展而至"治国平天下"的程度,对朱子学的发展和儒学的官方化作出了巨大的贡献。林罗山具有很高的中国文化素养,十四岁时便为《长恨歌》和《琵琶行》作注释,撰成《歌行露雪》一稿,此手稿现存内阁文库。林罗山一生整理汉籍文献,充分体现了他勤奋好学、崇尚儒学的特点,经他校点的汉籍有五十多种。林罗山藏书,常用"江云渭树"印记,其三子林鹅峰在"明历三年(1657)三月二十八日"记载道:

> 入文库检藏书,押先考"江云渭树"印蝴蝶洞印,分颁赠士林旧友之人并门生,以为之证也,凡六十部。①

从林罗山的孙子林凤冈开始正式被称为幕府大学头,以后林家历代作为幕府的教学负责人在教育方面发挥了重要作用。而以林罗山旧藏为核心,加上由林氏后裔增补的汉籍,构成了"林大学头"家本,也是现在内阁文库汉籍的骨干。

由此可见,熊龙峰刊本《重刻元本题评音释西厢记》为林罗山原藏,后经昌平坂学问所、浅草文库而移入内阁文库。那么,林罗山又是从何处得到此书的呢?

日本所藏中国戏曲的来源,据黄仕忠先生考察,大略出于二途。② 一是因明末以降,日本结束数百年之战乱而进入世局稳定、文化繁荣的江户时代,因幕府及各地大名、藩主对小说戏曲之嗜好,而从江南输入。二是20世纪前期,日本学者因西方学术观念的引入,加以王国维等人的影响,开始关注通俗之戏曲小说,不唯尽力收集从日本旧藏家散出之戏曲典籍,而且借赴中国留学、公干之机会,着意收罗俗曲唱本,于明版清刻之外,亦遍采名家稿钞及书坊、艺人之旧抄,虽残纸剩叶,亦以为宝。

众所周知,从17世纪初期开始,德川幕府为确保自己的统治势力,实行全面锁国政策。庆长十七年(1612)发布禁止天主教的命令,拆毁了京都的教堂。庆长二十一年(1616)又命令所有外国船只只准停靠长崎、平户两港。宽永十三年(1633)终于全面封锁日本。在这些严酷的闭关政令中,唯独中国与荷兰的商人得天独厚,宽永十六年(1636)规定日本在对外贸易中,只允许中国与荷兰商船进港,指定停泊在九州的长崎。17世纪至19世纪中期,中国与日本的商人便是在这种特殊的条件下,从事汉籍贸易,当时的长崎便成为汉籍东传日本的主要基地。德川幕府在长崎港设置了"书物奉行"这一专门官职,从事对中国入港书籍文献的检查,为幕府掌握中国刊印出版典籍文献的最新情报,并

① 林鹅峰《后丧日录》,国立公文书馆内阁文库藏,鹅峰稿本。

② 黄仕忠等编《日本所藏稀见中国戏曲文献丛刊》出版前言,桂林:广西师范大学出版社,2006年。

为幕府采购汉籍。通过这一渠道获得明清的史籍、政书、地志、文集、医书、随笔、戏曲、小说等，其中戏曲小说和地方志的典籍极为丰富，不乏天下孤本。

庆长十二年(1607)林罗山赴江户为第二代将军德川秀忠(家康的三子)讲学并出仕幕府，近侍于隐居在骏府的德川家康，把在长崎购入的《本草纲目》献给了骏府城的文库。①

明李时珍所撰《本草纲目》初版于万历十八年(1596)，也就是日本庆长元年，而早在庆长九年(1604)以前就已来到日本。《本草纲目》中动植物形态等的描述比从前的本草书更为出色，这对日本产生很大的影响，在屡次从中国进口的同时，也陆续出版了和刻本，及至幕府末期被尊为基本文献。《本草纲目》初版称为“金陵本”，如图所示，明李时珍撰，李建中图，金陵胡承龙梓行，万历十八年(1590)刊，初版的完整刻本为稀本，只留存七套，日本国立国会图书馆、东洋文库、内阁文库和东北大学狩野文库各藏一套，另外，内阁文库还有林罗山旧藏《本草纲目》37 册，万历三十一年(1603)刊本。

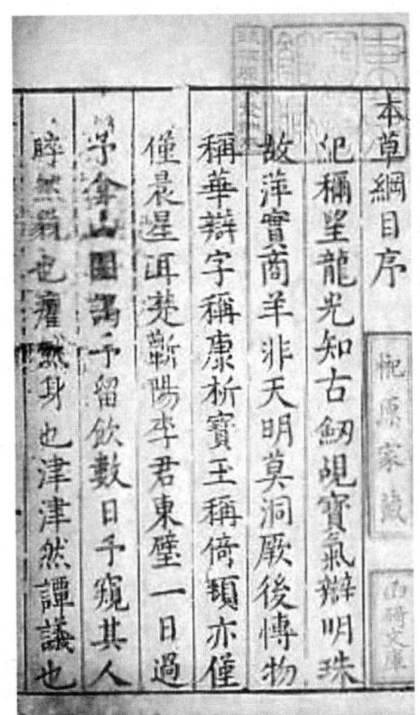
本草綱目序
紀稱望龍光知古劍覘寶氣辯明珠
故萍實商羊非天明莫洞厥後博物
稱華辯字稱康析寶玉稱倚頓亦僅
僅晨星耳楚蘄陽李君東壁一日過
予弇山園謁予留飲數日予窺其人
晬然貌也癯然身也津津然譚議也

国会图书馆藏万历十八年刊本

重刊本草綱目敘
余自辛丑冬之江臬臬署務簡多暇
日則取署中舊刻繙閱之庶幾乎
本草綱目一書大有裨于生人非淺
多識資也而初刻未工行之不廣
圖廣其傳于余受而

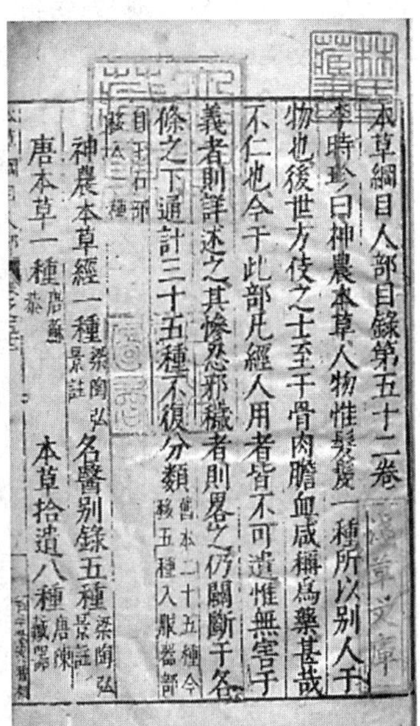
本草綱目人部目錄第五十二卷
李時珍曰神農本草人物惟髮髲一種所以别人于
物也後世方伎之士至于骨肉膽血咸稱爲藥甚哉
不仁也今于此部凡經人用者皆不可遺惟無害于
義者則詳述之其慘忍邪穢者則略之仍闢斷于各
條之下通計三十五種不復分類
神農本草經一種 名醫别錄五種
唐本草一種 本草拾遺八種

内阁文库林罗山旧藏万历三十一年刊本

由此，我们是否也可以推测，熊本《重刻元本题评音释西厢记》和《本草纲目》等汉籍是一起由福建或者宁波运到长崎而被林罗山所收购的。

内阁文库所藏熊本《重刻元本题评音释西厢记》因阙上卷二十二、四十二叶和下卷三十七、四十八叶，而脱第四、七、十八、二十出的四幅插图。日本东北大学也藏有熊刊《重刻元本题评音释西厢记》，但内封、序和附录都无，并阙上卷二、四十八、五十四、五十五、五十九、六十三叶和下卷六、十叶。

熊龙峰刊本《重刻元本题评音释西厢记》不分本不分折而分出，全剧共分二十出，每

① 参见《德川实纪》(吉川弘文馆，1964 年)第一编所收《台德院殿御实纪》卷五，以及《罗山林先生集》(内阁文库所藏)附录卷一所收《年谱》。

出以四字标目，每四出又有题目、正名一组，具体所示如下：

题目　老夫人闲春院　崔莺莺烧夜香
正名　小红娘传好事　张君瑞闹道场
第一出　佛殿奇逢　第二出　僧房假寓
第三出　墙角联吟　第四出　斋坛闹会
题目　张君瑞破贼计　莽和尚生杀心
正名　小红娘书请客　崔莺莺夜听琴
第五出　白马解围　第六出　红娘请宴
第七出　母氏停婚　第八出　琴心写怀
题目　小红娘传书简　张君瑞害相思
正名　老夫人命医士　崔莺莺寄情诗
第九出　锦字传情　第十出　玉台窥简
第十一出　乘夜逾墙　第十二出　倩红问病
题目　小红娘成好事　老夫人问原因
正名　长亭上送君瑞　草店里梦莺莺
第十三出　月下佳期　第十四出　堂前巧辩
第十五出　秋暮离怀　第十六出　草桥惊梦
题目　小琴童传捷报　崔莺莺寄汗衫
正名　郑伯常干舍命　张君瑞庆团栾
第十七出　泥金捷报　第十八出　尺素缄愁
第十九出　诡谋求配　第二十出　衣锦还乡

除了正文二十出之外，还有附录十一种，题目如下：

《西厢会真记》《秋波一转论》《松金钏减玉肌论》《钱塘梦》《莺红对弈》《园林午梦记》《西厢别调》《西厢八嘲》《闺怨蟾宫》《蒲东崔张珠玉诗集》《西厢八咏》。

全剧标目见于三处，即总目、每出正文和插图，第八、十四、十七出的三处标目如下所示，各有不同：

出数	总目	正文	插图
八	琴心写**恨**	琴心写怀	琴心写怀
十四	堂前巧**辨**	堂前巧**辨**	堂前巧辩
十七	泥金**报捷**	泥金捷报	泥金捷报

而附录六种的总目、本文和插图的题目也各有相异：

总目	本文	插图
会真记	**西厢**会真记	
莺红对弈	莺红**下棋**	莺红对弈
渔翁园林午梦	园林午梦**记**	园林午梦
西厢八嘲	**打破**西厢八嘲	
蒲东诗集	蒲东**崔张珠玉**诗集	
西厢八咏	八咏**诗**	

另外，第五出之前的“正名 小红娘**書**请客 崔莺莺夜听琴”中“晝”误成“**書**”，少刻了一横。如下所述，虽然徐士范本和刘龙田本也是如此，但标目上出现这些分歧错误，说明校正者和刊刻者的工作还不够细密，其中有些标目又未见于其他各本，这就使人难以相信这些异文是出自“元本”或“正本”的。

众所周知，一本四折，题目、正名各一句或两句，以其中正名的末句为剧名，这是元杂剧最基本的体例。由于明万历期间传奇的创作和演出十分繁荣，传奇的形式和体例不可避免地会影响到杂剧的形式和体例。熊龙峰刊本之所以不分本不分折而分出，也可能就是受了传奇的影响。但是从每四出又有一组题目、正名来看，则又说明了实际上还是保存了元杂剧一本四折的体例，只不过没有把“本”和“折”标出来，题目、正名在每四出的前面，而不是在每四折的最后，并且每出又用了《佛殿奇逢》《僧房假寓》之类的标目。

《重刻元本题评音释西厢记》的正文首叶以南戏传奇之套式“末上首引”开场，之后是题目“老夫人闲春院 崔莺莺烧夜香”、正名“小红娘传好事 张君瑞闹道场”，再后才为第一出《佛殿奇逢》。全剧也不按元杂剧《西厢记》一本四折、五本二十折的体例，而是以明传奇的样式分成二十出。这些都是在明代南戏传奇日益隆盛、而北曲杂剧逐渐衰微的社会文化环境下，《西厢记》的坊刻本为适应当时读者嗜好和市场需要而进行的改变。

《重刻元本题评音释西厢记》徐士范刊本没有插图，而熊龙峰刊本每出一幅、加上《莺红下棋》《园林午梦》《钱塘梦》三种附录各一幅，应共有二十三幅插图，但如上所述，因阙上卷二十二、四十二叶和下卷三十七、四十八叶，所以不见第四、七、十八、二十出的四幅插图。插图的形制是单面方式，每幅图上端有标目四字(《钱塘梦》三字)，左右两侧有对联一套，突出人物形象，背景相对简单，风格古朴，刚健清新，带有浓郁的民间特色，现列举如下：

第一出：佛殿奇逢　游寺遇娇娥，送目千瞧无限意。
　　　　　　　　　归庭逢秀士，回头一顾许多情。
第二出：僧房假寓　假寓僧房，张珙乘机图匹配。
　　　　　　　　　来参佛寺，红娘奉命问修斋。

第一出　佛殿奇逢

第二出　僧房假寓

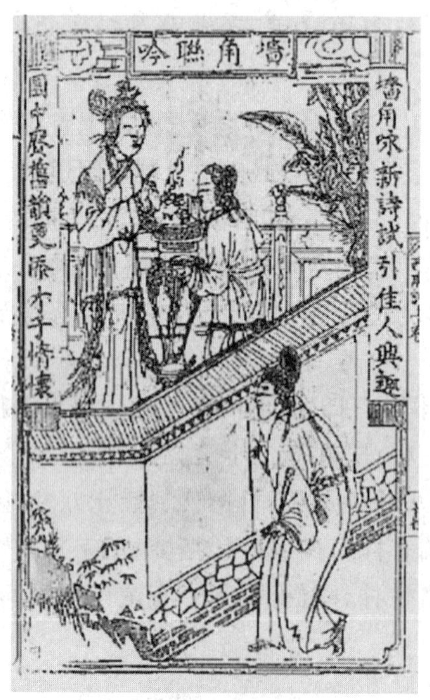

第三出　墙角联吟

第五出　白马解围

第三出：墙角联吟　墙角咏新诗，试引佳人兴趣。

园中赓旧韵，更添才子情怀。

第四出：斋坛闹会　（缺叶）

第六出　红娘请宴

第八出　琴心写怀

第九出　锦字传情

第十出　玉台窥简

第五出：白马解围　晋救贼围，张学士得婚盟，才伸简牍。
　　　　　　　　　蒲关兵至，杜将军为友谊，始动干戈。

第六出：红娘请宴　红娘奉命来迎，东阁宏开酬采笔。

君瑞闻言请宴，西厢随步赴蓝桥。

第七出：母氏停婚　（缺叶）

第八出：琴心写怀　月下挑弦，诉恨者先存其意。
花前听韵，知音者已解其心。

第九出：锦字传情　意求鸾凰未能成，亏张珙病缠书舍。
欲寄鳞鸿无自达，托红娘迎到妆楼。

第十出：玉台窥简　发来假怒一场，明掩思春外迹。
回奉新诗四句，暗藏乘夜中情。

第十一出：乘夜逾墙　漫道文才海洋深，尚难猜四言诗句。
谁知色胆天来大，却易跳百尺垣墙。

第十二出：倩红问病　红送药方，片纸暗传云雨约。
生闻信息，数言胜服洞灵丹。

第十三出：月下佳期　伫立闲阶，月下候佳人密约。
出离画阁，花前赴才子幽期。

第十四出：堂前巧辩　小红娘诉一段缘因，将无做有。
老夫人主百年姻眷，弄假成真。

第十五出：秋暮离怀　今朝酒别长亭，缱绻前来把盏。
异日名题金榜，叮咛早整归鞭。

第十六出：草桥惊梦　劳役不堪，投宿休嫌村店少。
别离难舍，梦魂岂惮路途远。

第十一出　乘夜逾墙

第十二出　倩红问病

第十三出　月下佳期

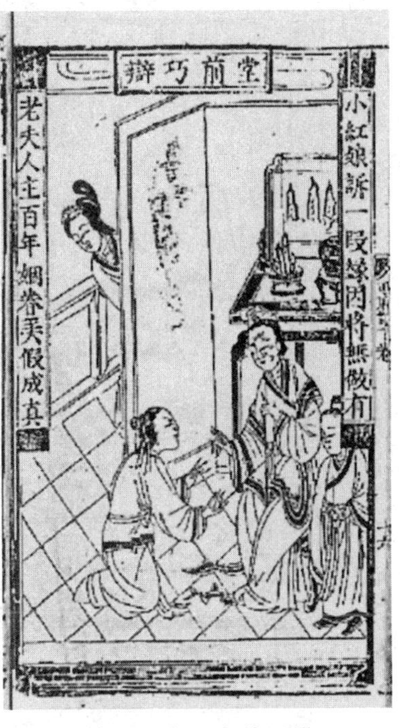

第十四出　堂前巧辨

第十五出　秋暮离怀

第十六出　草桥惊梦

第十七出　泥金捷报

第十九出　诡谋求配

第十七出：泥金捷报　才子夺魁书，寄一封归捷报。
　　　　　　　　　　佳人回简物，缄六事慰相思。

第十八出：尺素缄愁　（缺叶）

第十九出：诡谋求配　密地见红娘，为造崔门修旧好。
　　　　　　　　　　当场辞郑子，已言张氏缔新婚。

第二十出：衣锦还乡　（缺叶）

钱塘梦

莺红对弈

园林午梦

附　　录：钱塘梦　石匣葬孤骸，月下遥闻来玉佩。
钱塘悬夜梦，窗前惊醒续瑶篇。
莺红对弈　万花亭上着围棋，胜负却因频点指。
孤月台前思窃玉，姻缘不就倍伤心。
园林午梦　困倦一渔翁，熟睡眠成午梦。
风流双士女，齐来讲论春情。

以上插图和所配标题、对联，虽多工整对偶，但和元杂剧《西厢记》的雅言丽辞相比，还是颇为浅白鄙俚的，且都明显地带有招来读者、扩大销路的商业气息，对此蒋星煜认为：

其形式宛如古代社会民居大门或厅堂之横批与联语，也许这是在古代小城市或村镇民间喜见乐闻的，与古典名著的文采与意境仍有一种格格不相入的感觉。①

这一评价确实也道出了熊龙峰刊本的坊刻特点与俚俗风格。从画面本身来看，多以人物为主，人物多占画面的三分之二强，插图中人物的动作有浓厚的舞台演出意味，就像在民居大门、厅堂或舞台上演一出深受欢迎的才子佳人戏。再附上《会真记》《西厢别调》《蒲东崔张珠玉诗集》等十一种在当时极有人气的诗文和俗曲。《会真记》(又名《莺莺传》)是《西厢记》的渊源所在，在使读者了解西厢故事本事的同时，也可让读者对比小说和戏曲的不同创作取向和表现特征。而《西厢别调》《蒲东崔张珠玉诗集》等，也主要是为满足不同读者的阅读兴趣。上述这些插图和附录，尽管带有显著的商业气息，同时也具有很高的审美价值和深远的文化意义。

熊龙峰刊本《重刻元本题评音释西厢记》的插图皆为吸引读者、扩大销路而作。图文并茂，本身就是中国书籍的优良传统，小说、戏曲固以情节取胜，然亦重视以图配文。明刊戏曲插图的功能主要有导读功能、促销功能、装饰功能、批评功能等。插图具有直观性，可以帮助读者，尤其是文化层次不高的读者理解剧意、欣赏剧情，这是插图的最基本的功能。插图具有促销功能，在中晚明随着戏曲活动的兴盛，在激烈的出版市场中，插图成为书坊营销的一大法宝。而有明一代是建安书林最为繁盛之期，这些坊肆在刻书中插入大量的版画，以吸引读者。历来论及建阳刊本，贬多于褒，这主要是指刻印技术和校雠方面，若推及插图，从总体来看也是较为粗糙的，纸墨择选亦未见精良。但建阳刊本毕竟还是优劣并存的，况且建阳刊本之所以能长盛不衰，正是凭借数量多而价格低的优势，从而增强了市场竞争能力。而书中插图起到了图文并茂的效果，在当时应该说是很受读者欢迎的。就插图版式而言，建阳刊本以上图下文式为多，如余象斗刻书的最早刻本、万历十六年(1588)刊行的《京本通俗演义按鉴全汉志传》。此外还有上评中图下文式，如《新刻按鉴全像批评三国志传》等。由于受空间布局的限制，这样的插图给读者的感觉是狭

① 蒋星煜《明刊〈西厢记〉插图之体制与方式》，《〈西厢记〉研究与欣赏》，上海：上海辞书出版社，2004年，第250页。

小局促、画面不清，难有愉悦的美感。与此相比，熊龙峰刊《重刻元本题评音释西厢记》为单面整版式、共二十三幅插图，以及熊大木编、嘉靖三十一年（1552）杨氏清白堂刊《新刊大宋中兴通俗演义》为全幅大版、双面连结式、共二十四帧插图，画面大气，布局疏朗，气韵生动，线条流畅，确实给人以赏心悦目的感觉。尤其是《重刻元本题评音释西厢记》，标题醒目、情景逼真。而且在上图下文式的历史小说大量刊行的晚明建阳中，作为恋爱题材的《重刻元本题评音释西厢记》以及其单面整版式的插图，可以说是非常贵重的存在。郑振铎曾盛赞刘龙田《重刻元本题评音释西厢记》的构图：

> 刘龙田刊《西厢记》，其插图，易狭小之小幅而成全页之巨制，实为宋元版画之革命。①

蒋星煜先生也认为：

> 徐士范刊本原有刻工姓名，余泸东（熊龙峰：笔者注）刊本翻刻之际也删除了。插图署名卢玉龙刊，刘龙田则保存了。②

由于当时条件所限，郑振铎没能知晓熊龙峰刊本的存在，蒋星煜先生也未能看到熊龙峰刊本。殊不知刘龙田刊本的插图全依熊龙峰刊本而来。

三、上海图书馆所藏徐士范刊本

弘治十一年（1498）的金台岳家刊本《新刊奇妙全相注释西厢记》是现存最早的《西厢记》完整刻本。文中标为《新刊大字魁本全相参增奇妙注释西厢记》、学界通称“弘治本”的这一刊本被收入《古本戏曲丛刊初集》（上海商务印书馆，1954年）影印出版。万历七年（1579）金陵胡氏少山堂刊本、谢世吉订正的《新刻考正古本大字出像释义北西厢》则藏于日本成篑堂文库，为目前所见万历以后《西厢记》刊本中最早的一种。由于此书为御茶之水图书馆成篑堂文库所藏孤本，严禁复印，故论考甚少。③

而万历八年（1580）徐士范刊本《重刻元本题评音释西厢记》也是现存明刊本中较早的刊本。蒋星煜先生是《西厢记》版本研究的大家，他在“对明刊本《西厢记》在国内外收藏情况作较全面的了解时，在上海图书馆发现了此书”，并认为：

> 在现存明刊本《西厢记》中，徐士范刊本是最早以不分本不分折而全剧分成二十出，每出以四字句标目的一个本子。④
>
> 弘治岳刻本虽然收录了大量附录，……但是此书刊印时，《园林午梦》尚未问世，

---

① 郑振铎《西谛书话·中国版画史序》，北京：三联书店，1983年。

② 蒋星煜《余泸东氏生平及其校正本〈西厢记〉》，《西厢记的文献学研究》，第84页。

③ 黄霖先生《最早的中国戏曲评点本》（见《复旦学报》2004年第2期）一文专论此书。

④ 蒋星煜《论徐士范本〈西厢记〉》，《西厢记的文献学研究》，第65页。

所以就未收录。以《园林午梦》作为附录,是从徐士范刊本开始。①

蒋星煜先生发现徐士范刊本并澄清了其与同称为《重刻元本题评音释西厢记》的熊龙峰刊本和刘龙田刊本的先后承袭关系,功不可没,尽管之后在中国国家图书馆也发现了徐士范刊本②,但是由于蒋先生未见少山堂刊本,导致上述论点的错讹。因为在早于徐士范刊本问世的少山堂刊本《新刻考正古本大字出像释义北西厢》中,全剧已分成二十出、每出以四字句标目,并以《园林午梦》作为附录。传田章《增订明刊元杂剧西厢记目录》记载有:

> 少山堂刊本
> 新刻考正古本大字出像释义北西厢　2卷
> 明谢世吉订
> 明万历七年(己卯,1579 年) 金陵少山堂胡少山堂刊本
> 御茶之水图书馆藏(未见)
> 德富猪一郎(苏峰)旧藏,成篑堂文库本。……以上卷卷首是序幕《副末开场》的南戏形式 2 卷 20 出构成,序幕之【西江月】词虽与余泸东本相同,但说白和开场诗则又有不同。首为《刻出像释义西厢记引》(末署"万历己卯春月江左鄙人谢氏世吉甫识之于少山书堂")。附录《新刻出像释义大字北西厢总览首卷》《钱塘梦》《蒲东珠玉诗》《秋波一转论》《闺怨蟾宫》《新增园林午梦》,卷末有"万历己卯秋月/金陵胡少山梓"的木记。③

现以少山堂刊本、徐士范刊本以及上述熊龙峰刊本的出目(各本出目均见于三处,以正文处为主,异文处括号标出),具体比较如下:

出数	少山堂刊本	徐士范刊本	熊龙峰刊本
一	佛殿奇逢	佛殿奇逢	佛殿奇逢
二	僧房假寓	僧房假寓	僧房假寓
三	墙角联吟	墙角联吟	墙角联吟
四	斋坛闹会	斋坛闹会	斋坛闹会
五	白马解围	白马解围	白马解围
六	红娘请宴	红娘请宴	红娘请宴
七	**夫人**停婚	母氏停婚(**夫人**停婚)	母氏停婚

① 蒋星煜《论徐士范本〈西厢记〉》,《西厢记的文献学研究》,第 71 页。

② 详见张人和《徐士范本〈西厢记〉并非"孤本"》,《文献》1986 年第 4 期。

③ 传田章《增订明刊元杂剧西厢记目录》,汲古书院,1979 年,第 21 页。另外,曾任东京大学教授的传田章也"未见"少山堂刊本,那时由于此书藏于当初仅供二十岁以上女性阅读的御茶之水图书馆。2013 年 4 月,御茶之水图书馆改名为石川武美纪念图书馆,购入汉学家德富苏峰全部藏书而建立成篑堂文库的正是石川武美。

八	**月下听琴**	琴心写怀(莺莺**听琴**)	琴心写怀
九	锦字传情	锦字传情	锦字传情
十	**妆**台窥简	玉台窥简(**妆**台窥简)	玉台窥简
十一	乘夜逾墙	乘夜逾墙	乘夜逾墙
十二	倩红问病	倩红问病	倩红问病
十三	月下佳期	月下佳期	月下佳期
十四	堂前巧辩	堂前巧辩	堂前巧辩
十五	**送别长亭**	秋暮离怀(**长亭送别**)	秋暮离怀
十六	草桥惊梦	草桥惊梦	草桥惊梦
十七	捷报**及第**	泥金捷报(捷报**及第**)	泥金捷报
十八	尺素缄愁	尺素缄愁	尺素缄愁
十九	**郑恒**求配	诡谋求配(**郑恒**求配)	诡谋求配
二十	衣锦还乡	衣锦还乡	衣锦还乡

除了正文二十出之外，少山堂刊本、徐士范刊本以及熊龙峰刊本的附录题目罗列如下：

少山堂刊本	**徐士范刊本**	**熊龙峰刊本**
	西厢会真记	西厢会真记
钱塘梦	钱塘梦	钱塘梦
蒲东珠玉诗		蒲东崔张珠玉诗集
秋波一转论	秋波一转论	秋波一转论
闺怨蟾宫	闺怨蟾宫	闺怨蟾宫
新增园林午梦	园林午梦记	园林午梦记
	松金钏减玉肌论	松金钏减玉肌论
		莺红对弈
		西厢别调
		西厢八嘲
		西厢八咏

由上可见，三刊本出目和附录相同的很多，而徐士范刊本出目的异文(括号内《北西厢记释义大全》的出目)又大致同于少山堂刊本。少山堂刊本先出，一般认为当然是徐本参考了少本。但是这种可能性较小，反而是少山堂刊本借鉴徐士范刊本的祖本的可能性较大。这是因为少本明言“考证”多种刊本“新刻”而成，徐本则自言根据“元本”而“重刻”，并不强调以他本校改。再加上在时间(前后仅差一年)和空间(不同刊刻地)上的因素，两刊本直接有因袭承传关系的可能性极小。

距弘治本八十二年后、少山堂本一年后问世的徐士范刊本，将不少新信息传达给读者。全剧分上、下两卷，各卷十出，每出四字标目，已经不再像弘治本分成二十一折；完整的"题目""正名"，即第一出、第五出、第九出、第十三出、第十七出前各有两句"题目""正名"；在第四、八、十二、十六出末尾各有一支【络丝娘煞尾】；最后，每套曲均标有宫调。全剧次序井然、完整无缺，充分显示了校订的严谨性。学界向来认为，【络丝娘煞尾】是《西厢记》的有机组成部分，它们表明《西厢记》是五本前后相连的长篇杂剧。但在弘治本卷一第四折末尾没有【络丝娘煞尾】，并且不少后出的版本，如起凤馆刊本、容与堂刊本、批点画意本等均为如此，直到天启年间(1621—1627)凌濛初校刻《西厢记》，才在《西厢记》文本中安定下来。这表明当时大多数《西厢记》的传播刊刻者并未认可这支【络丝娘煞尾】。

在内容上，徐士范本一开始就比弘治本多出了一篇《末上首引》。开头一首【西江月】词为少山堂本和徐士范本相同：

> 放意谈天论地，怡情博古通今。残编披览谩沉吟，试与传奇观听。编成孝义廉节，表出武烈忠贞。莫嫌闺怨与春情，犹可卫风比并。

接着的一段对白和开场诗，少山堂本与徐士范本则大不相同。少山堂本是：

> 〔问内科〕且问后房子弟，如今知音君子群聚于斯，以观般(搬)演，敢问是何题目？〔内应云〕崔张旅寓西厢记。〔云〕看官听道：
>
> 诗 纯仁纯义张君瑞 克严克谨老夫人
>
> 曰 全贞全烈崔氏女 能文能武杜将军

徐士范本则为：

> 〔问内科〕且问后堂弟子，今日敷衍谁家故事？那本传奇？〔内应科〕崔张旅寓西厢风月姻缘记。〔末〕原来是这本传奇，待小子略道几句家门，便见戏文大意。
>
> 从头事，细端详，僧房那可寄孤孀？纵免得僧敲月下，终须个祸起萧墙。若非张杜作商量，一齐僧俗遭磨瘴。虽则是恩深义重，终难泯夫妇纲常。重酬金帛亦相当，郑家的妇，岂堪作赏？翻云覆雨，忒煞无常，种成祸孽不关防，空使得蜂喧蝶攘，全不怪妖红快赵，憎嫌是士女轻狂，不思祖父尚书望，暮雨朝云只恁忙。没疤鼻的郑恒，他是枉死；无志气的张珙你也何强？看官若是无惩创，重教话欛笑崔张。
>
> 诗 张君瑞蒲东假寓 崔莺莺月底佳期
>
> 曰 老夫人忘恩负约 小红娘寄简传书

两相对照，表面上看来很不同，但实际上少山堂本很可能是据徐士范本的祖本简约而成，最后的"诗曰"则又将其改写，因此相互之间还是有一定联系的。

黄霖先生在具体地比较了少山堂本与余泸东本(熊龙峰刊本)插图的对联以及批语的异同之后，得出了"当为少本参考了徐士范本、余泸东本的祖本的可能性极大"的结论，并进一步地指出：

> 那么，这种有批语的、被少山堂本及徐本、余本共同借鉴过的祖本刊于何时呢？从现知的早于少山堂本的六种《西厢记》刊本中，……碧筠斋本有可能就是少山堂本、徐士范本、余泸东本所共同利用过的一种祖本，是评点的肇始。此本刊于嘉靖二十二年(1543)。①

这一推断是极有道理的。少山堂本的正文曲白大致与碧筠斋本相同，也没有【络丝娘煞尾】。而徐士范刊本在内容上的另一特征是，与弘治本相比增加了不少韵文说白。比如：

> 〔红云〕姐姐，今日天气晴明，咱两个就往那壁厢去罢。你看：棋声花院静，幡影石坛幽。〔莺云〕小院回廊春寂寂，落花飞絮两悠悠。〔并下〕
>
> （第一出《佛殿奇逢》【赏花时】【么】后）
>
> 〔生云〕帘下三间出寺墙，满阶垂柳绿阴长，嫩红轻翠间浓妆。瞥地见来犹可可，却来闲处暗思量。如今情事隔仙乡。〔并下〕（第一出【赚煞】后）

这些韵文说白大多见于后来的《重刻订正元本批点画意北西厢》，而此本参照的正是碧筠斋本。徐渭在《重刻订正元本批点画意北西厢·序》中指出：

> 余所改抹，悉依碧筠斋真正古本，亦微有记忆不明处，然真者十之九矣。白亦差讹，甚不通者，却都碧筠斋本之白矣，因而改正也。
>
> 余于是帙诸解，并从碧筠斋本，非杜撰也。斋本所未备，余补释之，不过十之一二耳。②

徐士范本的版式与熊龙峰本基本相同，只是在书口叶数之下镌有刻工姓名。正文前有程巨源著《崔氏春秋序》、徐士范题《重刻西厢序》(熊本无)，附录《西厢会真记》《钱塘梦》《秋波一转论》《闺怨蟾宫》《附刻园林午梦记》，正文上卷《末上首引》以及第一出至第十出(第一至四十八叶)。正文下卷卷首有附录《松金钏减玉肌论》，署“国学生撰”。第十一出至第二十出(第一至四十二叶)，正文内有题评。卷末附有《北西厢记释义大全》一卷、《北西厢记字音大全》一卷，其中《北西厢记释义大全》每出都有四字标目。

徐士范，毗陵(今江苏常州市)人，生平事迹无考。此书为安徽歙县虬村多名黄氏刻工合作刻成。据刘尚恒先生考证，黄锋、黄锬、黄锴为虬村黄氏二十五世，黄锋(1543—1606)，字子光，号龙桥，此书之外，还刻过《承庵先生集》《坛经》《汉魏丛书三十八种》等。黄锬(1545—1594)，另外还刻过《周礼述注》《坛经》等。黄锴(1554—?)，字子魁，一字心

① 黄霖《最早的中国戏曲评点本》，《复旦学报》2004年第2期，第44页。

② 徐渭《重刻订正元本批点画意北西厢·序》，《中国古典戏曲序跋汇编》卷六，济南：齐鲁书社，1989年，第648页。

宇，还刻过《坛经》《青阳县志》等。黄德时（1559—1605），字汝中，为虬村黄氏二十六世，除此书之外，还刻过《坛经》《杜律七言注解》《孔子家语》等。黄汝清，生卒年不详，估计亦为虬村黄氏二十六世，除此之外，还刻过《金华府志》《坛经》《说颐》《仁狱类编》等多种图书。①

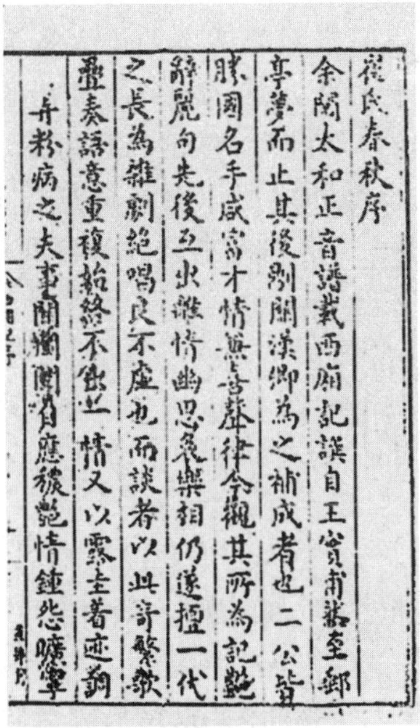

崔氏春秋序
余閲太和正音譜載西廂記謂自王實甫始至鄭
亭夢而止其後則關漢卿為之補成者也二公皆
勝國名手咸富才情兼喜聲律今觀其所為記豔
辭麗句先後互出離情幽思哀樂相仍遂擅一代
之長為雜劇絶唱良不虛也而談者以此奇驚欲
蠢秦語意重複始終不能亡情又以衆主著述夠
弁粉病之夫事關獨閲自應秾艷情鍾悲嘆

《崔氏春秋序》第一叶（表）

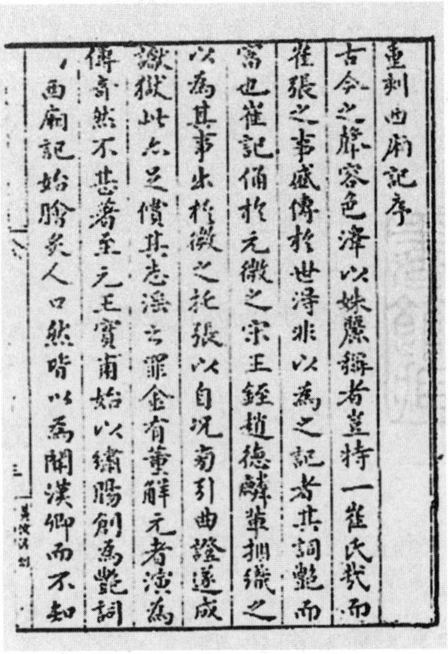

重刻西廂記序
古今之靡容色澤以姝麗稱者豈特一崔氏哉而
崔張之事盛傳於世淨非以為之記者其詞艷而
當也崔記傳於元微之宋王銍趙德麟輩拙織之
以為其事出於微之托張以自况旁引曲證遂成
讞獄此亦足償其忠溪之罪金有董解元者演為
傳奇然不甚著至元王實甫始以繡腸創為艷詞
而西廂記始膾炙人口然皆以為關漢卿而不知

《重刻西厢记序》第三叶（表）

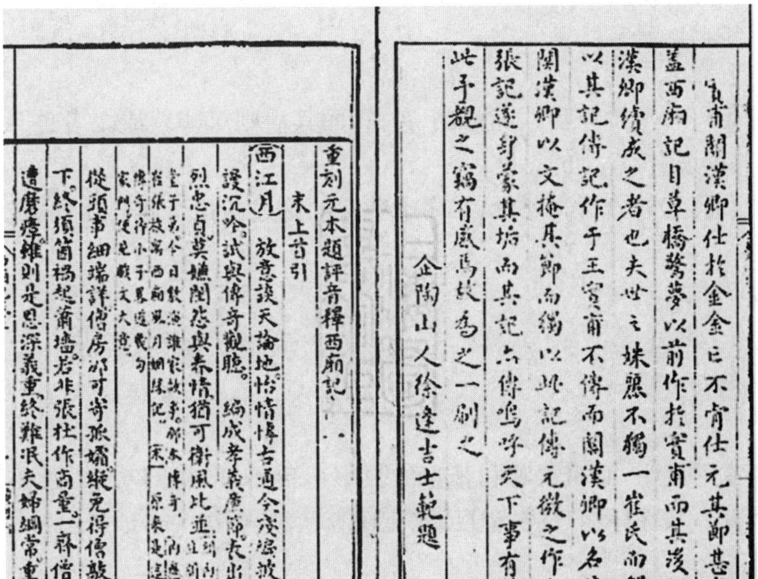

實甫關漢卿仕於金金亡不肯仕元其節甚高
蓋西廂記自草橋驚夢以前作於實甫而其後則
漢卿續成之者也夫世之姝麗不獨一崔氏而獨
以其記傳記作于王實甫不傳而關漢卿以名傳
關漢卿以文掩其節而獨以此記傳元微之作雅
張記遂幷蒙其垢而其記亦傳嗚呼天下事有若
此乎觀之竊有感焉故為之一刪之
金陶山人徐逢吉士範題

重刻元本題評音釋西廂記
卷上首引
西江月 放意談天論地怡情博古通今從遊放悠
護沉吟試與傳奇觀聽編成孝義廉節表出武
烈忠貞莫嫌閒恣與春情猶可衛風比並
從頭事細端詳借房聊可寄張孀縱免得偕敬月
下終須箇猫兒齣牆若非張杜作商量一齊偕俗
遺康缚離則是思深義重終難恨夫婦綱常重譜

《重刻元本题评音释西厢记卷上》第一叶

① 详见刘尚恒《徽州刻书与藏书》，扬州：广陵书社，2003年。

程巨源著《崔氏春秋序》和徐士范题《重刻西厢记序》就《西厢记》的作者以及对《西厢记》的评价等问题做了重要的阐述，对后世影响很大。关于《西厢记》的作者，明清以来众说纷纭，基本上有以下六种说法，即王实甫单独说、关汉卿单独说、王实甫作关汉卿续说、关汉卿作王实甫续说、关汉卿作王实甫补《围棋闯局》说、关汉卿作董珪续说。其中“王作关续说”（即《西厢记》从第一本至第四本的十六折为王实甫原作、第五本的四折则为关汉卿续作的说法），由于王世贞、王骥德、凌濛初的认同而盛行于时，以致此后著名学者王国维、吴梅、王季烈、刘世珩、鲁迅和蒋星煜、蔡运长等《西厢记》研究专家也都赞同此说。而王骥德、凌濛初之所以会形成这样的观点，蒋星煜先生认为是由于他们“基本上接受了徐士范为《重刻元本题评音释西厢记》所写的序文中的提法”①。

程巨源《崔氏春秋序》的开首便指出：

> 余阅《太和正音谱》，载《西厢记》撰自王实甫，然至邮亭梦止，其后则关汉卿为之补成者也。

表示同意《太和正音谱》的“王作关续”之说。徐士范在《重刻西厢记序》中也写道：

> 金有董解元者，演为传奇，然不甚著。至元王实甫，始以绣肠创为艳词，而《西厢记》始脍炙人口，然皆以为关汉卿，而不知有实甫。关汉卿仕于金，金亡不肯仕元，其节甚高。盖《西厢记》自《草桥惊梦》以前作于实甫，而其后则汉卿续成之者也。

这一“盖《西厢记》自《草桥惊梦》以前作于实甫，而其后则汉卿续成之者也”的提法对学界流行的“王作关续说”持肯定的态度。

关于对《西厢记》的分析和评价，二序中精辟的论述俯拾皆是。比如《重刻西厢记序》一开始就写道：

> 古今之声容色泽以姝丽称者，岂特一崔氏哉？而崔张之事盛传于世，得非以为之记者，其词艳而富也。

古今爱情故事举不胜举，而崔莺莺和张生的故事盛传不衰，得归功于《西厢记》华丽的文采和丰富的辞藻。与徐序相呼应，程巨源《崔氏春秋序》更进一步地指出：

> 二公皆胜国名手，咸富才情，兼喜声律，今观其所为记，艳词丽句，先后互出，离情幽思，哀乐相仍，遂擅一代之长，为杂剧绝唱，良不虚也。而谈者以此奇繁歌叠奏，

① 蒋星煜《论徐士范本〈西厢记〉》，《西厢记的文献学研究》，第 53 页。

语意重复，始终不出一情，又以露圭着迹、调脂弄粉病之。夫事关闺闱，自应秾艳，情锺怨旷，宁废三思，大雅之罪人，新声之吉士也。遂使终场歌演，魂绝色飞，奏诸索弦，疗饥忘倦，可谓辞曲之《关雎》，梨园之虞夏矣。以微瑕而类全璧，宁不冤也。

昔人评"王实甫如花间美人"，"关汉卿如琼筵醉客"，今览之信然。然语有之："情辞易工。"盖人生于情，所谓愚夫愚妇可以与知者。今元之词人无虑数百十，而二公为最。二公填词，无虑数十种，而此记为最。奏演既多，世皆快睹，岂非以其"情"哉。《西厢》之美则爱，爱则传也，有以夫！

程巨源的这一看法显然要比徐士范高出一筹，《西厢记》之所以能"遂擅一代之长，为杂剧绝唱"，不但有"艳词丽句"，更富"离情幽思"，而《西厢记》的广泛流传，"岂非以其'情'哉"，是形式和内容完美结合的结果。

众所周知，戏曲作品和小说一样在中国古典文学史上的学术地位是很低的，历来被认为"不登大雅之堂"。清金圣叹是为了强调小说戏曲中也有像《水浒传》《西厢记》这样能够和《庄子》《离骚》《史记》《杜工部诗集》相提并论的具有高度文学价值的作品，而把它们标名为"才子书"的。为了维护像《西厢记》这样以爱情为题材作品的合法地位，金圣叹把《西厢记》和《诗经・国风》相提并论，《西厢记》既然已经与儒家经典并列，那是不能看作"淫书"横加非难的。而程巨源则在早于金圣叹七十年左右，就已把《诗经》比作《西厢记》，并针对"导淫纵欲"的西厢诲淫之论进行了反驳：

近有嫌其导淫纵欲，而别为《反西厢记》者，虽逃掩鼻，不免呕喉。夫三百篇之中，不废郑卫，桑间濮上，往往而是。阿谷援琴，东山携尘，流暎史册，以为美谈，恶谓非风教裨哉？曲士之拘拘，只增达生一鼓掌耳。

程巨源认为《诗经》中也不排斥描写爱情的《郑风》《卫风》，而《西厢记》是有益风教、"流暎史册"的杰作。因此用"春秋"这一儒家经典之名冠于《西厢记》，所写序文题为《崔氏春秋序》，这是极有魄力和远见的。

徐士范刊本在正文和附录之后为《北西厢记释义大全》（第一至二十叶）以及《北西厢记字音大全》（第二十一至二十六叶），在《西厢记》的释义注音本中，徐本是目前为止现存最早的兼有释义注音和题评的刊本。徐本二十出的释义和字音是全部集中在一起的，《释义大全》注明第几处和出目，《字音大全》则只注明第几出而没注出目。

与弘治本相比，徐本的释义条目有所减少，但是增加了几百条字音，同时把题评引入正文，使释义、字音、题评三种俱全，而弘治本没有字音，这应该算是徐士范所作的贡献吧。

徐士范刊本是现存较早的《西厢记》评点本，不过刊本中未署题评者的姓名。而程巨源《崔氏春秋序》则有"余宗仲仁，习歌词曲，谓余金元人之词信多名家，然不易斯记也。乃搜诸家题词，刻诸简端以示余"，这表明"题词"（即题评）乃程仲仁搜集刊刻而成。

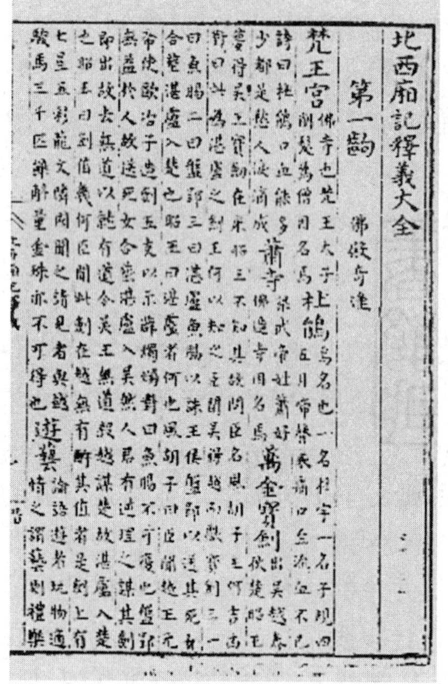
北西廂記釋義大全
第一齣
佛殿奇逢

《北西厢记释义大全》第一叶(表)

北西廂記字音大全
第一齣

《北西厢记字音大全》第二十一叶(表)

题评的内容大致可以分成三大类 。第一类是对作品结构、人物性格、语言风格等的评论和分析,不少评语独具慧眼。如对第一出《佛殿奇逢》莺唱【么】中“可真是人值残春蒲郡东,门掩重关萧寺中。花落水流红闲愁,万种无语怨东风”,题评道:“开卷便见情语。”又如【后庭花】中有生唱“若不是衬残红芳径软,怎显得步香尘底样儿浅。且休题眼角儿留情处,则这脚踪儿将心事传”,评点说:“惟回头一顾,则脚踪微旋,故知其传情。”还有【赚煞】中生唱“饿眼望将穿,馋口涎空咽,空着我透骨髓相思病染,怎当他临去秋波那一转”,对此题评日:“秋波一句是一部西厢关窍。”第三出《墙角联吟》生唱【幺】“我忽听、一声、猛惊”上有题评“忽听一声猛惊,所谓六声三韵,词家以此见奇”。第五出《白马解围》惠明所唱【叨叨令】处有题评“僧家豪侠之状形容都尽”。第十四出《堂前巧辩》【圣药王】曲之后有一段红娘和老夫人的对话,“拷红”成了红娘巧辩和反驳老夫人的良机,题评也因此写道:“此段白以学究之谈逞娇娃之辩,亦自快人。”第十六出《草桥惊梦》【雁儿落】中有“绿依依墙高柳半遮,静悄悄门掩清秋夜,疏剌剌林梢落叶风,昏惨惨云际穿窗月”,题评道:“叠字对词奏之令人凄绝。”第十七出《泥金捷报》前“题目”“正名”和开首有两处题评:“关汉卿续《西厢记》,极力模拟,然比之王本,终自钧铢。”“元人乐府称四大家,而汉卿与焉。独以激厉胜,少逊实甫耳,故自不失为兄弟也。”上述这些题评对《西厢记》的主旨和作者的意图以及语言表达等具有充分的理解并做了精确的评析。

题评的第二类则是释义,主要针对一些典故、俗语、方言所做的解释和提示。如第一出生唱【元和令】中有“颠不刺的见了万千,似这般可喜娘的庞儿罕曾见”,题评释“颠不刺”为“外方所贡美女名。又,元人以不花为牛,不刺为犬,于此义不相涉,亦可以备考”。

今天看来所释未必得当，然亦可聊备一说。第二出《僧房假寓》生唱【耍孩儿】“当初那巫山远隔如天样，听说罢又在巫山那厢”上的题评曰：“欧阳公词：平芜尽处是春山，行人更在春山外。”生唱【三煞】“你撇下半天风韵，我拾得万种思量”的题评道：“撇拾二字描写撇者丢情拾者落得。”第四出《斋坛闹会》生唱【鸳鸯煞】“有心争似无心好，多情却被无情恼”，题评指出原句搬用“东坡词多情却被无情恼”。第五出《白马解围》莺唱【仙吕】【八声甘州】“风袅篆烟不卷帘，雨打梨花深闭门”，题评指出原句袭用“秦少游雨打梨花深闭门”。第十一出《乘夜逾墙》红唱【得胜令】“你本是个折桂客，做了偷花汉。不想去跳龙门，学骗马”的题评解释道：“北人谓哄妇人为骗马。”还有，第十三出《月下佳期》中生唱【混江龙】“越越的青鸾信杳，黄犬音乖”，题评指出此处借用“青鸾，武帝事；黄犬，陆机事”。同样，第十五出《秋暮离怀》中莺唱【满庭芳】“若不是酒席间子母每当回避，有心待与他举案齐眉”，题评认为此处是“举案齐眉，用梁鸿故事”。而第九出《锦字传情》红唱【仙吕】【赏花时】“春恨压眉尖，若得灵犀一点，敢医可了病恹恹”的题评写道：“古曲云：身无彩凤双飞翼，心有灵犀一点通。”这两句显然是出自李商隐的《无题》诗，却作“古曲云”，令人费解。同样第十出《玉台窥简》红唱【二煞】“望穿他盈盈秋水，蹙损了淡淡春山”的题评写道：“秦少游词：也应似旧，盈盈秋水，淡淡春山。”“也应似旧，盈盈秋水，淡淡春山”是南宋左誉《眼儿媚》的词句，却误作了“秦少游词”。另外，题评还有多处指出某些词语是“方言”“乡语”“元时乡语”“北方方言”“中原谚语”“教坊中语”“释家言”“喝采语”等。

第三类是针对曲牌、格律方面的批评。如对第十二出《倩红问病》【绵搭絮】之曲批评道：“此折越调用侵寻韵，本闭口而此间误入真文，乃知全璧之难也。”第十五出《秋暮离怀》【四煞】上的题评曰“此下多可入唐律”等。

凌濛初校刻的《西厢记》眉批以及近人刘世珩在《暖红室汇刻传剧》本《西厢记》中都采录了一些徐本的题评。徐士范刊本在明代已被誉为善本，例如龙洞山农《刻重校北西厢记序》称：

> 词曲盛于金元，而北之《西厢》、南之《琵琶》尤擅场绝代。……北词转相摹梓，踳驳尤繁，唯顾玄纬、徐士范、金在衡三刻，庶几善本，而词句增损，互有得失。①

王骥德在《新校注古本西厢记自序》中也指出：

> 余刻纷纷，殆数十种，仅毗陵徐士范、秣陵金在衡、锡山顾玄纬三本稍称彼善。徐本间诠数语，偶窥一斑。②

从这两篇序文中也可窥见当时对徐士范刊本好评的一斑。当然徐本的特点、价值以及对

① 龙洞山农《刻重校北西厢·序》，继志斋刊本《重校北西厢》（日本内阁文库所藏）卷首。

② 王骥德《新校注古本西厢记·自序》，《中国古典戏曲序跋汇编》卷六，第648页。

以后的影响，还远不止上述这些，以下的版本比较中还将加以论述。

四、中国国家图书馆所藏刘龙田刊本

中国国家图书馆所藏万历二十九年(1601)刘龙田乔山堂刊本，以《元本题评西厢记》之题名收入《古本戏曲丛刊初集》(上海商务印书馆，1954 年)分两册影印出版。第 1 册：扉叶正面“元本题评西厢记，古本戏曲丛刊初集”、背面“古本戏曲丛刊编刊委员会景影北京图书馆藏明刘龙田刊本，原书版匡高二十一公分宽十三公分”，正文上卷(首行题“重刻元本题评音释西厢记卷上”，次行分署“上饶余泸东校正 书林刘龙田绣梓”，“末上首引”以及第一出至第十出)第一至六十六叶。

第 2 册：正文下卷(首行题“重刻元本题评音释西厢记”[缺“卷下”])，第十一出至第二十出)第一至五十五(表)叶。《附录新增莺红下棋》第五十六至五十八叶，《附刻园林午梦记》第五十九至六十一叶，《北西厢附余：西厢别调、打破西厢八嘲、闺怨蟾宫》第六十二至六十六叶，《秋波一转论》，《松金训减玉肌论/国学生撰》，《钱塘梦》，《蒲东崔张珠玉诗集》第一至二十二叶，尾题下部二行分莲牌木记“乔山堂刘龙田梓”。

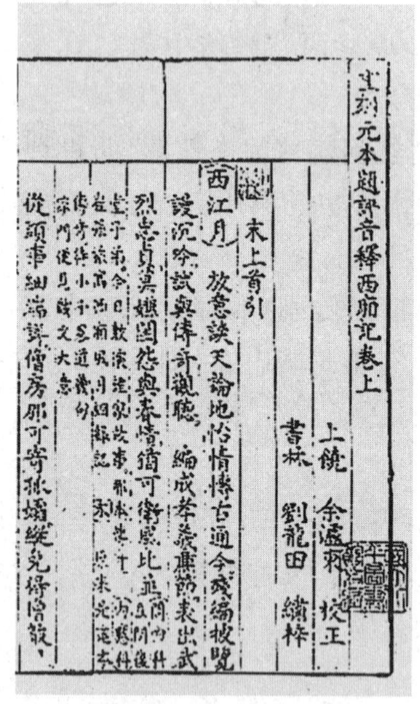
重刻元本題評音釋西廂記卷上

上饒 余瀘東 校正

書林 劉龍田 繡梓

末上首引

西江月 放意談天論地，怡情博古通今

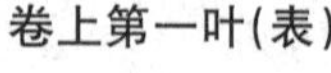
卷上第一叶(表)

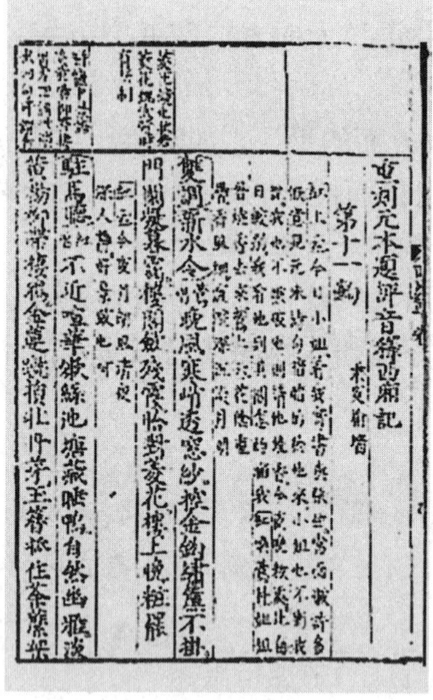
重刻元本題評音釋西廂記

第十一齣

卷下第一叶(表)

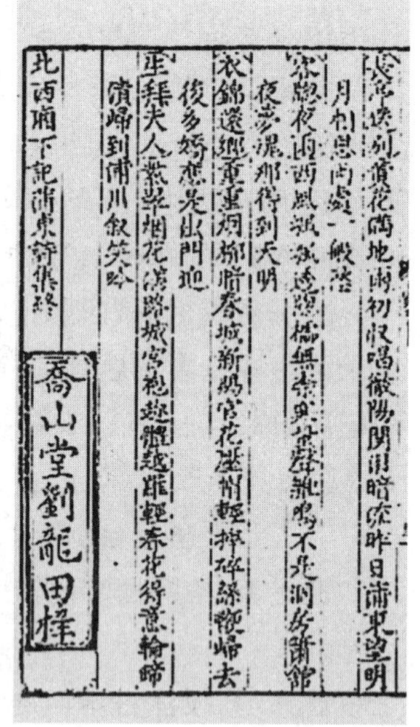
喬山堂劉龍田梓

北西廂下卷蒲東詩集終

卷下第二十二叶(里)

正文二十出各处和《莺红下棋》的末尾有“释义”和“字音”，插图每幅占 1 面，图题为上方中央横批四字(《钱塘梦》三字)，左右两侧各 12 字的对联一套，每出一幅，加上《钱塘梦》《莺红下棋》《园林午梦》三种附录各一幅，以及二幅《西湖景》，共二十五幅插图。盖有“国立北平图书馆收藏”之印。

熊龙峰刊本《重刻元本题评音释西厢记》所阙的第四、七、十八、二十出的四幅插图，刘龙田刊本齐全。

第四出　斋坛闹会

第七出　母氏停婚

第十八出　尺素成愁

第二十出　衣锦还乡

第四出：斋坛闹会　崔小姐荐相国父孤魂，虔诚设醮。
　　　　　　　　　张君瑞礼佛法僧三宝，密约焚香。

第七出：母氏停婚　张君瑞寻盟赴宴，图夫妻好合。
　　　　　　　　　崔夫人背德停婚，改兄妹称呼。

第十八出：尺素成愁　逐一观详复转书，如逢对语宽前病。
从头整点将来物，方见相思别后心。
第二十出：衣锦还乡　金榜挂名时，比阙初归荣昼锦。
洞房花烛夜，西厢重整旧风流。

熊龙峰刊本《崔莺莺待月西厢记总目》中所列而正文中没有的《杭城湖景图》，在刘龙田刊本中能看到二幅（二叶、双面连式）《西湖景》，并且二十四叶（里）《西湖景》下小字刻有“卢玉龙刊”：

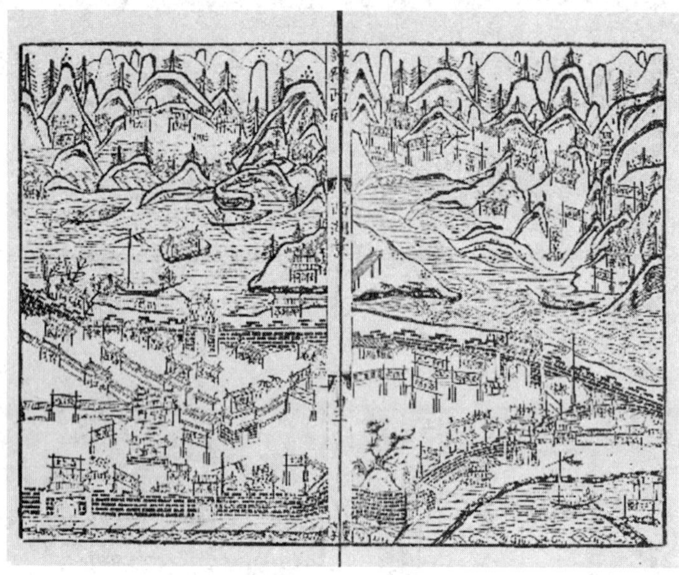

西湖景(《卷下二十三叶》)

西湖景(《卷下二十四叶》)

上文已指出，熊刊第十出《玉台窥简》插图中有小莲牌木记“全像卢玉龙刊”，而刘本此处则无，尽管标处不同，但两本的插图均为卢玉龙所刊是毫无疑问的。

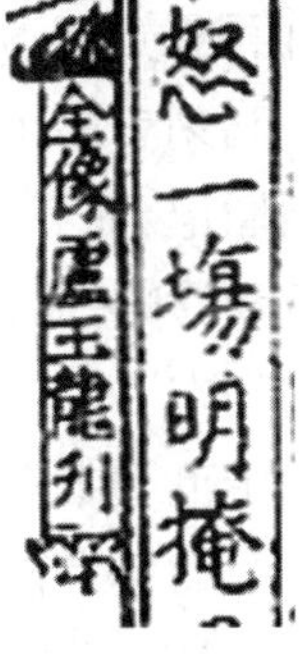

刘龙田刊本　　熊龙峰刊本(刻有“全像卢玉龙刊”)

除此之外，刘龙田刊本的附录和熊龙峰刊本的基本相同(刘本删除了《西厢会真记》)，加上徐士范刊本的附录题目比较如下：

徐士范刊本	**熊龙峰刊本**	**刘龙田刊本**
西厢会真记	西厢会真记	
钱塘梦	钱塘梦	钱塘梦
	蒲东崔张珠玉诗集	蒲东崔张珠玉诗集
秋波一转论	秋波一转论	秋波一转论
闺怨蟾宫	闺怨蟾宫	闺怨蟾宫
园林午梦记	园林午梦记	园林午梦记
松金钏减玉肌论	松金钏减玉肌论	松金钏减玉肌论
	莺红对弈	莺红对弈
	西厢别调	西厢别调
	西厢八嘲	西厢八嘲
	西厢八咏	西厢八咏

“释义”和“注音”的部分，从内容、形式到文本中所处的位置，刘龙田刊本和熊龙峰刊本完全一致，而题评的内容和错讹也基本相同，再加上插图、板式、正文以及刊刻的时间

（相隔九年）、地点（同为建阳）、校正者（同为余泸东）等情况来看，可以断定刘龙田刊本与熊龙峰刊本具有直接的传承关系。然而，仔细比较可以发现，两本之间字体、插图以及附录位置、顺序均有差别，可知刘龙田并非套用熊龙峰旧版重印，而是重新雕版而成。

另外，据方彦寿先生考证，刘龙田（1560—1625），名大易，字龙田，号爌文，福建建阳人。万历年间，以乔山堂、乔山书舍、乔木山房、龙田刘氏忠贤堂、谭阳书林刘大易、乔山堂刘少岗等名号刻书甚多。除《重刻元本题评音释西厢记》之外，还刻有《书法丛珠》《新锲全像大字通俗演义三国志传》《新锲类解官样日记故事大全》等书。他与建阳另一刻书家余象斗有姻亲关系。①

五、三种《重刻元本题评音释西厢记》之关系

《西厢记》刊本除了照元本原样翻刻的以外，几乎没有两种刊本是完全相同的，这里有的是刊刻者的粗疏所致，也有的是校注者的不同见解而造成。就三种《重刻元本题评音释西厢记》而言，尽管版式、体制以及正文基本相同，但序文的有无、题评的异文、音释的位置和详略、附录的增减，以及插图和刻工等方面都有相异之处，尤其是徐士范刊本与熊龙峰刊本、刘龙田刊本有显著的差异。

徐士范刊本有程巨源著《崔氏春秋序》和徐士范题《重刻西厢记序》。这两篇序文对《西厢记》的作者以及评价等问题都做了重要的阐述。熊龙峰刊本保留了《崔氏春秋序》，而删除了徐士范的自序，刘龙田刊本在翻刻之际又把《崔氏春秋序》也删除了。

徐士范刊本没有插图，而熊龙峰刊本有二十三幅插图，刘龙田刊本在熊本的基础上又增加了二幅，共二十五幅插图。徐本原有黄锴、黄锬、黄锋、黄汝清等著名刻工的姓名，而熊本和刘本的书口则都没标刻工姓名，但插图均署“卢玉龙刊”。

如上所述，熊龙峰刊本标目见于三处，即总目、每出正文和插图，第八、十四、十七出的三处标目各有不同。而附录六种的总目、本文和插图的题目也各有相异。另外，第五出之前的“正名 小红娘**書**请客 崔莺莺夜听琴”中“昼”误成“**書**”，少刻了一横。熊龙峰刊本和刘龙田刊本的校正者同为余泸东，因此二本的分歧和错讹也基本一致，只是熊本所缺的第十八出插图，刘本把标目《尺素缄愁》误为《尺素成愁》。

而徐士范刊本中的这种分歧和错讹更多，出目有以下六处相异：

出数	**总目**	**正文**	**释义大全**
七	母氏停婚	母氏停婚	**夫人**停婚
八	琴心写**恨**	琴心写怀	莺莺**听琴**
十	玉台窥简	玉台窥简	**妆**台窥简
十五	秋暮离怀	秋暮离怀	**长亭送别**
十七	泥金捷报	泥金捷报	捷报**及第**
十九	诡谋求配	诡谋求配	**郑恒**求配

① 参见方彦寿《建阳刘氏刻书考（下）》，《文献》1988年第3期。

另外，正文第三出《墙角联吟》误刻成第四出，第五出“晝”也错成“書”，书口或标“西厢记卷上”，或标“西厢记上卷”，或称《北西厢记卷下》等，称呼存在着混乱。标目上出现这些分歧错误，说明刊刻者和校正者的工作还不够细密。总目与正文不同之处是第八出，而《释义大全》与正文相异之处竟有六出，这种情况也表明总目、正文与《释义大全》的出目可能有不同的来源。就题名而言，《释义大全》全称《北西厢记释义大全》，而卷首标名、徐士范的序文以及总目等都称为《西厢记》。如前所述，《北西厢记释义大全》的出目基本同于明万历七年(1579)的少山堂刊本《新刻考正古本大字出像释义北西厢》，而词目和注文又与弘治十一年(1498)金台岳家刊本《新刊奇妙全相注释西厢记》的“释义”大体相同，因此，张人和先生认为：

> 《释义大全》并非徐士范本所原有，它形成的时间比题评和行批要早，很可能是从其他刊本移植来的，《释义大全》的出目也当另有所本，但至今不得而知，有待进一步查考。①

这一推断是不无道理的。徐士范刊本的所谓重刻元本，正文和《释义大全》极有可能依据两种不同的《西厢记》底本而成。

《重刻元本题评音释西厢记》所收附录也多有不同。从内容上来看，《西厢会真记》(即元稹小说《莺莺传》)是《西厢记》故事的渊源所在，徐士范本和熊龙峰本均收入，主要是表示《西厢记》自有文人传统，可以让读者了解《西厢记》的本事，也能使对比小说和戏曲的不同创作取向和结局形态。而《钱塘梦》《园林午梦记》以及《松金钏减玉肌论》之类的附录，多为书坊出于射利之目的，以此引起人们的阅读兴趣，而实际上《钱塘梦》与《西厢记》故事没有什么联系。熊龙峰本和刘龙田本还比徐士范本多收了《蒲东崔张珠玉诗集》《莺红对弈》《西厢别调》等五种，这也是为了满足不同读者的需求。

熊龙峰刊本的附录在卷首、卷尾都有。卷首有《西厢会真记》《秋波一转论》《松金训减玉肌论》《钱塘梦》。卷尾有《新增莺红下棋》《园林午梦记》《西厢别调》《打破西厢八嘲》《闺怨蟾宫》《蒲东崔张珠玉诗集》《八咏诗》，并且所收附录最多。徐士范刊本的附录《松金训减玉肌论》在上卷卷首，其他的都在下卷卷首，而刘龙田刊本的附录均在卷末。

关于释义和注音的内容和所在位置，徐士范刊本以“北西厢记释义大全”为题放在下卷最后，熊龙峰刊本和刘龙田刊本则以《释义》为名附在每出正文之后，内容三刊本完全相同。继《北西厢记释义大全》之后，徐士范刊本以《北西厢记字音大全》汇成一集，而熊、刘两本则以《字音》放在《释义》之后，并且内容也删除了很多。比如，第一出“孀”字，徐士范本作“孀，音霜，无夫妇也”，而熊、刘两本只有“孀，音霜”而已。另外，校正者和刊刻者为了正好刻满一版面，就把超出的内容全部删除了。比如卷上第九叶(表)只剩六行，“字音”部分就缩为六行的内容，而卷下第五十五叶(表)只有一行，第二十出的“字音”则变成了一行。因此，熊龙峰本和刘龙田本对注音是并不重视的。

---

① 张人和《徐士范本〈西厢记〉的出目》，《〈西厢记〉论证》，长春：东北师范大学出版社，1995 年，第 189 页。

徐士范刊本是现存较早的《西厢记》评点本，熊龙峰刊本和刘龙田刊本也都基本保存了徐士范刊本的评点内容，但与徐本也有异文之处。现比勘三种《重刻元本题评音释西厢记》刊本题评的异同而整理成下表，以此来探寻三者的因承关系。

《重刻元本题评音释西厢记》题评对照表

	徐士范刊本（万历八年）	熊龙峰刊本（万历二十年）	刘龙田刊本（万历二十九年）
第二出	七青八黄，掂斤播两，俱乡语，今**南**中亦有之。	七青八黄，掂斤播两，俱乡语，今**吴**中亦有之。	七青八黄，掂斤播两，俱乡语，今**吴**中亦有之。
第四出		三宝：佛也、法也、僧也。	三宝：佛也、法也、僧也。
第五出（1）	西厢词多用儿字于**情**近于事谐，故是当家。	西厢词多用儿字于**指**近于事谐，故是当家。	西厢词多用儿字于**指**近于事谐，故是当家。
（2）	此莺莺自怨自艾之辞，可入神品评者。	此莺莺自怨自艾之辞，可入神品评者。	此莺莺自怨自□之辞，可入神□□者。
（3）	**飐**音丢，或音准。	□音丢，或音准。	风音丢，或音准。
第六出（1）	此草木出罗浮山，乃男宠所致祥异，世人多不识之。	此草木出罗浮山，乃男宠所致祥异，世人多不识之。	此□□出罗浮山，乃男宠所致祥异，世人多不识之。
（2）	你明博得二句□□□反承，妙□。	你明博得二句对而意反承，妙甚。	你明博得二句对而意反承，妙甚。
第七出（1）	□□□人停婚，自是聪□女子，□□□忧离之思转逼迫甚矣。	此忖夫人停婚，自是聪慧女子，然望合忧离之思转逼迫甚矣。	此忖夫人停婚，自是聪慧女子，然望合忧离之思转逼迫甚矣。
（2）	□本作“我却待□转秋波”。	赵本作“我却待目转秋波”。	赵本作“我却待目转秋波”。
（3）	江州司马，白乐天。	江州司马，白乐天**事**。	江州司马，白乐天**事**。
（4）	□□信然，岂有□多之病欤？	宽之信然，岂有务多之病欤？	宽之信然，岂有务多之病欤？
第九出	**史**记刺绣文不如倚市门。	**文**记刺绣文不如倚市门	**文**记刺绣文不如倚市门
第十一出		菱花，镜也。状若菱花。魏武帝时有此制。	菱花，镜也。状若菱花。魏武帝时有此制。
第十四出	淫妒、忸**怩**、咎悔之情三者备矣。	淫妒、忸**怩**、咎悔之情三者备矣。	□□、□**伲**、咎悔□□三者备矣。
第十五出（1）	此折叙**离**合情绪，客路景物，可称词曲中赋。	□□□**离**合情□，□□景物，可□□曲中赋。	此折叙**谁**合情绪，客路景物，可称词曲中赋。
（2）	举案齐眉乃梁**鸿**故事。	举案齐眉乃梁**鸡**故事。	举案齐眉乃梁**鸡**故事。
（3）	眼中流血心水成灰，□商人□□。	眼中流血心水成灰，亦商人故事。	眼中流血心水成灰，亦商人故事。

（续表）

	徐士范刊本（万历八年）	熊龙峰刊本（万历二十年）	刘龙田刊本（万历二十九年）
第十七出	此意本邹长**倩**遗公孙贤良书来。	此意本邹长**猜**遗公孙贤良书来。	此意本邹长**猜**遗公孙贤良书来。
第十九出	三学究语一段天成。	□□□语一段天成。	□□究语一段天成。
第二十出	收煞一篇**意思**在此两句。	收煞一篇**关钥**在此两句。	收煞一篇**关钥**在此两句。

上表列出了三种刊本题评的主要异同，从这些例文中能窥见三者的差异。首先，是徐士范本中无、而熊龙峰本和刘龙田本有的题评。如第四出和第十一出。这两条解释性的题评是元本有而徐本漏刻了、还是熊本新增加的，尚不得而知。

其次，是徐士范本与熊龙峰本、刘龙田本有异的题评。如第二出，第五出(1)，第九出，第十五出(2)，第十七出，第二十出(1)、(2)。第二出的“南中”“吴中”字相异，但义还是相同的。第五出(1)是对莺莺唱【寄生草】“他脸儿清秀身儿俊，性儿温克情儿顺，不由人口儿里作念心儿里印”的评语，这里“儿”字多用表达了莺莺对张生亲近爱慕的情感，因此徐士范本的“于**情**近、于事谐，故是当家”比“于**指**近、于事谐，故是当家”似乎更为贴切。同样，第九出也是徐士范本“**史**记刺绣文不如倚市门”的题评准确，因为《史记》卷一百二十九《货殖列传》有“刺绣文不如倚市门”。第十五出(2)和第十七出的两处则明显是熊龙峰本和刘龙田本的误刻。第二十出熊龙峰本和刘龙田本的题评“关钥”即“关键”“重要”之意，比“意思”两字用得更为妥当。

第三，是徐士范本缺脱，而熊龙峰本、刘龙田本完整的题评。如第六出(2)，第七出(1)、(2)、(3)、(4)，第十五出(3)。徐士范本所脱落的第六出(2)四字、第七出(1)七字、第七出(2)二字、第七出(4)四字、第十五出(3)三字，用熊龙峰本校勘一下就能补上。而第七出(3)徐士范本作“江州司马，白乐天”，熊龙峰本和刘龙田本均为“江州司马，白乐天**事**”，再看下一条题评，三刊本都是“白头吟，卓文君事”，因此可以断定是徐士范本漏刻“事”字。

最后，是熊龙峰本、刘龙田本缺脱，而徐士范本完整的题评。如第五出(2)、(3)，第六出(1)，第十四出，第十五出(1)，第十九出。刘龙田本所缺的第五出(2)三字、第六出(1)二字和第十四出五字，用徐士范本和熊龙峰本都能补上。第十九出熊龙峰本脱三字、刘龙田本脱二字，以徐士范本比勘一下即明了。第五出(3)的注音徐士范本为“颩音丢，或音准”，熊龙峰本“颩”字模糊不清，而刘龙田本作“风音丢，或音准”，从正文惠明唱【正宫】【端正好】的曲词“不念法华经，不礼梁皇忏，颩了僧伽帽，袒下偏红衫”，以及熊龙峰本和刘龙田本第五出《白马解围》后所附《字音》“颩音丢”也可知，刘龙田本把“颩”误刻成“风”。

根据上述题评的异同，应该如何判断三种《重刻元本题评音释西厢记》的版本性格和因袭承传关系呢？蒋星煜先生在《论徐士范本〈西厢记〉》一文中指出：

应该承认刘龙田刊本确是善本。但是这个刊本的讹错缺脱是比较多的，对于正

> 文或其他附录，我们可以用其他现存明刊本《西厢记》来校勘，至于《题评》，其他明刊本没有，熊龙峰刊本既远在日本，而且也是根据徐士范刊本翻刻的，当然没有用徐士范刊本校勘那么可靠。①

但是，从上述题评的异同比较，尤其是第一种情况（徐士范本中无、而熊龙峰本、刘龙田本有的题评）和第三种情况（徐士范本缺脱，而熊龙峰本、刘龙田本完整的题评），再加上正文的版式、注音的详略和位置、释义的样式和位置、附录的增减，以及插图的有无等因素综合来看，断定熊龙峰刊本“也是根据徐士范刊本翻刻的”是有失偏颇的。笔者认为，熊龙峰刊本恐怕主要并不是根据徐士范刊本，而是徐士范刊本的元本刊刻的，也就是说熊龙峰刊本和徐士范刊本是根据同一元本（祖本）重刻的，只不过熊本在刊刻时有可能参照了徐本而已。而刘龙田刊本则完全是根据熊龙峰刊本翻刻的。

六、结　语

现存明刊《西厢记》从早期的弘治本开始，其文本从内容到体制形式一直都处在演变之中，至万历期间基本定形，形成了四大版本系统。即《题评音释》系统、《重校北西厢记》系统、碧筠斋古本系统，万历间“时本”系统。而徐士范刊本《重刻元本题评音释西厢记》、继志斋刊本《重校北西厢记》、《重刻订正元本批点画意北西厢》及客与堂刊本《李卓吾先生批评北西厢》，历来被认为是四大版本系统的代表。

综上所述，蒋星煜先生发现的徐士范刊本在明代已被誉为善本，在《西厢记》版本演变中影响巨大。凌濛初校刻的《西厢记》眉批以及近人刘世珩在《暖红室汇刻传剧》本《西厢记》中都采录了一些徐本的题评。《题评音释》系统中，由于徐士范本刊刻时期最早，因此一直被认为是熊龙峰刊本和刘龙田刊本的祖本。而刘龙田刊本被郑振铎发现并收入《古本戏曲丛刊》，当然也是公认的善本。本文通过具体考察版式、体制、序文、标目、题评、释义、附录以及插图等的异同，阐明了日本内阁文库所藏的熊龙峰刊本的特征和在《重刻元本题评音释西厢记》刊本系统流变中所起的承前启后的作用。由于当时条件所限，郑振铎没能知晓熊龙峰刊本的存在，蒋星煜先生也未能看到熊龙峰刊本。而通过具体的目验比勘，笔者认为，熊龙峰刊本恐怕并不是根据徐士范刊本翻刻的，而是依据徐士范刊本的元本刊刻的，也就是说熊龙峰刊本和徐士范刊本是根据同一元本（祖本）重刻的，只不过在重刻过程中有可能参照了徐士范刊本。而刘龙田刊本则完全是根据熊龙峰刊本翻刻的。因此从版本演变的过程来看，位于两种善本之间刊刻的熊龙峰本《重刻元本题评音释西厢记》的价值也应该是不容置疑的。

另外，通过考察我们还可以推测到，熊龙峰刊《重刻元本题评音释西厢记》是在17世纪初期与《本草纲目》等汉籍一起由福建或者宁波运到长崎而被当时著名汉学家林罗山所收购，并后经昌平坂学问所、浅草文库而移入内阁文库的。明末以后，日本进入文化繁荣的江户时代，因幕府及各地大名、藩主对小说戏曲的爱好而从江南输入。熊龙峰刊本

① 蒋星煜《论徐士范本〈西厢记〉》，《西厢记的文献学研究》，第73页。

对《西厢记》在日本的传播起到了积极的推动作用。

从上述考论中可以看出，由于《西厢记》元代写本的失传，明代书坊主又多喜声言悉依元本，而在翻刻时为照顾时好，常依传奇体制对元本《西厢记》进行改动。为扩大影响及追求商业利益，又于正文外附上各种与《西厢记》相关文献或有趣诗文，正文中再加上题评释义注音等，《重刻元本题评音释西厢记》系列正反映了当时这种出版状况和读者的欣赏趣味。其中，熊龙峰刊本的二十三幅插图以及《西厢会真记》《钱塘梦》《西厢别调》《蒲东崔张珠玉诗集》等十一种在当时极有人气的诗文和俗曲的附录，都是为满足不同读者的兴趣和需求而作，尽管带有显著的商业气息，同时也具有很高的审美价值和深远的文化意义，在徐士范刊本和刘龙田刊本之间起到了承先启后的作用。

［作者简介］ 黄冬柏，九州共立大学经济学部教授。

正仓院古文书所见汉籍书录及唐逸诗汇考*

陈　翀

［摘　要］　日本东大寺正仓院所存古文书中留存了不少奈良时期抄写汉籍的记录，经编年整理后，可以推测出当时皇家及主流贵族的汉籍嗜好倾向及收藏、传抄的重要一面。而正仓院古文书及古文物图录中的几首全唐逸诗，数量虽少，却也反映出了彼时唐诗海外传播的一个真实面貌，于今后《全唐诗》的增补修订工作或将有所裨益。

［关键词］　正仓院古文书　汉籍书录　全唐逸诗

日本奈良时期（710—784）汉籍传承之具体情况，由于没有之后平安时期诸如《日本国见在书目录》一类汉籍书目录之存世，一直不甚明瞭。不过，东大寺正仓院所存的一群古文书（今总称其为《正仓院文书》）中，留下了不少当时写经所抄写汉籍的记录。这些记录，虽然不能反映出当时汉籍受容之全貌，但如果对其进行编年整理，亦可以一管而窥全豹，推测出当时皇家及主流贵族的汉籍嗜好倾向及收藏、传抄的重要一面。基于此，笔者根据东京大学文学部史料编纂所编纂的《大日本古文书编年文书》（全二十五册）①，将其中所录汉籍书名逐条系年录出，编成《正仓院古文书所见汉籍书录史料编年稿》（下简称《编年稿》）②。

在编写《编年稿》时，笔者又重新确认了相关的正仓院影印古文书及古文物图录，发

---

* 本文乃JSPS科研费16K02588研究成果之一部分。

① 正仓院古文书大致分正集四十五卷，续修五十卷，续修后集四十三卷，续修别集五十卷，续续修四百四十卷（以上二册），尘介文书三十九卷（三册），共五册六百六十七卷，现移存于东大寺西宝库中仓中。正仓院文书之整理文本多已收入了《大日本古文书编年文书》（全二十五卷），并可通过东京大学史料编纂所之网站进行检索。

② 关根真隆编有《正仓院文书事项索引》（吉川弘文馆，2001年），遗憾的是未分列出汉籍书名。奈良平安时代对于纸张及文书利用与保存有着极为严格的规定。各部省书写文书（称之为“一次文书”）一般保存期为三十年。文书逾期之后，移交写经所利用其纸背（如篇幅不够则拼接其他旧纸）进行再次书写（称之为“二次文书”）。纸背文书逾期之后，多被写经生用来练习书法或调解笔墨用纸，这些练习书法的墨迹被称为“乐书”或“落书”（日语发音相同，被称为“三次文书”）。之后这些废弃文书需要封存于寺庙，不得流出或擅自毁弃。有关正仓院文书之书写及写经所之研究，可参考山下有美《正倉院文書と寫經所の研究》（吉川弘文馆，1999年版）、西洋子《正倉院文書整理過程の研究》（吉川弘文馆，2002年版）、山下幸男《寫經所文書の基礎的研究》（吉川弘文馆，2002年版）、荣原永远《奈良時代寫經史研究》（塙书房，2003年版）、丸山裕美子《正倉院文書の世界よみかえる天平の時代》（中公新书2054、中央公论社，2010年版）、皆川完一《正倉院文書と古代中世史料の研究》（吉川弘文馆，2012年版）等。关于正仓院所藏汉籍信息，可通过东京大学文学部史料编纂所网站予以查对，网站名“奈良時代古文書”フルテキストデータベーズ，网址如下：http://wwwap.hi.u-tokyo.al.jp/ships/shipscontroller。

现了几首全唐逸诗，数量虽少，却也反映出了彼时唐诗海外传播的一个真实面貌。现将这些诗句汇录于下，稍加考证，征明出处，或于今后增补修订《全唐诗》有所裨益。

一

奈良时代的写经生，经常会利用一些废弃文书练习书法，现在一般将这种墨迹称为“乐书”或“落书”，及练字文书之意。这些落书，不乏写经生所常书写的一些人名书名，诸如“文选”“臣善”“千字文”“羲之”等。不过，也有少数文书留下了当时常为写经生抄写的一些唐人诗文，如书写于宝龟元年(770 年，唐大历五年)的《奉写一切经所食口帐》纸背，就有一首落书唐诗，其原抄写形态如下：

山静林泉丽、胥然独坐、被寻老子。
山山静泉丽胥然独坐
心为明时尽、君门尚不容。
男菌为时尽君闻田菌迷径路、归去欲何从。
田菌迷径路归去欲何容

落书中虽未录此诗作者及诗题，但考此乃唐诗人刘幽求《书怀》诗，现见收《全唐诗》卷九十九。《全唐诗》诗题下引宋人叶梦得《避暑录》注明其乃从“三馆昭库烂册中捡得”①。对照《奉写一切经所食口帐》所保留的落书诗，可知叶梦得所得“烂册”遗失了此诗之题下小注，现将刘幽求诗之全貌复原于下：

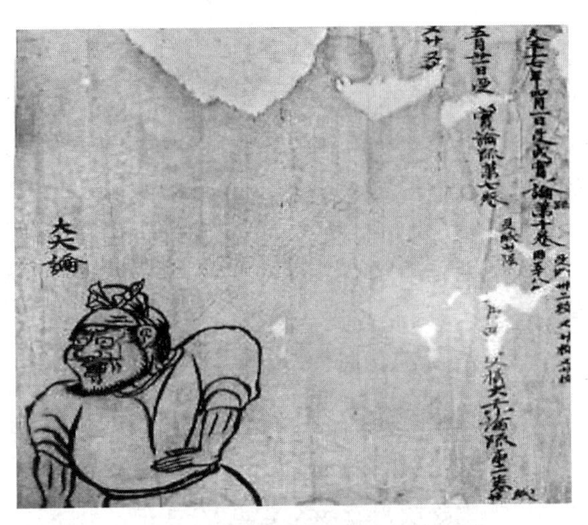

图 1　写经生在废弃文书上所留下的自画像及“大大论”落书

书怀　山静林泉丽，胥然独坐，被寻老子。

心为明时尽，君门尚不容。田菌迷径路，归去欲何从。

刘幽求乃盛唐时人，官至宰相，然存诗唯此一首，却见钞于同时代之异域书卷，可知此诗当时曾广为流传，甚至名播海外。另外，此诗又存唐人选编唐诗之《搜玉小集》，诗题及本文与《全唐诗》同，亦失题下注。《搜玉小集》之编者及成立时期均不详。学界曾据其所选诗人年代推测其成书最晚不过于天宝末年。如果《奉写一切经所食口帐》所录刘幽求诗

① 原文如下：“避暑录〔话〕云：此诗三馆昭库烂册中检得。幽求非肯安田园者，殆出守时愤怼之作。”《全唐诗》卷九十九，北京：中华书局，1960 年，第 1066 页。

乃源自《搜玉小集》的话，我们则可据此推测其成书年代不当晚于大历时期。然而，《搜玉小集》未见录于《日本国见在书目录》，首次著录晚至南宋陈振孙《直斋书录解题》[①]，从《全唐诗》与《搜玉小集》所录《书怀》诗均失题下注来看，南宋所发现的《搜玉小集》或就是由叶梦得于"三馆昭库"捡得之"烂册"整理而成。而根据现存刊本及钞本，其传入日本乃要晚至江户时代[②]，因此这一上述落书诗源于今存《搜玉小集》的可能性，应该是微乎其微的。

奈良时代的贵族汉文水平尚属启蒙阶段，大部分还没有达到能够创作出流畅圆熟之汉诗文的水平。而写经生的文化水平则更只是停留在一般的读写阶段，其对唐诗的接触大多源于其曾抄写过或当时脍炙人口的一些名作名篇。从笔者整理的《编年稿》可知，《搜玉小集》并未见抄于写经所，要之，即使其真的已经传入了平城京，也很难为下层文人之写经生所接触到。因此，此诗之来源，更有可能是正仓院文书中所录的《群英集》或《歌林》之类的唐诗抄卷。文化水平不高的写经生能谙诵这些唐诗，并信手拈来练习书法，可见收入这些唐诗的"古集""杂抄"之类的唐诗抄卷亦当是经常为其书写[③]。下文要提到的几首落书唐逸诗，也极有可能就是与刘幽求诗源于同一类钞卷。

二

佐佐木信纲(1872—1963)编《南京遗书》与《南京遗芳》是一套收录正仓院古文书的大型影印丛书[④]。《南京遗芳》录有一件题为《七夕诗二韵并序》的文书，这也是一件落书文书。文书原为天平六年(734)五月一日《造物所作物帐》，后人在原卷上又抄录了题为《七夕诗二韵并序》的两首五言诗。佐佐木在解题中推断其或是写经名家辛国人成利用废弃文书练习书法之物。现将其诗与序翻译于下：

> 孟秋良辰，七夕清节。凉气初升，鸣蝉惊于园柳。素露方凝，金萤绕于砌草。于时纷纶风土，酌醪之吉日。倩盼淑女，穿针之良夜。当此之时，岂得投笔。人取一字，各成二韵。
>
> 皎皎河东女，迢迢汉西牛。衔怨侍七夕，巧笑悦三秋。面前开短乐，别后悲长愁。
>
> 谁知情未极，反成相望悠。度月照山里，古神游河间。幸相三饯别，不醉客非还。

如图所示，卷面落书文字书写极为随意，又未注明作者，因此至今学界对此诗之原作者、

① 陈振孙《直斋书目录解题》卷十五云"搜玉小集 崔湜至崔融三十七人诗六十一首"。另外，有关《搜玉小集》的考证，可参考伊藤正文《搜玉小集について》，收《中国文学报》第十五册(1961年6月)，第74—101页。

② 根据伊藤正文介绍，日本现存此本有如下三本：昌平校官板文政七年刊本、内阁文库藏抄本、前田尊经阁藏抄本，均与汲古阁本无大异。然文政七年刊本或是在汲古阁本的基础上予以了修订。于此还有待今后详考。

③ 奈良平安时代多存不见中国文献的唐诗抄录集。如《江谈抄》所提到的《古集》，就录有逸名唐诗人吕荣、张方古的逸句。参见拙论《日本古文献〈江谈抄〉所见全唐佚诗句辑考》，收《中国典籍与文化》2013年第4期，第96—101页。

④ 两书均为八木书店，1927年。

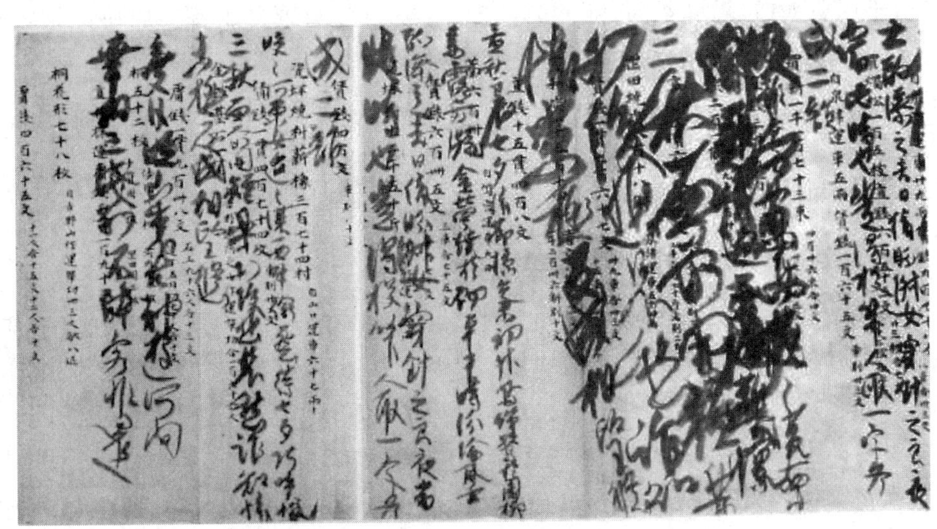

图2　辛国人成所书《七夕诗二韵并序》诗

来源等问题一直未予以详考①。此诗当为唐初文人之作，证据有二：一是已如许多日本学者所指出的一样，此诗曾为平安初期汉文学代表人物藤原不平等（659—720）与藤原宇合（694—737）父子所袭用，藤原不平等诗题为《五言七夕一首》，诗云："云衣两观夕，月镜一逢秋。机下非曾故，援息是威猷。凰盖随风转，鹊影逐波浮。面前开短乐，别后悲长愁。"末联与《七夕诗》第一首第三联完全一致。藤原宇合诗题为《五言暮春曲宴南池并序》，诗云："得地乘芳月，临池送落晖。琴樽何日断，醉里不忘归。"末句之"醉里不忘归"则是幻用了第二首"不醉客非还"一句。两诗均被选入《怀风藻》②。藤原父子乃其时之文学领袖，尤其是藤原宇合，还曾于养老元年（717）以遣唐副使之身份入唐，更是吸收唐风之先锋人物。以其父子二人文坛领袖之身份，绝不可能盗用同一时代其他日本文人之佳句（袭用或模仿唐人佳句则是奈良平安文人的一种习惯，这在《江谈抄》的记载中也多有谈及）。这两首诗既被藤原父子所袭用，且又被写经生辛国人成用来练习书法，可知当时亦是流传甚广，脍炙人口。然其不见收入《怀风藻》，原因只能有一，即非平安本土文人之作品。二是此诗序之写法与初唐极为相近。诗序中"人取一字，各成二韵"的写法，见王勃《夏日诸公见寻访诗序》，其末语云"人探一字，四韵成篇"③；又见陈子昂《秋日遇荆州府崔兵曹使燕并序》，其末语亦有"人探一字，六韵成篇"④。由此可见，这种"探韵成篇"乃初唐文人宴会时一种流行的酬唱方式。

综上所考，基本可以推测《七夕诗二韵并序》乃初唐某位佚名诗人之作品。这首诗或亦是其时写经生所抄写唐诗卷中的作品，由于大量采摭了平安文人所熟知之《文选》作品之"七夕"语典，浅显易懂，因此成为了平安初期文人汉诗创作的典范之作。而其在中国，

① 有关此诗先行研究之介绍，可参见前注丸山裕美子《正倉院文書の世界 よみかえる天平の時代》第六章，第227—229页。

② 日本古典文学大系69所收，岩波书店1964年。藤原不平等诗见101—102页，藤原宇合诗见148页。

③ 参见《四部丛刊》本《王子安集》卷六，第60页。

④ 参见徐鹏校点《陈子昂集》（修订本）卷二，上海：上海古籍出版社，2013年，第47—48页。

或许是由于用典太白，意境不高，随着时间的推移，最终被摈弃于各类唐诗文集之外，反而不为人所知了。

三

《正仓院文书》续续修十六帙三收《造东大寺司牒案》纸背文书上亦见有一段落书文字，其文如下：

> 千部用仁王疏反上。造大寺司牒冈本寺。奉请法花经壹佰玖拾部【千部之内者、橡表黄纸柒涂轴】、纳横六合(无鏁)。帙壹佰玖拾枚【百卅二枚千部内、五十八枚以官一切经料借用】。竹帙百卅二枚千部内【锦缘绯、里八十六枚、拾组卅六枚、紫绪】。绣帙五十八枚一切经料借着【锦缘绯、里紫绪】。牒、依紫微中台今月二日牒旨、奉请如前、故牒。天平胜宝二年三月三日、主典从八位下美努连(奥麻吕)、判官正七位下田边史(真人)。(纸背)建部广足(笔)。充绊市人(笔)。若倭部益国(笔)。茨兄田万吕(墨)。鬼室小东人(墨、笔)。村国益人(笔)。巨世万吕(笔)。阿刀宅足(笔)(以下异笔)无导人之短、无说己之长。施人慎勿念、受施慎勿忘。世誉不足慕、唯仁为纪纲。万里三春重岁华、访酒追琴入仙家。林间探影逢明月、谷里寻香值落花。千字文敕。万里三春秋秋秋长。敕员外散骑侍郎周兴嗣次韵。

此文书卷表书写的是书写一切经的记录，留有“天平胜宝二年三月三日”之纪年，天平胜宝二年为唐天宝九载(750)，按照当时对纸册卷轴处理规定，可知其卷背之墨笔领受记载当写于三十年之后的780年左右，也就是日本宝龟十一年、唐建中元年左右。而“异笔”所书落书段落，则当写于三十年之后的810年，也就是日本弘仁元年、唐元和五年左右了，当然也有可能更晚一些。

考落书中前一段文字“无导人之短，无说己之长。施人慎勿念，受施慎勿忘。世誉不足慕，唯仁为纪纲”，出自崔子玉《座右铭》，后录“千字文敕”“敕员外散骑侍郎周兴嗣次韵” 则是《千字文》之书题及卷头。崔子玉《座右铭》收于《文选》，现存有空海自笔抄本①。根据《编年稿》亦可看出，李善注《文选》和周兴嗣次韵《千字文》是奈良平安文人最常抄写备用的两部汉籍，因此其相关内容经常被写经生用来练字。两段文字中间又录了一首失题汉诗，现将其文整理于下：

> 万里三春重岁华，访酒追琴入仙家。林间探影逢明月，谷里寻香值落花。

查此诗不见中日古典文献所录，当与上述落书诗一样，又是一首全唐逸诗。

又，首句“万里三春”语，令人想起所录韦承庆《南中咏雁诗》，其诗云：“万里人南去，

---

① 参见《书道艺术》第十二卷《空海》，中央公论社，1975年。又，须田哲夫《崔子玉座右铭》，收《福岛大学教育学部论集人文科学》31号之2，1979年11月，第23—32页。

三春雁北飞。不知何岁月，得与尔同归。”①

四

图3　人胜残欠杂张·北156

图4　正仓院鸟毛篆书屏风·南69

图5　金银山水八卦背八角镜·南70

另外，笔者还在正仓院所藏舶来唐物中辑得二首唐物诗及一首铜镜铭五言诗，现一并录于下。

(1) 人胜残欠杂张四言诗(图3)：令节佳辰，福庆惟新。燮和玩载，寿保千春。

(2) 鸟毛篆书屏风四言诗(图4)：主无独治，臣有赞明。箴规苟纳，咎悔不生。

(3) 金银山水八卦背八角镜铭(图5)：只影嗟为客，孤鸣复几春。初成照胆镜，遥忆画眉人。舞凤归林近，盘龙渡海新。缄封待还日，被拂鉴情亲。

这些唐物诗，或无多大文学价值，但却也反映出了唐人及日本古人对诗歌喜好的一面，折射出当时知识阶层的品味风情。谨附录于上，供大家参考。

另外要引起我们注意的是(3)金银山水八卦背八角镜铭诗，此镜旧传为吉备真备所献唐镜，铭文与八卦相对应，详考见藏内数太《正仓院八卦背镜私考——特に金银山水八卦背八角镜について》②。陈尚君先生辑补《全唐诗续拾》卷五十六据沈从文《唐宋铜镜》录《唐八棱贴银镀金海上仙真八卦花鸟镜铭》：“舞凤归林近，盘龙渡海新。缄封待还归，披拂鉴情亲。只影若为客，孤鸣复几春。初成照瞻镜，遥忆画眉人。”文字基本相同，但句子先后排列不同。正仓院镜由于列有八卦方位，藏内数太据此断出诗句先后顺序，当以之为正。另外再附言一句，《全唐诗续拾》据沈从文《唐宋铜镜》录出另一首《唐伯牙弹琴镜铭》：“独有幽栖地，山亭随女萝。涧清长低筱，池开半卷荷。野花朝暝落，盘根岁月多。

① 参见《全唐诗》卷四十六。不过，此诗之作者及本文均存在异说。《全唐诗》录其本文及校语如下：“南中咏雁诗一作于季子诗。题作南行别弟。万里人南去，三春一作秋雁北飞。不知何岁月，得与尔一作汝同归。”第557页。韦承庆(640—706)是初唐时期的著名诗人，其诗歌也多为平安文人所喜好，此诗前两句还被收入了《和汉朗咏集》。不过，此落书诗是否为韦承庆所作，现已无从考证了。

② 《正仓院纪要》第2号，1955年，第17—29页。

停杯无尝慰，峡鸟自经过。”[①]此铭亦见东京国立博物馆法隆寺别馆藏同名唐白铜镜。不过，这首铜镜铭诗其实是南朝末隋初诗人江总之诗，原题《夏日还山庭》，已见收于《艺文类聚》卷三十六、《古诗纪》卷一百十五等，今后如有机会重新增订《全唐诗》时，应将其删除。

［作者简介］ 陈翀，日本广岛大学文学研究科准教授。

① 《全唐诗补编》录《全唐诗续拾》卷五十六，北京：中华书局，1992 年，第 1635—1636 页。

日本京都大学图书馆藏明黄用中注《骆丞集》十卷本叙录

杜晓勤

［摘　要］明黄用中注、詹海鲸刻《新刻注释骆丞集》十卷本，自《千顷堂书目》后不见著录，而有一部藏于日本京都大学图书馆。初步研究此部《骆丞集》的版本特征，可以见出其版本优善的珍贵价值，且此书系今日可考之最早的骆宾王集注本。而国内各大图书馆著录的明林绍刻陈魁士注《新刻注释骆丞集》十卷本，实为詹海鲸刻黄用中注本的剜改重印本。

［关键词］黄用中　《骆丞集》　林绍刻本

明人黄用中注、詹海鲸刻《新刻注释骆丞集》十卷本，自清人黄虞稷《千顷堂书目》著录之后，国内再未见有人收藏或著录。2016 年 11 月下旬，本人在京都大学图书馆访书，无意间在普通古籍部发现了一部被改成和装的明人黄用中注、詹海鲸刻《新刻注释骆丞集》十卷本。后承友人京都大学人文研究所绿川英树教授帮助，将此本整部拍成数码照片寄来。我方得以对此本的版本价值和流传情况展开初步研究。

一、此本的版本特征

明刻和风改装，封面（表纸）为蓝楮皮纸，蓝线双股五眼装订。首页钤“百百后太郎寄赠”长方形阳文朱印、“京都帝国大学图书之印”篆文阳文方形大朱印、京都大学图书馆接收赠书专用朱文小圆印各一枚。内叶有虫蚀、残叶，均加衬纸修复。白口，左右双边，单黑鱼尾。序文半叶六行，行十五字。正文半叶十行，行二十字。正文双行小字夹注。卷一书眉有朱笔批语书条，书中时见用朱笔、蓝笔、墨笔所加句读。

卷首有黄用中《骆丞集序》、《骆丞集凡例》、《新唐书·骆宾王传》、郗云卿序、孟启《本事诗》、刘定之评语、《杨升庵诗话》、徐献忠语。诗文兼收，按文体分类编次，别为十卷：卷一，颂 1 篇，赋 2 篇；卷二，五言古诗 2 篇；卷三，五言律诗 68 篇；卷四，五言排律 41 篇，五言绝句 6 篇，杂言 1 篇；卷五，七言古诗 4 篇；卷六，序类 14 篇；卷七，表启类 8 篇；卷八，启书类 9 篇；卷九，杂著类 4 篇；卷十，檄类 3 篇。共收作品 163 篇。

此本注语简略，评注结合。注文不甚重典故、字词之解释，时有对骆宾王诗文作意之串讲、作法之点评，可见其对骆宾王忠义较称赏，对骆宾王四六文艺术造诣极推服。

此本校勘着力无多，对文字脱误持较审慎之态度。如卷二《咏怀古意上裴侍御》“不需用”句下云：“此句脱误，考诸旧本皆然，不敢辄增入。”再如，卷三《于紫云观赠道士序》“路是亡羊分歧之恨愈切”下亦云：“此序似有脱文，得兔亡羊俱见前。”

二、此本的珍贵价值体现

首先，此本罕见著录。此本刊刻之后，被收藏著录甚少。明代之后中国公私书目中仅见清初黄虞稷《千顷堂书目》著录，直至今日，国内各大图书馆古籍书目中亦未见踪迹。据本人检索日本汉籍联合数据库以及绿川英树帮助调查，日本公私图书馆中除京都大学图书馆藏有外，也未见它处入藏。现当代研究骆宾王集版本的专著，除万曼《唐集叙录》曾经提及，赵荣蔚《唐五代文人别集叙录》及葛亚杰的《〈骆宾王文集〉版本研究》均未措一辞。

其次，此本版本优善。郗云卿编《骆宾王文集》系十卷本，虽然已佚。但此注本所用骆集底本，与《骆宾王集》现存最早的宋蜀刻本，同属较接近郗云卿原编的“六尺之孤何托”本系统，而非“六尺之孤安在”之俗本系统。而且，作品编次和文字，均有优于宋蜀刻本之处。其底本疑为宋元时流传的另一骆集十卷本，更比后来的一些明人自辑本要好得多。

第三，此本为骆集之最早注本。此前学界大多认为万历七年(1579)刊刻的明人陈魁士注本，是骆宾王文集的现存最早注本。然据此本黄用中序，知成于万历二年(1574)，则此本当为目前可考的骆集最早的注本。而且后出的明人陈魁士注本、颜文选注本所用骆集底本，亦与此本大同小异。

三、注者黄用中生平略考

学界对注者黄用中亦少有关注，兹据福建地方志、历代书目等文献，略考其生平行事：

黄用中，字道行，号古山。明万历年间在世，闽县人。能诗，善书画，著有《粤游日记》一卷，注释《骆丞集》十卷。

> 黄用中《粤游日记》一卷。①
>
> 黄用中注《骆宾王集》十卷。〔字道行，闽县人。〕②
>
> 黄用中，字道行，闽县人。能诗，善书，时写意作山水石，注释唐《骆丞集》十卷行世。③
>
> 黄用中，字道行，号古山。闽县人，能诗善书，时作山水竹石，天趣不群，当入逸品。(《闽画记》)④

---

① 〔清〕黄虞稷《千顷堂书目》卷八《地理类下》。
② 〔清〕黄虞稷《千顷堂书目》卷三十二《文史类》。
③ 《福建通志》卷五十一。
④ 《御定佩文斋书画谱》卷五十七。

黄用中曾在闽县西鼓山下读书，编有《鼓山志》。明嘉靖年间，鼓山涌泉寺遭大火，曾作诗序记之。

> 比壬寅二月之十三日也，予病烦不寐，夜起披衣，觉远焰烛梁，开棂骇视，则近峰红映东南矣。初谓樵儿举燎遗炽荆棒，未为深念。迫晓，乡人来告，谓寺已焚。骇叹交生，扶病走视，则檐箱胥泯，煨烬犹嘘；唯一二残僧对予陨涕而已。兴悲无极，漫有短章，用叙所由，备纪岁月。①
>
> 此书乃记载鼓山前代老宿之事实，及名人文艺等，为鼓山志之权舆。当时黄用中、徐兴公等编《鼓山志》即本于此。②
>
> 鼓山为闽藩左辅，控大海而表百粤，自梁开平中创置禅林，历宋元至今七百余载，即田夫稚子无不能谈其胜者，而志故阙焉。……先辈黄用中读书山下，感胜迹之廖绝，痛文献之无征，稍为掇其崖略，欲成一家言，而力弗逮，舅氏徐兴公得其遗稿，而次第讨论之，日复一日，至戊申岁，余方宅艰多遐，相与遐搜灵秘，博采刍荛，上溯草昧之初，中沿兴废之迹，而下益以耳目之所听睹，其汇有八卷，列十二，虽孤僻寡昧，不无漏万之讥，而薪析鳞比，使后之人有所考焉。或于兹山不无微劳耳，其补遗润色之功，以俟作者。③

四、与国内所藏林绍刻本之关系

检海内外各公私图书馆书目，骆宾王集黄用中注本国内失传久矣，似乎只有京都大学图书馆一家收藏，天壤间孤本仅存。实则不然。经过多方调查比勘，我发现，现藏北京大学图书馆、上海图书馆、南京图书馆的著录为明林绍刻陈魁士注《新刻注释骆丞集》十卷本，实为詹海鲸刻、黄用中注本的剜改重印本。

上述三家图书馆所藏所谓的林绍刻本，实际上是将黄用中序抽去，将每卷卷首第二三行“闽晋安　黄用中　注”“书林　詹海鲸　锲”剜去，在第一行下补刻“徐州兵备副使漳浦碧潭林绍发刊”，第二行下改刻“徐州知州谷城孙养魁校正”，第三行改刻“学正福清陈玺同校”。余皆一仍黄用中本之旧。

《明代版刻综录》曾著录云：

> 林绍，字文肖，漳浦县人，嘉靖四十四年进士，丹阳令，徐州兵备副使。《新刻注释骆圣集》十卷，唐骆宾王撰，明陈魁士注，明万历五年林绍刊，该书逐卷首页一、二行改刻，字体版式不同，系旧版重印。

今得京都大学图书馆所藏黄用中注本，可知所谓明万历五年(1577)林绍刻、陈魁士注本，

① 《鼓山志》卷十，黄用中《鼓山白云涌泉寺灾感而有作并序》，《四库存目丛书》史部，第235册，第854页。
② 观本《涌泉禅寺经版目录》，“鼓山禅德遗著佚目”，鼓山涌泉寺民国二十一年(1932)刻本。
③ 〔明〕谢肇淛《小草斋文集》卷十二，《鼓山志小引》。

所据旧版实为现藏京都大学图书馆的这部万历二年(1574)詹海鲸刻黄用中注本，系后者之剜改重印本。所谓林绍刻本中的注语，更与明万历七年(1579)刘大烈刻、陈魁士注《新刊骆子集注》四卷本(中国国家图书馆藏)中的注语无涉。《明代版刻综录》编者谓之为陈魁士注本，疑想当然之辞。

[作者简介] 杜晓勤，北京大学中文系教授，博士生导师。

京都大学附属图书馆藏写本《七经孟子考文》发微

顾永新

［摘　要］《七经孟子考文》为日本江户时代古学派学者山井鼎所著、后经物观补遗，是在中日学界都有较大影响的经学著作。狩野直喜曾购进“山井手定献进本”，并对《七经孟子考文》做了深入研究，该本现藏于京都大学图书馆。京大本是《考文》存世写本中最早、最接近山井鼎原稿面貌的本子。将京大本与初刻本比勘后可知，《考文补遗》一书主体部分实为《考文》，《补遗》所占份额极小，而且整体架构也都是《考文》固有的，未尝改易；物观所作《补遗》主要进行了补缺和正讹工作；京大本与初刻本相比疏漏、讹误更少，具有极高的学术价值和文献价值。

［关键词］《七经孟子考文》　京大本　山井鼎

《七经孟子考文补遗》(以下简称《考文补遗》)，日本江户时代古学派学者山井鼎考文、物观补遗，是《四库全书》中仅有的两部由外国人纂集的经学著作之一，在中日两国学界都产生了相当大的影响，也是中日学术交流史上的珍贵文献。日本中国学家狩野直喜先生撰有《山井鼎与七经孟子考文补遗》一文①，考证作者生平、成书经过及传入中国始末，数据翔实，论证充分，堪为不刊之论。狩野先生高度评价其书，“夫学人操简著书，固非为一时一国。德川氏之政治，虽文教勃兴，鸿硕辈出，著作如林，而求其有功于经籍之校勘，使中外鼓箧之儒，至今犹蒙其泽者，未若此书也”。据篇首大正丙寅(十五年)题识，狩野先生致力于《考文补遗》的研究并撰述此文的缘起是“去年夏，购得享保年间西条侯儒臣山井鼎撰之《七经孟子考文》(以下简称《考文》)，此书乃侯裔孙某子爵之旧藏，实山井手定献进本也”②。这个经狩野先生手购进的“山井手定献进本”今藏京都大学附属图书馆(以下简称京大本)。

---

① 狩野直喜《山井鼎と七經孟子考文補遺》撰于大正十五年丙寅(1926)，发表在《内藤博士还历祝贺支那学论丛》(弘文堂书房，1926 年)，翌年编入氏著《支那学文薮》(弘文堂书房，1927 年)。中文译本见于江侠庵编译《先秦经籍考》，更名《〈七经孟子考文补遗〉考》，1931 年由商务印书馆出版。

② 《〈七经孟子考文补遗〉考》，《先秦经籍考・杂考类》，第 257 页。

一

京大本《考文》一百九十九卷，32 册，包括《周易》十卷 3 册，《尚书》二十卷 3 册（附《古文考》一卷），《毛诗》二十卷 6 册，《左传》六十卷 6 册，《礼记》六十三卷 10 册，《论语》十卷、《古文孝经》一卷 2 册，《孟子》十四卷 2 册。每册前衬页钤“西条邸图书记”朱印，知其原藏西条藩主在江户的府邸；首叶钤“京都帝国大学图书”印记，另有入藏标记“311484/大正 14.10.13”，知其入藏时间为大正十四年（1925）10 月 13 日。有关其书购进及入藏经过，苏枕书先生已有充分的研究，现据以胪述如下：

京大图书馆书目卡片明确记载了是书的购入时间、版本类型、开本大小及内容构成、购买价钱等信息：

> 文学部购入，大正 14 年 10 月 13 日，酒井宇吉。写，和，大。《周易》三卷、《尚书》三卷、《毛诗》六卷、《左传》六卷、《礼记》十卷、《论语》二卷、《孝经》一卷、《孟子》二卷。1000,000。

不难看出，此处卷数实即册数[①]，只是《（古文）孝经》附在《论语》之后，合为一册，并未独立成册。酒井宇吉乃东京一诚堂第一代主人，《一诚堂古书籍目录》第十一“汉文、和汉诗文、诗作书类之部”著录“山井鼎稿本《七经孟子考文》，全三十二册”，标价“壹千三百圆”，运费三元。

此外，狩野先生在《半农书屋日记》中也记载了他促成购入《考文》以及开展相关研究的始末：

> （大正十四年八月）八日。东京一诚堂主人携《七经孟子考文》至，索价千金。命留之于家，拟与同僚议，买入于大学。请内藤教授共览，君以为书中似有系山井自写者。
>
> 十四日。午后久保桧谷翁至，仓石生至，示以原本《七经考文》。
>
> 十六日。午前小川博士琢治携其二子至，观《七经孟子考文》。
>
> （九月）十三日。午前访矢野博士。予数日以来考《七经孟子考文》入中国事，欲托搜讨长崎文献也。
>
> 十四日。午前上学，仍考《七经孟子考文》入中国始末。
>
> 廿日。傍晚至大学，见斯文学会研究部诸人，讲说《七经孟子考文补遗》入中土始末。
>
> （十二月）十二日。上学。夜至支那学会讲演山井鼎《七经孟子考文》入中土始末。[②]

① 参见拙作《经学文献的衍生和通俗化》第四章第四节“《七经孟子考文补遗》考述”，北京：北京大学出版社，2014 年。

② 狩野直喜《春秋研究》附录《半农书屋日记》，みすず書房，1994 年，第 273—276、280 页。

由日记可知，狩野先生十分重视此书，至少和内藤湖南、仓石武四郎、小川琢治、矢野仁一、久保桧谷等知名学者进行品鉴、研讨，最终促成京大图书馆购入。同时，亦可见其相关研究的重点是《考文补遗》传入中国始末及其影响，至是岁十二月业已完成。①

二

享保三年(1718)，山井鼎受聘于纪州藩支藩伊予(爱媛县)西条藩主松平赖渡(西条侯)，为记室。五年秋②，请命于侯，并得到其师荻生徂徕的具体指导③，与同门根本逊志前往下野国足利郡之足利学校，校勘那里收藏的古写本、活字本及诸多宋、元、明刻本，积勤三年，精心结撰《考文》一书，④十一年誊写完毕，献之西条侯，这个进献本就是前揭京大本⑤。西条侯十分重视是书的学术价值，命制副本二，一通存纪州藩，一通进呈幕府，这两个副本今分别藏于天理大学图书馆和宫内厅书陵部，由此可见京大本无疑是《考文》存世写本中最早、最接近山井鼎原稿面貌的本子，其学术价值和文献价值不言而喻。十三年七月，幕府将军吉宗命徂徕之弟、东都讲官物观为《考文》再作《补遗》，与其事者有石川之清⑥、三浦义质⑦、木村晟⑧及宇佐美灊水⑨。十五年十二月十七日写定进呈⑩，一般认为这个进呈本就是宫内厅书陵部所藏写本《考文补遗》。但其书后有物观识语，作于十六年四月，其文有曰：

> 西条书记山鼎，尝搜足利学书以撰前书也。兹者臣观与诸生等复校足利学书，敢掇其所阙失，为之《补遗》。平直清以校正监焉云尔。享保十有六年岁次辛亥孟夏之日物观谨识。

---

① 以上参考苏枕书《关于京大附图所藏〈七经孟子考文〉写本》(“京都读书记”之二十六)，《南方都市报》2016年4月10日第18版。

② 狩野先生未能考证出山井鼎和根本逊志前往足利学校的时间。京都大学人文科学研究所藏山井鼎手校闽本《礼记注疏》卷五二首题识：“享保庚子秋九月廿四日，与友生伯脩来于足利，以学校所藏《五经正义》校雠，《中庸》篇补磨灭。学校本，金泽文库之本也，其后上杉宪实寄附当学云，盖宋板也，中华所希有之物，而于我邦得见之。恨不离羁绊，终其功也。得再就当学补其阙，斯余之志也。君彝又记于足利学校。”吉川幸次郎先生最早注意到这条材料(《东方文化研究所善本提要・经部・十三经注疏》，《吉川幸次郎全集》第17卷，筑摩书房1985年，第566页)。末木恭彦先生根据山井鼎手校闽本识语，认为山井和根本的足利之行前后有两次，第一次是享保五年(1720)九月，停留时间较短；第二次是七年八月至九年春近三年的时间(《〈七经孟子考文〉考》，《徂徕と崑崙》，春风社2016年，第92—93页)。

③ 宇佐美灊水撰，泷川龟太郎校注《杂著》，大东文化学院编辑部1938年，第10页。

④ 末木恭彦先生以为《考文》的性质实为山井鼎奉西条藩主之命因有足利之行，《考文》乃其集足利之行前后所进行的校勘工作之大成的调查报告(《〈七经孟子考文〉考》，第90页)。

⑤ 除了狩野先生认定之外，《图书寮典籍解题・汉籍篇》之《考文》解题亦作如是说(大藏省印刷局1960年，第45页)。

⑥ 石川大凡(?—1741)，名之清，江户中期儒者，师事徂徕。又据《杂著》泷川龟太郎校注，石川字叔潭，号嘿斋(第11页)。

⑦ 三浦竹溪(1689—1756)，名义质，通称平太夫，江户中期儒者，师事徂徕。又据《杂著》泷川龟太郎校注，三浦字子彬，号竹溪(第11页)。

⑧ 木村梅轩(1702—1753)，江户中期儒者，名晟，字得臣，师事徂徕。

⑨ 据宇佐美灊水《杂著》，当时将《考文》所参校的古书全部由足利学运至江户，在物观家中进行校勘工作。三浦和宇佐美、石川和木村两两一组对校，物观判定异文之是非，另有室师礼(据泷川龟太郎校注，名直清，号鸠巢，官儒。我们认为，当即物观《考文补遗》卷首序和卷末识语所谓“讲官平直清”)时而奉命前来探询(第11页)。

⑩ 狩野先生援引《德川实记》确切地认证进呈时间(第268页)。

这条识语为他本所无，非常重要，一来可以推知十五年十二月《考文补遗》虽已进呈，参与其事者也受到赏赐，但校订、誊录工作全部完成恐已到翌岁四月；二来可以知悉《补遗》之与《考文》的关系，物观等所做的工作是"复校足利学书"，旨在拾遗补阙；三来可以说明幕府出资刊行是书①，当与写定进呈同时进行，因为初刻本在物观题识仅两月之后即六月告竣，如果不是同时进行，两月之间绝对无法完成卷帙浩繁的《考文补遗》的刊刻。此即享保十六年六月初刻本《考文补遗》，一百九十九卷，32 册（昌平坂学问所旧藏，今藏内阁文库，1—3 册《周易》十卷；4—6 册《尚书古文考》一卷、《尚书》二十卷，7—12 册《毛诗》二十卷，13—18 册《左传》六十卷，19—28 册《礼记》六十三卷，29—30 册《论语》十卷、《古文孝经》一卷，31—32 册《孟子》十四卷。以下简称初刻本）。

三

为了揭示京大本的校勘价值及其对于认识《考文》和《补遗》关系的重要意义，我们将京大本与初刻本进行比勘，一则可以确认物观等所做补遗工作的性质及其分量，二则可以窥见《补遗》之于《考文》在总体架构和具体内容上的沿袭或改易，三则可以评骘是非，论定《考文》和《补遗》的文献价值。总体而言，从前揭京大本和初刻本卷数、册数及其分布状况来看，二者全同，这绝非偶然，说明《拾遗》总体框架一仍《考文》之旧，刻意保持原有体系，未尝更改；也就是说，《补遗》所做的拾遗补阙或纠谬正讹是在《考文》固有框架之内完成的。初刻本卷首《七经孟子考文补遗叙》，署"享保十有五年歲在庚戌暮春之日东都讲官臣物观谨识"，出自物观，当然是京大本《考文》所无，其文有曰：

> 兹者西条侯誊写山鼎《七经孟子考文》以进，戊申（十三年）孟秋政府俾臣观校其所撰。臣与讲官平直清及诸生等，放鼎目录，采辑校雠书若干卷、援引书若干卷以校，如鼎之旧。……但前书颇有所遗漏，臣愚昧掇拾于校雠之际，敢补前书之阙，以系各条后，题曰"补遗"，每条各四目：曰经，曰注，曰《释文》，曰疏，放前书之旧。其句中字或阙，注每句下。"谨按""正误"条阙本名，注每条下，并嵌以"补遗"别之。

这可以和前揭物观书后识语相印证，其中都有两个共同的关键词，一是《考文》实有阙失，所以才有"补遗"之作的必要性；一是一仍其旧，《补遗》力图保持《考文》的整体框架和编纂体例不变。这两点实际上也反映了物观等所做工作的性质和特点。参与其事者还有讲官"平直清"，如前所述，当即室师礼，初刻本《补遗》卷端署"东都讲官物观纂修"，"石之清校""平义质、木晟同校"，未署"平直清"衔名。

京大本首获生徂徕《七经孟子考文叙》，署"享保十有一年丙午正月望郡山教官物茂卿题"，五行十四字，初刻本行款亦同。徂徕序后收入别集《徂徕集》②，三者文本虽大略相同，但还是存在着异文。

---

① 据宇佐美灊水《杂著》，幕府"命官书肆刊行，颁赐刊刻费用三百金"（第 11 页）。

② 《徂徕集》卷九 3b—5b，早稻田大学图书馆柳田文库藏心斋桥筋唐物町南（大阪）文金堂宽政三年（1791）刊本。

1.“自卫反鲁”,初刻本不误,京大本“鲁”误“曾”,可能抄者随即注意到了,在“曾”字声符“㓁”和形符“曰”之间补加四点水,与“鲁”字异体“魯”相近,别集本“鲁”径作“魯”。

2.“下毛之野有野参议遗址”下京大本有“浮屠所守,而学宫之名尚在”十一字,别集本、初刻本阙如。别集本“下”作“上”。

3.“而较之明清本”,别集本、初刻本“清”作“诸”。下文“又获七经《孟子》古本,及《论语》皇疏较之”“纪藩羽林将公闻而俾录上其所较”,初刻本同,别集本“较”作“挍”。

4.“生喜如拱璧”下京大本有“又虑所托匪人,职乖其业,藐如以视,更十年,而雨漶蠹蚀之弗顾,虽反求之,殆将失也”三十三字,别集本、初刻本阙如。

5.“纪藩羽林将公”,别集本同,初刻本作“西条侯”;下文“将公之幕”,别集本脱“之”字,初刻本作“侯之府”。

6.“而嘉生之体其心”,别集本同,初刻本“嘉”作“喜”。

分析上述异文,可以推知京大本所反映的当即物茂卿(徂徕)序原貌,或即初稿。别集本次之,虽然编定于徂徕身后,但文稿当出自其手订(从№5来看,当成于奏进纪州藩和幕府之先),如№2、4分别删省与序文主旨关联不十分紧密的十数字和三十余字;订正明显误字,№1改“曾”为“鲁”,№3改“清”为“诸”。当然,也有编刊过程中造成的文字讹误,明显的例证就是“(《考文》)凡三十有二卷”,京大本、初刻本同,而别集本和宇佐美灊水《杂著》“二”误“三”①;他如№2“下”误“上”,徂徕意谓足利学校所在之下野国足利郡小野篁遗址,作“下”是也。初刻本所出最晚,不但没有经过徂徕本人修订,而且还有出自他人之手的改动,因为徂徕和山井先后于享保十三年正月去世,而西条侯命制副本,奏进纪州藩和幕府,是在他们死后。也就是说,初刻本异文所反映的文本改易当非徂徕本人所为,或发生在副本制作过程中,或发生在《补遗》编纂、写定过程中(从异文性质和初刻本刊刻质量来分析,在刊刻过程中无意造成的可能性并不存在),主要有三个方面:一是内容有所删省,如№2、4;订正讹误,如№1、3,皆同于别集本,知初刻本所据乃徂徕后来修订稿;二是对于西条藩主松平赖渡的称谓,因其进呈对象不同而有所变更,如№5京大本是山井鼎进呈西条藩本,对象是支藩藩主本人,“纪藩羽林将公”乃近卫中少将的“中国风异称”②,故称“将公”③;初刻本是进呈纪州藩和幕府本,对象分别是大名和将军,故称爵位;三是,刊刻进程中还是产生了新的误字,如№6嘉误喜。

次《七经孟子考文·凡例》,九行二十字,初刻本行款亦同。异文如下:

7.“《尔雅》《孟子》,古不列之经;经之者,自十三经始,挽近之称也。”京大本夹注:“再按:《文献通考》云:直斋陈氏《书/录解题》始以《语》《孟》同入经类。”初刻本夹注:“按:《国史经籍志》云:‘唐定注疏/始为十三经。’未详其所据也。”

8.“今据所校以补之也”,初刻本脱“也”字。

---

① 松云堂主野田文之助(《山井崑崙と七经孟子考文の稿本について》,《东京支那学报》第一号,1955年6月,第206页)以及末木恭彦先生也都认同三十三卷说(《〈七经孟子考文〉考》,第91页)。从京都大学附属图书馆、天理大学图书馆、宫内厅书陵部所藏稿本《考文》来看,均为三十二卷,由是知“三”当作“二”。

② 末木恭彦《〈七经孟子考文〉考》,第98页。

③ 日本学者西田太一郎认为“纪藩羽林将公”是指纪藩藩主德川宗直,说详氏著《荻生徂徕》(岩波书店“日本思想大系”本,1973年)。末木先生通过考证松平赖渡和德川宗直的职官,已纠正其说(《〈七经孟子考文〉考》,第98页)。

9.“又别标补阙目，充其原所阙字，以朱围别之”，初刻本“围”之下夹注：“今系/重围。”

10.“又尝阅唐玄宗八分书墨刻《孝经》亦尔”，初刻本夹注：“所谓石/台《孝经》。”

11.“但《论语》《孟子》无疏”，初刻本“疏”下有“可校”二字。

12.“故今别校《经典释文》”，初刻本无“故”字，“今”下有“复”字。

13. 京大本《凡例》后提行低二字逐录山井鼎享保十一年识语十二行，其文有曰：

> 臣鼎伏惟古者右文之代，六十州皆有学，足利/学乃亦下野州学，岿然独存，其所讲习皆汉唐/古书，盖历数百年弗替也。中值丧乱，为浮屠窟/宅，守者盲聋相承，古籍异书往往散逸。及乎近/世洛闽之学盛行，而人不贵古学，遂令其仅存/者束之高阁，多为风雨虫鼠所蚀坏，诚所谓美/玉蕴于碔砆，精炼藏于矿朴，庸人视以忽焉者，/岂不悲乎？所幸天之未丧斯文，今搜之于将亡/之间，而海外绝域乃获中华所无者，录以传于/将来，不亦喜乎？此其所以不辞劳苦，矻矻从事/于斯也。/享保十一年丙午月日臣鼎谨识。

初刻本并无山井识语，或以山井进呈的对象是西条侯，故而奏进纪州藩和幕府时旋即删去。实际上，这条识语记述了足利学庋藏汉唐古书的历史沿革，以及朱子学盛行，束书不观的学风所造成的影响，从而揭示了山井所从出之古学派的学术取向，以及孜孜矻矻、遍校群经的学术旨趣和敬业精神。如此重要的识语，倘无京大本则湮没无闻矣，对于认识山井鼎其人、其书皆不无遗憾。至于其他异文，犹有足资考证者。如№7山井本意是想说明“十三经”形成的阶段性问题，如《孟子》在中国传统目录分类法中一直隶属于子部儒家类，真正进入经书序列则始自宋代，陈振孙《直斋书录解题》是比较早把《孟子》著录为经书的书目(之前尚有尤袤《遂初堂书目》)，所以京大本原注是十分确切的(题曰“再按”，似前此还有按语，从略)。而初刻本改易当出自物观等，援引明人焦竑说，殊为不当，且说法本身似是而非，因为唐代颁定的经书是九经(《易》《书》《诗》、三礼、三传和《孝经》《论语》《尔雅》十二种)。№9、10乃补充说明，№8、11、12乃表达方式的微调，亦无可无不可也。

次《校雠经文》，列举参校诸本，并无异文，知物观等并未扩大校勘所取材的范围；次《援引书目》，列举考订异文所引诸书，初刻本于《文献通考》下有《国史经籍志》；《容斋随笔》下有《经籍会通》；(夹注：“胡元瑞/《笔丛》载。”)《字汇》下有《续字汇》。可见，《补遗》所取材的范围略有扩大。次《七经孟子考文·总目》，胪列各经册数、叶数，及全书册数、叶数。其中，《毛诗》陆册，贰陌捌拾玖叶，初刻本“玖”作“捌”；《孟子》贰册，玖拾陆叶，初刻本“陆”作“柒”；一增一减，总叶数并无变化。我们分析，这还只是《考文》原本的叶数，并不包含《补遗》，所以只能理解为山井统计数字稍有差误，《补遗》予以订正。

次本文。京大本卷端题“七经孟子考文周易”，次行低二字署“纪府分藩京兆家文学山井　鼎　谨辑”。初刻本书题则分作两层：首行与京大本同，次行署作者衔名则改作“西条掌书记山井鼎　谨辑”，当亦出自进呈对象不同之考虑。三行顶格题“补遗”，四行低八字署“东都　讲官　物观　纂修”，五、六、七行分别低十四字署“石　之清　校、平　义质、木　晟　同校”。初刻本与京大本不仅行款全同，皆为九行二十字；版式亦基本相同，四周双边，白口，单鱼尾，鱼尾上方记书名“七经孟子考文(补遗)”，下方记经名、卷次、叶次。“经”“注”“疏”“补遗”以黑地白文出之。可见，《补遗》之于《考文》确是尽力仿效，因仍旧式。我们比勘了第1册《周易》卷首、卷一、卷二部分，异文如下：

14.“臣之所校，参政本多伊豫守藤原忠统藏也”，初刻本“伊豫守藤原忠统”作“豫州藤原忠统家”，当亦根据不同的进呈对象而做的改动。

15.“周易上经乾传第一(空五字)王弼注”(古本、足利本)，初刻本脱“王弼注”三字。

16.“‘反复道也’，道上有之字，二本、足利本共同”(乾·考异·经)，初刻本下出《补遗》：“一本无/也字。”

17.“(象曰)‘反复皆道也’，皆下有合字，二本、足利本同”(乾·考异·注)，初刻本“复”作“覆”。新按：毛本确作“覆”，知初刻本所改是也。

18.“‘而下曰乾元亨利贞’下一本有也字”(乾·考异·注)，初刻本“一”作“二”。

19.“‘他皆仿此’，六行仿作放”(乾·考异·疏)，初刻本“仿”作“效”。新按：毛本“仿”误“效”，知初刻本所改是也。

20.“‘其相终竟空旷’，九行”(乾·考异·疏)，初刻本脱其、旷二字，“九行”作“五叶左九”。

21.“‘跃于在渊’，四行”(乾·考异·疏)，初刻本“四”上有“左”字。

22.“‘上九亢阳之至，大而极盛’，七行”(乾·考异·疏)，初刻本脱“上九”二字，“七”上有“左”字。

23.“‘而础柱润’，二十叶左五行”(乾·考异·疏)，初刻本无“二十叶”三字。

24.“‘感应之事应’，二十一叶左一行”(乾·考异·疏)，初刻本无“二十一叶”四字。

25.“‘貌恭心狠’，‘狠’本作‘根’，细注云：当作‘狠’。今本从之”(乾·考异·疏)，初刻本“本作”无“本”字，“从之”作“作狠”。

26.“‘故心或之也’，‘或’作‘惑’。谨按：一行之内多或字，惟此或为然”(乾·考异·疏)，初刻本“为然”作“作惑”。乾卦经、注、疏文[考异]之后出《补遗》，分列经(2条)、注(7条)、疏(1条)异文。

27.“(彖曰)‘与刚健为耦’，上有‘而’字，三本同”(坤·考异·注)，初刻本“上”字之上有“与”字。

28.“‘求安难矣’下二本有‘哉’字，足利本作‘难哉’”(坤·考异·注)，初刻本无“二本”二字，“足利本”上有“一本”二字。

29.“(初六)‘而后积著者也’，三本、足利本‘积著’上有‘至’字”(坤·考异·注)，初刻本“积”下无“著”字。

30.“‘则以初为潜’，一本‘则’作‘故’，‘潜’下有‘也’字，三本同”(坤·考异·注)，初刻本“故”下有“二本”二字,“字”下无“三本同”三字。

31. “(六五)‘以文在中也’,‘也’上足利本有‘者’字”(坤·考异·注),初刻本“足利本”上有“二本”二字,“者”字下出《补遗》:“中上一本有其字。”

32. “(上六)‘故战于野’下三本有‘也’”(坤·考异·注),初刻本“三”作“二”。

33. “(《文言》)‘疑盛乃动,故必战’下三本有‘也’”(坤·考异·注),初刻本“三”作“二”。

34. “(《文言》)‘非阳而战’下三本、足利本共有‘也’”(坤·考异·注),初刻本“也”下有“字”字。

35. “‘乾之所贞,利于万事’,‘贞作利’,谨按:正德、嘉、万三本‘利’字阙字,崇祯本强补作‘贞’,当以宋板为正也”(坤·考异·疏),初刻本“阙”下无“字”字,是也。

36. “‘自此已上,论坤之义也’”(坤·考异·疏),初刻本“坤”下有“元”字,“元之”二字挤占一格,显系后来修版。坤卦经、注、疏文[考异]之后出《补遗》,分列经(3条)、注(2条)、疏(2条)异文。

37. “(六四)‘往吉,无不利’下三本有‘也’”(屯·考异·注),初刻本下出《补遗》:“故曰往吉,一本无‘曰’字。”

38. “(六五)‘大贞之凶’下三本有‘也’”(屯·考异·注),初刻本“六五”作“九五”,是也。屯卦经、注、疏文[考异]之后出《补遗》,分列经(2条)、注(2条)、疏(1条)异文。

39. “‘蒙,亨,以亨行,时中也’,‘时’上有‘得’字,三本、足利本同”(蒙·考异·经),初刻本下出《补遗》:“一本‘也’作‘矣’。”

40. “(六四)‘故曰吝也’,一本“吝”作“咎”。谨按:爻象注合”(蒙·考异·注),初刻本“合”作“同”。

41. “‘童蒙悉来归己’”(蒙·考异·疏),初刻本“己”误“已”。蒙卦经、注、疏文[考异]之后出《补遗》,分列经(1条)、注(4条)、疏(2条)异文。

42. 需卦经、注、疏文[考异]之后出《补遗》,分列经(1条)、注(1条)、疏(1条)异文。

43. “‘能惕,而后可以获中吉’,‘能’作‘皆’。但万历与崇祯本同,‘中吉’下三本有‘也’字”(讼·考异·注),初刻本出文‘而’作‘然’,校语“‘能’作‘皆’。但万历与崇祯本同。‘中吉’下三本有‘也’字”作“三本、宋板‘能’作‘皆’。三本‘吉’下有‘也’字。万历与崇祯同”。新按:毛本王注确作‘然’,知初刻本所改是也。讼卦经、注、疏文[考异]之后出《补遗》,分列注(2条)异文。

44. “(六三)‘舆尸之凶’下三本有‘也’字”(师·考异·注),初刻本下出《补遗》:“宜获舆尸之凶,/‘宜’下二本有其字。”师卦经、注、疏文[考异]之后出《补遗》,分列注(4条)、疏(1条)异文。

45. “(六三)‘二为五应’,宋板、足利本‘应’作‘贞’”(比·考异·注),初刻本“宋板”上有“二本”二字。

46. “(九五)‘以显比而居下位’,[正误]‘下’当作‘王’”(比·考异·注),初刻本下出《补遗》:“据二本、/宋板、足利本。”

47. “‘欲外比也’十八叶右八行”(比·考异·疏),初刻本“十八”作“十九”。比卦经、注、疏文

[考异]之后出《补遗》,列出注(2条)异文。

48.“‘故得既雨既处’,一本‘故’下有‘曰’字,三本‘处’下有‘也’字”(小畜・考异・注),初刻本“‘故’下有‘曰’字”作“得作曰”。

49.“(初九)‘得义之吉’下,三本有‘者也’二字”(小畜・考异・注),初刻本下出《补遗》:“‘得’下二/本有‘其’字。”

50.“‘畜之极也’,足利本‘也’上有‘者’字”(小畜・考异・注),初刻本“足利本”上有“二本”二字。

51.“‘三不害己,己故得其血去除’,二十五叶右七行作‘三不能害,故得’云云。[谨按]:有‘能’字无二‘己’字”(小畜・考异・疏),初刻本删去[谨按]云云,“三不能害,故得云云”作“三不能害己,故得其血去除”。新按:核之足利学旧藏八行本(宋板),知初刻本所改是也。

52.“‘其惕出故’同上”(小畜・考异・疏),初刻本“同上”作“二十五叶右七行”。

53.“‘非是总为之辞’八行”(小畜・考异・疏),初刻本“八行”上有“右”字。小畜经、注、疏文[考异]之后出《补遗》,分列注(3条)、疏(3条)异文。

54.泰卦经、注、疏文[考异]之后出《补遗》,分列经(1条)、注(2条)、疏(1条)异文。

55.“‘象曰拔苐贞吉’,二本‘苐’下有‘茹’字”(否・考异・经),初刻本‘苐’作‘茅’,是也。否卦经、注、疏文[考异]之后出《补遗》,分列经(1条)、注(1条)异文。

56.“‘以其当九五之刚’,四十二叶左九行‘当’下有‘敌’字。[谨按]:正、嘉二本当下磨灭,阙一字。万历、崇祯本刊去似非”(同人・考异・疏),初刻本磨作印,“刊去似非”作“无阙为非”。同人经、注、疏文[考异]之后出《补遗》,分列注(4条)、疏(2条)异文。

57.“‘巽顺含容之义也’,四十六叶右三行”(大有・考异・疏),初刻本“义”作“仪”。新按:毛本正作“义”,《考文》原本不误,初刻本误改。

58.“‘火性炎上是照耀之物’,同上作‘火又在上,火是照耀之物’。[谨按]:‘性炎’作‘又在’,‘是’上有‘火’字”(大有・考异・疏),初刻本“同上”作“四十六叶右三行”,删去[谨按]云云。

59.“‘初不在二位’,九行”(大有・考异・疏),初刻本“九”上有“右”字。大有经、注、疏文[考异]之后出《补遗》,分列经(1条)、注(1条)异文。

60.豫卦经、注、疏文[考异]之后出《补遗》,分列经(1条)、注(1条)异文。

对上述本文部分的异文进行分析,我们可以得出以下结论:其一,《考文补遗》一书主体部分实为《考文》,《补遗》所占份额极小,而且整体架构也都是《考文》固有的,未尝改易。这一方面说明《考文》原本校勘质量很高,留给《补遗》的空间有限;另一方面也说明《补遗》编纂宗旨在于因仍其旧,拾遗补阙,无意于另起炉灶,喧宾夺主。

其二,物观等所做的补遗工作约有以下数端:第一,补阙,主要是在各卦[考异]之后出以“补遗”，补充《考文》失校之经、注、疏异文，另有附于[考异]相关条目之下的“补遗”，如№16、31、37、39、44、46、49，补充说明除了[考异]所揭示的异文之外的其他异文或其他版本信息。需要说明的是，补阙类异文在《补遗》中所占比例最大，数量最多，但所补经、注文的异文基本上都是虚字损益，无关宏旨，校勘价值并不大，所以我们毋宁理解为山井原本无意出校。第二，正讹，包括《考文》错讹脱衍，如№29、35、36、55分别衍“著”字、衍“字”字、脱“元”字、“茅”误“苐”；误记底本，如№17、19、43；误标出处，如№20、21、22、38、47、53、59；误(失)校古本，如№18、28、32、33、45、48、50；误(失)校宋板，如№51；删省烦冗，如№58[谨按]内容完全是重复解说宋板异文的，故初刻本删去，甚得其宜；整齐体例，如№23、24，因上文已分别出现“二十叶”“二十一叶”字样，根据体例，此处可省；№52、58标示出处曰“同上”，初刻本改为明确注明叶数、行数，以求体例统一；变换表达方式，如№25、26、43、56对《考文》的表达方式皆有改变，力求简省明确，形式统一整饬。当然，也有《考文》原本无须改易而初刻本擅作更改者，如№27，根据体例，整句之上或之下有异文，可以不出单字；№34根据山井行文规律，也下不必加“字”字；№40山井“[谨按]：爻象注合”，意为“吝”作“咎”恰与爻辞《小象》的王注契合，不当改作同；№56《考文》原作“磨灭”及“刊去似非”，意思明确，且能反映版本递承关系，不必改动。此外，亦有山井误校而《补遗》未尝更正者，如№25《考文》记宋板“‘狠’本(初刻本删“本”字，实则未必)作‘恨’，细注云：当作‘狠’”，实际上足利学旧藏八行本(宋板)正文确作“恨”，但夹注：“当作‘很’。”王念孙《读书杂志》：“‘恨’读为‘很’……很，违也……则是皆读为怨恨之恨，而不知其为很之借字矣。”山井乃至物观等不明恨通很之义，皆不免以今绳古，误认作“狠”。

其三，初刻本尽管刊刻质量上乘，但通过与京大本比勘，亦可见其疏漏、讹误，如№15初刻本无“王弼注”三字，由抚本、建本、岳本来看，均署王弼注，则古本、足利本当亦如是，知其误脱。再如№20“其”“旷”二字和№22“上九”二字当系初刻本有意删削，知其识见较之山井为下矣。又如№57“巽顺含容之义也”，毛本即作义，初刻本误改作仪，此乃《考文》原本不误而初刻本误改者；№41己、已、巳互讹是初刻本(乃至一般刻本)常见的现象，但京大本书写极其标准，可见其态度之严谨精细，一丝不苟。

[作者简介] 顾永新，北京大学中文系教授。

北魏皇室文学雅集考论

罗建伦

[摘　要]　北魏是南北朝时期北朝第一个王朝。在北魏融入汉文化的过程中,文人雅集的创作活动,是他们努力的一种表现。根据现存史料来看,北魏太武帝拓跋焘、孝文帝元宏和孝明帝元诩等都曾组织过一些创作活动,本文就北魏皇室组织的一些雅集活动作一简单考论,以期抛砖引玉。

[关键词]　北魏　皇室　文学雅集　赋诗作文

北魏(386—557),是鲜卑族建立的北方政权,也是南北朝时期北朝第一个王朝。公元439年,北魏在拓跋焘的带领下统一北方,与南方的刘宋政权并立,形成南北朝对峙的格局。就文化来说,简洁质朴是北魏前期皇室文学的基本风格。孝文帝即位后,在冯太后的辅佐下进行了改革。实行了俸禄制、均田制、三长制、迁都洛阳、和汉族通婚等一系列措施,极大地促进了北魏经济社会的发展,促进了民族大融合,这也是接受中原汉族文明的表现。北魏的文学水平总体不高,但是这是由于鲜卑族以前的生活方式和水平决定的,北魏的历代皇族也一直为提高自己的修养、融合汉民族文化而努力着。本文所要探讨的北魏皇室组织的雅集活动,就是他们努力的一种表现。

世传北朝无文,但北朝的君主也皆爱好文学,如《魏书·孝文帝纪》就说孝文帝"雅好读书,手不释卷。五经之义,览之便讲。学不师受,探其精奥。史传百家,无不该涉。善谈庄老,犹精释义。才藻富瞻,好为文章,诗赋铭颂,任兴而作。有大文笔,马上口授,及其成也,不改一字"①。非但皇帝如此,就连有些皇后都能赋诗作文。根据现存史料来看,北魏太武帝拓跋焘、孝文帝元宏和孝明帝元诩等都曾组织过一些创作活动,尤其是孝文帝元宏在这方面着力更多。本文就北魏皇室组织的一些雅集活动作一简单考论,以冀抛砖引玉。

一、北魏太武帝拓跋焘组织的文人雅集

拓跋焘,字佛狸,史称魏太武帝。拓跋焘为拓跋嗣长子、拓跋珪之孙。在拓跋焘统治期间,他亲自率领北魏铁骑,灭亡了夏国、北燕、北凉等诸多政权,统一北方;又马踏漠北,

① 〔北齐〕魏收撰《魏书》,北京:中华书局,1974年,卷七下,第187页。

横扫了占据蒙古大漠的柔然汗国。向南，屡次挫败南朝，并占据了刘宋的河南之地，北魏统一了黄河流域，使西晋末年以来北方地区的割据混乱局面得以结束，为北方社会经济文化的恢复和发展提供了有利条件。

拓跋焘戎马一生，但又注重教育，据《魏书·世祖纪》，始光二年，拓跋焘"造新字千余"，并下诏颁行，以"永为楷式"。① 而且，也组织过一些创作活动，如《魏书·赵逸传》载：

> 神䴥三年三月上巳，帝幸白虎殿，命百僚赋诗，逸制诗序，时称为善。②

赵逸，字思群，天水人(今甘肃天水)也。十世祖融，汉光禄大夫。父昌，石勒黄门郎。逸自幼好学，初仕姚兴，历中书侍郎。为姚兴将领齐难的军司，后征赫连屈丐。齐难败，为屈丐所虏，拜著作郎，中书侍郎。久之，拜宁朔将军、赤城镇将，性好读书，白首弥勤，年逾七十，犹手不释卷。

据《魏书》本传，时在神䴥三年(430)。赵逸时为中书侍郎。百僚赋诗及赵逸序不存。《南北朝文学编年史》未收。

二、北魏孝文帝拓跋宏组织的文人雅集

北魏孝文帝拓跋宏拓跋宏是北魏献文帝拓跋弘长子，是一位卓越的少数民族的政治家、军事家和改革家。他崇尚中原文化，实行汉化，禁胡服、胡语，改变度量衡，推广教育，改变姓氏并禁止归葬，提高了鲜卑人的文化水准，是西北方各民族陆续进入中原后民族融合的一次总结，对中国的统一起了重要的作用。

北魏初年，由于鲜卑拓跋氏受汉族文化的影响较浅，因此对文学也不很重视。北魏孝文帝元宏即位以后，大力提倡汉化，积极学习汉族文化。据说元宏中年以后所颁发的诏书，都是他亲自执笔的，其中有不少是骈体文。元宏推行汉化和提倡文学，对北朝文学的兴起起了不小的推动作用。他组织或参与的雅集活动是北魏皇室中最多的，分别如下：

(一) 北魏文成帝后作歌

《魏书·皇后传·文成文明皇后》载：

> 太后曾与高祖幸灵泉池，燕群臣及藩国使人、诸方渠帅，各令为其方舞。高祖帅群臣上寿，太后忻然作歌，帝亦和歌，遂命群臣各言其志，于是和歌者九十人。③

冯太后，北魏文成帝的皇后。长乐信都(今河北衡水地区冀州市岳良)人。冯氏的祖父冯弘、伯父冯跋是北燕国王，其父冯朗在北燕灭亡后降魏，官至秦、雍二州刺史，姑母是北魏太武帝拓跋焘的左昭仪。献文帝死，冯太后以太皇太后身份再次临朝听政。杀了一

① 〔北齐〕魏收撰《魏书》，卷四上，第70页。
② 〔北齐〕魏收撰《魏书》，卷五十二，第1145页。
③ 〔北齐〕魏收撰《魏书》，卷十三，第329页。

批政敌，重用一批有改革思想的人，进行一系列改革：颁行班禄制，整顿吏治，统一度量衡，推行“三长制”，实行均田制。采取的这些重大改革措施，对于促进北魏由鲜卑族落后的生产方式向汉族先进的生产方式的过渡起到了推动作用。冯太后大兴教育，尊崇儒法，禁断卜筮、谶纬之学，从而开始了鲜卑族的汉化过程，为孝文帝迁都洛阳以后的繁荣打下基础。

北魏是中国历史上统治时间较长的朝代，其中有九十六年建都平城(今山西大同)。而方山位于大同市城北25公里处，北依长城、南望平城、西临饮马河，东傍镇川河。《魏书·高祖纪》载：

(太和)三年六月辛未，起文石室、灵泉殿于方山。①

自此方有幸方山之记录，这也是方山首次见于史书。又《魏书·皇后传·文成文明皇后》载：

太后与高祖游于方山，顾瞻川阜，有终焉之志，……高祖乃诏有司营建寿陵于方山，又起永固石室，将终为清庙焉。太和五年起作，八年而成，刊石立碑，颂太后功德。②

从记载可推，这可能是冯太后第一次登方山，遂被其景观吸引，有“终焉之志”。然此时尚未有幸灵泉池之记录，《魏书·高祖纪》又载：

九年五月，高丽国及萧赜并遣使朝贡。六月辛亥，幸方山，遂幸灵泉池。③

结合冯太后本传所载“太和五年起作，八年而成”，或可推灵泉池或是在方山上建寿陵时所建。又，《水经注·漯水》载：

羊水又东注于如浑水，乱流迳方山南，岭上有文明太皇太后陵，陵之东北有高祖陵，二陵之南，有永固堂，……院外西侧，有思远灵图，图之西有斋堂，南门表二石阙，阙下斩山，累结御路，下望灵泉宫池，皎若园镜矣。如浑水又南至灵泉池，枝津东南注池，池东西百步，南北二百步。④

可与《魏书》所记印证。可见在太和三年建灵泉殿后又曾在方山修建灵泉宫和灵泉池，此地建成后成为规模恢宏的皇家行宫，冯太后和孝文帝经常在此宴赏群臣，会见藩国使臣。

①③ 〔北齐〕魏收撰《魏书》，卷七上，第147、155页。
② 〔北齐〕魏收撰《魏书》，卷十三，第329页。
④ 〔北魏〕郦道元著，陈桥驿校证《水经注校证》，北京：中华书局，2007年，卷十三，第312页。

据本传，冯太后太和十四年九月癸丑，“崩于太和殿，时年四十九”①。检《魏书·高祖纪》，自太和九年幸灵泉池后至太和十四年冯太后薨，又曾多次幸此。计有：太和“十年夏四月癸酉，幸灵泉池”②；“十有一年，夏四月己未，吐谷浑国遣使朝贡。五月壬辰，幸灵泉池，遂幸方山”③；“十有二年，夏四月乙丑，幸灵泉池；丁卯，遂幸方山”④，“秋七月己丑，幸灵泉池，遂幸方山”⑤，“辛未，幸灵泉池”⑥；“十有三年，夏四月丁亥，幸灵泉池，遂幸方山”⑦；“秋七月丙寅，幸灵泉池，与群臣御龙舟，赋诗而罢”⑧；“十有四年春二月辛未，行幸灵泉池”⑨。计有八次之多。

以《魏书·皇后传·文成文明皇后》所载“谯群臣及藩国使人、诸方渠帅”，比较《魏书·高祖纪》载“九年五月，高丽国及萧赜并遣使朝贡”，似应为太和九年(485)这一次。《南北朝文学编年史》记此事在太和七年，不确。“和歌者九十人”，可见规模之大，但太后、孝武帝及众人和作均不存。

(二) 孝文帝饯元禧赋诗

《魏书·咸阳王传》载：

> 后禧朝京师，高祖谓王公曰：“皇太后平日以朝仪阙然，遂命百官更欲撰辑，今将毕修遗志，卿等谓可行不？当各尽对，无以面从。”禧对曰：“仪制之事，用舍各随其时，而民可使由之，不可使知之。臣谓宜舒元志，备行朝式。”高祖然之。……禧将还州，高祖亲饯之，赋诗叙意，加禧都督冀、相、兖、东兖、南豫、东荆六州诸军事。⑩

元禧，字永寿，孝文帝之弟。任太尉，封咸阳王。孝文帝崩，受遗诏辅政。为人骄奢成性，贿赂公行，以奴仆臣吏广营田产，开采盐铁，为宣武帝所恶后阴谋举兵反叛，事泄被杀。

此次赋诗，《魏书》本传未载时间，检《高祖纪》亦未有记载。从记载来看，应是在太和十四年文明皇太后薨后，孝文帝想撰辑仪制。检太和十四年后事，太和十七年四月，孝文帝“宴四庙子孙于宣文堂”，元禧应在。又，六月诏曰：“六职备于周经，九列炳于汉晋，务必有恒，人守其职。比百秩虽陈，事典未叙。自八元树位，躬加省览，远依往籍，近采时宜，作《职员令》二十一卷。事迫戎期，未善周悉。虽不足纲范万度，永垂不朽，且可释滞目前，厘整时务。”⑪与《魏书·咸阳王传》所载孝文帝与元禧所谈编撰仪制事相符。疑是此年。赋诗不存。《南北朝文学编年史》未收。

(三) 孝文帝宴饮令作七言连韵

《魏书·任城王传》载：

> 萧赜使庾荜来朝，荜见澄音韵遒雅，风仪秀逸，谓主客郎张彝曰：“往魏任城以武

① 〔北齐〕魏收撰《魏书》，卷十三，第330页。

②③④⑤⑥⑦⑧⑨⑪ 〔北齐〕魏收撰《魏书》，卷七下，第161、162、163、164、164、165、165、165、172页。

⑩ 〔北齐〕魏收撰《魏书》，卷二十一上，第534页。

著称,今魏任城乃以文见美也。”时诏延四庙之子,下逮玄孙之胄,申宗宴于皇信堂,不以爵秩为列,悉序昭穆为次,用家人之礼。高祖曰:“行礼已毕,欲令宗室各言其志,可率赋诗。”特令澄为七言连韵,与高祖往复赌赛,遂至极欢,际夜乃罢。①

拓跋澄,字道镇,魏孝文帝堂叔,原任城王拓跋云长子,袭任城王,加征北大将军、使持节、都督北讨诸军事,寻除征南大将军、梁州刺史。加侍中,转征东大将军、开府、徐州刺史。征为中书令,改授尚书令。性情豁达,加抚军大将军、太子少保,兼尚书左仆射。除吏部尚书,复兼右仆射。宣武即位,出为安西将军、雍州刺史,征为镇南大将军、扬州刺史,加散骑常侍。转镇北大将军、定州刺史。母忧服阕,除太子太保。孝明即位,进尚书令,加散骑常侍、骠骑大将军,迁司空,加侍中,领尚书令,迁司徒。不恋鲜卑旧制旧俗,支持改革,忠心职守。

《魏书·高祖纪》载:太和“十七年五月,宴四庙子孙于宣文堂,帝亲与之齿,行家人之礼”②,与《任城王传》记载契合,可知事在太和十七年(493)。

澄七言连韵与高祖之和诗不存。

(四)高祖登金镛城与侍臣作《暮春群臣应诏诗》

《魏书·彭城王传》载:

高祖与侍臣升金镛城,顾见堂后梧桐、竹曰:“凤皇非梧桐不栖,非竹实不食,今梧桐、朱并茂,讵能降凤乎?”勰对曰:“凤皇应德而来,岂朱、梧桐能降?”高祖曰:“何以言之?”勰曰:“昔在虞舜,凤皇来仪;周之兴也,鹙鹭鸣于岐山。未闻降桐食竹。”高祖笑曰:“朕亦未望降之也。”后宴侍臣于清徽堂。日晏,移于流化池方林之下。高祖曰:“向宴之始,君臣肃然,即将末也,觞情始畅,而流景将颓,竟不尽适,恋恋余光,故重引卿等。”因仰观桐叶之茂,曰:“‘其桐其椅,其实离离,恺悌君子,莫不令仪。’今林下诸贤,足敷歌咏。”遂令黄门侍郎崔光读暮春群臣应诏诗。至勰诗,高祖仍为之改一字,曰:“昔祁奚举子,天下谓之至公,今见勰诗,始知中令之举非私也。”勰对曰:“臣露此拙,方见圣朝之私,赖蒙神笔赐刊,得有令誉。”高祖曰:“虽琢一字,犹是玉之本体。”勰曰:“臣闻《诗》三百,一言可蔽。今陛下赐刊一字,足以价等连城。”③

元勰,本名拓跋勰,字彦和,献文帝子,孝文帝元宏之弟,初封始平王,后改封彭城王,并得到孝文帝信任,官至尚书、侍中。孝文帝崩后,元勰辅佐孝文帝长子宣武帝元恪,虽得到好评,但也因此受到宣武帝及宣武帝舅舅高肇的怀疑,被迫在508年自杀。他儿子元子攸后来当上皇帝,追尊他文穆帝,庙号肃祖。

金镛城,遗址在洛阳。是魏明帝曹叡仿效其祖父曹操在邺城西北部筑铜雀台等“三台”而建的。分为三部分,各有门道相通,实际上是军事性的城堡。由于北依邙山,地势

① 〔北齐〕魏收撰《魏书》,卷十九中,第464页。
② 〔北齐〕魏收撰《魏书》,卷七下,第171—172页。
③ 〔北齐〕魏收撰《魏书》,卷二十一下,第570—571页。

高亢，可俯瞰洛阳全城，具有至高点的作用。在西晋末年“永嘉之乱”的洛阳争夺战中，是双方的必争之地，当时称为“洛阳垒”。《水经注·谷水》载：

谷水又东迳金墉城北，魏明帝于洛阳城西北角筑之，谓之金墉城。起层楼于东北隅，《晋宫阁名》曰：“金墉有崇天堂。”即此。地上架木为榭，故白楼矣。皇居创徙，宫极未就，止跸于此。构霄榭于故台，所谓台以停停也。南曰乾光门，夹建两观，观下列朱桁于堑，以为御路。东曰含春门，北有退门，城上西面列观，五十步一睥睨，屋台置一钟以和漏鼓。西北连庑函荫，墉比广榭，炎夏之日，高视常以避暑。为绿水池一所，在金墉者也。谷水迳洛阳小城北，因阿旧城，凭结金墉，故向城也。永嘉之乱，结以为垒，号“洛阳垒”。故《洛阳记》曰：陵云台西有金市，金市北对“洛阳垒”者也。①

可见金镛城在洛阳城西北角，原为避暑之地，又因与旧城相连，占据至高，后为防守之地。

据《魏书·高祖纪》，太和十七年“冬十月戊寅朔，幸金镛城”②。可知此事在太和十七年(493)十月。可知参与者有孝文帝、元勰、崔光等。孝文帝与众人讨论文义，众人并作《暮春群臣应诏诗》。又有崔光诵读欣赏，并为勰改一字。已不仅仅是一次游玩或诗歌创作活动，更上升到了诗歌鉴赏和切磋技艺的层次。诗今不存。《南北朝文学编年史》未收。

(五) 孝文帝幸洪池命任城王澄赋诗序怀

《魏书·任城王传》载：

高祖至北邙，遂幸洪池，命澄侍升龙舟，因赋诗以序怀。③

北邙，亦作北芒，即邙山，也叫郏山、北山。西起三门峡门，东止伊洛河岸。在今河南洛阳市东北。洪池者，《文选》卷第三张衡《东京赋》曰：“于东则洪池清蘌，绿水澹澹。”李善注曰：“洪，池名也，在洛阳东三十里。”④可知北邙与洪池相距不远。

据《魏书·高祖纪》，太和“十八年春正月乙亥，幸洛阳西宫”⑤，赋诗应为此时。赋诗皆不存。

(六) 高祖与元勰登铜鞮山赋诗

《魏书·彭城王传》载：

后幸代都，次于上党之铜鞮山。路旁有大松树十数根。时高祖进伞，遂行而赋诗，令人示勰曰：“吾始作此诗，虽不七步，亦不言远。汝可作之，比至吾所，令就之

① 〔北魏〕郦道元著，陈桥驿校证《水经注校证》，卷十六，第393页。
②⑤ 〔北齐〕魏收撰《魏书》，卷七下，第173、174页。
③ 〔北齐〕魏收撰《魏书》，卷十九中，第465页。
④ 〔梁〕萧统撰，〔唐〕李善注《文选》，上海：上海古籍出版社，1986年，卷三，第105页。

> 也。”时勰去帝十余步，遂且行且作，未至帝所而就。诗曰：“问松林，松林经几冬？山川何如昔，风云与古同。”①

代都者，拓跋氏初建政权的徙居地之一盛乐（今内蒙古和林格尔北）城。铜鞮山，在山西沁县西南四十里，一名紫金山。《魏书·彭城王传》未载时间，检《魏书·高祖纪》，孝文帝曾在太和十八年七月“车驾北巡”，“谒金陵”，“幸朔州”，又“幸怀朔镇”，“幸武川镇”，“幸抚冥镇”，“幸柔玄镇”，后“南还”，于八月还“平城宫”。② 所幸地方，皆在去代都之地，登上党之铜鞮山，似亦在其“南还”之时。又，《魏书·彭城王传》言“时高祖进伞，遂行而赋诗”，此次北巡正在七八月间天气炎热之时，“高祖进伞”以避炎热，倒也符合常理。以此观之，似应在太和十八年（494）七八月间。《南北朝文学编年史》记此事在太和十七年，不确。

当年才高八斗的曹子建有“七步成诗”的佳话，北魏时的元勰又在铜鞮山增添了“十步赋诗”的美谈，虽没有曹子建之名，但也为后世文人墨客所津津乐道。

（七）孝文帝命百僚赋诗赠刘昶

《魏书·刘昶传》载：

> 十八年，除使持节，都督吴、越、楚、彭城诸军事、大将军，固辞，诏不许，又赐布千匹。及发，高祖亲饯之，命百僚赋诗赠昶，又以其文集一部赐昶。高祖因以其所制文笔示之，谓昶曰：“时契胜残，事钟文业，虽则不学，欲罢不能。脱思一见，故以相示。虽无足味，聊复为笑耳。”其重昶如是。③

刘昶，字休道，宋文帝第九子。元嘉二十二年封义阳王，历辅国将军、南彭城、下邳二郡太守。元凶刘劭弑立，加散骑常侍。孝武即位后，迁太常，出为东中郎将、会稽太守。前废帝即位，出为征北将军、徐州刺史。害怕被诛，在魏和平六年奔魏，拜侍中、征南将军、驸马都尉，封丹阳王。太和初，转内都大官。加仪同三司，领仪曹尚书。进中书监、五等建，封齐郡开国公，加号宋王。除使持节、都督吴越楚彭城诸军事，镇彭城。

据《魏书·高祖纪》，太和“十八年秋七月乙亥，以宋王刘昶为大将军”④。又，“十有二月辛丑朔，遣行征南将军薛真度督四将出襄阳，大将军刘昶出义阳，徐州刺史元衍出钟离，平南将军刘藻出南郑”⑤。可知事在太和十八年（494）十二月。“百僚赋诗”不存。孝文帝自称“事钟文业，虽则不学，欲罢不能”。可见他对文学爱好之强烈。“以其文集一部赐昶”说明孝文帝很重视文章的编录，他在世时，便已注意整理自己的文集，并且与文臣学者进行交流。

（八）孝文帝宴于悬瓠酒酣作歌

《魏书·郑羲附道昭传》载：

---

① 〔北齐〕魏收撰《魏书》，卷二十一下，第 572 页。

②④⑤ 〔北齐〕魏收撰《魏书》，卷七下，第 174—175、174、175—176 页。

③ 〔北齐〕魏收撰《魏书》，卷五十九，第 1310 页。

从征沔汉，高祖飨侍臣于悬瓠方丈竹堂，道昭与兄懿俱侍坐焉。乐作酒酣，高祖乃歌曰："白日光天无不耀，江左一隅独未照。"彭城王勰续歌曰："愿从圣明兮登衡会，万国驰诚混江外。"郑懿歌曰："云雷大振兮天门辟，率土来宾一正历。"邢峦歌曰："舜舞干戚兮天下归，文德远被莫不思。"道昭歌曰："皇风一鼓兮九地匝，戴日依天清六合。"高祖又歌曰："遵彼汝坟兮昔化贞，未若今日道风明。"宋弁歌曰："文王政教兮晖江沼，宁如大化光四表。"高祖谓道昭曰："自比迁务虽猥，与诸才俊不废咏缀。"遂命邢峦总集叙记。①

郑道昭，字僖伯。荥阳开封（今属河南）人。北朝魏诗人、书法家。北魏大臣郑羲幼子。孝文帝时，官至通直散骑常侍。太和十九年随孝文帝南征，在悬瓠君臣联句作歌，传为佳话。北朝文学兴起之际，郑道昭是较有成就的诗人之一。其诗长于写景，略具清拔之气，风格与南朝的谢灵运和鲍照相近，跟其他北朝诗人模仿齐梁不同。《魏书・郑羲附道昭传》说他"好为诗赋，凡数十篇"。

《北史・郑羲附道昭传》亦载此事，叙述大致相同，诗句有异文。《魏书・高祖纪》载："十有九年春正月辛未朔，朝飨群臣于悬瓠。"②则知此事在太和十九年(495)春正月。今存诗逯钦立编入《北魏诗》卷一，作《悬瓠方丈竹堂飨侍臣联句诗》。③ 邢峦"总集叙记"不存。

（九）孝文帝饯拓跋祯于华林都亭集会赋诗申意

《魏书・南安王传》载：

后高祖南伐，祯从至洛，及议迁都，首从大计，高祖甚悦。……又以祯议定迁都，复封南安王，食邑一万户。出为镇北大将军、相州刺史。高祖饯桢于华林都亭，诏曰："从祖南安，既之蕃任，将旷违千里，豫怀惘恋。然今者之集，虽曰分歧，实为曲宴，并可赋诗申意。射者可以观德。不能赋诗者，可听射也。当使武士弯弓，文人下笔。"高祖送桢于阶下，流涕而别。④

拓跋祯，皇兴二年封南安王，加征南大将军、中都大官，寻迁内都大官。孝文帝即位，除凉州刺史，征为内都大官，出为使持节，雍州刺史。性忠谨，以孝闻。后因傲慢贪奢、聚敛肆情被消除封爵。因支持孝文帝迁都，被重封南安王，出为镇北大将军、相州刺史。

《魏书・高祖纪》载：太和十九年十一月，"前南安王祯复本封"。⑤可知此次华林都亭赋诗申意在太和十九年(495)十一月。赋诗不存。《南北朝文学编年史》未收。

---

① 〔北齐〕魏收撰《魏书》，卷五十六，第1240页。

②⑤ 〔北齐〕魏收撰《魏书》，卷七下，第176、178页。

③ 〔北齐〕魏收撰《魏书》，卷五十六，第1240页；〔唐〕李延寿撰《北史》，北京：中华书局，1974年，卷三十五，第1304页，有异文，不校；〔宋〕李昉撰《太平御览》，北京：中华书局，1960年影印本，卷五七零，第2578页，有异文，不校。

④ 〔北齐〕魏收撰《魏书》，卷十九下，第494页。

三、北魏孝明帝元诩组织的文人雅集

元诩是孝文帝元宏之孙，宣武帝元恪的第二个儿子。515年，宣武帝崩，时年六岁的皇太子元诩即皇帝位，是为孝明帝，改年号为熙平。528年，元诩在显阳殿驾崩，时年十九岁。他参与的雅集活动如下：

（一）北魏孝明帝元诩与宣武灵皇后宴华林赋诗

东晋时南渡建康，自此宋、齐、梁、陈皆定都于此，华林湮灭无闻。但北魏孝文帝迁都洛阳之后，华林园又成为北魏时重要的宴饮、游赏、处理政务、审理冤狱之所。《魏书》卷十三《宣武灵皇后传》就有灵皇后与肃宗幸华林园时与群臣赋诗的记载：

> 太后与肃宗幸华林园，宴群臣于都亭曲水，令王公以下各赋七言诗。太后诗曰："化光造物含气贞。"帝诗曰："恭己无为赖慈英。"王公以下赐帛有差。①

太后乃宣武帝之后，元诩的母亲宣武灵皇太后。此次宴饮《魏书》未载何年，宣武灵皇太后于永平四年九月临朝听政，自称曰朕，此应在此后不远。此次华林园饮宴，"王公以下各赋七言诗"，所作诗篇自是不少，保存下来的只有太后和肃宗的这两句诗。可以说，北魏君王的大多数宴饮射猎的场所都是华林园。

（二）北魏孝明帝元诩诏百官作释奠诗

《魏书·常景传》还记载了一次孝明帝主持的作诗活动：

> 正光初，除龙骧将军、中散大夫，舍人如故。时肃宗行讲学之礼于国子寺，司徒崔光执经，敕景与董绍、张彻、冯元兴、王延业、郑伯猷等俱为录义。事毕，又行释奠之礼，并诏百官作释奠诗，时以景作为美。②

《魏书·肃宗纪》载："正光元年春正月乙酉，诏曰：建国维民，立立教为本，尊师崇道，兹典自昔。来岁仲阳，节和气润，释奠孔颜，乃其时也。有司可豫缮国学，图饰圣贤，置官简牲，择吉备礼。"③又，"二年春二月癸亥，车驾幸国子学，讲《孝经》。三月庚午，帝幸国子学祀孔子，以颜渊配"④。由此可知，"行释奠之礼"与"诏百官作释奠诗"事在正光二年(521)三月。

又，《魏书·王慧龙传附王遵业传》载："与崔光、安封王延明等参定服章。"及光为肃宗讲《孝经》，遵业预讲，延业录义，并应诏作《释奠侍宴诗》。时人语曰："英英济济，王家兄弟。"⑤及言"诏百官作释奠诗"，可见此次活动规模之大。可知的参加此次活动的人有常景、董绍、张彻、冯元兴、王延业、郑伯猷、王延明、王遵业等。常景等诗皆不存。今存李

---

① 〔北齐〕魏收撰《魏书》，卷十三，第338页。
② 〔北齐〕魏收撰《魏书》，卷八十二，第1803页。
③④ 〔北齐〕魏收撰《魏书》，卷九，第229、232页。
⑤ 〔北齐〕魏收撰《魏书》，卷三十八，第878—879页。

谐、袁曜《释奠诗》。李谐诗曰：

沛泽南朝，峒山北面。帝曰师氏，陈牲委奠。神具醉止，薄言嘉宴。①

《初学记》卷十四载袁曜《释奠诗》诗两首曰：

其一：

南庠贵齿，东学尚亲。卑躬下问，降礼师臣。圆冠济济，方领恂恂。

其二：

肄业既终，舍奠爰始。韶音递奏，笙镛间起。茨夏愔愔，晬容亹亹。德耆并惭，陈信焉耻。②

此次赋诗事《南北朝文学编年史》未收。

北朝文学历来不太受文学史家重视，北魏文学亦是如此，翻检《玉台新咏》和《艺文类聚》等典籍就会发现，北魏诗歌很少有收录。而且北魏诗歌的风格比较古朴、质朴、奔放，不像南诗那样讲究声律格调，所以更不被重视。但是北魏文学作为北朝文学的一部分在文学史上起着承先启后的作用，为唐诗的繁荣准备了条件。

［作者简介］ 罗建伦，文学博士，南通大学文学院、楚辞学研究中心讲师。

---

① 〔唐〕徐坚等著《初学记》，卷十四，第 343 页。

② 同上书，第 342—343 页。按：《初学记》卷十四《释奠第三》之《贵齿》《讲艺》下各一首。《先秦汉魏晋南北朝诗》合为一首，不确。

倾城·谏诤·长恨
——吕向《美人赋》的玄宗谏诤及其与白居易诗、陈鸿传奇的对读

许东海

[摘　要]　吕向及白居易、陈鸿以唐代辞赋、诗歌与传奇的多元文类,成为唐代文学展开玄宗情色论述的三部重要情曲。其中吕向《美人赋》不仅撰写时间最早,并且采取"以赋代谏"的书写策略,直接向唐玄宗提出讽谕,不仅成为唐代文学中展开唐玄宗情色论述的重要代表作品,并且还应对于中唐白居易、陈鸿等人以"长恨"书写为主的相关创作具有启迪作用,因此重新审视吕向《美人赋》,不仅可以为白居易、陈鸿等玄宗情色论述的经典名篇寻根探源,同时也得以观看唐赋对于白居易、陈鸿等人诗歌及传奇书写经典的历史地位及其文化召唤意涵。

[关键词]　吕向　白居易　陈鸿　《美人赋》《长恨歌》　唐代文学

一、长安与长恨:吕向《美人赋》到白居易《长恨歌》

唐玄宗所缔造的开元之治,无疑乃是史学家论述汉、唐盛世的重要典范,然而开元迄至天宝的盛衰转折及其历史故事,向来成为跨越史学与文学两大学术范畴的共同命题,尤其唐玄宗的帝王情色世界更成为研究者热衷关注与展开论述的焦点,前者大体上偏重于唐玄宗开元治世盛极而衰的治道与女祸主题二者;至于文学研究者则往往展开更为宽广而多元的观照视域,就唐代开元、天宝盛衰之数的历史事实而言,玄宗的帝王情色世界显然成为牵动攸关君国治道的重要变量,其中李、杨的江山美人传奇则为其中的最受注目的经典示现,因此如果说中晚唐以来白居易《长恨歌》、陈鸿《长恨歌传》分别以唐诗及唐传奇不同文类的书写竞合之姿,对照出唐玄宗情色王国的不同诠释或解读,则其中前者主要出之以深情而感伤的观照①;后者则显然寓托以"女祸"为主的"史鉴"意识②,至于另一值得注意者,乃是白居易在《长恨歌》之外的新乐府讽谕诗《上阳宫人歌》则又从另一侧面指涉李、杨故事对于玄宗宫闱世界的悲剧型塑,然而诗中最饶富兴味者,则在特别以

① 参见拙作《诗情·赋笔·传奇——白居易〈长恨歌〉文学风情的另一面向》,《讽谕·美丽·感伤——白居易之诗赋边境及其文化风情》,台北:万卷楼图书公司,2005年,第54—55页。

② 参见卞孝萱《唐人小说与政治》,第84—88页。

玄宗开元谏臣吕向《美人赋》作为关于此诗论述之际最重要的对照典范，因此探索其间吕向《美人赋》的书写意涵，不仅可以更直接映现《上阳宫人歌》的创作底蕴，显然应有助于解读白居易《长恨歌》与陈鸿《长恨歌传》创作的历史脉络及其文化底蕴。

唐代诗人中攸关唐玄宗情色王国的论述，其中白居易《长恨歌》向为最著名的经典之作。然而白居易本人究竟如何观看盛唐天子唐玄宗的情色世界，此一问题以往学界的讨论主要聚焦于《长恨歌》是否深寓讽谕旨趣一事，相关论著颇多，拙作亦曾援引王梦鸥先生等人的文章，进一步论述《长恨歌》之撰主要出自作者白居易以“深情”诗人之姿的“感伤”书写①，然而白居易《长恨歌》诚然主要缘于“感伤”之旨，但这并不等同于白居易对于《长恨歌》以李、杨爱情为“美丽”铺陈焦点的玄宗情色传奇，纯然呈现其深情的诗人喟叹，从而丝毫不见讽谕之意，尤其是就文本而言，篇首开门见山的“汉皇重色思倾国”，仍然深具解读《长恨歌》创作旨趣的关键句意义，而学界向来论述《长恨歌》是否为白居易的“感伤”或“讽谕”之作，往往即是以此关键句为重要交锋焦点。其中从白居易撰述的历史情境加以审视，应不无为玄宗讳，而有改“汉”为“唐”的事实，然而却也清楚映现唐玄宗重视情色追逐并且思求倾国倾城的历史事实，但吊诡的是，就《长恨歌》命题旨趣及文本所实际展开的叙写脉络而言，基本上乃是归旨于风流天子深情感人的一面，所谓“天长地久有时尽，此恨绵绵无绝期”。即是文本旨趣最具体而有力的自我笺证。然而本文好奇的是对于李、杨爱情为代表的玄宗情色世界，白居易是否仍然别具“讽谕”或“新乐府”的诗人姿态，作为映现或寓托他对于玄宗“重色思倾国”的另一种攸关天子治道的诗人忧国关怀，换言之，帝王情色王国，这一道潜隐于长安京城深宫内苑的“美丽”风暴，是否可能即是牵动君国兴衰的重要历史关键之一，并进而酿成重蹈覆辙的李唐帝国长恨。然则白居易诗歌而言，对于唐玄宗情色论述中如是长久被忽略的另一观照向度，应是值得关注与商榷的另一学术命题，而此一命题的重新审视，恐怕即有待唐玄宗开元盛世时期吕向《美人赋》，借由此篇唐赋不仅得以对白居易《长恨歌》的撰述意涵重新思索，尤其作者其如何观看这一场“重色思倾国”的李唐帝王“美丽”风暴，吕向《美人赋》应是深具重要的文献意涵。

至于从撰写时间而言，《美人赋》撰于开元十二年前后以女祸为鉴的观照，结合当时的历史历史情境而言，应颇可能指涉玄宗当时一枝独秀、谁与争锋的女宠武惠妃，当然后来俨然以新变代雄、光照文学史的白居易《长恨歌》等作，则是唐玄宗一生情色王国的最佳经典李、杨传奇，而巧合的是武惠妃与杨贵妃正是唐玄宗一生前后期的两个最爱，因此白居易及陈鸿以《长恨歌》为主的相关书写，宜其有所借鉴前贤吕向《美人赋》之作，其中相关缘由诚然值得探索；此外，以女祸史鉴为中心旨趣的吕向《美人赋》，对于白居易、陈鸿相关诗文的玄宗情色论述及其讽谕意涵有何创作上的牵动效应？尤其当倾国倾城这一历史传统的帝王情色问题，遇见谏臣吕向时，他如何运用辞赋展开另一种攸关女祸史鉴忧患意的君国长恨，而白居易在《长恨歌》之外，如何呈现其针对帝王女祸危机，此一君国长恨意涵的讽谕书写以更多元书写映现其面对唐玄宗情色王国的不同观照面向；而陈

① 参见拙文《诗情·赋笔·传奇》，《讽谕·美丽·感伤》，第54页。

鸿《长恨歌传》与白居易《长恨歌》在创作意涵上具有如何的交涉与互补意涵？白居易、陈鸿之作又与吕向《美人赋》之间具有如何的对读意义？凡此种种皆可借由吕向《美人赋》的文本审视，应可为白居易及陈鸿等《长恨》书写提供另一观照窗口，从而对"长恨"二字探索更为具足而深广的可能书写底蕴。因此，就开元盛世玄宗渐渐建构的情色王国而言，其中从吕向《美人赋》到以白居易《长恨歌》为代表的玄宗情色相关论述，其中承传续衍与文类唱和所展开的重要精神实质，乃是一场攸关李唐帝国步向长治久安抑或重蹈历史长恨的当代文学对话。

二、倾国倾城与盛世谏臣：吕向《美人赋》与开元谏臣的后妃论述

吕向《美人赋》是一篇攸关开元盛世谏诤文化及其消长嬗变讽谏之作，帝王情色及君国女祸。依据《新唐书》记载，作者吕向正是当时以谏臣自诩的赋家，吕向除以《美人赋》献呈玄宗外，其后"天子数校猎渭川"之际，又复"献诗规讽"，此外，又于其后担任起居舍人从帝东巡期间，因玄宗恩赐蕃夷酋长入仗弓射之事，撰写奏疏以谏[①]，这些从唐史吕向本传的记载，皆不难观照出作者念兹在兹的谏诤意识；另一方面有关吕向《美人赋》以赋代谏的文学创作观照还可自唐代窦臮《述书赋》注文中获得印证，按窦臮本人曾于天宝年间献赋讽上，文章则"以讽兴谏诤为宗，以匡君救时为本"[②]，不仅与吕向本传所载以诗文辞赋讽谏玄宗的文学观照如出一辙，而窦臮《述书赋》既以吕向书法特色"虽则筋骨干枯，终是精神险峭"[③]，更于其下注文援引宰相张说谏文揭示吕向当时以赋代谏的忤上危机及其前后曲折：

> 吕向东平人，开元初，上《美人赋》，忤上。时张说作相，谏曰："夫鬻拳胁君，爱君也。陛下纵不能用，容可杀之乎？使陛下后代有愎谏之名，而向得敢谏之直，与小子为便耳，不如释之。"于是承恩特拜补阙，赐采百段、衣服、银章、朱绂，翰林待诏。频上赋颂，皆主讽谏。兼皇太子文章及书，官至给事中、中书舍人、刑部侍郎。文词学业，当代莫比。[④]

由此观之，《美人赋》正是作者吕向"敢谏之直"的具体实践，并且深刻映现唐玄宗开元时期君臣谏诤及帝王女祸的历史脉动。

唐玄宗登基以来的励精图治，追风贞观，蔚然成就开元盛世，其中开元前期的十年左右，对于李唐以来的女祸史鉴，可谓念兹在兹，服膺勿失，然而逐渐骄泰满志的玄宗，对于宫闱的情色追梦却也淡忘其中潜伏的李唐女祸危机，开元十年左右的"花鸟使"事件，正

---

① 参见《新唐书·吕向传》，卷二百零二，北京：中华书局，1975 年，第 5758 页。

② 据〔清〕董诰编《全唐文》(上海：上海古籍出版社，1990)，卷四百四十七所载，窦蒙撰《题述书赋语例字格后》谓其弟窦臮"翰墨厕张王，文章凌班马，词藻雄赡，草隶精深。平生着碑志诗篇赋颂凡十余万言，其较巨丽者，有天宝所献《大同赋》《三殿蹴鞠赋》，以讽兴谏诤为宗，以匡君救时为本"。

③④ 参见〔唐〕窦臮《述书赋》，简宗梧、李时铭主编《全唐赋》，卷十九，台北：里仁书局，2011 年，第 1760 页。

是玄宗沉酣骄泰佚乐的集中体现，而撰于开元十年之后的吕向《美人赋》开宗明义即高揭玄宗当时的此种历史情境及帝王心态：

> 帝初驰六飞之不测，奄四海而作君。曜明威，嶷崇勋。固尽善与美，又焉得而称云。时屯既康，圣躬之豫。乐以和操，色以怡虑。岂曰帝则，实惟君举。庸克推腹心，增耳目。燕赵郑卫楚越巴汉之邦，士农工商皂隶舆台之族。不鄙褊陋，不隔贱卑。工技者密闻，淑邈者遽知。上心由是震荡，中使载以交驰。周若云布，迅如飙发。以日系时，以时系月。德隽相次，为乐不歇。①

当时往往夜以继日沉醉宴乐歌舞之娱，据《美人赋》所称：

> 遏行云，结遗风；众工相错，迭美不同。夕以阑，乐亦阕；醉以荡情，乐以忘节。帝曰："今日为娱，前代固无，当以共悦，可得而悦。"众皆蹁跹，离席迁筵。咸齐首，互举酒；歌千春，称万寿。②

吕向所述"帝曰"之语，映现其中唐玄宗骄泰安逸，沉酣声色可谓昭然若揭，然则发自帝王密诏"花鸟使"猎艳行动，所潜藏的女祸危机及其治乱隐忧，显然成为当代忠贞士臣如吕向之辈所引以为忧的重大君国事件，因此《美人赋》曲终奏雅地借由"美人"之口，直指其中攸关君国治道兴亡的历史殷鉴，作为讽谏玄宗追逐沉溺声色的终极旨归：

> 尚惧盗有移国，水或覆舟。伊自古之亡主，莫不耽此嫚游；借为元龟，鉴在宗周。③

由此观之，吕向赋中的讽谏君王的"有美一人"，若自屈《骚》所引领的"香草美人"文学隐喻传统观照，诚然可以视为忠谏贞臣吕向本人的文学变身，至于赋篇中美人是否具体影射当时失宠于玄宗愤恨的王皇后本人，则是另一可再商榷的问题④，不过若就当时开元十年后二年左右此一撰述时间点而言，对于像吕向这般深以玄宗宫闱女祸为患的谏臣而言，当时能够"真天子所御者，非庶人当有之。"的倾城美色，却又"常侍君侧，面谀天子，指摘背意，委曲顺色；故毁妍而成鄙，自崇谬而破直"的玄宗女祸鹄的，证诸史书，诚以无可取代的首要女宠武惠妃的可能性最大，而作者吕向的"以赋代谏"，甚至引起玄宗震怒，险招杀机，因此对玄宗与吕向两位开元君臣而言，彼此的对话与回应情境，此赋主要指涉当时宠极一时的武惠妃本人，应是言之有据的，而据《旧唐书·后妃传》载，当时武惠妃专宠，王皇后迄至玄宗前此宠妃赵丽妃、皇甫德仪、刘才人大体皆因武惠妃而失宠玄宗，史书载：

---

①②③ 〔唐〕吕向《美人赋》，《全唐赋》，卷十四，第465页。

④ 参见〔宋〕欧阳修、宋祁《新唐书·后妃传》，卷七十六，第3490页。载："玄宗皇后王氏，同州下邽人。梁冀州刺使神念之裔孙。帝为临淄王，聘为妃。将清内难，预大计。先天元年，立为皇后。久无子，而武妃稍有宠，后不平，显诋之。然抚下素有恩，终无肯谮短者。"

初帝在潞，赵丽妃以倡幸，有容止，善歌舞。开元初，父兄皆美官。及妃进，丽妃恩亦弛，以十四年卒，谥曰和。生太子瑛。而皇甫德仪生鄂王，刘才人生光王，皆藩邸之旧，后爱薄，而妃乃专宠。①

玄宗开元十二年之际，已专宠武惠妃，而王皇后也因此而有厌胜之事，遂于此年见废皇后职衔，而此一时期前后，即是吕向《美人赋》的撰述时间，因此赋中"美人"或许未必指涉王皇后，然则作为《美人赋》的发言者吕向而言，显然应是深有鉴于当时武惠妃专宠一事，而且据《唐鉴》与新旧《唐书》观之，武惠妃后来亦谮废太子，并牵动玄宗诛太子瑛及鄂王瑶、光王琚三人之李唐王室悲剧，对照吕向《美人赋》以女祸为鉴的玄宗情色论述，诚然并非空穴来风或无的放矢之说，前此开元十二年既有废皇后之祸，而其后更有诛废太子诸王之事，皆可为吕向《美人赋》的玄宗情色论述及其女祸讽谏提供重要而具体的历史脚注。据《唐鉴》载玄宗开元二十四年武惠妃阴谋废立太子，与宰臣力谏之事谓：

武惠妃谮太子瑛、鄂王瑶、光王琚。帝大怒，以语宰相，欲皆废之。张九龄谏曰："陛下践阼垂三十年，太子诸王不离深宫，日受圣训，天下之人皆庆陛下享国久长，子孙蕃昌。今三子皆已成人，不闻大过，陛下奈何一旦以无根之语，喜怒之际，尽废之乎？且太子天下本，不可轻摇，昔晋献公听骊姬之谗，杀申生，三世大乱；汉武帝信江充之诬，罪戾太子，京城流血；晋惠帝用贾后之谮，废愍怀太子，中原涂炭；隋文帝纳独孤后之言，黜太子勇，立炀帝，遂失天下。陛下必欲为此，臣不敢奉诏。"②

当时宰相张九龄这番谏言，其实如同前此吕向《美人赋》玄宗情色论述及其女祸讽谏的翻版，将吕向《美人赋》与宰相张九龄在开元前后的女祸讽谏，结合《唐鉴》此段文字此观之，亦得以略窥当时玄宗因专宠武惠妃所即将酝酿招致的女祸危机，并且其中值得注意的是，废立太子一事，不仅是出自唐玄宗本身的决定，从在张九龄谏诤力阻事后，武惠妃仍然处心积虑，试图以刚柔并济、威胁与怀柔互用的策略，意图实现废立太子，阴谋母以子贵的史实审视，则可证从吕向《美人赋》迄至张九龄上谏玄宗的女祸论述，乃是验诸史实信而有征的深切洞鉴，因此《唐鉴》中亦复可见武惠妃特遣密使暗访宰相，并采用威胁利诱分击并进的居心叵测：

帝犹豫未决，惠妃密使官奴牛贵儿谓九龄曰："有废必有兴，公为之援，宰相可长处。"九龄叱之，以其语白帝。帝为之动色，故终九龄罢相，太子得无动。③

然而废立太子一事，武惠妃显然并未善罢甘休，第二年不仅张九龄被罢宰相一职，贬官荆州长史，太子亦随之遭遇废立，而当年又有谏臣监察御史周子谅因弹劾牛仙客事，朝杖流

① 参见〔宋〕欧阳修、宋祁《新唐书·后妃传》，卷七十六，第3491页。
② 参见《唐鉴·玄宗》，卷五，第123页。
③ 《唐鉴》，卷五，第124页。

放而死之事，并因此波及前此推荐周子谅的宰相张九龄，其中显然涉及两件攸关玄宗朝开元盛衰治乱的二大要素：谏诤与女祸。

由此观之，撰于开元十年之后的吕向《美人赋》，所体现玄宗开元盛世重要史学意涵之一，乃在"以赋代谏"的谏诤策略，并针对玄宗的情色王国及其女祸忧患，展开当代论述的重要里程碑，从而成为唐玄宗开元盛世下赋学与史学合流的重要经典示现，其中攸关李唐帝国世变意义，适可借用范祖禹的史臣论赞作为脚注：

古之杀谏臣者，必亡其国。明皇亲为之，其大乱之兆乎！开元之初谏者受赏，及其末而杀之。非独于此而异也。始诛韦氏，抑外戚，禁珠玉锦绣，诋神仙，禁言祥瑞，岂不正哉！其终也惑女宠，极奢侈，求长生，悦机祥，以一人之身而前后相反如此，由有所陷溺其心故也。可不戒哉。①

至于其中武惠妃的家世涉及武则天武氏一族，尤其在"王皇后废，故进册惠妃，其礼制比皇后"，接着玄宗将立惠妃为后之际，此时对于玄宗朝君臣而言，更是触动李唐女祸危机及其史鉴的重要时刻，此亦可资提供吕向《美人赋》指涉武惠妃另一参证。此外，《旧唐书》所载御史潘好礼之奏疏谏言亦为其例：

礼，父母仇，不共天。《春秋》，子不复仇，不子也。陛下欲以武氏为后，何以见天下士，妃再从叔三思也，从父延秀也，皆干纪乱常，天下共疾也。……匹夫匹妇尚相择，况天子乎？愿慎选华族，称神祇之心。……今太子非惠妃所生，而妃有子，若一俪宸极，则储位将不安。古人所亦谏其渐者，有以也。②

从开元十年唐玄宗兴发废后之意，迄至开元十四年又进一步想进封武惠妃为皇后这段时期，据傅璇琮考证，正是吕向《美人赋》的撰写时间断限，因此对于玄宗周围众多以诛灭诸武而晋身仕宦之臣，必然对武则天、韦后等李唐王朝女祸事件记忆犹新，而当时出身武氏家族的武惠妃又专宠于玄宗，因此以史为鉴，意在防微杜渐的女祸情结及其忧患意识，显然会在当时许多开元群臣间酝酿发酵③，由此观之，以武惠妃为指标的玄宗女祸忧患，诚然背后又牵涉玄宗朝群臣诸武情结的李唐女祸史鉴，应该更是吕向《美人赋》的深层书写底蕴。至于开元十四年玄宗欲立武惠妃为皇后之际，群臣谏言中高调揭橥武氏乃不共戴天之仇，岂可以为国母之义④，其实适为玄宗群臣挥之不去的诸武阴影，提供最深切着明的重要历史脚注。

---

① 《唐鉴》，卷五，第125页。

② 参见《新唐书·后妃传》，卷七十六，第3491—3492页。

③ 参见阎守诚，吴宗国《唐玄宗的真相》，北京：北京大学出版社，2009年，第100—102页。

④ 参见《唐会要·皇后》，台北：世界书局，1960年，卷三，第27—28页。时臣谏言谓："臣尝闻《礼记》曰：父母之仇，不共戴天……宜得以武氏为国母，当何以见天下之人乎？不亦取笑于天下乎？非止亏损礼经，实恐污辱名教；又惠妃在从叔武三思，从父延秀等，并干乱朝纲，递窥神器。……伏愿陛下，详察古今，鉴戒成败，慎择华族之女，必在礼义之家，称神祇之心；允亿兆之望为国大计，其在于兹……且太子本非惠妃所生，惠妃复自有子，若惠妃一登宸极，则储位实恐不安，太子既守器承祧，为万国之主本，何可轻易，辄有摇动，古人所以见其渐者，良以是也。"

由上述相关史实观之，从吕向《美人赋》的撰写时间与文本旨趣，结合玄宗开元时期的相关历史情境，此赋以花鸟使为导火线，以女祸为终极旨归的书写背后，诚然映现吕向的撰写动机诚然主要针对开元十年后武惠妃专宠的女祸隐忧，因此吕向的以赋为谏才会震怒玄宗，甚至险招杀身之祸，至于吕向《美人赋》如是女祸观照及其当代指涉，应当视为当时许多开元群臣的一种谏诤代言，而作者吕向“以赋代谏”则显然意图以恻隐古诗之义，重现汉代赋家讽谕帝王之历史初衷，其中诚然展现吕向心中视辞赋可为另类谏书的重要文化观照意涵。

三、倾国倾城与文学传承：吕向《美人赋》与白居易讽谕诗的玄宗情色论述

吕向《美人赋》的写作基本上应是主要源自花鸟使与玄宗专宠武惠妃二者互为表里的牵动，至于白居易以《长恨歌》及其讽谕诗为主的玄宗情色论述，其中女宠则是以倾国倾城之姿后来居上，并让玄宗从此钟爱一生，不作第二人想的杨贵妃，上述两人在开元盛世前后辉映，成为以倾国倾城之姿色掳获玄宗君心的江山美人，然而武惠妃与杨贵妃两大绝代双美的出现，对于世人眼中“重色思倾国”的盛世天子唐玄宗而言，固然令其倾心神往，甚至天上人间，生死无悔，然而唐玄宗毕竟高居盛唐天子之位，所谓“一人有庆，兆民赖之”，面对李唐王朝历史上不一而足的女祸史鉴，玄宗以倾心专宠倾国倾城，是否浑然忘却李唐先王的女祸殷鉴，转而泰然处之？尤其面对李唐朝臣防微杜渐的女祸讽谏，唐玄宗如何因应处置？换言之，当唐玄宗处身于倾城与谏臣左右两难的君国夹缝中，如何看待并抉择自己的帝王情色追梦？诚然是一个饶富兴味的阅读命题；其次，作为辅佐玄宗的盛世朝臣，面对一场唐玄宗江山美人可能重蹈覆辙的帝国危机，又将如何因应？甚至进而不计生死，冒险讽谏，吕向《美人赋》正是其中颇为重要的代表性历史文献；至于其后唐代的士臣又如何观照唐玄宗与杨贵妃这一段天上人间又美丽绝伦的爱情长恨，白居易《长恨歌》显然是最为著名的经典之作，然而就唐代士臣或文学家而言，从吕向《美人赋》的倾心力谏，臻至白居易《长恨歌》的风情万千，究竟是否意味着唐人对于以唐玄宗与杨贵妃为范式的帝王情色世界，前后观照态度的明显翻转，抑或彼此消长，而白居易诗歌中的玄宗情色论述显然应是解读的关键，然则如何看待白居易撰写《长恨歌》的心境，尤其是白居易对于此一玄宗情色王国的观照与论述，是否仅见于《长恨歌》一篇，恐怕更是其中值得注意的具体关键。

吕向《美人赋》的“花鸟使”书写，反映出唐玄宗开元盛世即使已不乏女宠，尤其是武惠妃，却依旧不绝于情色王国的追梦行动，赋中借由“美人”之谏言除了高揭以历史上前代女祸为鉴戒的首要宗旨外，其实适针对玄宗花鸟猎艳，搜求倾城之色，展现赋中美人倾心输诚与忧君忧国的传统“列女”风范①，从而形塑其中以另一层以倾城与倾心彼此对照的玄宗情色论述脉络，前者对于诤臣吕向而言，其中深层文化意涵乃在倾国倾城的情色

① 参见拙作《美丽·经典·世变——唐代“美丽”赋的书写类型及其文化意涵》，《辞赋·经典·世变》，台北：里仁书局，2013年。

猎艳可能召唤女祸，但倾心君国的美人贤妃则能显家兴国，其中俨然重现汉唐以来以《列女传》为经典的传统女性文化观照。

其次，从《美人赋》针对花鸟行动搜求宫掖的美女而言，其实提示了作为一位贤明君王应该审慎思考的宫闱悲剧及其失道不仁，其中直指花鸟行动对于女子巧取豪夺，不顾民间疾苦的强暴不仁，所谓“若彼之来违所亲，离厥夫；别兄弟，弃舅姑。戚族愧羞，邻里嗟吁；气哽咽以填塞，涕流离以沾濡；心绝瑶台之表，目断层城之隅。人知君命乃天不可仇”①。吕向《美人赋》借由虚拟人物美人现身说法的情色论述，其实正是指涉其背后应加慎思的君王仁政与治道命题，因此赋中美人，其实深刻映现屈《骚》以来所创立的“香草美人”文化符码，换言之，倾心君国的忠贞士臣，正是“有美一人”的文学化身。

至于上述借由玄宗花鸟情色论述的贤君仁政主题，显然亦深刻启迪中唐白居易讽谕诗的创作，其中新乐府《上阳白发人》即高揭其力追吕向《美人赋》的讽谕旨趣：

上阳人，红颜暗老白发新。
绿衣监使守宫门，一闭上阳多少春。
玄宗末岁初选入，入时十六今六十。
同时采择百余人，零落年深残此身。
忆昔吞悲别亲族，扶入车中不教哭。
皆云入内便承恩，脸似芙蓉胸似玉。
未容君王得见面，已被杨妃遥侧目。
妒令潜配上阳宫，一生遂向空房宿。
秋夜长，夜长无寐天不明。
耿耿残灯背壁影，萧萧暗雨打窗声。
春日迟，日迟独坐天难暮。
宫莺百啭愁厌闻，梁燕双栖老休妒。
莺归燕去长悄然，春往秋来不记年。
唯向深宫望明月，东西四五百回圆。
今日宫中年最老，大家遥赐尚书号。
小头鞋履窄衣裳，青黛点眉眉细长。
外人不见见应笑，天宝末年时世妆。
上阳人，苦最多。
少亦苦，老亦苦。少苦老苦两如何？
君不见昔时吕向《美人赋》，又不见今日《上阳白发歌》。②

---

① 〔唐〕吕向《美人赋》，《全唐赋》，卷六，第645页。
② 〔唐〕白居易《上阳白发人》，谢思炜校注《白居易诗集》，北京：中华书局，2006年，卷三，第298页。

白居易既擅诗歌，也对赋学用力极深①，因此对以赋谏上的吕向《美人赋》必然周知详悉，而且白居易还特地于《美人赋》一句下特以小字作注，谓“天宝末，有密采艳色者，当时号为花鸟使。吕向献《美人赋》以讽之”②，其中“天宝末”三字，应为作者一时误记，据新、旧《唐书》载叙当为“开元”间事③。由此观之，白居易特加小注，显然映现《上阳白发人》正是深受吕向《美人赋》的启迪续衍之作，而又出之以诗代赋的文类变创。不仅如此，对照《美人赋》与《上阳白发人》皆不乏深切映现这些受花鸟使行动采择入宫的女子，历经亲族泣别，却又因玄宗专宠贵妃，妒令潜配冷宫的宫人的悲情一生，对照吕向《美人赋》中“违所亲，离厥夫；别兄弟，弃舅姑。戚族愧羞，邻里嗟吁；气哽咽以填塞，涕流离以沾濡”的入宫女姝命运，可谓殊途同归，如出一辙。易言之，吕向《美人赋》婉转讽谏玄宗采择天下美女入宫，诚与白居易《上阳白发人》的玄宗情色论述，所共同揭示帝王声色追逐，不仅违背仁君之治道，而且更重要的深层底蕴应更指向专宠妃子所导致的君国女祸，吕向《美人赋》毋庸赘述，至于从白居易于题下注文所揭“天宝五载以后，杨贵妃专宠，后宫无复尽幸矣。六宫有美色者，辄置别所，上阳是其一也”④，此诗虽以上阳宫人的悲情人生作为讽谕的基本意涵，然而若从上述白居易特于《美人赋》特标注文，与《上阳白发人》题下注文合读，则其更重要共同的深层旨趣，则应在玄宗情色王国的专宠与女祸主题，前者关键人物为武惠妃，后者则是杨贵妃，从而以诗、赋不同文类映现玄宗情色王国的女祸论述。

其次，从玄宗以花鸟使为旗帜追逐其帝王情色王国的史实观之，白居易相关诗歌中的论述，其实皆以不同侧面续衍吕向《美人赋》的女祸讽谕，只是其中关键专宠人物已由开元前期的武惠妃转换为开元、天宝之际的杨贵妃，然而以女祸为主旨的玄宗情色论述，除《上阳白发人》外，仍然可见诸其他白居易讽谕诗之中，例如《胡旋女》《李夫人》《古冢狐》《陵园妾》等，例如：

> 贵妃胡旋惑君心，死弃马嵬念更深。从兹地轴天维转，五十年制不禁。
> 胡旋女，莫空舞，数唱此歌悟明主。⑤

> 伤心不独汉皇帝，自古及今皆若斯，君不见穆王三日哭，重璧台前伤盛姬。
> 又不见泰陵一掬泪，马嵬坡下念杨妃。纵令妍质化为土，此恨常在无销期。
> 生亦惑，死亦惑，尤物惑人忘不得。人非木石皆有情，不如不遇倾城色。⑥

> 狐假女妖害犹浅，一朝一夕迷人眼。女为狐媚害即深，日长月长溺人心。
> 何况褒妲之色善蛊惑，能丧人家覆人国。君看为害浅深间，岂将假色童真色。⑦

---

① 参见拙著《讽谕·美丽·感伤：白居易诗赋边境及其文化风情》，台北：万卷楼图书公司，2004 年。
②③ 〔唐〕白居易《上阳白发人》，谢思炜校注《白居易诗集》，北京：中华书局，2006 年，卷三，第 298、305 页。
④ 谢思炜校注《白居易诗集》卷三，第 298 页，《上阳白发人》题下作者自注文。
⑤ 〔唐〕白居易《胡旋女》，谢思炜校注《白居易诗集》，卷三，第 306 页。
⑥ 〔唐〕白居易《李夫人》，谢思炜校注《白居易诗集》，卷四，第 405—406 页。
⑦ 〔唐〕白居易《古冢狐》，谢思炜校注《白居易诗集》，卷四，第 432 页。

按白居易《新乐府并序》,说明这些诗歌是以讽谕戒鉴为旨归,所谓"为君、为臣、为民、为物、为事而作,不为文而作"①,其中虽分别以"《上阳白发人》,愍怨旷也""《胡旋女》,戒近习也""《李夫人》,鉴嬖祸也""《古冢狐》,戒猎艳者也""《陵园妾》,怜幽闭也"为其基本宗旨,然而细按上述相关内容,则大体皆主要以贵妃惑君国及其女祸相关指涉为重要意涵。由是观之,白居易这些攸关玄宗情色讽谕的诗歌论述,实际上仍然不出吕向《美人赋》以倾国倾城美色指涉君国女祸的基本旨谛范畴,从中得以略窥前贤吕向《美人赋》的以赋代谏,对于白居易讽谕诗中玄宗情色论述的承衍脉络及其历史启示,从而适足以洞鉴吕向《美人赋》中攸关情色王国的先导论述,对于盛唐以后白居易讽谕诗浓厚女祸史鉴意涵的重要牵动,并在诗圣杜甫《丽人行》《北征》等以贵妃为帝国女祸观照的相关诗歌之外②,为唐代文学的玄宗情色论述提供另一跨文类的承传脉络,从而亦映现唐赋的讽谏职能对于唐代新乐府或讽谕诗的具体创作牵动。

四、倾国倾城与文类和声:《美人赋》与《长恨歌》《长恨歌传》的长恨书写

文学史上有关玄宗情色王国的创作,白居易《长恨歌》诚然是其中最重要的经典,此诗早在作者当世就已广传海内外,然而对于白居易本人而言,平生中有关唐玄宗情色论述的篇章,由前文引述,显然不仅《长恨歌》一篇,而且究其平生创作而言,他更重视与得意的创作乃是"近正声"的讽谕类诗歌③,由此观之《长恨歌》基本旨趣,乃在"感伤"为主的抒情基调,并不以"讽谕"为创作取向④,然诗中字里行间固亦不乏玄宗情色与君国盛衰之隐微指涉,例如"汉皇重色思倾国,御宇多年求不得""从此君王不早朝""渔阳鞞鼓动地来,惊破霓裳羽衣曲""六军不发无奈何,宛转蛾眉马前死"等攸关马嵬坡事件前因后果之铺陈,诚然隐隐浮现君国指涉,尤其《长恨歌》开宗明义二句"汉皇重色思倾国,御宇多年求不得",俨然就是吕向《美人赋》高揭以花鸟使展开帝王猎艳行动的书写缩影,其中吕向为赋家铺陈之笔,白居易开首则采取诗人凝练叙述,并且由此而下的玄宗及其侍宴行乐书写一段,基本上亦是同质而异构,其中吕向《美人赋》乃是以笙歌妙舞及千娇百媚的华丽场面展现玄宗声色沉湎的场景:

> 以日系时,以时系月。德隽相次,为乐不歇。阒紫微,环帝座。蕖华灼烁,柳容婀娜。轻罗随风,长縠舒雾。肌肤红润,柔姿靡质。妖艳夭逸,绝众挺出。嫚然容冶,霍若明媚。曼睩腾光以横波,修蛾濯色以总翠。齿编贝,鬓含云。颜绰约以冰雪,气芬郁而兰熏。腰佩激而成响,首饰曜而腾文。或纤丽婉以似羸,或秾盛态而多

---

① 〔唐〕白居易《新乐府并序》,谢思炜校注《白居易诗集》,卷三,第 267 页。

② 有关杜甫诗中的此类书写意涵,基本上或可视为"反映了唐朝政治家以及'史'诗作者们对李、杨爱情的看法",请参考《唐玄宗传》,第 712—716 页。

③ 白居易《编集拙诗成——十五卷因题卷末戏赠元九李二十》,《白居易诗集校注》,卷十六,第 1334 页。参见拙著《讽谕·美丽·感伤——白居易之诗赋边境及其文化风情》,第 100—102 页。

④ 学界如王梦鸥及罗联添先生早已详加论述此诗旨归,可参见拙文《诗情·赋笔·传奇——白居易〈长恨歌〉文学风情的另一面向》,《讽谕·美丽·感伤》,第 58—62 页。

肌。有沉静见节，有语笑呈姿。思若老成，体类婴儿。真天子所御者，非庶人当有之。[①]

对读吕向《美人赋》与白居易《长恨歌》，可以看见倾城书写之对象虽然转换为杨贵妃，但基本上仍不出“承欢侍宴”，然其中所写的语笑、明媚、绝姿、云鬓、花颤、肌肤、羸弱等贵妃姿色绝伦与风情万千，显然仍未逾越吕向《美人赋》的女色铺陈范畴，只是白居易《长恨歌》转以去芜存菁的诗人妙笔，展现其后出转精及新变代雄的艺术特色，二者彼此间的书写脉络诚然存在异曲同工之妙。

其次，白居易《长恨歌》本身颇多运用诗赋融合的创作手法，据前文所述吕向《美人赋》既为白居易所熟读赞誉，而又因以玄宗情色论述为主题，对于玄宗汲汲搜求倾城宫掖的“花鸟使”本质而言，即使从史实审视，杨贵妃的出现原是得自玄宗与武惠妃所生的寿王府邸，并历经为贵妃量身剪裁的各种心计，化身为所谓杨太真女冠，或白居易笔下的杨家之女[②]，然而对照吕向《美人赋》的花鸟猎艳及其歌舞侍宴书写，白居易《长恨歌》虽然采取类似的叙述策略，从而凸显贵妃“杨家有女初长成，养在深闺人未识。天生丽质难自弃，一朝选在君王侧”；换言之，白居易《长恨歌》固然不以讽谕立旨，深情华丽令人有耳目一新与世不二出的惊艳，然而《长恨歌》中开门见山针对杨贵妃的出身与入宫侍宴叙写，俨然也与吕向《美人赋》所揭示的“美人与花鸟”叙述模式不谋而合，至于其中是否意味着白居易因深谙吕向《美人赋》，而在潜移默化之间，加以脱胎换骨，借鉴变创，因文献不足，难以定论，但《长恨歌》开首的贵妃书写，基本上映现近似吕向《美人赋》“花鸟使”的玄宗情色论述取向，则为具体显见的事实。

吕向《美人赋》与白居易《长恨歌》、陈鸿《长恨歌传》三者分别以辞赋、诗歌、传奇三大文类成为唐代文学玄宗情色论述的经典篇章，其中《美人赋》对于白居易相关讽谕诗的创作召唤及创作牵动前文已略述其要，尤其就《上阳白发人》的主要创作旨趣而言，作者白居易于《新乐府序》虽标举旨在“愍怨旷也”，然而就其内容实际叙写观之，实乃借由上阳白发宫人悲情宫闱的人生叙写，从中寓托贵妃恃宠而骄的另一讽谕旨趣，其中耐人寻味的是此一叙写的背后，正是攸关玄宗情色王国或欲望城国里的女祸主题指涉，否则作者所谓“愍怨旷”之旨，应可在其在世所编撰的诗文集中，直接置入“感伤诗”一类即可，实在没有置入“讽谕”诗类的必要；易言之，就宫人的悲情人生而言，“愍怨旷”应为“讽专宠”的一体两面或表里相应，由此观之，《上阳白发人》正是“多于情而深于诗”的作者白居易，借由对上阳宫人的深情观看，寓托攸关贵妃专宠之患的讽谕意涵，其中的主要书写策略乃是以感伤为外表，以讽谕为神理，二者表里呼应的玄宗情色论述之作，故白居易诗中还特予揭橥“昔有吕向《美人赋》，今有《上阳白发歌》”的创作历史依据及其精神渊源；其次《上阳白发人》的寓讽谕于感伤，且作者在篇末强调《美人赋》与《上阳白发人》的对照意涵，作

① 〔唐〕吕向《美人赋》，《全唐赋》，第645页。
② 参见卞孝萱《从五篇文献看李、杨关系的两难情结》，氏著《唐代小说与政治》，第109—116页。

此诗歌演绎玄宗情色论述的终极旨归及其书写精神渊源，其实俨然复制或搬弄赋家曲终奏雅的传统技法。此外，如是的论述脉络，其实也与吕向《美人赋》全篇的论述构图若合符契，《美人赋》以“花鸟”行动作为玄宗盛世太平的帝王声色指涉，引出“有美一人”的抗言谏诤，而其中即借由美丽的话语言说，铺陈入宫女子所揭开的悲情人生画面，就其叙写策略而言，近似白居易化身白发宫人代言者的感伤书写，并且一致借此水到渠成地导向攸关帝王声色追逐的女祸史鉴及其君国长恨，而其中宫女悲情人生的书写，乃成为二者“曲终奏雅”归结终极讽谕旨趣的主要铺陈关键。

由此观之，白居易《上阳白发人》应不仅是在创作精神上深受吕向《美人赋》的精神感召，从上述二者叙写的具体内容及基本书写策略审视，并不难洞烛其中彼此形神合一的重要创作联系，从而有助于进一步观照吕向《美人赋》与白居易《长恨歌》及陈鸿《长恨歌传》彼此间的相关创作脉动及其文类意涵。

就文学史的玄宗情色论述而言，白居易《长恨歌》无疑是古今最为著名的经典巨作，然而就作者白居易而言，《长恨歌》这类“感伤”诗不仅不是他本人最为重视与自豪的创作，并且更值得注意的是以“感伤”的基调解读固然毋庸置疑，也应是作者白居易本人的意向，然而自另一方面审视，显然也无法否认《长恨歌》以“天长地久有时尽，此恨绵绵无绝期”作为玄宗、贵妃“美丽”传奇焦点之外，像白居易这般“多于情，深于诗”，却又更以“讽谕”自诩自豪的诗人，对于玄宗一生帝王风流的相关情色论述，除了《长恨歌》的感伤面向之外，究竟会有何种不同的观照，；易言之，对于以唐玄宗与杨贵妃为焦点的情色王国而言，白居易究竟如何看待这件事，其中《长恨歌》是否足以作为白居易观照取向抑或诠释依据的唯一充分文本？这应是一饶富兴味的学术命题，诚然值得重新加以审视及商榷；与此相关的延伸性命题，则是所谓“长恨”二字，对于同时面对君王爱情与帝国江山的唐玄宗而言，就《长恨歌》及其篇末旨归而言，固然应解读为深情诗人白居易为玄宗与贵妃爱情悲剧与生命遗憾所撰拟的文学脚注；然而若就白居易“一篇《长恨》有风情，十首《秦中》近正声”之讽谕诗人告白观之，他对于这一段开元盛世以来所流传的玄宗爱情传奇，是否徒有“美丽”的“感伤”，从而全然无意于“美丽”的“讽谕”？换言之，对于一位从未仅以“感伤”诗人自诩，并念兹在兹于以讽谕兼济天下的白居易而言，在盱衡唐代玄宗盛衰世变的历史长河里，他真正而完整的“长恨”，是否应有另一值得审视的视域与定义？

依据前文所论述，借由吕向《美人赋》与白居易讽谕诗彼此间的历史传播及文学牵动，应可提供另一扇重新观照与思考的窗口。除了从吕向《美人赋》玄宗论述脉络切入白居易讽谕诗之外，与白居易《长恨歌》别具唱和意义的陈鸿《长恨歌传》，应可为这位深于情且重讽谕的诗人提供相关的参考脚注。按《长恨歌》及《长恨歌传》的创作缘起，据《长恨歌传》作者陈鸿所称乃是：

> 元和元年冬十二月，太原白乐天自校书郎尉于盩厔。鸿与琅琊王质夫家于是邑。暇日相携游仙游寺，话及此事，相与感叹。质夫举酒于乐天前曰：“夫希代之事，非遇出世之才润色之，则与时消没，不闻于世，乐天深于诗，多于情者也，试为歌之，如何?”乐天因为《长恨歌》，意者不但感其事，亦欲惩尤物，窒乱阶，垂于将来也。

> 《歌》既成，使鸿传焉。世所传者，予非开元遗民，不得知。世所知者，有《玄宗本纪》在。今但传《长恨歌》云尔。①

据此陈鸿自述其传撰写缘起，乃是先由追忆玄宗与贵妃的江山美人爱情悲剧，才推举白居易特撰《长恨歌》，以深情感伤之诗歌追叙此事，然而其中更值得关注的是，若当时白、陈、王三人仅是深切同情玄宗、贵妃的这一段生死不渝的美丽传奇，应该完全不需要其后陈鸿《长恨歌传》的创作续衍，并且从陈鸿仍以白居易《长恨歌》为题，而特于篇末揭示"今但传《长恨歌》云尔"，则陈鸿之作显然就本质而言，乃以史家立传之笔，专门作为白居易《长恨歌》的另类笺注②，并且是出之以唐代盛行的"传奇"文体，亦即以"传奇"为"诗歌"专作笺注，此事实从文学范畴而言，应可视为另一种跨文类的同题唱和。

此外，就史学观照而言，《长恨歌传》则又是深具知人论世意义的历史载录，尤其就陈鸿本人而言，他既是一位史学家，也是一位礼学家，其中不仅攸关他所熟悉的学术文化专业素养，并且也富有深刻的史鉴意识，作为讽谕当代帝王唐宪宗声色女祸与治乱兴亡的意图③。至于针对他为《长恨歌》作传的旨趣而言，玄宗情色论述的主要旨趣显然是与《长恨歌》的"感伤"基调明显出入，其中陈鸿的女祸意识及史鉴意涵历历可见，然而吊诡的是陈鸿《长恨歌传》既出之以《长恨歌》之笺注，何以文中论述往往展现讽谕的精神取向，而殊异于白居易《长恨歌》"美丽"与"感伤"基调，今对读白、陈两人文本，例如《长恨歌》篇首的"汉皇重色思倾国，御宇多年求不得"，陈鸿则以史家笔法详细载录其事，并从中暗讽玄宗汲汲追逐情色王国：

> 开元中，泰阶平，四海无事。玄宗在位岁久，倦于旰食宵衣，政无小大，始委于丞相，稍深居游宴，以声色自娱。先是元献皇后、武淑妃皆有宠，相次即世。宫中虽良家子千万数，无悦目者。上心忽忽不乐，时每岁十月，驾幸华清宫，内外命妇，焜耀景从，浴日余波，赐以汤沐，春风灵液，澹荡其间。上心油然，若有所遇，顾左右前后，粉色如土。④

其中主要论述内容及旨趣，俨然重现玄宗开元之际吕向《美人赋》篇首的"花鸟使"论述，而《长恨歌传》更直接高揭贵妃及其兄长的女祸误国，例如：

> 自是六宫无复幸者，非徒殊艳尤态独能致是，盖才智明慧，善巧便佞，先意希旨，有不可形容者。⑤

---

①④ 〔唐〕陈鸿《长恨歌传》，《白居易诗集校注》附录，卷十二，第933、930—931页。

② 按陈寅恪《元白诗笺证稿》第五章，即以白居易讽谕诗《李夫人》乃是融合《长恨歌》及《传》为一体的观点，并提出《李夫人》"实可以《长恨歌》著者自撰之笺注视之也"。笔者则由此更强调陈鸿自述，陈鸿《长恨歌传》则在《李夫人》前，实质上即是借同题续衍之作，为白居易《长恨歌》作笺注，并且特别之处，乃在以传奇为歌行作笺注，乃是出之以文类跨界的样态。

③ 参见卞孝萱《长恨歌传对唐玄宗的垂诫》，《唐人小说与政治》，第84—91页。

⑤ 〔唐〕陈鸿《长恨歌传》，《白居易诗歌校注》，第931页。

天宝末，兄国忠盗丞相位，愚弄国柄。及安禄山引兵向阙，以讨杨氏为辞。潼关不守，翠华南幸，出咸阳，道次马嵬亭，六军徘徊，持戟不进，从官郎吏伏上马前，请诛错以谢天下。……左右之意未惬，上问之。当时敢言者，请以贵妃塞天下怒。①

若将这几段文字对照白居易《长恨歌》，例如含蓄婉转而又出之简约言说的"汉皇重色思倾国，御宇多年求不得"，及"六军不发无奈何，宛转峨眉马前死"等句，陈鸿以传为诗歌作笺为名，却往往行其讽谕及史鉴之实的叙写取向观之，显然绝非单纯源自陈鸿本身史学家与礼学家的文化观照，就其篇末自述而言，其中极有可能是白居易本人既已有意向，至少基本上亦得到白居易的共鸣或同意，因此才会有陈鸿如下的说法：

乐天因为《长恨歌》。意者，不但感其事，亦欲惩尤物，窒乱阶，垂于将来也，《歌》既成，使鸿传焉。②

由此观之，对读《长恨歌》与《长恨歌传》这些看似不甚重要的书写片段，其实适可从中洞鉴白居易《长恨歌》"感伤"书写背后，另一为人忽略的观照侧面，其中上述陈鸿《长恨歌传》字里行间昭然若揭的讽谕论述，显然绝非出自陈鸿一时心动或擅自主张，而且应是借其《长恨歌传》的书写，弥补或完整白居易《长恨歌》中偏重玄宗爱情悲剧之感伤，却难以将讽谕之意兼容并蓄，从而得以两全其美的创作姿态③，展现白居易本人对于玄宗情色王国的二元观照的丰富面向。

由上观之，《长恨歌》与《长恨歌传》虽分别出自白居易、陈鸿两人之手，但就其内在脉络或创作背景而言，俨然如同前后呼应与彼此互补的文学和声，绝非是白、陈二人面对玄宗情色形神俱异的各自论述，并且其中的主要灵魂人物或主导角色，应更主要在白居易，而非陈鸿。

由上述《长恨歌》与《长恨歌传》之创作考论，白居易对于这段天上人间长恨绵绵的玄宗，诚然绝非只有"感伤"观照，陈鸿的"长恨"续衍与白居易《李夫人》《上阳白发人》等相关论述，大体得以略窥其中白居易的另一不同观照面向及文学论述，因此倘若《长恨歌》展现的是主要即为玄宗与贵妃二人江山美人的爱情长恨，相形之下，借由陈鸿《长恨歌传》与白居易《上阳白发人》《李夫人》等玄宗情色论述，则是映现白居易及陈鸿等人以不同文类同质异构，并且着眼于攸关治乱兴亡意涵的君国长恨。

其次，就白居易本人的相关诗歌创作时间而言，乃是《长恨歌》在前，讽谕诗在后，其间有陈鸿《长恨歌传》以女祸讽谏为宗旨的重要之作，因此陈鸿之作是否启迪白居易《李夫人》等讽谕诗的创作，诚然值得思考与商榷④，然而如果我们注意到吕向《美人赋》对白居易《上阳白发人》的明显启迪与具体牵动，并且就白居易《长恨歌》与讽谕诗的相关论述

①② 〔唐〕陈鸿《长恨歌传》，《白居易诗歌校注》，第931—932、933页。
③ 参见卞孝萱《长恨歌传对唐玄宗的垂诫》，第80页。
④ 《白居易诗歌校注》，第92—94页。

全面加以审视，则不难洞鉴吕向《美人赋》应该扮演颇为重要而关键的先导角色；至于陈鸿《长恨歌传》的书写旨趣及相关铺陈，其实对照于吕向《美人赋》的论述，然然形神相契，若合符节，因此或许陈鸿《长恨歌传》如是的论述旨趣及其脉络，也可能曾受到前贤吕向的影响，其中关键在于陈鸿既为史家，又重视治乱兴亡的史鉴精神，对于吕向《美人赋》以赋代谏的这段重要历史及文献，客观而言，应不至于陌生，甚至熟悉此一掌故，因此而有神理相契之作，反而更显得合理，更何况其先辈好友白居易诗歌的玄宗论述已然显著深受启迪，加上以陈鸿与白氏的交往互动，并且又以不同文类共同撰述此一“长恨”系列，上述这些史实都足以提供陈鸿对吕向《美人赋》的阅读与熟悉可能。

五、结论：吕向《美人赋》之玄宗论述及其史鉴意图

吕向《美人赋》于开元盛世之际，借由唐玄宗“花鸟使”的帝王猎艳之举，展开其“以赋代谏”的创作意图，从表层看来古今帝王的情色追逐与欲望构筑，似乎只是帝国世界司空见惯的家常便饭，更是向为天下默许的历史典律，若由此观照吕向《美人赋》以“花鸟使”为由，大肆展开玄宗情色王国的讽谏论述，似乎不无小题大作与庸人自扰之虞，更何况从前述吕向几乎因此险招杀身之祸的史实看来，吕向《美人赋》的“以赋代谏”，俨然是一场唐赋史上名副其实的华丽冒险，其中应自有其重要而深层的创作意图，绝非纯粹出自对盛世帝王升平之际追逐情色的抗争与反弹；换言之，从《美人赋》里借由“有美一人”的代言，其中的女祸史鉴与君王治道才更作者最主要的论述意图，也应是作者吕向念兹在兹的中心旨谛所在。至于“有美一人”是否指涉当时色衰爱弛，渐次失宠，地位岌岌可危的王皇后，或许还有待商榷的空间，然则所谓“有美一人”更重要的意涵，恐怕应更在以“香草美人”隐喻作者的诤臣之心。由此观之，其中更应优先考虑是“有美一人”应为诤臣吕向的文学化身与文化投影。

其次，吕向赋篇借由美人抗颜谏诤所揭示的女祸史鉴及其君臣观照，从《美人赋》开元十年后不久的撰写时间点看来，对武后以来宫闱女祸接踵而至的忧患，深以为戒的许多李唐玄宗朝臣而言，当时最引人侧目，而甚至构成君国焦虑根源的应该正是出身武氏家族的武惠妃，而从唐代史书后妃传，及宋代范祖禹《唐鉴》的相关载记看来，武惠妃诚然是当时临渊履薄戒慎恐惧，殷忧玄宗重蹈历史覆辙的李唐朝臣的主要女祸指涉。由此观之，作者吕向诚然可以视为当时玄宗朝臣此一忧患共识的代言者，而吕向赋篇中“花鸟使”的“以赋代谏”及其“情色论述”，从当时历史情境加以审视，应只是借题发挥的重要媒介，其背后旨谛应主要指向玄宗开元十年之后武惠妃专宠一时，甚至已然“宫中礼秩，一如皇后”的女祸忧患意识，更何况从相关史书的记载，武惠妃又直接涉及废立太子一事，与玄宗开元十二年七月废立王皇后，开元十四年玄宗一度欲立武惠妃为后的史事，几乎一一印证武惠妃成为玄宗前期李唐女祸的前后因果及其历史脉络，而且耐人寻味者，又在玄宗朝的“废王立武”之患，几乎是复制玄宗祖父高宗“废王立武”的历史范式①。由此观之，对照吕向《美人赋》以赋代谏，并且险招杀机的玄宗强烈反应观之，其中又涉及玄宗朝谏诤文化的历史嬗变，因此

① 参见阎守诚、吴宗国《唐玄宗的真相》，第100—103页。

《美人赋》应是攸关唐代赋学与史学彼此交涉意涵的一篇重要历史文献。

其次，就唐玄宗一生帝王风流的情色王国而言，武惠妃与杨贵妃两人诚为其中的前后经典，后代读者向来都集中目光在玄宗与杨贵妃的江山美人传奇，尤其经由白居易以“天长地久有时尽，此恨绵绵无绝期”作为主题的《长恨歌》，不仅当世闻名，甚至古今中外，盛名远播，加上后代不少承传续衍之作，尤其像《长生殿》等传奇戏曲的不断演绎，几乎淡忘唐代文学另一个更为高亢且渊源更早的“美丽”与“讽谕”基调，同时《长恨歌》作者白居易本人，在《长恨歌》之外的不少讽谕诗篇已明显流露以女祸为主的相关讽谕旨趣，尤其与之可以视为唱和意涵的姊妹篇章：陈鸿《长恨歌传》，正是一篇以女祸为宗旨的玄宗情色论述，尤其值得注意者，就白居易本人而言，不少以“美丽”与“讽谕”为基调的新乐府诗歌，显然深受过开元前贤吕向《美人赋》的精神启迪；至于陈鸿《长恨歌传》之撰，诚然应是源自白、陈二人的默契与共识，而陈鸿本身也应对吕向《美人赋》及其“以赋代谏”之当代史实绝不陌生。由此观之，就玄宗情色论述此一唐代文学主题而言，白居易《长恨歌》固然主要展现唐玄宗与杨贵妃生死缱绻的江山美人长恨，然而若从吕向《美人赋》，迄至后世续衍的白居易讽谕诗及陈鸿《长恨歌传》重新加以审视，其实体现的则是源自李唐女祸忧患及其史鉴文化背景下，另一种值得重新注意的“帝国长恨”基调。

因此借由吕向《美人赋》的参读及对照，更得以进一步观照白居易《长恨歌》及新乐府《上阳宫人歌》对于玄宗情色王国的不同创作意涵，及其与《长恨歌》联袂演绎的陈鸿《长恨歌传》，其中应不无白居易以借尸还魂之姿，假手陈鸿《长恨歌传》为己代言的意涵，至于其中论述旨趣，应可能颇受到开元时期前贤吕向《美人赋》的重要启迪，展现吕向及白居易、陈鸿前后以唐代辞赋、诗歌与传奇的多元文类的一种书写或另类唱和，从而成为唐代文学展开玄宗情色论述的三部重要情曲。其中吕向《美人赋》不仅撰写时间最早，并且采取“以赋代谏”的书写策略，直接向唐玄宗提出讽谕，不仅成为唐代文学中展开唐玄宗情色论述的重要代表作品，并且还应对于中唐白居易、陈鸿等人以“长恨”书写为主的相关创作具有启迪作用，因此重新审视吕向《美人赋》不仅可以为白居易、陈鸿等玄宗情色论述的经典名篇寻根探源，同时也得以观看唐赋对于白居易、陈鸿等人诗歌及传奇书写经典的历史地位及其文化召唤意涵。

［作者简介］ 许东海，台湾政治大学中文系教授，博士生导师。

论新见四川清代文言小说《茗余新话》

汪燕岗

［摘　要］《茗余新话》是一部新见的清代文言小说，其作者是四川什邡县名医王春田。该书根据作者生平见闻写成，不仅为考证作者生平事迹提供了重要资料，对晚清四川的历史也多有记载，如咸丰年间的“滇民乱蜀”等。《茗余新话》模仿《聊斋志异》写成，是一部篇幅较大、具有较高史料价值和文学成就的清代文言小说，值得关注。

［关键词］　王春田　《茗余新话》　史料价值　艺术成就

一、《茗余新话》及其作者

近来笔者发现了一部清代文言小说《茗余新话》，该书不见诸小说书目记载，乃一种新见之清代小说。全书八卷，每半页九行，行二十字，上单鱼尾，上下双边，左右单边，内封署“方亭王春田先生著”“绵竹杨锡璋署额”，每卷首皆有“什邡王光甸春田著”之署名，见下两图：

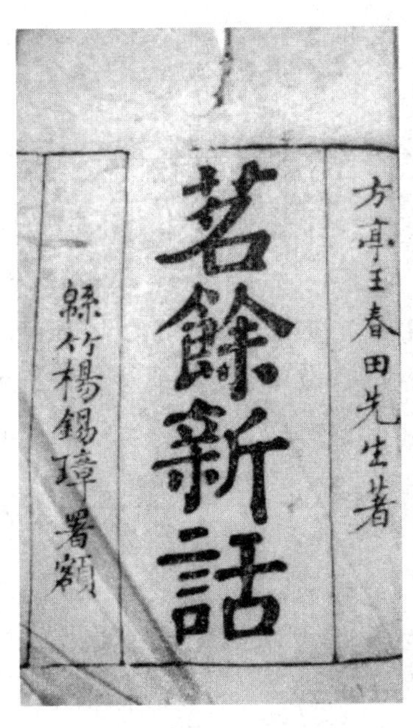

茗餘新話

方亭王春田先生著

綿竹楊錫璋署額

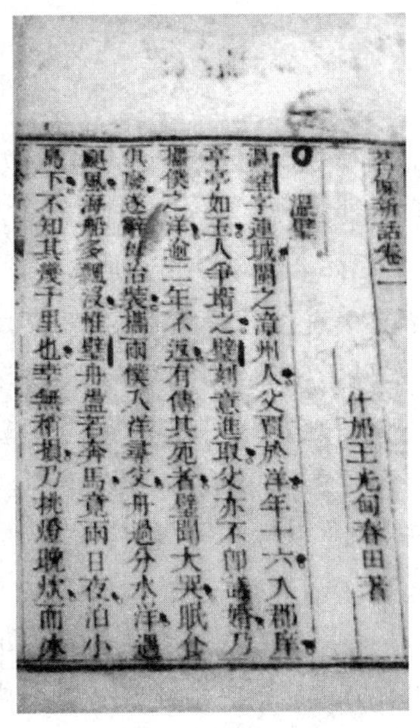

茗餘新話卷二

什邡王光甸春田著

温璧

温璧字連城閩之漳州人父賈於洋年十六入郡庠亭亭如玉人爭婿之璧刻意進取父亦不即議婚乃攜僕之洋迨二年不返有傳其死者璧聞大哭眠食俱廢遂辭師治裝攜兩僕入洋尋父舟過分水洋遇颶風海船多飄沒惟璧舟盡若奔馬竟兩日夜泊小島下不知其幾千里也幸無損乃挑燈瞰炊而來

书前有牛树梅同治七年序，其云：

丁卯初冬（按：同治六年，1867年），由计祉庭老友得识王春田少府，春田尝受学于祉庭，精于医著，有成书。时余喉病甚剧，故祉庭代延也。既而见其为祉庭古文序，简洁明畅，迥异时笔，大异之。明年春，复以事来省，则携其所著《茗余新话》若干卷。晴窗快读，如适宝山，大抵体仿蒲柳泉先生《聊斋志异》，笔墨亦复似之，而其用意则一以劝善诫恶为主。

野鹤老人计恬同治七年亦有序，云：

方亭王子春田具异姿，多机智，屡陷贼难无稍损，人称大辩才，豪于诗酒，嘲风弄月，不可一世。概相别十年，聚晤绵城，以所著见闻相质，予惊曰："非复吴下阿蒙矣。"原名《半憨呓语》。予谓曰："子以半憨自况，善矣。至寓讽劝于事中，醒痴迷于千古，非呓语也。《聊斋》之文，变幻离奇，寓言十九。此之绘传实事为多，其词气之清腴不减《聊斋》，惟嫌其命名未称也，与唤醒人之梦梦何与。"因易其名曰《茗余新话》云。

又有同治七年刘安福序，云：

今春始晤春田，其豪情逸兴，恨相见晚。因得读其《茗余新话》，文辞畅达，多寓惩劝。牛雪樵廉访为序而劝镌之。春田复删繁就简，成书八卷，问序于余，且言四世孤孀，因贫废读业医，膳八口，四十复理旧业，垂老无闻，若有不能释然者。

又有作者自序，云：

余髫龄失怙，綦贫废读，籍医赡八口，年四十始能息肩课子。岁丙辰（按：咸丰六年，1856年）浪迹京师，纵览山水，于秦晋燕赵间颇有得闻。于闻见随以笔记如酒帐然。庚申（按：咸丰十年，1860年）之乱，携家彭门山中，明年，遭掳锢贼中，久不得死。梦老僧覆袈裟摩顶受记而偈曰："财施有尽，法施无边。芥纳须弥，不及憨山。"语竟遐举。揭朝，贼驰禁，免于难。浮家数载，询憨山，名无知者。及参懒云上人，始悉憨山为明代圣僧，语录载宸藏中。呜呼，信有缘矣。假彼门外三车，度我个中八难，往昔劫中，余殆憨山侍者欤。不然，被袈裟，黄梅旧有心传，余何人斯获邀种眷。乃易余居曰"半憨山房"，号曰"半憨侍者"，题集曰《半憨呓语》，虽非敢谓法施，其于琐言绮语未敢逾福善祸淫之旨，即罪余以舌下莲花，或不失下品，度人径路，但不学无文，正如憨僧呓语耳。大方家谅之。时同治五年丙寅中秋前一日脱稿，锦城质呈吾师野鹤老人赐名《茗余新话》，因以自志云。

从以上记载可看出，该书脱稿于同治五年中秋前一日，原名《半憨呓语》，后从其师野鹤老人，改为《茗余新话》。王春田同治六年为四川廉访使牛树梅治喉病（按：卷八《熏莸坊》记有此事，云同治七年，不知孰误?），次年携书呈牛树梅，牛廉访为序而劝镌之，王春田复删繁就简，成书八卷，于同治七年刊刻。

据刘安福的序，王氏还著有《香雪草堂诗钞》《扶余外史》《寒疫合编》诸书。《寒疫合编》是清代一部较有名的医书，有学者曾经撰文评论并提到了王春田：

> 王氏名光甸，字春田，别号半憨山人，籍里四川什邡徐家场（现云西公社）。前清道光、咸丰时人。少时从罗江计恬（字康甫，别号野鹤老人）读书。计氏学识渊博，一生以教书糊口，曾著有《野鹤山房诗抄》。笔者昔年曾藏有此书，惜在“文革”中散失。计氏当时受聘于徐家场冯氏家塾，所教生徒猎取科名多中。王氏附读其中，由计氏之善教，王氏之善学，故春田学识丰富，行文典雅，兼善词章，有多种著述。王氏学医，系从乡人周宝斋先生。周系世医，一生行道，经验颇丰。据《寒疫合编》计恬序称，王氏曾“入太学，过黄河，历秦晋燕赵之都，登太行华岳”，后“隐居彭门半憨山麓，兵火后，扎瘥盛行，死者视相藉，春田出为施治”。可知王氏曾在彭县境内行业。笔者曾于一九五九年赴什那徐家场采访，据当地老医之谓，得知王氏在徐行道颇久，且负盛誉。后因某事得罪于某大姓，欲加害王氏，因而弃乡外逃，后至自流井定居行业，终卒于该。①

《寒疫合编》一书，笔者也有一部“绵阳聚文社藏板”本，卷首即题“什邡王光甸春田编辑”，同《茗余新话》题署，可知王春田名光甸，春田是其字。什邡是四川的一个县，属德阳市，距成都仅五十公里。《茗余新话》内封所署“方亭王春田”之“方亭”即指什邡，北周闵帝时（557），什邡曾改名方亭，后来又一直作为什邡县城所在地，故称。徐家场，是什邡的一个镇，今改名为师古镇，该文作者云早年曾在徐家场采访，故得王春田某些传闻，但因王氏在晚清民国时的《什邡县志》中都无记载，因此他的出生年代，生平经历等重要史实等并没有叙述清楚。《茗余新话》的发现，为王春田的生平提供了不少线索，现大致作一梳理。

嘉庆二十二年（1817），王春田生。按：《茗余新话》前有金椿（鹤筹）、杨锡璋（钟山）等11人为该书及王春田题诗共35首，其中杨锡璋有诗8首，其七云：“劚罢元芝遍十洲，前身瀛岛几勾留。不应悮作斑龙戏，谪向人间五十秋。”末一句有双行小字云“春田时年五十”。这些诗应该写于《茗余新话》成书前后，即同治五年（1866），则王春田应生于1817年。

1817—1856年，王春田在家乡行医为生，赡养一家八口。按：据刘安福序及作者自序，王春田家四世孤孀，废读行医，年四十始能息肩课子，重拾举业。

咸丰六年（1856），“入太学，过黄河，历秦晋燕赵之都，登太行华岳”，浪迹京师，于

① 王孟侠、张玉峰《王春田与〈寒疫合编〉》，《成都中医药学院学报》1983年第2期。

见闻随以笔记，开始写作《茗余新话》。按：见《寒疫合编》计恬序及《茗余新话》作者自序。

咸丰十年(1860)，避乱，携家彭门山中，见自序。按：此为滇匪扰蜀之乱，卷二《乡邻死难》记载甚详："咸丰十年九月二十七日，滇匪蓝大顺、谢花妖、何蚂蚁三逆上窜，蹂躏吾乡。"彭门山，即天彭山，在四川彭州境内，与什邡相邻。

咸丰十一年(1861)，遭贼掳锢，不死，逃归。按：见《茗余新话》自序。

同治元年(1862)，《寒疫合编》刊行。按：据该书计恬序，兵火乱后，死者无数，王春田"出为施治，无不立起"。大概是因自己力量有限，故编撰该书，希望能救更多人。

同治三年(1864)，乡试。按：《茗余新话》卷六《胡兰生》："同治甲子秋闱后，与龙子济川谈及异闻。龙子持草稿一卷来，不知出自谁手，中有事迹可采者，姑摭其事而笔成之。"作者此时仍居于彭门山，卷七《现眼报》："同治甲子蜀中大饥"，"甲子之岁饥也，予居彭门山中，土瘠民贫，饥甚。"

《茗余新话》的写定及刊行已见上述，因该书最晚写到同治间，此后王春田的事迹竟不可知，倘能找到王春田及其友朋之著述，一定会有更多发现。

二、《茗余新话》史料及文学价值

《茗余新话》共有故事229则，其中卷一23则，卷二22则，卷三44则，卷四20则，卷五22则，卷六34则，卷七25则，卷八29则。这些故事大多是作者生平见闻或听友朋转述，书中对此多有记载，如卷一《王孝子》写本邑孝子王和事，"会邑人士修志乘为孝子列传，心稍慰焉，爰纪其概以俟后之采风者"。又同卷《活地狱》写邻人李三保事，其中有"余尝规之弗听"之语。卷八《弱食强》云："昭通梅瑶峰少尉目睹其事，嘱予记之如此。"同卷《胡烈女》云："州之人，具情禀官，冀为表扬，久之无闻，乃立石江边记之。有客闻予采异闻，请述之以待采风者。"因此《茗余新话》故事颇多记实，如野鹤老人计恬所云："此之绘传实事为多"。书中保留了不少史实，特别是滇民乱蜀之事，作者因亲受其荼毒，感受强烈，多处写到，如卷七《沈义士》写咸丰七年，滇民困井研；卷八《威烈义勇》写咸丰八年，滇民蓝逆困绵阳；卷一《王孝子》、卷二《乡邻死难》，都写咸丰十年滇民侵入什邡；卷二《乱像》写咸丰十一年，滇民犯中江县。

有些地方的记载可与史书相互映照，如卷二《武庆符》，写太原人武听涛，咸丰年间入蜀补庆符县令，庚申(咸丰十年)九月，滇民侵犯，庆符无城可守，武公乃与姬人金氏绝别，金氏投缳，武服毒而死，"卒于堂，贼为棺殓，祭吊始去"。清人余澜阁所著《蜀燹死事者略传》专记滇民蓝、李扰蜀之事①，其第一则即为《武庆符》，与《茗余新话》记载详略各有不同，如《略传》中武公有一封很长的遗书，而《茗余新话》无，此外其妾《略传》作"张氏"，而非"金氏"。再如卷三《复永川》，写滇贼犯铜梁、永川、璧山事，其实就是《略传》中记载的《任勇士》《沈永川》《李联芳》三则事迹的连串，文字也略同，如《复永川》载：

① 该书收入《清代野史》，据书前编者志，余澜阁所著书原名《蜀燹述略》，出版时"删存少许"，并改为此名，见《清代野史》第八辑，成都：巴蜀书社1987年，第237页。

勇士任思珍号小楼者，得岳武穆易筋功，教徒授业，名播蜀中。邑中有忌之者，流言小楼蓄异志，当事惑之，团防皆不与焉。小楼孤立，惟率及门二三子，子侄数辈，枕戈杀贼，为乡党卫。咸丰辛酉七月十三日，侦卒值雨，谎报贼他去，小楼闲卧村店中。贼冒雨大至，兵勇瓦解。及门伍云，楼启关，中鸟铳，小楼仓卒觅一矛，刺杀数十贼。一子持短兵相随，冲突贼中，所向无前。贼目张千岁、邓五百斤者，骁悍素著，小楼刺杀张贼，邓贼恃勇拒战，小楼矛连刺不入，知裹重甲，乃尽力一矛，贯透后心。而邓甲系竹片，滞矛不脱，遂足击尸飞，带矛堕地，惟持一柄。群贼攒攻，柄又数折，白战夺盾，如束草然。鏖战时久，从者死逸顿尽，子亦阵亡，大雨如注，目不及睹，田塍崩坍，小楼陷泥淖中，胁中一矛死，贼亦溃去。乡人觅尸归葬，已逾十日，颜色如生。贼惊其名，不知其死。一夜大风，声如万马腾嘶，贼营惊传任小楼至，自相践踏溃去，铜梁赖以安堵。

《蜀燹死事者略传·任勇士传》云：

勇士任姓讳思钲，小楼其号也，铜渠(梁)县人。幼得岳武穆易筋经功，留心兵家言。时值滇匪蠢动，常以兵法部勒子弟，连封团练多延为教习，受业约数千人。由是忌之者，遂流言小楼蓄异志。咸丰庚申七月，张、蓝诸逆，渡江东来，当道各县，皆倚小楼为长城，札委督团堵御，扼大足之玉口坳，遏贼东下，调各邑诸团未至，同事者因而妒之。小楼孤立，惟率及门子侄数辈，枕戈杀贼于唐家坝。二十一日，侦卒值雨，谎报贼他去，小楼闲卧村店中。贼冒雨大至，兵勇瓦解。及门伍云，楼启关，中鸟铳，小楼仓率觅一矛，刺杀数十贼。次子长超，持短兵随，冲突贼中，贼目张三千岁、邓五百斤者，骁悍素著，小楼已刺杀张贼。邓贼恃勇拒战，小楼矛连刺不入，知裹重甲，乃尽力一矛，贯透后心。而邓甲系竹片，滞矛不脱，遂脚击尸飞，带矛堕地，惟持一柄。群贼攒攻，柄又数折，白战夺盾。久之，从者死逸殆尽，子亦伤亡。大雨如注，目不及睹，田塍崩坍，小楼陷泥淖中，胁中矛死，贼亦溃走。乡人觅尸归葬，已逾十日，颜色如生。贼震其名，不知已死。一夕大风，声如万马腾嘶，贼营争传任小楼至，自相践踏窜去，铜梁赖以安堵。①

两相比较可以看出，前半部分有些差异，如任思珍，《任勇士传》作"思钲"，死难时间由"咸丰辛酉(1861)七月十三日"，变成了"咸丰庚申(1860)七月二十一日"，后半部分几乎全同。写沈永川、李联芳事，两书也处相同，甚至一字不差。余澜阁是四川金堂人，《蜀燹死事者略传》中之《文江两武庠宿璋附》有其评论，中有"光绪庚子辛丑，余司训夹江"句②，庚子为光绪二十六年，即1900年，则该书成于此后。显然，《略传》一书不是抄袭了《茗余新话》，就是两书有共同的史料来源，若是口头传闻，不会如此接近。

王春田在《茗余新话》中还写了不少同时代的地方名人，如卷八《熏莸坊》记陇右雪樵

①② 《清代野史》(第八辑)，成都：巴蜀书社，1987年，第273—274、272页。

牛公事，牛雪樵即写序的牛树梅。他在蜀为官多年，同治年间任四川廉访使，是当时著名的清官，其故事流传颇多。《跻春台》中之《审烟枪》载其同治三年(1864)断案事。本篇又记其离任隆昌县令后，百姓自发为他建坊，以及彰明县任上独赴敌营，劝退叛匪，并与作者交往等数事，可补相关史料之缺。再如卷三《蛇笔魁星》记王文选："万县医士王文选，家贫乐善，方便好施，开药铺，贫病多赖之。与本乡谭长盛友善，捐设调养所，救济往来客病无告者，相与募赀，经营生息。选刻善书，逢人开导，寒暑不倦。……将二十年，文选子燮元，青年入泮，长盛子云鹏，亦列庠序。"后来甲子乡试(按：同治三年)，皆中举，"人皆以为两翁乐善之报云"。王文选是清末四川名医，著有《医学切要全书》等，流传甚广的宣讲故事书《宣讲集要》也出自其手，这里补充了他的一些生平事迹。《茗余新话》在晚清四川地方史研究方面，是颇有价值的。

牛雪樵序中评价《茗余新话》："大抵体仿蒲柳泉先生《聊斋志异》，笔墨亦复似之，而其用意则一以劝善诫恶为主。"《聊斋志异》在清代影响十分巨大，甚至出现了不少"拟聊斋小说"，《茗余新话》也算一种。《聊斋志异》"一笔而兼二体"，笔记体和传奇体兼而有之，《茗余新话》的故事主要是笔记体，志怪类的作品也不少，如卷一之《化蜨》《蓉仙》《鬼拜冠》《活地狱》《黄莺儿》《田神仙》《剑仙》《长毛怪》《黄猫儿》《猎报》《冥库吏》等皆是。此外，传奇体作品也有一些，如卷三《高廉》，写士子高廉与仙女凤笙、香姑之婚恋，委婉曲折，文辞华艳，如这一段："高喜偕行，踰岭不数武，见粉墙修竹，蹊径板桥，小门临水，深夜未扃。入门则楼台亭榭，花木烂然，心异之。翁曰：'月白风清，如此良夜何？君盍高吟以舒雅怀。'高唯唯，朗吟曰：'深宵万籁静，孤月一轮清。露裹秋花醉，烟凝险地平。松风惊鹤梦，萤火照人行。惝恍瑶台下，悠然忆凤笙。'"再如卷七《来翁》，开头一段宛如优美的散文："瞿塘来翁，隐于渔而逸其名。每晨渔午市，醉归而卧，寤则放歌起舞，孑然一身。以扁舟为家，田地为宅者也。一朝举网无鱼，三星在罶，流水汤汤，飘风发发，荡漾不系之舟，流入芦花深港。夹岸重阴，烟迷雾锁，临水数椽，茅屋在焉。"

野鹤老人计恬在其序中称赞《茗余新话》为"词气之清腴不减《聊斋》"，自然是过誉之词，但《茗余新话》的发现，不仅为考证晚清四川名医王春田的生平提供了珍贵资料，其本身作为一部篇幅较大、具有较高史料价值和一定文学价值的四川文言小说，值得关注。

［作者简介］ 汪燕岗，四川师范大学文学院教授。

《中国文学研究》稿约

《中国文学研究》由教育部人文社会科学重点基地复旦大学中国古代文学研究中心主办，系中文社会科学引文索引(CSSCI)来源期刊，主要发表学术论文，也刊登少量书评，目前每年出版两辑。热忱吁请国内外同行赐稿，共同办好这一学术园地。

本刊设立编辑委员会，实行主编负责制，但稿件能否刊用，则采取严格的匿名评审制度，由审稿委员会决定。担任审稿委员者均为复旦大学及其他高等院校的著名专家。

本刊发表的稿件注重学术价值和学术规范，字数一般限于15 000字，既欢迎视野开阔、论述严谨、具有前沿性和开拓性的研究成果，也欢迎翔实可据的考证性、资料性论文。

在文献引证体例方面，我刊均统一采用页下注释的方式，在正文中用①、②、③、④标注，并在相关页码用页下注释的方式以与正文中相同的注号引导注文。

标例：

① 洪远朋、卢志强、陈波《社会利益关系演进论》，上海：复旦大学出版社，2006年，第8页。

② 安雅・谢芙琳、埃默・贝赛特《全球化视界：财经传媒报道》，李良荣审译，上海：复旦大学出版社，2004年，第25页。

③ 吴艳红《明代流刑考》，《历史研究》2006年第6期。

④ 朱汉国《民国时期社会结构的变动》，《光明日报》1997年6月17日第4版。

⑤ 管志道《答屠仪部赤水丈书》，《续问辨牍》卷二，《四库全书存目丛书・子部》第88册，济南：齐鲁书社，1997年，第73页。

引证外文文献的标注项目和顺序与中文相同：

① 著作：Frank R. Wilson, *The Hand: How Its Use Shapes the Brain, Language, and Human Culture*, New York: Pantheon, 1998, p.32.

② 杂志：Janice P. Kelly, "Submarine Claustrophobia", *Today's Navy* 14.4 (1979): pp.14 - 26.

③ 报纸：Pratap Bhanu Mehta, "Exploding Myths", *New Republic* 6 June 1998: D2.

倘若赐稿，请以挂号函件寄上海市邯郸路220号复旦大学中国古代文学研究中心《中国文学研究》编辑部(邮编200433)，或发送电子邮件至zhongguowenxueyanjiu@fudan.edu.cn，并附作者简介(包括真实姓名、出生年月、性别、工作单位、职称等)，注明通讯地址和邮编。请勿一稿多投。

本刊编辑部人力有限，来稿一律不退，作者务请自留底稿；审稿周期为三个月，如未接到采用通知，请另投他刊。

《中国文学研究》编辑部

图书在版编目(CIP)数据

中国文学研究. 第二十九辑/教育部人文社会科学重点研究基地　复旦大学中国古代文学研究中心主办. —上海：复旦大学出版社,2017.6
ISBN 978-7-309-13037-9

Ⅰ. 中…　Ⅱ. 教…　Ⅲ. 中国文学-古典文学研究-文集　Ⅳ. I 206.2-53

中国版本图书馆 CIP 数据核字(2017)第 152582 号

中国文学研究(第二十九辑)
教育部人文社会科学重点研究基地　复旦大学中国古代文学研究中心　主办
责任编辑/杜怡顺

复旦大学出版社有限公司出版发行
上海市国权路 579 号　邮编：200433
网址：fupnet@ fudanpress. com　http://www. fudanpress. com
门市零售：86-21-65642857　团体订购：86-21-65118853
外埠邮购：86-21-65109143　出版部电话：86-21-65642845
上海市崇明县裕安印刷厂

开本 787 × 1092　1/16　印张 14　字数 291 千
2017 年 6 月第 1 版第 1 次印刷

ISBN 978-7-309-13037-9/I · 1050
定价：42.00 元